Maria Regina Kaiser • Lukios

OMNIBUS

DIE AUTORIN

Maria Regina Kaiser wurde 1952 in Trier geboren. Nach einem Studium der Alten Geschichte, Archäologie und Hispanistik war sie von 1976 bis 1986 in der Forschung an der Universität Frankfurt/Main tätig; seither ist sie freie Autorin und Lektorin.

Von Maria Regina Kaiser ist bei OMNIBUS erschienen:
Das Leben ist anders (20607)

Bei C. Bertelsmann ist erschienen:
Wohin ich gehöre

Maria Regina Kaiser

Lukios

Drei Abenteuer im Alten Rom

OMNIBUS

OMNIBUS

Band 20647

Der Taschenbuchverlag
für Kinder und Jugendliche
von Bertelsmann

Umwelthinweis:
Dieses Buch wurde auf chlorfrei gebleichtem Papier gedruckt.

Erstmals als OMNIBUS Taschenbuch November 1999
Gesetzt nach den Regeln der Rechtschreibreform

Umschlagbild: Philip Argent/Which Art
Umschlagkonzeption: Klaus Renner
bm · Herstellung: Stefan Hansen
Satz: Uhl + Massopust, Aalen
Druck: Presse-Druck Augsburg
ISBN 3-570-20647-5
Printed in Germany

10 9 8 7 6 5 4 3 2 1

Für uns besteht nur immer die Gefahr,
dass wir der Fülle und Lebendigkeit dieser Zeit
nicht gerecht werden.

Carl Schneider,
Geistesgeschichte der christlichen Antike

Lukios,
Neffe des Kaisers

Inhalt

Vorwort

Dieser Jugendroman aus dem Alten Rom spielt im Jahr 175 n. Chr. (nach Christus). Die Jahre werden nach den damals in Rom amtierenden Konsuln benannt.

Seit den Anfängen der römischen Kaiserzeit hatten alle Monate, auch der Februar, in gewöhnlichen Jahren und in Schaltjahren, dieselbe Anzahl von Tagen wie bei uns. Die Woche hatte sieben Tage. Bei Tagesangaben wird vom Tag vor oder nach den Kalenden, von Iden und Nonen gesprochen.

Die Kalenden waren immer der erste Tag eines Monats. Die Iden fielen im März, Mai, Juli und Oktober auf den 15., in den acht anderen Monaten auf den 13.; in diesen acht Monaten fielen die Nonen auf den 5., in den übrigen vier Monaten auf den 7. Tag des jeweiligen Monats.

Personenverzeichnis

Lucius Ceionius Commodus, genannt Lukios, 9 Jahre

Lucius Aurelius Commodus, meistens nur Commodus genannt, 13 Jahre, Onkel des Lukios und Sohn des Kaisers Marcus Aurelius; er ist der Caesar

Cornilla – heißt eigentlich Cornificia, 11 Jahre, Schwester des Lucius Aurelius Commodus und also auch eine Tante des Lukios

Annia – Schwester des Lukios, 10 Jahre

Sextus – Mitglied des »Klubs der Raben«

Quintian – Neffe des Stiefvaters Lukios' und ebenfalls eines der Mitglieder des »Klubs der Raben«

Lucilla – älteste Schwester des Lucius Aurelius Commodus und Mutter des Lukios

Tante Fabia – Schwester des verstorbenen Vaters Lukios'

Marcia – Köchin im Haus der Tante Fabia

Euphrat und Tigris – Zwillinge, Kinder von Sklaven im Haus der Tante Fabia, gute Freunde des Lukios

Onkel Ummidius – Onkel des Lukios

Hyazinthus – Griechischlehrer

Pitolaos – Erzieher des Kaisersohns

Galenus – ein berühmter Arzt, der aus Pergamon in Kleinasien stammt

Jullus – ein Gladiator, der nicht nur Löwen jagt, sondern auch gern Briefe schreibt

Marcus – Begleiter des Jullus, versteht ebenso etwas von Löwenjagd

Marius – Steuermann

Priscus – Tierhändler

Bobo – ein Affe aus Numidien

Wie diese Geschichte entstand

Wenn es nicht zu heiß ist, setze ich mich am liebsten auf die oberste Sitzstufe des Theaters. Von hier aus hat man den schönsten Blick über Pergamon. Von hier kann man weit hinaus in die Ebene sehen, bis zum Heiligtum des Äskulap, zur »heiligen Straße«, bis aufs Meer, und sogar die hellen Segel der Schiffe erkennt man noch gut.

Die Marmorbank ist warm von der Sonne, auf meinen Knien liegt die Papyrusrolle, neben mir stehen ein Glas Rußtinte und eine Dose voll mit Honigbonbons, die mir der Arzt Galenus gegen meine Heiserkeit verordnet hat. Es ist Ende September. Vitrasius Pollio und Flavius Aper sind Konsuln in Rom (176 n. Chr.). Vor ein paar Tagen hat mein alter Lehrer Hyazinthus mir die Papyrusrolle in die Hand gedrückt und mir geraten, auf ihr meine Geschichte aufzuschreiben …

»Denn«, so sagte er, »so geht es nicht mehr lange weiter, Lukios. Du bist wieder ganz heiser. Zwei Stunden hast du eben gebraucht, um den Kindern die Sache mit dem Pferd Pertinax und dem Schaf zu erzählen …«

Das habe ich eingesehen. Übrigens hat Euphrat hier in Pergamon angefangen, die Kunst des Lesens zu lernen. Tigris konnte schon in Rom lesen. Beide Zwillinge waren jedenfalls damit einverstanden, dass ich einen Papyrusroman für sie schreibe – und mit der Heiserkeit wurde es jetzt fast schlagartig besser. Die Rolle beginnt sich zu füllen. Neben mir sitzt der Affe Bobo mit geschientem Arm und frisst ein Honigbonbon nach dem anderen, während ich schreibe.

Wenn er nicht gewesen wäre, und wenn ich nicht Lucius Ceionius Commodus hieße – obwohl mich die meisten Leute einfach »Lukios« nennen –, ja dann – dann wäre ich wohl nie nach Pergamon gekommen. Ich säße heute in Rom auf einer Bank im Pädagogium in der Jupiterstraße, in der auch unser »Haus der Diana« steht, und müsste mich mit Geometrie quälen und kleine Kieselsteine, *calculi,* auf den Linien der Rechentafel hin und her schieben.

Feine Leute in Rom haben mindestens vier Namen. Manchen geht es noch schlimmer – sie haben fünf und noch mehr Namen, die sie sich merken müssen. Es gab sogar einmal einen Konsul mit sechsundfünfzig. Insofern bin ich nicht schlecht dran – ich habe nur drei; Lucius hört sich ja auch noch ganz gut an. Aber Ceionius … Versucht mal, das auszusprechen! Die Leute zerbrachen sich die Zunge daran und redeten mich einfach mit den beiden anderen Namen an. Und dann wurde es schlimm!

»Aha«, sagten sie, »Lucius Aurelius Commodus.«

Waren sie Erwachsene, dann wurden sie verlegen, rückten ihre Toga zurecht und redeten mich mit Domine an. Sie glaubten allem Anschein nach, ich sei der Sohn des Kaisers Marcus Aurelius.

»Nein«, sagte ich dann, »Sie irren sich. Ich bin nicht DER, den Sie meinen. Ich bin nur sein Neffe. Mein Onkel, der Kaisersohn LUCIUS AURELIUS COMMODUS, ist allerdings bloß vier Jahre älter als ich, bisschen komisch, finden Sie nicht? Aber wenn Sie mit mir reden, dann nennen Sie mich doch einfach Lukios!«

Ob die Leute wussten, dass LUKIOS die griechische Form vom lateinischen LUCIUS war, entzieht sich meiner Kenntnis. (Weil ich nämlich so gut Griechisch konnte, hatte man mich bald nicht mehr Lucius, sondern Lukios genannt.) Jedenfalls atmeten die Leute immer richtig auf, wenn sie das hörten, und benahmen sich wieder normal. Ich aber dachte jedes Mal, den Göttern sei Dank, dass ich nicht der wahre

Lucius Commodus bin, sondern nur der Neffe des zukünftigen Kaisers.

Die Kinder meines Alters in Rom wussten meistens nicht, wer ich hätte sein können, oder es war ihnen egal. Sie sagten höchstens: »Bist du Der, der auf den Münzen drauf ist?« Zu allem Überfluss sah ich meinem Onkel zum Verwechseln ähnlich!

»Nein«, sagte ich, »ich heiße bloß genauso.« Und ich flunkerte sogar ein bisschen: »Mit dem hab ich gar nichts zu tun.«

Dann waren die Kinder froh und genierten sich nicht mehr.

Das Porträt meines noch so jungen Onkels war schon damals auf vielen Münzen aufgeprägt, damit jedermann sein Aussehen kannte. Außerdem hingen in jedem Barbierladen, in jedem Gemüseladen, in allen städtischen Badeanlagen, beim Apotheker und wo auch immer – in den Städten und Dörfern, ja, im ganzen römischen Weltreich Bilder von Marcus Aurelius und seinem Sohn Lucius Aurelius Commodus.

Auch hier, in Kleinasien, sind die kaiserlichen Bildnisse häufig zu sehen. Ja! Hier in Pergamon. Manchmal hab ich Heimweh nach Rom ...

Alles, was gewesen war, fällt mir dann wieder ein: die Nacht, in der mein Freund Sextus sich das Bein brach, wie wir Wagenrennen spielten mit meinem Maultier und Commodus' lauchgrünem Rennwagen, der »Klub der Raben«.

Hyazinthus, unser Griechischlehrer, der in die Verbannung gehen musste, als sich herausstellte, dass er ein Christ war. Vor mehr als einem Jahr geschah das alles, als Calpurnius Piso und Salvius Julianus Konsuln waren (175 n. Chr.).

Doch ich will jetzt lieber anfangen, die Ereignisse der Reihe nach zu erzählen.

Der rätselhafte Korb

Schon seit Tagen tat Tante Fabia geheimnisvoll. Boten waren zu ihr gekommen und hatten hinter verschlossener Tür lange Gespräche mit ihr geführt.

Sie flüsterten im Speisezimmer mit meiner Mutter und Onkel Ummidius, ohne dass ich verstehen konnte, worum es dabei ging.

»Hast *du* den Papyrus mit dem Schiffsfahrplan weggenommen, Lukios?«, fragte sie mich eines Tages scharf.

»Tigris hat ihn doch. Du selbst hast ihn ihm gegeben«, verteidigte ich mich. »Willst du verreisen, Tante?«

Sie sah mich überrascht an. »Nein – das nicht. Ach, vergiss es wieder, es ist wirklich gar nichts Besonderes ...« Das war die einzige Antwort, die ich erhielt. Sie errötete sogar leicht und verließ mit hastigen Schritten den in Rot gehaltenen Salon. Verdutzt und nun natürlich noch viel neugieriger als vorher blieb ich zurück.

Später hörte ich sie Onkel Ummidius fragen, der sich in derlei Dingen auskannte, wie lange wohl die Reise von Carthago nach Rom dauern würde.

»Bei günstigem Wind braucht ein Schiff fünf Tage bis Ostia – dann musst du einen Tag mit dem Wagen vom Hafen nach Rom dazuzählen. Du kannst ja zum Glück die kaiserliche Post für die letzte Wegstrecke benützen. Sie ist schnell und zuverlässig ...«

Tante Fabia strich sich eine Strähne ihres dunkelroten, fein gekräuselten Haars aus der Stirn und nickte.

»Wenn das Schiff nur schon da wäre«, sagte Onkel Ummidius und dann, nach einer kurzen Pause: »Ob es ihm helfen wird?«

Das Schiff traf am achten Tag vor den Kalenden des Mai (dem 23. April) in Ostia ein. Seit dem großen Fest der Göttin Isis im März, an dem im Hafen von Ostia feierliche Gelübde an Isis und den ägyptischen Schutzgott der Seefahrt Sarapis stattgefunden hatten, konnten die Schiffe wieder fahren. Denn im Winter, in der Zeit der großen Stürme, ist die Fahrt noch zu gefährlich.

Es war ein Eilschiff und es hatte eine geheimnisumwitterte Fracht für Tante Fabia von Carthago nach Ostia gebracht – so viel und nicht mehr wusste ich am Morgen des siebten Tages vor den Kalenden des Mai (24. April), als sie mich und den armenischen Sklavenjungen Tigris zu sich rufen ließ.

Sie bat uns, für sie zum Trajansmarkt zu gehen, in den Laden eines gewissen Priscus. Dort sollten wir nur sagen, Ceionia Fabia habe uns geschickt, um den Korb abzuholen. Alles Weitere würden wir dort erfahren. Eigentlich hätte sie sich am liebsten von ihren Sklaven in der Sänfte dorthin tragen lassen, aber dummerweise müsse sie gerade heute an einer Opferprozession teilnehmen.

»Commodus wird auch dort sein«, fügte sie mit einem Seufzer hinzu. »Wenn er nur keinen Fehler beim Opfer macht. Jeder Versprecher gilt als übles Omen. Es dauert immer so lange, wenn man dann das ganze Gebet noch einmal wiederholen muss. Bei der Feier in Ostia hat er die Opferkelle fallen lassen und sich bei den Gebeten für die glückliche Überfahrt der Kornflotte nach Ägypten zweimal versprochen. Und er hätte sogar noch vergessen, sich die Toga über den Kopf zu ziehen, wenn Onkel Ummidius es ihm nicht im letzten Moment zugeflüstert hätte. Er tut mir Leid, der Junge …«

Jetzt erinnerte ich mich wieder. Seit dem siebten Tag nach den Iden des Januars dieses Jahres (dem 20. Januar) war

Commodus Mitglied in den vier großen Priesterkollegien geworden. Mit seinen dreizehn Jahren war er jetzt der jüngste Priester der ganzen Stadt. Vor jedem Festtag zitterte er seitdem, er könnte etwas falsch machen oder sich blamieren.

»Geh jetzt«, bat Tante Fabia und sah gar nicht mehr zu uns hin, so beschäftigt war sie damit, in den Spiegel aus glänzendem Silber zu sehen, den die Ornatrix, eine Frisiersklavin, ihr hinhielt, während eine zweite ihr mit langen elfenbeinernen Haarnadeln den Knoten feststeckte.

Tigris und ich machten uns auf den Weg. Es war noch früh am Morgen. Über den roten Ziegeldächern der Häuser in der Jupiterstraße wirbelten blaue Rauchwölkchen. Wir kamen am großen Doppeltempel der Venus und der Stadtgöttin Roma vorbei. Auf der Straße gingen Sklaven in die gleiche Richtung wie wir. Frühmorgens herrscht in ganz Rom Hochbetrieb. Jeder, der Beine hat, ist dann in seiner besten Kleidung, der schneeweißen Toga, unterwegs. Er eilt zum Morgenempfang seines Patrons. Einen Patron aber hat jeder – denn auch die Patrone selbst haben wieder einen Oberpatron, und der Oberpatron hat einen Oberoberpatron, zu dem er hingehen muss, nachdem er seine Klienten empfangen hat; das ist das Gerechte an der Sache. Der höchste Patron ist der Kaiser – er allein muss zu niemandem gehen. Er ist der einzige Mann in Rom, der nicht »Klient« ist. Ein Beispiel: Unser Freigelassener, Hyazinthus, muss morgens zum Empfang bei meiner Mutter und Tante Fabia vorsprechen. Anschließend gehen meine Mutter und Tante Fabia ihrerseits zum Empfang von Kaiser Marcus Aurelius oder – wenn er nicht da ist, zu dessen Sohn, Lucius Commodus, der ihn vertritt; den Empfang bei Commodus nehmen sie natürlich nicht so ernst, wie wenn Marcus Aurelius selbst da wäre, das ist klar.

Zweites Beispiel: Der Besitzer der Taverne »Zu den Sandalen des Herkules« geht morgens in aller Frühe zu seinem

Patron Hyazinthus. Hyazinthus begrüßt die Freigelassenen, viele sind es nicht, und geht, wenn er fertig ist, zu Tante Fabia. Wozu so etwas gut ist? Wenn Tante Fabia alle ihre Klienten begrüßt hat, bittet sie einen Teil von ihnen, doch möglichst zur fünften Stunde (10 Uhr 31 bis 11 Uhr 15) dabei zu sein und zu klatschen, wenn sie bei der Eröffnung des neu erbauten Dianatempelchens ihre Rede halten wird. Hyazinthus wiederum bittet Tante Fabia um ein Empfehlungsschreiben an einen Senator, dessen Privatbibliothek er benutzen möchte. Ist das erledigt, geht Tante Fabia zum Morgenempfang zu Commodus in den kaiserlichen Palast.

Die meisten Bretterverschläge an den kleinen Läden und Buden am oberen Ende des Trajanmarktes unter der Bibliothek waren noch geschlossen. Wir bogen in eine Seitenstraße ein und traten über eine steile, enge Steintreppe in das Gewölbe hinab, in dem Priscus seine Säcke mit Gewürzen und Ballen aus buntem Stoff aus Afrika und Asien aufbewahrte. Hier drinnen roch es angenehm nach indischem Zimt und Sandelholz. Tigris klopfte an die Tür zu Priscus' winziger Wohnung und stieß sie auf. Wir traten in einen kleinen Raum, der mit einem weichen Wollteppich ausgelegt war. In seiner Mitte hockte ein schmächtiger Mann mittleren Alters. Er trug ein kurzärmeliges, leuchtend grünes Gewand. Seine Arme waren mit goldenen Reifen geschmückt. Am rechten Oberarm war eine lange rote Narbe zu sehen. Er las in einem aufgerollten Papyrus, der mit griechischen Worten und Zeichnungen von wilden Tieren bedeckt war. Neben ihm stand ein großer geflochtener Korb. Sein Oberteil war mit einem wollenen Tuch bedeckt. Auf einem kleinen Tisch an der Seite brannte ein niedriges Öllämpchen aus Ton mit sieben Dochten. Auf einem Mauervorsprung stand eine kunstvolle Wasseruhr aus hellem Glas.

»*Salve*«, flüsterte Tigris schüchtern und verbeugte sich tief. »Die Domina Ceionia Fabia hat uns geschickt«, erklärte ich. »Wir sollen den Korb abholen …«

Priscus sah kurz von seinem Papyrusbuch auf und wies mit seiner mageren sonnenfleckigen Hand auf den Korb.

»Da ist er. Gebt Acht, dass das Tuch nicht herunterfällt«, sagte er, als sei dies schon alles. Dann beugte er sich auch schon wieder über den Papyrus und besah aufmerksam die Zeichnung eines Elefanten.

Von Neugier geplagt, nahm ich einen letzten Anlauf: »Tante Fabia sagte, wir würden alles Weitere von Ihnen erfahren …«

»Nüsse«, brummte Priscus ohne aufzusehen, »viele Nüsse. *Valete*, stört mich nicht länger, ich bereite gerade einen neuen Transport vor und die Zeit drängt. Sagt der Domina Ceionia Fabia einen schönen Gruß von mir.«

Im Korb raschelte es, als Tigris und ich ihn an den Griffen anhoben.

Besonders schwer war er nicht.

»Nüsse! Habt ihr gehört? Viele Nüsse!«, rief Priscus noch hinter uns her.

Draußen auf dem weiten Platz vor den Markthallen mit dem vergoldeten Reiterstandbild des göttlichen Kaisers Trajan hielt ich es nicht länger aus.

»Tigris, lass mich bitte nachsehen, was in dem Korb ist …«

»Es könnten Schlangen drin sein«, warnte Tigris.

Meine Neugier war verflogen. Ich mag Schlangen nicht besonders. Gewiss, es gibt eine Menge Leute, die sie sich als Haustiere halten – aber mir sind kleine gelbe Vögel von den Kanarischen Inseln oder britannische Ponys als Hausgenossen lieber.

»Warum ließe Tante Fabia sich per Eilschiff Schlangen aus Carthago kommen?«, überlegte ich laut.

Wir kamen zu keiner vernünftigen Antwort und hatten natürlich nicht den Mut, das Tuch wegzunehmen und den Deckel des geheimnisvollen Korbs zu öffnen.

Die Bäcker riefen bereits ihre Waren aus und die Hirten, die noch in der Nacht mit ihren tönernen Milchkrügen aus der Umgebung in die Stadt gekommen waren, schrien: »Frische Milch! Käse! Frische Milch ...«

Von ferne konnte man jetzt auch die Kinderschulen im Chor buchstabieren hören. Von überallher setzten sich die Hämmer und Sägen der Werkstätten am Straßenrand in Bewegung. Beim Überqueren der Straße mussten wir uns in Acht nehmen, denn knarrende Wagen schleppten ungeheure Steinblöcke und Baumstämme, deren Last den Boden erschütterte. Wagen hätten tagsüber in der Stadt eigentlich gar nicht fahren dürfen, aber diese hier hatten eine Ausnahmegenehmigung, weil die große Bibliothek hinter dem Trajansmarkt umgebaut wurde. Schwer beladene Lasttiere und Träger rannten die Fußgänger an. Von allen Seiten wurde man gedrängt, gestoßen, auf die Füße getreten. Am Eingang der Basilika klapperten die Geldwechsler mit kupfernen Assen, bronzenen Sesterzen und silbernen Denaren auf ihren schmutzigen Tischen. Eine Straßenecke weiter lockten indische Schlangenbändiger Zuschauer für ihre Vorstellungen an. Händler schoben ihre kleinen, von einem mageren Maultier gezogenen Karren an uns vorbei, auf denen sich Töpfe mit heißem Erbsenbrei und dampfenden Würsten befanden. Sklaven mit geflochtenen Einkaufskörben hasteten an uns vorüber. Eine Frau – sie war schon älter, und einen Moment lang dachte ich, sie sei eine Wahrsagerin, die uns für zwei Sesterzen aus der Hand lesen wollte – drängte sich auf uns zu.

»*Salve,* Caesar!«, rief sie. »Warte einen Moment, da, nimm diesen Brief ...«

Ehe ich recht begriffen hatte, worum es ging, hielt ich ein

leinenes Päckchen in der Hand. Die alte Frau hatte es mir gereicht. Sofort war sie wieder im Gedränge entschwunden.

Ein Brief für mich? Wer mochte ihn geschrieben haben?

Der Geruch nach heißem Erbsenbrei verflüchtigte sich, je näher wir in Richtung Jupiterstraße kamen. In der kühlen Eingangshalle unseres Hauses, Jupiterstraße, Haus der Diana, mit dem schwarz-weiß gemusterten Mosaikfußboden roch es nach welken Blumen, die wie jeden Morgen von den Sklaven aus dem Triclinium, dem großen Speisezimmer, weggeräumt wurden – und weiter innen nach Farbe, denn die Wohnzimmer wurden gerade von einer Malerfirma neu gestrichen und nach der neuesten Mode bemalt. Die noch schlaftrunkene Dienerschaft unseres Hauses, bewaffnet mit einer Unzahl von Eimern, Wischtüchern, Leitern zur Deckenreinigung, Flederwischen und Besen, teils aus grünen Palmen, teils aus Feldmyrtenreisern gebunden, war schon an der Arbeit. Einige Sklaven streuten Sägemehl auf den Mosaikboden und kehrten es anschließend mit dem Schmutz fort, mit dem es sich verbunden hatte. Der kleine Euphrat putzte mit einem großen Schwamm mit verbissenem Eifer die Pfeiler der Simse blank. Mit rauer Stimme schrie der Oberaufseher der Sklaven Befehle in das Durcheinander.

»Putz die Säule sauber«, brüllte er Euphrat an. »Wisch mit dem Tuch dort die vertrocknete Spinne weg!«

Tigris und ich stellten den geheimnisvollen Korb wie versprochen in Tante Fabias Zimmer ab.

Danach ging auch Tigris an seine tägliche Arbeit. Er sollte Euphrat dabei helfen, den Mosaikboden im Speisezimmer mit nassem Sand zu scheuern, damit er am Abend glänzte. Ich ging in den Stall hinunter, in dem mein Maultier stand. Es musste noch gefüttert werden. Davon abgesehen war der Pferdestall der ideale Ort, um Briefe zu lesen.

Ich setzte mich auf einen Ballen Stroh und streckte die Beine lang, um den Brief in aller Ruhe genießen zu können. Da erst bemerkte ich meinen Irrtum.

Das Leinenpäckchen enthielt ein zusammengefaltetes schmutziges Stück Papier, auf dem von außen gerade so viel zu sehen war:

An
den Caesar L. AVRELIVS
COMMODVS streng geheim

Wieder einmal hatte man mich mit meinem Onkel, Lucius Aurelius Commodus, verwechselt. Nicht zum ersten Mal. Und wohl auch nicht zum letzten Mal.

»Der glücklichste Junge der Welt« und was ich davon halte

»Der glücklichste Junge der Welt«, der ist Lucius, mein Onkel, bestimmt nie gewesen, obwohl die »Kaiserlichen Hofkommentare« und andere Zeitungen es geschrieben haben.

Commodus und ich gingen nämlich lange Zeit in die gleiche Klasse und lernten zusammen Griechisch bei Hyazinthus. Hyazinthus war klein, mager und schon älter, fast sechzig Jahre alt. Er hatte graue Augen und dunkles kurz geschnittenes Haar. Entgegen der Mode trug er keinen Bart. Früher war er ein guter Sportler gewesen, in Boxkämpfen hatte er sogar Preise gewonnen. Seit dieser Zeit stand seine Nase schief, was ihm manche Spöttelei eingetragen hatte. Auf seinen langen schmalen Händen waren braune Flecken. Sein Latein war schlecht und fast unverständlich durch die vielen griechischen Ausdrücke, die er verwendete. Von Geburt war er ein griechischer Sklave gewesen, bis mein verstorbener Vater ihn durch Testamentsbeschluss freigelassen hatte. Hyazinthus war der Meinung, wenn er nur Griechisch mit uns spräche, würden wir ihn sehr bald mühelos verstehen. Natürlich irrte er sich da ... Lucius Aurelius Commodus war dreizehn, ich erst neun. Außerdem war seine elfjährige Schwester Cornilla in der Klasse, ebenso mein Freund Sextus, der so alt wie ich ist. Größer war die Klasse nicht. Die »Schule« in den Räumen des kleinen Pädagogiums in der Jupiterstraße, nur ein paar Steinwürfe hinter dem eigentlichen Palast, am Fuße des Palatin gelegen, war privat. Natürlich wurde Hyazinthus sehr viel besser bezahlt als irgendein gewöhnlicher »Magister«, der normalerweise mit der lächerlichen Bezahlung von acht Assen je Kopf und Monat entlohnt wurde und deshalb seinen Lebensunterhalt noch mit der untergeordneten Beschäftigung als öffentlicher Schreiber verdienen musste. Hyazinthus hatte es durch seine Tätigkeit sogar zu einem netten kleinen Vermögen gebracht – er besaß zwei Sklaven und ein paar Freigelassene.

Es genierte Lucius Commodus sehr, dass er noch mit uns Jüngeren zusammen lernen musste. Aber er war in Griechisch so schlecht, dass er unmöglich bei den Großen bleiben konnte.

Dafür war er im Fechten der Beste.

Wenn er Vokabeln lernen sollte, spielte er lieber Wagenrennen mit den Zwillingsbrüdern Euphrat und Tigris. Die beiden und mein Maultier ließ er dann immer heimlich zu sich in den Palast holen. Sie mussten allerdings in einer entfernten Ecke des Palastgartens spielen, und eigentlich durfte

Commodus gar nicht mit ihnen umgehen, weil sie ja nur Sklaven mit einem einzigen Namen waren und weil er doch später einmal Kaiser werden sollte. Commodus töpferte leidenschaftlich gern – auch darüber lächelten die Erwachsenen. Dabei konnte ich ihn ganz gut verstehen; denn der Unterricht bei Hyazinthus war nicht übermäßig interessant. Wir mussten langweilige Texte von Platon übersetzen, große Teile der Odyssee auswendig lernen und kleine Reden auf Griechisch halten. Commodus musste außerdem den ganzen Morgen lang bei verschiedenen anderen Lehrern gutes Benehmen, Lateinischen Ausdruck und Redenhalten, Rhetorik lernen. Mittags hatte er Reitunterricht und übte fechten – für ihn war das wie eine Erholung. Abends hatte er schriftliche Aufgaben für den nächsten Tag zu erledigen.

Im Gegensatz zu ihm führten wir anderen fast ein freies Leben. Wir lernten morgens Griechisch und schrieben manchmal einen lateinischen Aufsatz. Einmal in der Woche pflegte Tante Fabia mich abzuhören.

Wie mein Onkel Commodus damals aussah, das wisst ihr ja alle. Ihr braucht nur eine Münze aus der Tasche zu ziehen, dann seht ihr ihn im Profil vor euch: mit seinem kurz geschnittenen Haar, der langen schmalen Nase, den stark hervortretenden Augen und den leicht aufgedunsenen Wangen.

Unsere Familie ist ziemlich groß. Meine zahlreichen Tanten, Onkel, Kusinen und Cousins auseinander zu halten, fällt mir sogar heute noch schwer …

Zu der Zeit, in der meine Geschichte spielt, im Jahr, als Calpurnius Piso und Salvius Julianus Konsuln waren (175 n. Chr.), waren noch fünf Kinder meiner Großeltern, des Kaisers Marcus Aurelius und der Kaiserin Faustina, am Leben: Damals hatte Lucius Aurelius Commodus also noch zwei ältere Schwestern, nämlich meine Mutter Lucilla und meine Tante Fadilla, und zwei jüngere, Cornilla und Sabina.

Dazu kam eine unübersehbare Schar von Tanten, die sich liebevoll um den Kaisersohn bemühten und ihn mit selbst gebackenen Süßigkeiten voll stopften. Sie alle, allen voran aber meine Tante Fabia mit ihren roten Locken, ihren erstklassigen Manieren und ihrer in ganz Rom sprichwörtlichen kandierten Gallier-Torte, sie alle verfolgten mit leidenschaftlichem Interesse seine kleinen Erfolge und seine größeren Misserfolge auf der Schule.

Für mich, Lukios, interessierten sie sich weniger. Die vielen Fragen, die ich ihnen bei allen möglichen und unmöglichen Gelegenheiten stellte, fanden sie lästig. Meine Mutter Lucilla war meistens in Eile und hatte für mich wenig Zeit. Dafür gab es gute Gründe: Seit sechs Jahren war mein Großvater Marcus Aurelius nicht mehr in Rom gewesen, sondern hatte ohne Unterbrechung hoch im Norden an der Donaugrenze des Imperium Romanum – des Römischen Kaiserreichs – Krieg gegen die wilden Stämme der Germanen und Sarmaten geführt.

Hätte es nicht die vielen Statuen aus Erz und Marmor und die vielen schreiend bunten Bilder an den Wänden gegeben, die ihn im purpurroten Feldherrnmantel mit dem Lorbeerkranz auf dem Kopf zeigten – ich hätte ebenso wenig wie Lucius gewusst, wie er überhaupt aussah.

Meine Großmutter Faustina, eine schon ältere, aber resolute Dame mit grau meliertem Haar, das sie zu einem Knoten hochgesteckt trug, war mehrmals bei ihm in den Feldlagern gewesen; denn sie reiste gern. Sie hatte deshalb auch den Ehrennamen *Mater castrorum*, Mutter der Lager, erhalten. Meistens aber hielt sie sich in Rom auf und kümmerte sich, unterstützt von Leuten wie Onkel Ummidius, den jeweiligen Jahreskonsuln, meiner Mutter Lucilla und einigen ehrgeizigen

Senatoren, um die Regierungsgeschäfte. Auch meinen Stiefvater, den Claudius Pompeianus, kannte ich eigentlich nur vom Hörensagen – in der Stadt wurde viel von ihm erzählt. Er sei ein tüchtiger General und weiche nicht von der Seite des Kaisers. Als er zuletzt vor drei Jahren ganz kurz in Rom gewesen war, hatte er mir über den Kopf gestrichen und gesagt: »Nur weiter so, mein Sohn.« Das hatte großen Eindruck auf mich gemacht, obwohl ich mich sonst fast nicht mehr an ihn erinnern konnte. Er war groß, hager und kahlköpfig.

Wir hatten kein Familienleben, so wie andere Familien es haben, trotz unserer großen Familie.

Mit seinen dreizehn Jahren war Lucius noch ein Kind, ich mit meinen neun dagegen war der Meinung, ich sei vor einem Jahr erwachsen geworden.

Vor einem Jahr, als Aurelius Gallus und Flaccus Cornelianus Konsuln waren (174 n. Chr.), war die Sache in Centumcellae passiert, die ich kurz beschreiben möchte. Sie scheint nicht sehr viel mit der Geschichte zu tun zu haben, die ich erzählen will. Dennoch finde ich sie wichtig genug, um sie hier zu erwähnen:

In den Sommerferien hatte man meinen kaiserlichen Onkel und mich zwei Tage lang allein, ohne Pädagogen, mit den Sklaven und ein paar Hunden, in der riesigen Sommervilla auf den Felsen über dem Meer außerhalb der Stadt gelassen.

Nachmittags wollten wir zur gewohnten Stunde im Caldarium, dem Warmbad, baden. Doch schon gleich als wir ins Wasserbecken stiegen, merkten wir, dass das Wasser viel zu kalt war. Und sofort kam auch mit lautem Gejammer der verantwortliche Sklave gelaufen und versuchte sich zu entschuldigen, der Heizofen habe nicht funktioniert. Das Holz sei nicht trocken genug gewesen, er sei nicht schuld. »Hab Erbarmen mit deinem Sklaven, Domine!«, flehte er. Er fürchtete, der Caesar würde ihn auspeitschen lassen – die normale Bestrafung für einen Sklaven, dem ein Missgeschick unterlaufen war.

Lucius Commodus bekam einen roten Kopf, stampfte mit dem Fuß auf und schrie: »Ihr da, steht nicht dumm herum und gafft! Los, werft ihn in den Ofen! Dann werden wir ja alle sehen, ob der brennt!«

Die anderen Sklaven, die um uns herumstanden – Euphrat war übrigens auch dabei –, grinsten zuerst. Aber plötzlich begriffen wir alle, dass es ein Befehl war und dass er ernst gemeint war, todernst.

»Worauf wartet ihr noch?«, fragte Commodus. Seine Stimme war nun wieder ganz ruhig. »Werft diesen Mann sofort in den Heizofen. Wenn ihr es nicht tut, werde ich euch alle auspeitschen lassen.«

Der alte Sklave, dem das Unglück passiert war, zitterte wie Espenlaub.

»Lucius, sei vernünftig, du darfst ihn nicht töten«, rief ich, »beim Jupiter, bei Juno und Minerva! Der göttliche Antonius Pius hat ein Gesetz erlassen, das verbietet, einen Sklaven ohne Gerichtsurteil zu töten.« Dieses Gesetz war mir eben noch rechtzeitig eingefallen. Hyazinthus hatte mir einmal davon erzählt.

»Du bist ein Dummkopf!«, brüllte Lucius. »Wenn ich in ein paar Jahren Augustus bin, dann werde ich selbst Gesetze erlassen.« Er bekam wieder einen krebsroten Kopf und schrie immer lauter. Ob wir uns seinen Befehlen also offen widersetzen wollten? Eines Tages würde er Kaiser sein, und jetzt schon läge es in seiner Macht, alle diese Sklaven öffentlich auspeitschen zu lassen. Das stimmte wirklich. Vor Entsetzen fing ich auch noch an zu weinen.

Die Sklaven tauschten verstohlene Blicke untereinander. Schließlich taten sie so, als führten sie Commodus' Befehl aus. Es gelang ihnen, ihren Gefährten in einem Wandschrank zu verstecken, und statt seiner warfen sie dann ein Schaffell in den Ofen. Es verbrannte mit scheußlichem Gestank.

Auch Lucius roch ihn, fest davon überzeugt, der alte Sklave sei bei lebendigem Leib verbrannt worden. Er schien zufrieden zu sein.

»Es ist besser so«, sagte er. »Der hat nun seine gerechte Strafe bekommen.«

Aus schreckgeweiteten Augen starrte ich ihn an. Es war schwer für mich zu verstehen, dass er das »Recht« haben sollte – er, ein dreizehnjähriger Junge –, das Leben eines Menschen zu vernichten. Ich empfand Mitleid mit dem Sklaven im Wandschrank.

An diesem Tag sah ich ein, dass etwas falsch sein musste an einer Welt, in der es Sklaven gab, mit nur einem Namen und ohne Recht, und Senatoren mit sechsundfünfzig Namen und meinen dreizehnjährigen Onkel Commodus mit dem Recht, Sklaven peitschen zu lassen und zu töten, wenn er wollte.

Ich erzählte die Sache später Hyazinthus. Seltsamerweise war er nicht einmal übermäßig überrascht.

»Wie konnte Commodus so gemein sein«, sagte ich.

Hyazinthus schüttelte den Kopf und antwortete: »Den Erwachsenen muss man Vorwürfe machen. Sie reden viel zu oft davon, dass Commodus bald sehr viel Macht haben wird. Commodus ist nur zu dem geworden, zu dem sie ihn gemacht haben.«

Bobo

Doch zurück zu unserem Alltag, zurück ins Pädagogium in der Jupiterstraße.

Am nächsten Morgen (dem 15. April des Jahres 175

n. Chr.) berichtete uns Lucius Commodus voller Stolz, wie gut er seine priesterlichen Verpflichtungen gestern bei dem feierlichen Opfer erfüllt habe. Der dicke Quintian, Sextus und ich beglückwünschten ihn. Dann gab ich ihm noch schnell den Brief, den die alte Frau in der Stadt mir zugesteckt hatte.

Er las ihn, ohne eine Miene zu verziehen. Doch in der darauf folgenden Griechischstunde war er auffallend zerstreut und kritzelte mit seinem bronzenen Griffel kleine Löwen auf das Wachstäfelchen, das auf seinen Knien lag. Immer wieder wanderten seine Blicke zum Fenster hinaus, von dem man auf den Circus Maximus sehen konnte mit seiner lang gestreckten Rennbahn und den beiden schlanken Obelisken.

»Pertinax wird beim nächsten Rennen wieder gewinnen. Dann werden seine Hufe vergoldet und eine goldene Decke wird er bekommen«, flüsterte er mir zu.

In seinen aus Weiden geflochtenen Stuhl zurückgelehnt, erzählte uns Hyazinthus, wie wichtig es sei, Sprachen zu lernen: »Glaubt mir, heutzutage ist man verloren, wenn man kein Griechisch spricht. Die halbe Welt beherrscht diese Sprache – jeder griechische Sklave kann sie besser als du, Lucius Commodus! Alle besseren Schriftsteller schreiben ihre Bücher auf Griechisch, nicht mehr lateinisch wie früher. Denkt nur an die lustigen Geschichten des Schriftstellers Lukian ...«

Ein breites Grinsen ging über Commodus' Gesicht. »Ich hab einen Sklaven, der sie mir übersetzt«, sagte er halblaut, sodass Hyazinthus es hören musste, »und außerdem mach ich mir nichts aus Büchern. Ich seh lieber Wagenrennen an ...«

»So einen Onkel hast du, kleiner Lukios«, sagte Hyazinthus, leisen Spott in der Stimme, »nimm dir bloß kein Beispiel an ihm ... Die Stunde ist vorüber, ihr könnt jetzt gehen.«

Gerade packte ich meine mit Wachs beschichtete Schreibtafel aus Lindenholz und den Stylos, den Griffel, ein, da kam Commodus auf mich zu: »Du, ich zeig dir was ...«

»Ein britannisches Pony?«

»Nein, etwas viel Schöneres ...«

»Ich will mit!«, rief Cornilla.

»Nichts für Mädchen!« Commodus gab sich ruppig.

Cornilla lachte ihn aus und ging trotzdem mit uns. Zwei von den äthiopischen Leibwächtern meines Onkels gingen unauffällig hinter uns her, während wir durch den großen Garten in den Teil des Palastes liefen, wo Caesar wohnte. Sie hatten die Arme auf dem Rücken verschränkt und warfen wachsame Blicke um sich. Als Commodus sie bemerkte, streckte er ihnen die Zunge heraus. Durch einen langen unterirdischen Gang mit weiß-schwarz gemustertem Mosaikfußboden kamen wir in sein geräumiges Zimmer mit dem Leopardenfell auf dem Boden, an dem der Kopf noch hing – er war ausgestopft, und die Augen sahen aus, als lebte der Leopard noch.

Ihr lieben Götter, was hätte ich darum gegeben, diesen lauchgrünen Rennwagen in der Ecke mein Eigen zu nennen! Und der Kriegselefant aus Ton mit Rädern unter den Beinen und den tückischen kleinen Glasaugen, fand ich, war auch nicht zu verachten ...

Außerdem gehörten Commodus eine Gladiatorenuniform mit einem Dreizack und einem Fangnetz und eine Rennfahreruniform in Grün, die er mir manchmal freundlicherweise auslieh.

Jemand lachte gellend, als wir eintraten, jedenfalls hörte es sich so an. Verwirrt sah ich mich um.

»Das ist Bobo«, sagte Cornilla.

In einem vergoldeten Käfig auf dem großen Tisch mit den Bronzefüßen saß ein graues Etwas, das immer wieder in schallendes Gelächter ausbrach. Eine behaarte Hand streckte sich zwischen den Stäben hindurch.

»Was ist das?«, fragte ich erschreckt.

Cornilla öffnete die Tür des Käfigs. »Komm her, Bobo«, lockte sie.

Ein richtiger Affe! Bobo kletterte auf ihre Schulter und zog sie mit seinen kleinen Händen an den Zöpfen. Im Gesicht war er weiß, seine Augen waren braun und sahen jetzt fast traurig aus. »Geschenk von Tante Fabia«, erklärte Commodus, »weil ich mich diesmal beim Opfergebet kein einziges Mal versprochen habe.«

Kichernd erzählte er noch, dass die Feier trotzdem wiederholt werden musste, weil der Opferstier ausgebrochen sei, das übelste Vorzeichen, das es gibt! »Onkel Ummis Gesicht hättest du dabei sehen müssen! Der Stier rannte einfach los und warf sogar ein paar von den Opferdienern um, die ihn halten wollten. Es dauerte ziemlich lange, bis sie ihn wieder hatten … Der Affe ist aus Afrika!«

Er fütterte Bobo jetzt mit einer Nuss, die er für ihn mitgebracht hatte. Da plötzlich begriff ich: Tigris und ich hatten gestern also Bobo vom Tierhändler Priscus am Trajansmarkt mit eigenen Händen abgeholt! Und jetzt – gehörte er Commodus. »Mir hat Tante Fabia noch nie so etwas Tolles geschenkt …«

Meine Stimme begann zu zittern. Ich empfand so etwas wie Neid. Bobo schmatzte; es schien ihm zu schmecken.

Als er fertig war, streckte er wieder seine braune Hand durch die Stäbe.

»Ein britannisches Pony wäre mir lieber gewesen«, maulte mein Onkel, »ich mach mir nämlich gar nichts aus Affen.« Prüfend sah er mich an. »Gefällt er dir? Etwas anderes: Lukios, ich glaube, du bist der Einzige, der mir helfen kann … Ich muss noch zwei lateinische Aufsätze schreiben und weiß nicht, wie ich das bis übermorgen schaffen soll. Für dich wäre es eine Kleinigkeit. Du würdest mir einen riesigen Gefallen tun, wenn du sie für mich schreiben würdest …«

»Ich? Aber das kann ich doch gar nicht …«

»Und ob du's kannst«, sagte Commodus mit Bestimmtheit.

»Aber warum schreibst du sie nicht selbst?«

»Bitte geh mal kurz raus, Cornilla. Wehe, du petzt!«

Cornilla verschwand mit wütendem Gesicht.

»Ich hab keine Zeit«, sagte Commodus stolz, als sie draußen war. »Heute Nachmittag habe ich eine wichtige Verabredung.« Ich bildete mir ein, meinen Onkel sehr genau zu kennen. Tante Fabia hat einmal zu mir gesagt, ich sei ungewöhnlich pfiffig und besäße für mein Alter bereits eine große Menschenkenntnis. Ich bemerkte, wie Commodus sich seine rötlich braunen Haare aus der Stirn strich und dabei leise vor sich hin pfiff – ein untrügliches Zeichen dafür, dass er sehr nervös war. Immer, wenn er sich aufregte, fing er nämlich an, leise vor sich hin zu pfeifen. Wer ihn nicht näher kannte, hielt dies Pfeifen für ein Zeichen von Unbekümmertheit oder Sorglosigkeit. Ich aber wusste nur zu gut, dass Lucius Commodus in solchen Momenten versuchte, seine innere Unsicherheit nach außen hin zu überspielen.

Meine Neugierde erwachte. »Was für eine Verabredung?«, wollte ich wissen.

Mein Onkel drehte und wand sich, ich war offensichtlich auf einer Spur.

»Das kann ich dir nicht erklären. Dazu ist die Sache viel zu kompliziert.«

»Eben deshalb«, beharrte ich. Nun war ich im Vorteil. Commodus war der, der etwas wollte. An mir lag es, seine Bitte zu erfüllen. Ich war bereit, die beiden Aufsätze für ihn zu schreiben. Doch vorher wollte ich erfahren, welchen finsteren Geschäften er heute Nachmittag nachjagen würde …

Und ich würde es aus ihm herauskriegen!

»Also?«

»Ich will mich mit einem richtigen Tierkämpfer treffen«, flüsterte er nun. »Davon darf aber niemand etwas erfahren. Ich will mich mit ihm treffen, und er bringt mir dann ein paar Tricks bei, für die Löwenjagd. Das hat er mir versprochen. Wenn Pito mich erwischt, gibt's natürlich einen Krach …«

Ich nickte. Pitolaos, von uns immer nur »Pito« genannt, war der Obererzieher meines Onkels. Selbstverständlich hätte er es nie geduldet, dass der Sohn des Kaisers sich mit einem Gladiatoren traf, um mit ihm Gespräche über die Jagd von wilden Tieren zu führen … Und wenn Tante Fabia es erführe – nicht auszudenken, wie sie sich aufregen würde!

Beim Herkules, dachte ich, ein richtiger Tierkämpfer … Einer von den verwegenen Gesellen, die in der großen Kaserne, Ludus Matutinus genannt, beim Kolosseum wohnten. Mit tätowierten Armen und schrecklichen Narben auf der Brust … Gespräche über die Löwenjagd … Mit einem Mal schossen mir Tränen in die Augen. Ein Gefühl von Neid überrollte mich wie eine Welle. Ganz Rom, die ganze Welt schienen Commodus verwöhnen zu wollen – Lucius Aurelius Commodus wohlgemerkt, nicht Lucius Ceionius Commodus! Nicht mich. Plötzlich kam ich mir klein und schäbig vor.

»Wie sieht er aus?«, stieß ich hervor, nur um etwas zu sagen.

»Wie er aussieht? Wie soll ich das wissen?«

»Aber – ich denke, du kennst ihn …«

Commodus lachte. »Wenn das so einfach wäre … Ich

habe die Möglichkeit, einen Tierkämpfer kennen zu lernen, verstehst du? Er hat mir einen Brief geschrieben ...«

»Ist es der Brief, den ich dir in der Griechischstunde gegeben habe?«

»Der ist es! Der Mann heisst Jullus. Ich möchte den Brief jetzt unter meinem Bett verstecken. Willst du ihn vorher schnell lesen?«

Atemlos nickte ich. Immerhin verspürte ich in diesem Augenblick auch ein Gefühl von Dankbarkeit gegenüber Lucius Commodus, der mir so großzügig Einblick in seine Geheimnisse zu gewähren bereit war. Ich an seiner Stelle wäre vorsichtiger gewesen ...

Der Brief des Gladiators

Der Brief eines Gladiators!

Damit hier kein Missverständnis entsteht: Auch mir war von meiner Mutter und Tante Fabia natürlich streng verboten worden, mich mit Fechtern und Tierkämpfern oder Wagenlenkern zu unterhalten ... Vermutlich fürchteten die beiden, ich könnte auf den Geschmack kommen und daran denken, eines Tages selbst Wagenlenker oder Gladiator zu werden.

Denn von meiner Zukunft hatten sie ganz andere Vorstellungen.

»Lukios wird mal Politiker«, sagten sie immer wieder, als sei daran schon jetzt nichts mehr zu ändern, während ich insgeheim meine eigenen Pläne schmiedete ...

»Es wird damit anfangen, dass er ein Jahr lang die Sorge für die städtische Müllabfuhr übernehmen wird, danach kommt er ins Amt für Straßen, Brücken und Verkehrswesen, dann ins Amt für öffentliche Badeanstalten und Wasserleitungen und dann …«

»Er kann sogar Konsul werden«, sagte an dieser Stelle Tante Fabia zu meiner Mutter, die darauf erwiderte: »Eines Tages wird er Statthalter einer Provinz sein, von Kleinasien vielleicht oder von Obergermanien, und wenn er tüchtig ist, kann er ein zweites Mal Konsul werden – *Consul iterum …*«

Meine Pläne waren jedenfalls andere … Ich wusste sehr genau, warum ich so eifrig Griechisch lernte. Aber ich verriet keinem Menschen, was ich vorhatte. Höchstens Hyazinthus ahnte vielleicht etwas.

»Also – das ist er …«, mit diesen Worten zog Commodus ein schmutziges Stück Papyrus aus den Falten seines Gewandes hervor. Es war vorher schon einmal zum Schreiben benutzt worden; der Schreiber hatte die Tintenschrift seines Vorgängers nur flüchtig mit einem nassen Schwamm abgewischt. Papyrus ist in Rom ziemlich teuer, da er zu den Waren gehört, die aus Alexandria in Ägypten eingeführt werden. Mühsam entzifferte ich den Brief:

Jullus an den Caesar Lucius Commodus

Ich habe gehört, du interessierst dich für Löfenkampf, Wagenrennen und Ähnliches.

Ich verstehe nur was vom Löfenkampf, weil ich ein guter Tierkämpfer bin. Wohne in der großen Kaserne am Kolosseum. Mer kann ich dir für heute nicht von mir ferraten, es ist nämlich strenge Geheimhaltung nötig.

Nimant darf etwas fon disem Brief erfaren! Sonst fliegt alles auf und das darf nicht sein!

Kann dir jedenfalls ein paar gute Tricks ferraten, wenn du spähter mal Löfen jagen willst.

Weiß nicht, wann du Zeit hast und ob du überhaupt In-

dresse daran hast, aber ich werde in den nächsten zwei Wochen jeden Nachmittag zur neunten Stunde am Neptun Brunnen auf dich warten.

Komm unbedingt allein! Sag niemandem was fon diesem Brief.

Jullus

»Es ist die Chance für mich!«, rief Commodus aufgeregt.

»Findest du nicht, dass es ein merkwürdiger Brief ist?«, murmelte ich, während ich mir den Kopf zermarterte nach einem Gladiatoren, der gegen Löwen kämpfte und Jullus hieß ... Mein Gedächtnis ist sehr gut. Und dennoch fiel mir zunächst keiner ein! »Es gibt doch gar nicht so viele Tierkämpfer, die im Löwenkampf ausgebildet sind«, überlegte ich weiter.

Commodus' Augen leuchteten begeistert.

»Ich hab mal einen gesehen, der einen Bär mit bloßen Fäusten erledigt hat. Das war bei dem großen Gladiatorenspiel im letzten Jahr. Vor vielen Jahren hat es einen berühmten Mann gegeben, der dem Löwen, ehe er ihn getötet hat, einen Mantel über den Kopf warf ...«

»Und der hieß Jullus! Jetzt fällt es mir wieder ein. Jullus!«, rief ich.

»Ja, richtig. Aber seit vielen Jahren ist er nicht mehr in Rom. Was mag aus ihm geworden sein?«

»Vielleicht ist er längst tot?«

»Nein, Lukios, davon hätte man etwas gehört. Wahrscheinlich ist er nach Antiochia gegangen oder nach Afrika und bildet dort junge Löwenkämpfer aus ...«

»Seltsam, wirklich seltsam ... Es ist nicht gesagt, dass unser Jullus der berühmte Löwenkämpfer gleichen Namens ist. Er könnte auch ein Anfänger sein, der mit dem berühmten Namen schneller bekannt werden möchte ...«

Natürlich wusste ich die Namen der stadtbekannten Helden der Arena fast alle auswendig. Aber ausgerechnet im Löwenkampf kannte ich mich nicht so gut aus. Die Scheinkämpfe zwischen zwei Fechtern, die mit stumpfen Waffen aufeinander losgingen, mochte ich. Elefantenjagd sah ich auch ganz gerne, aber Löwenkämpfe liegen mir nicht so, vielleicht, weil sie besonders grausam sind und sehr oft mit dem Tod des Gladiators enden. In der Arena habe ich sogar schon einmal ein Tigerpferd aus Afrika gesehen und eine Giraffe mit einer Glocke um den Hals! »Außer dem berühmten Löwenkämpfer kenne ich keinen Jullus«, sagte ich.

»Und wenn er es wirklich wäre? Jedenfalls ist es doch richtig nett von ihm, dass er mir ein paar Kniffe beibringen will, wer weiß, wozu man so etwas später mal brauchen kann …« Das war wieder einmal typisch unser Lucius Commodus!

»Da lachen ja die Hühner!«, knurrte ich, ärgerlich über soviel Vertrauen dem unbekannten »Gladiatoren« Jullus gegenüber. »Ich glaube, du solltest nicht allein zum Neptun-Brunnen gehen. Nimm noch jemand mit …«

»Glaubst du, ich hätte Angst?«, fragte Commodus trotzig.

»Nimm mich mit«, schlug ich vor.

»Kommt gar nicht in Frage. Im Brief steht doch, dass niemand etwas von unserem Treffen erfahren soll …«

»Na bitte«, sagte ich, »dann geh ruhig allein.«

»Ich erzähl dir später, wie es war«, versprach Commodus.

»Ich hab dir die Sache so genau erklärt, damit du verstehst, warum ich die Aufsätze auf keinen Fall schreiben kann …«

»Na, dann will ich kein Spielverderber sein«, sagte ich mit einem Seufzer. »Die Sache mit den Aufsätzen bring ich in Ordnung.«

»Ehrenwort?«

»Ehrenwort.«

»Und du wirst schweigen wie eine Pyramide?«

»Wie eine Pyramide.«

Lucius Commodus drückte mir die Hand und deutete auf Bobo. »Den kannst du dir mitnehmen, als Belohung. Ja wirklich, guck nicht so komisch, jetzt gehört er dir. *Manus manum lavat* – eine Hand wäscht die andere ...«

In diesem Augenblick wäre ich meinem Onkel am liebsten um den Hals gefallen, so sehr freute ich mich.

»Vielen, vielen Dank«, stammelte ich immer wieder und nahm Bobo auf den Arm. Er fühlte sich leicht an und schien sofort Vertrauen zu mir zu haben.

»Ich habe zu danken«, sagte Commodus und lächelte. »Jetzt kann ich unbesorgt zu Jullus gehen.«

Zu Jullus gehen ... Unbesorgt?

»*Vale*«, murmelte ich, schon wieder nachdenklich, als ich ging. »Und viel Glück – *feliciter* ...«

Zu Hause, Jupiterstraße, Haus der Diana

Tante Fabia gurgelte gerade mit heißem Honigwasser, als ich nach Hause kam, und gab dabei Mitleid erweckende Töne von sich. Trotz der vorgerückten Jahreszeit kurierte sie immer noch ihre alljährliche Wintererkältung aus. Übrigens war es für die Jahreszeit zu kalt. Wir hatten immerhin bereits den sechsten Tag vor den Kalenden des Mai. Bobo schnatterte auf meinem Arm vor Kälte. In Afrika war es sicher wärmer gewesen ... Überall roch es unangenehm nach Farbe. Die Malerfirma war dabei, die Innenräume neu auszumalen. »Geh rüber in den Roten Salon«, rief meine Tante mir mit ihrer tiefen dunklen Stimme zu. Bobo hatte sie noch nicht bemerkt. »Onkel Ummidius ist da!«

Im Roten Salon war es kühl – unser Haus ist schon älter und wir haben deshalb leider nur im Bad Fußbodenheizung. Meine Mutter und Onkel Ummidius saßen neben dem Kohlebecken und wärmten sich. Mit Rücksicht auf die Witterung trug Onkel Ummi zwei Tuniken aus dickerem weißen Wollstoff übereinander und hatte die Füße mit Bandagen umwickelt. Natürlich hatte er auch wieder seine Perücke aufgesetzt, die einer der geschicktesten Friseure Roms einmal in der Woche für ihn zurechtmachte. Es war ein kostbares Stück mit üppigen Locken, die Onkel Ummi selbst längst nicht mehr besaß.

Ich begrüßte meinen eleganten Onkel freudig und nicht ganz ohne Hintergedanken. Genauer gesagt, ich dachte an die Aufsätze, mit denen ich mir den Affen Bobo verdienen sollte.

Onkel Ummi besaß eine gute Portion Humor, er war klug wie Odysseus und redegewandt wie Demosthenes. Es war nicht ausgeschlossen, dass ich ihn vielleicht dafür begeistern könnte, die Aufsätze statt meiner zu verfassen …

Vorsichtig mischte ich mich in die Unterhaltung ein: »Commodus hat fünf Leibwächter nur für sich allein. Findet ihr nicht, dass ich auch einen brauchen könnte? Wenigstens einen …«

»In ganz Italien gibt es keinen Menschen, der ein Interesse daran hat, ausgerechnet dich zu töten oder zu entführen. Bei dem Kaisersohn ist das etwas anderes, wir zittern alle um ihn …«, sagte meine Mutter. Sie hatte wie meine Großmutter Faustina ihr Haar zu einem Knoten im Nacken hochgesteckt und hatte heute ihre germanischen Pelzschuhe an.

Ich war mir nicht ganz sicher, ob ich geschmeichelt oder

gekränkt sein sollte. In diesem Moment kam Tante Fabia herein. Bobo sehen und einen entrüsteten Schrei ausstoßen – das war eins.

»Es ist nicht möglich!«

Ich presste Bobo fester an mich, entschlossen, ihn in jedem Fall zu behalten. Er war ein rechtmäßiges Geschenk oder, besser gesagt, ein schwer verdienter Lohn von meinem Onkel Commodus!

»Lukios, was bedeutet das? Der Affe gehört Commodus! Du musst ihn wieder zurückbringen!«

»Commodus hat ihn mir geschenkt! Bobo gehört mir. Commodus hat gesagt, er kann Affen nicht leiden, und man soll ihm lieber ein britannisches Pony schenken.«

Tante Fabia ließ sich auf einen Stuhl mit hübschen Elfenbeinverzierungen an der Lehne dicht neben dem Kohlebecken fallen. Sie sah so enttäuscht aus, dass sie mir plötzlich Leid tat.

»Da lässt man so ein seltenes Tier extra aus Numidien kommen und er – verschenkt's einfach!«

Onkel Ummidius drehte verlegen an dem goldenen Ring mit dem in Gold getriebenen Porträt Marcus Aurelius', den er immer trug. Mit diesem Ring, einem Geschenk des Kaisers, am Finger hatte er zu jeder Tages- und Nachtzeit freien Zutritt zu ihm. In Rom gab es nur sehr wenige Menschen, die einen solchen Ring besaßen.

»Wir hatten uns gedacht, dass der Affe den jungen Caesar ein bisschen auf andere Gedanken bringen würde«, erkärte Onkel Ummidius. »Die Idee stammt von Tante Fabia ... Priscus, der Tierhändler, hatte solche Mühe, ein Schiff aufzutreiben, das eine Ladung wilder Tiere für die Zirkusspiele herüberbringen konnte. Wir mussten Sondergenehmigungen beschaffen. Priscus bekam sogar Ärger mit den übrigen Tierhändlern ...«

»Die Sache ist aber auch zu peinlich«, fügte meine Mutter hinzu und reichte mir eine Papyrusrolle. Ich wickelte sie auf und las den Leitartikel der »Kaiserlichen Hofkommentare«. Die Zeitung wurde von kaiserlichen Sklaven abgeschrieben und einmal monatlich an die Aristokratie verteilt, außerdem hing sie neben den *Acta diurnia,* die täglich neu geschrieben wurden, wie der Name schon sagt, in den Gerichtsbasiliken und in anderen öffentlichen Gebäuden aus, sodass jeder sie lesen konnte.

> Der glücklichste Junge der Welt
> Seine Tante Fabia schenkte dem jungen Caesar für seine guten Leistungen in Lateinischem Aufsatz und Griechisch ein afrikanisches Äffchen, das Lucius Aurelius Commodus sich schon seit vielen Jahren sehnlichst gewünscht hat. »Jetzt bin ich der glücklichste Junge der Welt«, soll der Dreizehnjährige geäußert haben.
> In Abwesenheit seines Vaters Marcus Aurelius, der in Germanien Krieg führt, übernimmt er schon jetzt viele kleine Repräsentationspflichten, um seine Mutter zu entlasten …

Darunter war mit wenigen Worten die Verlobung des dicken Quintian mit meiner Schwester Annia – sie war ein knappes Jahr älter als ich – erwähnt. Im Übrigen behandelte das Blatt die Kriegsereignisse. Ich las, dass mein Großvater Marcus Aurelius erkrankt sei.

»Na, was sagst du jetzt?«, fragte Tante Fabia.

Ich musste an die beiden Aufsätze denken und daran, dass Commodus so einen Satz bestimmt nie gesagt hatte. Die meisten Dinge, die in dem Artikel standen, stimmten nicht. »Du verstehst jetzt sicher, warum es uns peinlich ist, dass Commodus den Affen so schnell wieder verschenkt hat?«

»Ja, Onkel Ummidius, aber ich konnte gar nicht anders als Bobo annehmen, schließlich hat Commodus ihn mir ja geschenkt ...«

»Dann darfst du ihn behalten. Nur bitte, wenn Besuch kommt, musst du ihn sofort in deinem Zimmer verstecken, damit ihn niemand sieht ...«

»Ja, Tanta Fabia.«

»Es würde sonst ein schlechtes Licht auf Commodus' Charakter werfen ...«

Damit war diese Sache – Fortuna sei Dank! – erledigt. Ich atmete auf, denn ich hatte schon befürchtet, ich müsste Bobo zurückgeben. Onkel Ummi räusperte sich. Er sah jetzt richtig fröhlich aus. Manchmal hatte ich das Gefühl, es amüsierte ihn, wenn sein Cousin Commodus sich irgendwo einmal wieder blamiert hatte.

»Beim Herkules«, sagte er, »ihr müsst doch zugeben, mit dem Knaben kann der Kaiser nicht viel Staat machen. Ich war ja schon immer der Meinung, Marcus sollte ihn nicht so oft unter die Leute lassen. Nachher spricht es sich noch herum, dass der Sohn von Marcus Aurelius nicht mehr ganz beieinander ist ...«

Ummidius war in Rom für seine saloppe Ausdrucksweise bekannt. Ich hatte strengste Anweisung von meiner Mutter und Tante Fabia, keinem Menschen etwas über die Gespräche zu erzählen, die bei uns zu Hause geführt wurden. Dennoch warf mir meine Mutter bei den Worten meines Onkels einen besorgten Blick zu. Tante Fabia widersprach Onkel Ummi aufs heftigste. Sie hielt nämlich große Stücke auf Commodus und verteidigte ihn grundsätzlich immer. Sogar jetzt noch, obwohl sie in ihrem Innersten verletzt war, weil er mir den Affen Bobo geschenkt hatte und lieber ein britannisches Pony gehabt hätte ...

In diesem Moment kam Hyazinthus, der bei uns oben im

Haus ein kleines Zimmer bewohnte. Er verbeugte sich leicht in Richtung auf Tante Fabia, meine Mutter und Onkel Ummidius.

»Lukios, komm, es gibt *prandium* (= zweites Frühstück). Du wirst Hunger haben …«

Ich stand auf und flüsterte Onkel Ummidius ins Ohr: »Ich muss noch zwei Aufsätze schreiben – erstens: Geht ein Stoiker gern in den Zirkus? Zweitens: Über die Pflichten eines zukünftigen Kaisers.«

»Bis wann?«, fragte mein wunderbarer Onkel mit verschmitztem Lächeln.

»Möglichst bald. Spätestens bis übermorgen früh.«

Onkel Ummidius hatte genickt! Ihr lieben Götter, hatte ich aber auch ein unverschämtes Glück!

Da sah er mich plötzlich durchdringend an und sagte laut genug, sodass alle es hören konnten: »Er muss schon ziemlich doof sein – dieser Commodus.«

Vor Schreck blieb mir fast das Herz stehen. Ich warf einen Blick auf meine Mutter und Tante Fabia. Ihre Gesichter verrieten kein besonderes Erstaunen. Meine Mutter las ruhig weiter in den »Kaiserlichen Hofkommentaren«. Das beruhigte mich. Nur ich hatte den Witz verstanden – Onkel Ummidius hatte durchschaut, dass nicht ich, sondern Commodus die Aufsätze brauchte. Die anderen glaubten wohl, mit »Commodus« sei ausnahmsweise ich gemeint …

Ein Pferd weint

Einer der ersten Renntage der Saison dieses Jahres. Genauer gesagt, der fünfte Tag vor den Kalenden des Mai (der 26. April 175 n. Chr.) und der *natalis*, der Geburstag, des Kaisers Marcus Aurelius. Ich sah hinauf zu Commodus. Er saß, ein bisschen steif, aber keineswegs verlegen, eher stolz und im Bewusstsein seiner Würde, in der marmornen Staatsloge, *pulvinarium* genannt, neben den beiden Konsuln und dem Präfekten der Stadt, der jetzt gleich das weiße Tuch hinabwerfen würde zum Zeichen, dass das Rennen eröffnet war.

Wir, Cornilla, Tigris, mit seiner sorgsam gekämmten Bürstenfrisur und einer frisch gewaschenen grauen Tunika, und ich, wir beneideten ihn nicht, obwohl der Caesar von seinem Platz aus natürlich den besseren Überblick über das Rennen hatte. Dafür fror er sicherlich um so mehr, denn es wehte ein kalter Wind.

Jeder von uns kaute an einem Honigkuchen, während wir an den Boxen der Pferde vorbeischlenderten. Vor dem so genannten Anschirrplatz blieben wir stehen, einer kleinen, mit Sand bestreuten Rundbahn, auf der Pferde und Wagenlenker dem Publikum vorgeführt wurden. In der Mitte des Platzes wurden die Pferde vor die Wagen geschirrt. Ein prachtvolles Bild: Die Pferde piaffierten, einen Zweig auf dem Kopf, den Schweif eng zusammengeflochten, die Mähnen mit Perlen übersät, den Bug mit glitzerndem Zierrat und mit goldenen Amuletten geschmückt, um den Hals ein Band und ein Netztuch in den Farben des Stalles. Jetzt standen die Wagenlenker bereits auf den Wagen und hatten sich auch schon die Zügel um den Körper gebunden, wie das bei Wagenrennen üblich ist. Die Pferde waren zum Teil recht nervös. Die Gesichter der *agitatores* (= Wagenlenker) jedoch, unter den eng anliegenden helmartigen Kappen, verrieten keine Gemütsregung.

»Sieh nur, da kommt Pertinax …«

»Es ist Pertinax …«

»Gut sieht er aus …«

Die Menschen, die um uns herumstanden, um die Gespanne hier, ehe man zum Wettschalter ging, noch einmal kurz zu begutachten, drängten begeistert an die Absperrung. Jeder wollte Pertinax möglichst nahe sehen. Der erst sechsjährige zartgliedrige Blauschimmel mit dem Namen des berühmten Generals war bekannt geworden, als er im letzten Jahr, obwohl er zu den jüngsten Pferden gehörte und noch keine Rennerfahrung hatte, fast jedes Rennen der Saison gewonnen hatte.

Der Sieg eines Gespanns hängt in erster Linie von der Leistung des ganz links laufenden Pferdes ab, das zuerst die Kurve nimmt, und für das der Weg um die *meta,* die Wendesäule, der engste und kürzeste ist. Es reißt die anderen drei Pferde mit sich um die *meta* und bestimmt die Schnelligkeit. Deshalb wählt man für den Platz links innen im Gespann das schnellste Pferd, das außerdem sehr klug sein muss.

Auf den Programmen für einen Renntag wird bei jedem Gespann außer der Farbe seiner *factio* stets der Name des Wagenlenkers und der des Leitpferdes angegeben. Pertinax gehörte der Partei der Grünen, der *factio prasina.* Commodus besaß ein paar echte Schwanzhaare von Pertinax, die ihm der Agitator Aureus persönlich geschenkt hatte, und er hütete sie eifersüchtig wie einen Schatz. Jetzt kam Pertinax an uns vorbei. Seine dunkle Mähne war zu kleinen Zöpfen geflochten. Sein Fell glänzte silbrig in der Sonne; mit einer Schablone war es zu einem lustigen Viereckmuster gestriegelt. Die innen rosigen Nüstern waren leicht gebläht. Den feinen dunklen Kopf mit den großen Augen hielt Pertinax gesenkt. Stolz stand der Agitator Aureus in voller Ausrüstung auf dem Wagen: die Peitsche in der Hand, Knie und Schenkel mit weichen Binden geschützt. Er trug die grüne Jacke seiner *factio,* um die Brust schlangen sich die Zügel.

Die Hand stützte er auf das Messer mit dem Löwenkopfgriff aus Elfenbein, das in seinem Gürtel stak, für den Fall, dass Pferde und Wagen im Verlauf des Rennens zu Fall kämen und er sich die um seinen Körper gebundenen Zügel durchschneiden müsste.

Hinter den vier Pferden des Aureus kam ein weiterer Wagen der Grünen mit dem Leitpferd Tranquillus, einem Fuchs. Tranquillus war am ganzen Leib schaumbedeckt; auch vor dem Maul stand ihm eine Flocke weißen Schaums. Ab und zu versuchte er sich aufzubäumen und machte damit die anderen Pferde, die zu dritt neben ihm gingen, ebenfalls scheu. Sie wieherten aufgeregt und drängten immer wieder zur Seite oder blieben ganz plötzlich stehen und schlugen aus.

Tranquillus war gut in Form, das sah man jetzt schon. Eine Konkurrenz für Pertinax war er wohl kaum. Victorina, die achtjährige Halbschwester von Tranquillus, würde auch gut sein. Hellas lief nur noch ehrenhalber mit und der siebenjährige Stultus, etwas verspielt und ohne große Rennerfahrung, war fast noch zu jung für ein großes Rennen mit acht Viergespannen. Viel versprechend war allenfalls noch die Quadriga der Blauen mit dem Leitpferd Daphnis.

Wir stiegen hinauf zur höchsten Tribüne mit den Stehplätzen. Unter dem kaiserlichen Pulvinar stiegen stockwerkartig drei Ränge den Abhang des Palatins hoch, entsprechend den gegenüberliegenden Rängen am Aventin. Die Arkadenstockwerke, mit Marmor verkleidet, fassten alles in allem über 250 000 Plätze. Der erste Rang, der unterste an beiden Hügeln, enthielt Steinsitze, der zweite Holzsitze, der dritte und höchste Stehplätze.

Es gelang uns, Cornilla – sie war kleiner als wir – durch

die Reihen der Erwachsenen bis nach vorne zu schieben. Tigris quetschte sich hinterher, und ich verwünschte innerlich Tante Fabias gute Erziehung, die allein mich jetzt hemmte, ihm mit ein paar kräftigen Ellbogenstößen nach allen Seiten zu folgen. Der Stadtpräfekt hatte das weiße Tuch in die Arena geworfen! Ich konnte es nur erahnen, eingeklemmt zwischen mehreren stämmigen Erwachsenen, die unbedingt etwas sehen wollten.

Jetzt, bei diesem Trompetenstoß, mussten die Gespanne durch das Gatter jagen. Es roch nach Schweiß und der intensive Geruch von Kleidung, die frisch vom Tuchwalker kam, stach mir in die Nase.

»Pertinax!«

Das war Cornillas piepsige Mädchenstimme. Kaum erkannte ich sie aus dem Gebrüll um mich.

Das Schreien schwoll an. Die Wagen schossen auf die erste *meta*, die erste Kurve, zu. Bei meinem Genius, und ich sah nichts außer den Rücken der vor mir stehenden Leute! Die acht Gespanne mussten siebenmal um die Bahn herumlaufen – eine lange, gefährliche Strecke, in deren Verlauf fast jedes der Gespanne einmal an der Spitze lag. *»Vincas, non vincas, te amamus, Pertinax«*, murmelte ich – ob du siegst oder nicht, wir lieben dich, Pertinax. Warum waren wir nur so dumm gewesen, nicht bei Commodus im Pulvinar sitzen zu wollen, da wo Tante Fabia, Onkel Ummidius, meine Mutter und die anderen alle saßen …

Wir hatten mit Tigris gehen wollen, der natürlich nicht im Pulvinar hätte sitzen können. Außerdem hatten wir geglaubt, wir könnten uns hier ungezwungen bewegen. Wenn ich doch nur etwas hätte sehen können! Das Schreien schwoll an, überschlug sich geradezu und schien nicht mehr aufhören zu wollen.

War ein Unglück geschehen?

»Perti-nax!«, schrie Cornilla.

Gerät ein Wagen zu nahe an die Säule, die *meta,* so kann er zerbrechen. Nimmt er die Kurve aber zu weit, so verliert er entweder seinen Vorsprung oder wird vom nächsten gerammt und läuft Gefahr, »Schiffbruch« zu erleiden. Die *agitatores* stehen unter doppelter Spannung: Nach vorn müssen sie die Rennpferde anfeuern, nach hinten müssen sie höllisch Acht geben, dass sie kein Wagen beim Überholen anrennt. Von den blutigen *naufragia* werden die hoffnungsvollsten Wagenlenker oft in der Blüte ihrer Jahre dahingerafft. Doch ihr Name lebt fort in aller Munde. Eine Grabinschrift eines verunglückten Agitators, die ich einmal gesehen habe, fiel mir ein: »Victoria breche im Schmerz ihre Palme! Der Ruhm werfe dem widerstrebend flackernden Holzstoß als Opfer die Siegeskränze zu, die dein Haupt schmückten! Untat des Schicksals! Warum musste die Säule, die dein Wagen kaum jemals streifte, warum musste der letzte Grenzstein so nah an den Beginn deines Lebens gesetzt werden?«

War Aureus gestürzt?

Die Pertinax-Rufe hörten nicht auf. Doch es klang anders als sonst bei den Rennen mit Pertinax, so viel hörte ich, der ich mitschrie, ohne zu wissen, wie das Rennen stand, klar heraus.

»Per-ti-nax!«, schrie die Menge von beiden Seiten des lang gestreckten Circus Maximus. Bis über den Tiber hinaus, noch in den entferntesten Stadtvierteln, hätte man das Geschrei hören können ... In diesem Augenblick stolperte jemand hinter mir vor Aufregung die Stehstufe herunter, ich wurde nach vorn gestoßen. Ah – und jetzt endlich sah ich auf die Rennbahn. Die acht Gespanne waren in eine riesige Staubwolke gehüllt, die mit ihnen um die Bahn zu jagen schien. Über den Rücken der Pferde wirbelten die Peitschen der Rennfahrer. Das vorderste Gespann schoss eben um die westliche *meta*. Aber – unmöglich! Das war Tranquillus! Sein Agitator hielt die Peitsche mit beiden Händen, die Zügel hatte er um seinen Körper gewickelt und hieb auf das Leitpferd Tranquillus ein, dass es wehtat, nur hinzusehen. Dahinter, die Länge eines Pferdehalses dahinter, schoss das Gespann mit Pertinax und seinem Lenker Aureus. Hinter Tranquillus!

Es ist erst die fünfte Runde, dachte ich, noch kann sich alles ändern. Gerade begann der sechste bronzene Delfin in der länglichen Mitte der Rennbahn Wasser zu speien, und die Rennbahndiener hoben das sechste hölzerne Ei von der Mauer neben den Delfinspringbrunnen herunter zum Zeichen, dass die sechste, die vorletzte Runde eingesetzt hatte …

Die vier Pferde des Gespanns Tranquillus' schienen über die Rennbahn zu fliegen. Pertinax gab sein Bestes, aber Tranquillus gab das Unmögliche. Der Abstand zwischen beiden vergrößerte sich langsam, doch unaufhaltsam bis zur Länge eines Gespanns. Noch vor der siebten Runde war das Rennen so gut wie entschieden. Als Tranquillus dann zum letzten Mal um die *meta* bog, lag sein Gespann weit vor allen anderen, und die Tribünen waren grün von all den Tüchern, die Tranquillus und der *factio prasina* zu Ehren geschwenkt wurden.

Tigris und Cornilla waren über den Ausgang des Rennens so enttäuscht wie ich.

Von einem erhöhten Platz auf dem Mittelstreifen der Bahn aus verkündete der Herold mit lauter Stimme: »Es siegte die Quadriga der Grünen mit dem Pferd Tranquillus … Zweiter wurde Pertinax, das Leitpferd der Quadriga der Grünen …«

Schöne Mädchen traten in die Bahn und überreichten dem Agitator des Gespanns Tranquillus einen Palmenzweig und hingen Tranquillus einen Siegeskranz aus Blättern um den Hals, den er am liebsten noch auf der Bahn gefressen hätte. Wir verließen unsere Plätze und gingen zum Stall der Grünen, in dem Pertinax für die Zeit des Rennens untergebracht war.

Er stand schon in seiner Box, als wir kamen. Unruhig scharrte er mit den Hufen im Stroh und stieß den schwarzen Kopf immer wieder gegen den Holzpfeiler an der Seite. Der mit Wasser gefüllte Eimer neben ihm war noch völlig unberührt.

»Er wird sich verletzen«, flüsterte Cornilla erschreckt. Sie stand auf Zehenspitzen vor der Box.

»Er weiß genau, dass er verloren hat«, sagte Tigris. »Komisch, dass ein Pferd so etwas merkt …«

Pertinax öffnete das Maul und ein schreckliches dumpfes Wiehern, das wie eine Klage war, erfüllte den Stall.

In diesem Augenblick kam Aureus mit hastigen Schritten den Gang entlang. Die grüne Kappe hatte er jetzt abgesetzt. Die *agitatores* waren oft ehemalige Sklaven, die durch dauerhafte Erfolge ihre Freilassung erlangt hatten. Trotz der niederen Abstammung errangen sie schnell Ansehen, Ruhm und Reichtum. Außer den Geldpreisen, die sie von den Magistraten oder vom Kaiser, je nachdem, wer das Rennen organisiert hatte, erhielten, verlangten sie von den *domini factionum,* den Direktoren der *factiones*, unverschämte Gehälter, damit sie nicht »die Farbe wechselten«. So etwa hätte Aureus mit Leichtigkeit zur Partei der Blauen überwechseln können, wenn er nur gewollt hätte. Die vier Parteien, die Weißen, die Roten, die Blauen und die Grünen, hatten sich gebildet, um die hohen Kosten für die Auswahl und Ausbildung der Tiere und Menschen für die Pferderennen bestreiten zu können.

Aureus' rötliche Haare waren nass geschwitzt. Hinter ihm rannte ein Schaf. Es lief eilig und schien genau zu wissen, wohin der Weg ging.

»Macht bitte Platz«, forderte uns Aureus auf, dann öffnete er die Holztür zu Pertinax' Stand. Das Schaf schlüpfte sofort hinein. Es lief ohne Furcht unter Pertinax' Beinen hindurch, blieb hinten an der Wand stehen und blökte laut. Zunächst geschah nichts.

Das Schaf drängte sich näher an Pertinax heran und blökte wieder. Plötzlich hörte Pertinax auf zu scharren, seine Ohren richteten sich auf und er wendete den Hals nach rückwärts.

»Seht euch das an«, brachte Tigris nur hervor, »das Schaf tröstet Pertinax ...«

»Sie kennen sich schon seit Jahren«, erklärte Aureus uns mit gedämpfter Stimme, »sie wohnen im gleichen Stall. Noch im letzten Jahr war Pertinax so nervös, dass er nur rannte, wenn das Schaf in der Nähe war. Jetzt tröstet es ihn. Die Niederlage hat ihn sehr getroffen ...«

Während er noch sprach, wieherte Pertinax hell auf – es war jetzt sein gewöhnliches Wiehern aus seiner erfolgreichen Zeit, das uns vom letzten Jahr her noch wohl bekannt war. Das Schaf blökte noch einmal. Es gelang Cornilla, Pertinax ganz kurz den Hals zu tätscheln. Danach bewunderten wir das kunstvoll geschnitzte, mit bunten Farben bemalte Bild der Pferdegöttin Epona am hölzernen Stützpfeiler in der Mitte des Ganges zwischen den beiden gegenüberliegenden Reihen von Boxen. Es war mit frischen Rosen bekränzt.

Wir sahen uns noch ein paar andere Pferde an, meist jüngere Tiere, die noch trainiert wurden, und verließen dann den Stall der *factio prasina*.

Tigris und ich blieben bis zum letzten Rennen, obwohl keines davon mehr so spannend war wie das erste, das der Viergespanne, mit Pertinax unter ihnen. Zuletzt fuhren die Gespanne mit nur zwei Pferden. Als die endgültigen Ergebnisse bekannt gegeben wurden, ging im Westen bereits die Sonne unter.

Cornilla hatte sich schon vor einer Weile von uns verabschiedet. Einer der äthiopischen Leibwächer hatte sie abgeholt, weil sie, die Schwester von Lucius Commodus und Tochter des Kaisers Marcus Aurelius, im Pulvinar sitzen und an der Siegerehrung teilnehmen sollte.

Draußen blieb Tigris vor dem Stand eines Bäckers in den Arkaden des Circus Maximus stehen.

»Ich komme gleich nach, Lukios, Euphrat hat mich gebeten ihm einen Honigkuchen mitzubringen …«

»Ist in Ordnung, Tigris.«

Die Honigkuchen waren eine Spezialität, die es nur heute zu »Kaisers Geburtstag« – und an Neujahr – gab. Sie waren rund, schmeckten köstlich und trugen die Prägung *feliciter,* »viel Glück!«.

Zu Ehren des Festtages hatten alle unsere Sklaven von meiner Mutter ein Geschenk von einem Denar erhalten. Ein silberner Denar ist so viel wert wie vier bronzene Sesterze. Für einen Sesterz kann man vier Honigkuchen kaufen. Ein Sesterz ist vier kupferne Asse – und für ein As bekommt man zwei Äpfel …

Ich begann tagzuträumen, während ich mich im Strom der aus den Toren der Rennbahntribünen hinausdrängenden Zuschauer – es waren tausende – treiben ließ. In Gedanken sah ich mich selbst schon auf einem lauchgrünen Rennwagen stehen, so einem, wie Commodus ihn besaß. An den Löwenkämpfer Jullus dachte ich und überlegte, ob Commodus sich gestern schon mit ihm getroffen hatte. Aber das war sehr unwahrscheinlich – die äthiopischen Leibwächter hatten ihn sicher keinen Augenblick aus den Augen gelassen. Heute war es für Commodus völlig unmöglich, inmitten der Geburtstagsfeierlichkeiten seinen Bewachern zu entwischen, um zum Neptun-Brunnen zu schleichen …

Commodus' lauchgrüner Rennwagen … Mit sicherer Hand würde ich mir die Zügel meines Maultiers, wie so oft, um den Körper schlingen. Nein, halt, vier edle Rennpferde, spanische Rennpferde, mussten es sein.

Unter dem brausenden Jubel der begeisterten Zuschauer würde ich über die Rennbahn hinwegdonnern. Da – die *meta*! Einen kurzen Moment hörte ich die Räder des Wagens mit einem knirschenden Geräusch im Sand durchdrehen, das innerste Pferd des Gespanns wieherte auf und dann – *victor! Victor!*, würden sie mir, dem Sieger, zurufen. Lächelnd strich ich mir die schweißnassen Haare aus der Stirn. Schöne Mädchen kämen auf mich zu und hingen dem Leitpferd einen Siegeskranz um den kräftigen braunen Hals, mir selber würden sie einen Palmzweig überreichen …

»Aus dem Weg, dummer Bengel, hast du keine Augen im Kopf? Platz gemacht für die Domina!«, schrie jemand ausgerechnet jetzt und quetschte mich brutal zur Seite. Auf den Schultern zweier stämmiger Negersklaven wurde eine Sänfte durch das Gewühl getragen. In ihr saß strahlend keine Geringere als Tante Fabia, die mich aber nicht gesehen hatte; sie ließ sich also nach Hause zur Jupiterstraße bringen.

Eine gewaltige Menschenmenge drängte sich draußen vor den Arkaden bis hin zum Amphitheater des Titus, auch Kolosseum genannt wegen der Kolossalstatue des Sonnengottes, die neben einem der Eingänge stand. War das ein Gedränge! Die zwei Asse, von denen ich mir noch einen Apfel hatte kaufen wollen, klebten fest in meiner geschlossenen Faust. Im nächsten Augenblick stieß ich einen Schmerzensschrei aus – ein Wurstverkäufer war mit seinem Karren über meinen Fuß gefahren. Vor Schmerz öffnete ich die Faust. Es klirrte, und schon rollten meine Asse unter den Fußtritten der Menge über das Pflaster hinweg. Völlig sinnlos, sich zu bücken ... Ich bückte mich natürlich trotzdem ...

»Tut mir wahnsinnig Leid, dass ich dir auf die Hand getreten bin«, grinste ein älterer Herr mit einem ungepflegten Bart und struppigem Haar. Er hielt einen Stock in der einen Hand und trug einen ärmlichen, mehrfach geflickten Mantel, ganz offensichtlich hatte ich es mit einem Philosophen zu tun, einem Kyniker wie es schien, einem von denen, die wie Diogenes in einer Tonne leben und am Tag nur sieben Oliven essen.

»Du solltest besser nicht hier auf der Erde herumkriechen«, ermahnte er mich.

Tränen in den Augen, erhob ich mich und verbarg meine blau und grün getretene Hand in den Falten meiner Toga. Ich begann an meinen Fingern zu lutschen, in der Hoffnung, sie würden aufhören wehzutun ...

Der Philosoph war stehen geblieben. Nun sah er mich von oben bis unten durchdringend an und betastete leicht den Stoff meiner Toga.

»Feines Stöffchen«, zischte er, »na, ich würde mich nicht wundern, wenn du nicht auch so einer von denen wärst ... Senatorensöhnchen, stimmt's?«

Ich nickte.

»Marcus Aurelius hat heute Geburtstag«, höhnte er, »und wir sollen uns alle freuen. Dass ich nicht lache!« Er leckte sich die Lippen und sagte ohne Übergang: »Ob du es mir glaubst oder nicht – ich habe in meinem ganzen Leben noch nie auch nur eine einzige Haselmaus gegessen. Würde mich interessieren, wie so ein Tier schmeckt …«

Plötzlich tat er mir Leid. »Och, eigentlich gar nicht so besonders«, schwindelte ich ihm vor. »Ich mag Wachtelragout viel lieber …«

Anscheinend hatte ich etwas gesagt, was ihn zutiefst verletzte.

»Wachtelragout …«, stieß er hervor. Sein Blick wurde stechend. »Ich will dir sagen, wer so etwas isst: der Kaiser! Arm soll der sein, zum Totlachen! Ruiniert hat er uns alle. Ruiniert mit diesen endlosen Kriegen in Germanien. Weißt du, dass in Rom die Pest ausgebrochen ist? Bald wird sie in ganz Italien wüten. Alle Leute sprechen schon davon. Ein ausgezeichneter Zeitpunkt, um Geburtstag zu feiern und für die Gesundheit des Kaisers zu opfern …«

Ich wurde blass und vergaß für einen Augenblick meine Hand. Denn davon hatte ich noch nichts gehört. Jetzt ging mir ein Licht auf: Deswegen war der Arzt Galenus gestern so unvermutet bei uns aufgetaucht und hatte alle Mitglieder unseres Haushalts vorsorglich untersucht … Nun verstand ich! Vor Schreck hörte ich sogar auf zu hinken.

»Marcus Aurelius soll schwer krank geworden sein, das hab ich auch noch gehört. Er liegt im Sterben …«, erzählte mein Begleiter.

Der Atem stockte mir, er plauderte munter weiter …

»Und weißt du, wer an allem Schuld ist?«, schrie er mir durch den Lärm zu, der uns umtoste. »Die Christen mit ihrem Aberglauben haben den Zorn der Götter auf uns gezogen. Vor die Löwen mit den Christen!«

Er beugte sich zu mir herab und flüsterte mir mit heiserer Stimme ins Ohr: »Sie schlachten kleine Kinder und essen sie auf. Nimm dich in Acht vor ihnen!«

Ich aber sah und hörte nichts mehr – mein Großvater war

todkrank, vielleicht würde er sterben! Die Pest war ausgebrochen, die Pest, diese schreckliche Krankheit, gegen die kein Mittel hilft! Was kümmerten mich jetzt die Christen …

Wir verloren uns im Gedränge.

Ein feiner Sprühregen setzte ein. Die Sänften vornehmer römischer Damen, die an mir vorbeigetragen wurden, waren verschlossen, sodass ich weder selbst gesehen werden konnte noch eine von ihnen erkannte. Aus der Traum von Rennwagen, Ponys und Siegen im Circus Maximus!

Der kynische Bettelphilosoph war verschwunden wie eine Erscheinung in einem quälenden Alptraum. Nur, dass ich diesmal hellwach war.

So ging dieser Renntag zu Ende.

Zu den Sandalen des Herkules

So sehnlichst wie ich mir einen Leibwächter – wenigstens einen einzigen! – wünschte, so sehr verwünschte Commodus die seinen und sehnte sich danach, sie nur für einen einzigen Tag einmal los zu sein.

Seit er denken konnte, folgten ihm diese unauffällig gekleideten, muskulösen äthiopischen Sklaven, wo immer er hinging. Sie standen in der Nähe, wenn er in Ostia oder am Strand von Laurentum im Meer badete, sie folgten ihm, wenn er durch Rom streifte, sie ritten hinter ihm her, wenn er in den Sommerferien in der Umgebung von Lanuvium Hasen jagte.

Dennoch schaffte es der Caesar manchmal, ihnen zu entwischen. Denn es gab in Rom tatsächlich einen Schlupfwinkel, den sie noch nicht kannten.

Bei all ihrem Spürsinn hatten sie ihn hier noch nicht aufgestöbert …

Es war drei Tage nach dem Rennen. Die Tage danach waren schulfrei gewesen wegen des Fests der Flora, das bis zum zweiten Tag nach den Kalenden des Mai dauert (bis zum 3. Mai). Ein herrlicher Zustand.

Ich war auf dem Morgenempfang bei Lucius Aurelius Commodus gewesen, wo wir natürlich kein vernünftiges Wort hatten miteinander sprechen können; Commodus hatte sehr ernst ausgesehen und mir zugezwinkert. Etwas Wichtiges war geschehen, so viel war mir klar. Beunruhigt nahm ich daraufhin ein Bad in unserem Haus, nicht in den öffentlichen Thermen, die erst ab der neunten Stunde geöffnet waren.

Als ich mich wieder angekleidet hatte, stürzte Euphrat herein und überreichte mir ein in roten Stoff gewickeltes Etwas.

Ich sah ihn fragend an.

»Keine Ahnung, von wem es ist. Ein Bote hat es für dich abgegeben.«

Purpurnes Leinen! Das konnte nur eine Nachricht von Commodus sein. Hatte er sich endlich mit dem Gladiator Jullus getroffen?

Hastig riss ich die goldene Schnur ab und zerrte aus der Verpackung ein mit Wachs beschichtetes Lindenholzbrettchen hervor, auf dem wenige Worte zu lesen standen:

WIR ERWARTEN DICH BEI DEN SANDALEN DES HERKULES. DRINGEND. NACHRICHT SOFORT VERNICHTEN.

Ich kramte aus den Falten meiner Toga den bronzenen Griffel hervor und glättete mit seinem umgekehrten Ende die Fläche wieder so, als hätte vorher nie ein Wort auf ihr gestanden. Mein Herz klopfte schnell und so laut, dass ich es hören konnte. Ich musste sofort aufbrechen.

»Lukios, wo willst du hin? Sag doch etwas«, hörte ich Euphrat hinter mir rufen, als ich mit zwei Sprüngen durch die Tür und die Eingangstreppe hinuntersetzte.

Ich sah mich um. Die Straße war mittäglich leer.

»Zu den Sandalen des Herkules« – so hieß die kleine Taverne, zwei Meilen hinter der Porta Appia an der Appischen Straße gelegen, in der wir unsere Versammlungen abzuhalten pflegten.

Wir, besser gesagt, der »Klub der Raben«. Commodus, mein Freund Sextus, der dicke Quintian, der in ganz Rom für seine Frechheit berühmt war, zugleich ein Stiefvetter von mir, Cornilla, Annia und ich. Diesen Ort hatten wir mit Bedacht ausgesucht: Er war für uns nicht zu weit von der Stadt entfernt, aber auch Sextus, der etwa drei bis vier Meilen weiter ab in der Via Appia wohnte, konnte ihn bequem erreichen.

Natürlich waren wir klug genug, uns niemals im vorderen Raum der Taverne aufzuhalten, den man von der Straße aus nur zu gut beobachten konnte und der immer voll von lärmenden Gladiatoren und Zirkusleuten war. Hier musste man schon mit Spitzeln der Geheimpolizei – *frumentarii* hießen sie – oder Commodus' äthiopischen Leibwächtern rechnen. Nein, die Sache, die wir uns ausgedacht hatten, war raffinierter …

Hinter dem eigentlichen Haus gab es noch einen aus Lehmziegeln gemauerten Hühnerstall. Unter dem Dach des Hühnerstalls befand sich ein Verschlag, in dem früher einmal Tauben gehalten worden waren, zugänglich nur über eine enge Leiter – dieser Verschlag war unser »Konferenzsaal«, unsere *Curia* (= Senatsversammlung).

Immer wieder sah ich mich besorgt um, während ich den engen Weg hinter den Grabsteinen an der Via Appia entlanghuschte. Auf der breiten Straße selbst zu gehen, wäre zu gewagt gewesen. Wenn Commodus zu Hause entwischt war, dann bedeutete das, dass die Äthiopier ihn jetzt im ganzen Palast eifrig suchten – sie waren gewitzte Kerle. Schließlich bestand ja ihr Beruf darin, meinen Onkel zu bewachen. Und sie wurden bestraft, wenn sie den jungen Caesar entkommen ließen! Deshalb mussten sie dankbar sein für jede Spur, die sie verfolgen konnten.

Zweifellos waren sie Commodus bereits auf den Fersen. Ich kletterte über Grabumzäunungen und kroch durch dichte Taxushecken. Immer wieder hielt ich, hinter einem besonders breiten Marmorblock versteckt, Ausschau, ob die Verfolger auf der Straße zu sehen waren.

Ein Trupp berittener Prätorianersoldaten sprengte vorüber, ein betrunkener Legionär wankte grölend vorbei und ein Ochsenkarren mit Landleuten, die zum Florafest wollten, holperte schwerfällig auf die Stadt zu.

Es ging alles glatt; niemand folgte mir. Nach einer guten halben Stunde hatte ich mein Ziel erreicht.

Über den windschiefen Gartenzaun stieg ich in den Obstgarten. Dann schwang ich mich – Bobo wäre nicht schneller oben gewesen! – den uralten knorrigen Olivenbaum hinauf, der hinter dem Hühnerstall stand und den Hühnern im Sommer Schatten bot. Das war die zweite, die gefährlichere und deshalb reizvollere Möglichkeit, unser Versteck zu erreichen.

Durch die enge Luke, die einmal den Tauben als Ausflug gedient hatte, schob ich mich nun hinein zu den anderen, die schon auf mich warteten. Commodus saß auf der Körnertruhe. Alle anderen hatten auf der Leiter Platz genommen, die sie wie immer sicherheitshalber auf den Dachboden gezogen hatten: So waren wir von der Außenwelt völlig abgeschnitten.

»Pertinax«, flüsterte ich. Das war in dieser Woche unser Losungswort.

Ich setzte mich neben Commodus.

»Die Sitzung ist eröffnet. Lukios führt heute das Protokoll«, damit schob mir mein Onkel einen Stylos und ein Wachstäfelchen zu.

Zunächst schworen wir alle einen schweren Eid, über alles, was auch immer heute beraten und besprochen werden würde, zu schweigen und keiner Menschenseele auch nur das Mindeste zu verraten.

An diese oberste Regel des »Klubs der Raben« hatten wir uns bisher immer gehalten und mit unserem Schweigen die besten Erfolge gehabt. Außer uns sechs ahnte kein Mensch beispielsweise etwas von unserem Versteck. Nicht einmal der Besitzer der Taverne wusste von ihm!

»Es gibt ein paar wichtige Dinge zu sagen«, begann Commodus, »darf ich anfangen?«

Wir nickten.

»Zufällig ist es mir gelungen, ein Gespräch zwischen Pito und der Mutter von Lukios, meiner Schwester Lucilla, zu belauschen ...«

Commodus belauscht ein Gespräch!

»Ihr würdet nicht so ruhig hier sitzen, wenn ihr wüsstet, was in der Stadt los ist«, fing Commodus an. Seine Stimme zitterte leicht, als er das sagte.

»Irgendjemand hat das Gerücht verbreitet, mein Vater sei gestorben ...«

»Was ist ein Gerücht?«, fragte Cornilla dazwischen. »Hat es etwas mit riechen zu tun?«

»Quatsch«, rief Annia, »es ist was zum Essen.«

»Ein Gerücht ist, wenn jemand etwas gehört hat, was noch nicht sicher ist«, erklärte Sextus, stolz darauf, es zu wissen.

»So ist es«, sagte Commodus, »das ist das Schlimme daran. Das Gerücht stimmt überhaupt nicht, aber alle glauben es. Mein Vater war zwar krank, aber gestern kam erst ein Brief, in dem stand, es ginge ihm wieder besser. Die Wachen am Palast mussten verstärkt werden. Warum, weiß ich nicht genau. Lucilla sagte, jetzt sei eine doppelte Wachmannschaft nötig. Man könnte nicht wissen, was noch passieren würde. Und dann ist etwas ganz Schreckliches geschehen: In der Stadt sind Leute an der Pest gestorben ...«

Also hatte der Philosoph die Wahrheit gesagt. Es war kein Zufall, wie ich gehofft hatte, dass der Arzt Galenus uns alle untersucht hatte ...

»Gegen die Pest gibt es kein Mittel. Überall vor den Tempeln werden Sühneopfer gebracht, um die Götter zu versöhnen und ihren Zorn zu mildern. In einigen Stadtvierteln soll es gestern zu Ausschreitungen gegen die Christen gekommen sein ...«

»Ausschreitungen, schon wieder so ein komisches Wort«, kicherte Cornilla, obwohl es eigentlich nichts zu kichern gab.

Commodus lernte solche Worte bei Sanctus, der mit ihm Reden halten übte.

»Zufällig war ich in der Nähe, als ein paar große Jungen einem christlichen Juwelier die Fensterscheiben zu seiner Wohnung mit Steinen eingeworfen haben«, rief Sextus aufgeregt. »Ich hab es gesehen. Eine ganze Menge Leute standen in der Nähe, aber keiner hat den Jungen etwas getan oder ihnen gesagt, sie sollten aufhören. Die Leute standen einfach da und haben zugesehen. Ich glaube, das meint Commodus mit ›Ausschreitungen‹...«

»Ich hab gehört«, warf Quintian ein, »die Christen seien an allem Schuld, hauptsächlich an der Pest …«

»Niemand hat sich auch nur gerührt!«, rief Sextus. »Plötzlich riefen die Jungen ganz laut ›Raus aus Rom mit den Christen! *Ad leones!* Vor die Löwen mit den Christen!‹ Dann kam der Christ aus dem Haus herausgelaufen. Eigentlich sah er völlig normal aus. Er war schon älter und hatte einen langen Bart und weiße Haare. Die Tränen liefen ihm übers Gesicht. Einer von den Jungen ging auf ihn zu, ganz langsam und drohend«, Sextus sah uns alle an, als wollte er uns fragen, wie so etwas möglich sei, »und dann hat er nach ihm getreten. Und ein paar andere Leute haben noch nach ihm gespuckt. Zum Glück konnte er gerade noch weglaufen. Ich hätte ihm so gerne geholfen, aber ich war ganz allein, und einer von den Erwachsenen sagte mir, ich solle abhauen und bei meiner Mutter weiterheulen …«

Fassungslos sahen wir Sextus an.

»Es ist wahr!«, rief Sextus. »In der Birnbaumstraße ist es passiert. Geht nur hin und seht euch die Fensterscheiben an dem Haus mit dem Fisch neben der Haustür an, wenn ihr mir nicht glaubt! Das Glas liegt sicher noch auf der Straße …«

Commodus nickte vor sich hin. »Das passt zu dem, was ich gehört habe, als ich hinter dem purpurnen Vorhang im Speisezimmer stand … Hört zu: Heute Morgen war ich zufällig ganz allein im großen Speisezimmer. Da hörte ich plötzlich Schritte und sprang schnell hinter den purpurnen Vorhang. Ich nahm nämlich zuerst an, es sei Sanctus, der mir noch zwei Rhetorikstunden geben wollte. Jemand riss hastig die Tür auf und kam herein. Das hätte er sein können. Aber dann kam noch jemand. Als sie drinnen waren, drehte einer der beiden den Schlüssel im Schloss herum und legte am Boden den Eisenriegel vor die Tür. Das kam mir äußerst verdächtig vor.

Dann hörte ich Lucillas Stimme: ›Hier sind wir völlig ungestört. Sei nicht ängstlich, niemand kann uns belauschen, die Wände sind meterdick. Wahrhaftig, es ist der einzige Ort im Palast, an dem ich mich vor Spionen sicher fühle.‹

Die beiden ließen sich auf einem Speisesofa direkt vor dem purpurnen Vorhang nieder – ich hätte mit der Hand nach ihnen greifen können! Vor Aufregung wagte ich zunächst nicht zu atmen, denn die beiden blieben einen Moment lang ganz still. Außerdem wusste ich nicht, wer die zweite Person war. Man konnte ihre Atemzüge hören. Dann endlich antwortete Pitos Stimme. Während er anfing zu reden, holte ich tief Luft. ›Domina‹, sagte er, ›wir müssen sehr behutsam vorgehen. Aber wir müssen Schritte unternehmen, so viel steht ebenfalls fest. Je eher, desto besser!‹

›Niemand konnte damit rechnen, dass die Lage in Rom sich so verschlechtern würde, gerade jetzt, in dem Augenblick, in dem seit langer Zeit wieder einmal gute Nachrichten von der Donaugrenze gekommen sind‹, sagte dann Lucilla. ›Marcus Aurelius und meine Mutter sind mit den Generälen, dem größten Teil des Militärs und ihrem Beraterstab an der Donau.‹

›Immerhin ist Galenus in Rom, der beste Arzt der Welt …‹

›Der Gott Äskulap ist ihm damals im Traum erschienen, als Marcus Aurelius ihn unbedingt mit an die germanische Grenze nehmen wollte. Er hat ihm geboten, hier in Rom zu bleiben …‹

›Ja, das erzählte Galenus allen seinen Freunden. In Wirklichkeit wollte er nur deshalb nicht an die Donau, weil er das ungesunde raue Klima nicht verträgt. Was nützt uns übrigens Galenus? Die besten Ärzte sind *dieser* Krankheit gegenüber machtlos. Das hat er früher selbst immer gesagt …‹

›Und auch die Sühneopfer sind wahrscheinlich sinnlos. Ich weiß …‹

›Auf den Straßen und Plätzen rotten sich die Menschen zusammen und schreien: Vor die Löwen mit den Christen! Den Christen wird die Schuld an der Pest zugeschoben.‹

›Ja‹, das sagte Lucilla. Und Pito antwortete ihr: ›Das habe ich jetzt auch schon mehrfach gehört. Als ob immer einer Schuld sein müsste!‹

Lucilla fing daraufhin an zu klagen, das Getreide sei wegen der schlechten Ernte im letzten Jahr knapp geworden und die Preise seien erschreckend gestiegen. Pito dachte kurz nach und erklärte ihr, es sei gar nicht schlecht, wenn die Leute in Rom glaubten, die Christen seien an der Pest und an den Getreidepreisen Schuld. Ich glaube, er sagte ungefähr so: ›Eigentlich nützt diese Meinung ja gerade uns, der Regierung in Rom. Wut und Unruhe sind auf die Christen – man könnte sagen – abgelenkt. Stellen Sie sich doch einmal eine Demonstration im Circus Maximus gegen den jungen Commodus vor oder gegen Sie, bei der Eröffnung des neuen Tempels der Diana. Sprechchöre, faule Eier wären das Mindeste. Übrigens ist es erwiesen, dass in den Zeiten größter Hungersnot oder wenn die Pest wütet, Christenverfolgungen ausbrechen. Es ist nur menschlich, in solchen Lagen nach einem Sündenbock zu suchen. Unter Tyrannen wie Nero oder Domitian und in der Regierungszeit des göttlichen Trajan – immer war es genau so: ob Erdbeben, Pest, Überschwemmung oder Hungersnot, immer hieß es: Die Christen haben die Götter erzürnt. *Ad leones ...*‹

›Das Getreide ist knapp und teuer geworden‹, sagte Lucilla, ›die Staatskassen sind so gut wie leer. Dieses lächerliche und völlig unbegründete Gerücht, der Kaiser sei gestorben, ist nicht totzukriegen. Niemand weiß, wer die Sache zuerst aufgebracht hat. Ein solches Gerücht ist überaus gefährlich.‹

›Es riecht nach einem Umsturz, ich habe längst an so etwas gedacht‹, sagte Pito.«

An dieser Stelle unterbrach Commodus kurz seinen Bericht:

»Ihr seht, dieses Gespräch war nicht für meine Ohren bestimmt. Deshalb hatte ich riesige Angst, die beiden könnten mich entdecken … Pito fragte Lucilla, nachdem sie wieder ein paar Minuten lang ganz still gewesen waren: ›Ach übrigens, Domina, haben Sie zufällig gehört, was es gestern Abend auf dem Forum gab?‹

›Das weißt du doch‹, sagte Lucilla, ›dass unsere Fenster alle auf den Garten ausgerichtet sind. In der Stadt ist die Luft zum Ersticken. Ich habe nichts gehört.‹

›Nun, ich wohne in dem Teil des Palasts, dessen Fenster auf das Forum ausgerichtet sind, direkt über dem Tempel der Dioskuren Castor und Pollux‹, sagte Pito. ›Vor der Basilika Julia hatte sich eine Menschenmenge angesammelt, die in Sprechchören brüllte: ›*Hyazinthus vor die Löwen! Raus mit Hyazinthus! Werft die Christen raus aus dem Palast! Christen raus! Hyazinthus vor die Löwen!*‹

›Es hat sich also herumgesprochen, dass der Hof Christen in den höchsten Stellungen duldet …‹

›Domina, es war ungeschickt, Ihrem kaiserlichen Bruder, dem Caesar, einen christlichen Erzieher zu geben. Die Christen gelten als komische, starrköpfige Leute mit einem sehr seltsamen Aberglauben. Sie opfern den Göttern nicht und weigern sich sogar, ihre Söhne zum Militär zu schicken …‹

›Hyazinthus war eigentlich nie als Commodus' Erzieher vorgesehen‹, sagte Lucilla, ›er ist ein Freigelassener meines verstorbenen Mannes und hat Lukios Griechisch beigebracht. Zufällig war er der einzige Pädagoge, der mit meinem Bruder Commodus fertig wurde. So kam er zu dieser einflussreichen Stelle …‹

›Und genau das hat sich jetzt herumgesprochen‹, gab Pito spitz zurück, jedes einzelne Wort betonend.«

Wieder entstand eine Pause. »Das Herz schlug mir bis zum Hals«, erzählte Commodus, während wir ihn aus schreckgeweiteten Augen anstarrten. »Lucilla fragte Pito, ob er glaube, Hyazinthus werde demnächst in der Arena gegen Bären oder Löwen kämpfen müssen. Pito sagte, das sei schon möglich. Warum sollte Hyazinthus auch schließlich anders behandelt werden als andere Christen?«

»Ich geh' nie mehr ins Amphitheater«, rief Sextus, außer sich vor Angst und Entsetzen. »Ich werde keinen Tierkampf mehr ansehen! Nie mehr.«

Der Stylos zitterte in meiner Hand, ich war unfähig etwas zu sagen.

»Das war eigentlich alles«, schloss Commodus seinen Bericht. »Sie haben sich dann darauf geeinigt, dass Hyazinthus so schnell wie möglich bei Nacht und Nebel aus Rom verschwinden sollte, damit ihm hier nichts passiert. Er soll auf eine längere Reise nach Griechenland und Kleinasien gehen oder so ähnlich ...«

Sextus atmete erleichtert auf, dass Hyazinthus nun jedenfalls nicht angeklagt werden würde.

»Natürlich darf er uns auch nie mehr Unterricht geben«, fügte Commodus noch hinzu und schien darüber nicht gerade traurig zu sein.

»Schon heute Abend wird er heimlich nach Ostia zum Hafen gebracht werden, damit er das nächste Schiff nach Griechenland erwischt.«

»Aber die anderen Christen in der Stadt?«, fragte Sextus.

Commodus zuckte hilflos die Achseln.

»Man kann doch nicht zusehen, wie ihnen die Fensterscheiben eingeworfen werden und wie sie angespuckt werden! Ich meine, man muss irgendetwas tun. Man müsste ...«

»Man müsste ihnen irgendwie helfen«, sagte Annia nachdenklich.

»Vielleicht ist aber doch etwas dran«, wendete Quintian ein. »Ich hab nämlich mal gehört, dass die Christen kleine Kinder schlachten. Wenn sie sich versammeln, lassen sie keinen normalen Menschen zusehen. Das muss einen Grund haben ...«

»Willst du damit sagen, dass Hyazinthus kleine Kinder schlachtet?«, fragte ich zornig. Außer Hyazinthus kannte ich keinen einzigen Christen, aber Quintian kannte auch nicht mehr – dessen war ich gewiss ...

»Sie riechen nach Knoblauch ...«

Quintian war schon vierzehn und wirklich nicht auf den Mund gefallen. In wenigen Wochen sollte er die Männertoga – ohne den kleinen roten Streifen der Kindertoga – tragen dürfen, damit war er der Älteste von uns und so gut wie erwachsen.

Er tat, als hätte er meine Frage überhaupt nicht gehört.

»Alle Christen können zaubern. Das steht fest«, rief er.

»Ich finde, man sollte diese Leute wenigstens einsperren, damit man vor ihnen sicher ist ...«

»Quintian hat Recht«, sagte Annia. »Außerdem achten sie die Götter nicht und weigern sich, dem Genius des Kaisers zu opfern.«

»Hyazinthus kann nicht zaubern!«, widersprach Cornilla.

Es war aber auch zu dumm, dass wir keine Christen außer Hyazinthus kannten. Wir hatten also keine Vergleichsmöglichkeiten und konnten Quintian deshalb nicht viel entgegensetzen.

»Was weißt du schon ...«, sagte Quintian verächtlich.

»Glaubt mir, an dem Gerede, dass die Christen an der Pest

Schuld sind, muss etwas dran sein. Wenn alle es sagen, dann muss irgendetwas Wahres dran sein ...«

Während er weiterredete, begann Sextus mit Cornilla zu flüstern. Ab und zu warfen sie mir verstohlene Blicke zu. Sie schienen einen Plan auszuhecken. »Ist euch noch nicht aufgefallen, dass alle Christen krumme Nasen haben?«, fragte Quintian mit erhobener Stimme.

Commodus und ich waren einen Moment verblüfft. Darauf hatten wir noch nie geachtet. Aber jetzt, wenn er das so sagte, warum nicht? Vielleicht hatte er Recht ...

»Du scheinst eine Menge Christen zu kennen«, sagte Sextus bissig.

»Diese Leute erkennt man doch auf eine Entfernung von einer halben Meile«, prahlte Quintian.

»Woran erkennst du sie?« Jetzt wollte ich wissen, wie Quintian Christen auf eine so weite Entfernung erkennen konnte.

»Erstens riechen sie nach Knoblauch und zweitens sieht man es ihnen doch einfach an ...«

»Was?« – »Dass sie kleine Kinder essen.«

Ich sah Sextus an. Sextus sah Cornilla an. Cornilla sah Commodus an. Commodus sah niemand an.

»Das kapier ich nicht«, platzte er heraus.

»So doof kannst aber auch nur du sein!«, rief Quintian wütend.

Auf Commodus' Stirn zeichnete sich eine tiefe Falte ab, wie immer, wenn er angestrengt nachdachte. Quintians letzten Satz schien er gar nicht gehört zu haben. Schließlich schüttelte er den Kopf und sagte noch einmal: »Das hab ich nicht begriffen.«

Ich aber nahm mir fest vor, in Zukunft ein Auge auf Leute mit krummen Nasen zu haben, die nach Knoblauch rochen und so aussahen, als ob sie kleine Kinder äßen ...

Die heutige Sitzung des »Klubs der Raben« war beendet.

Commodus zog sich die Kapuze seines grauen Wollmantels über den Kopf und kletterte als Erster den Olivenbaum hinunter. Quintian musste über die Leiter nach unten in den Hühnerstall klettern, weil der Taubenausflug für ihn zu eng war.

Sextus tippte an meine Schulter. »Lukios?«

»Was ist los?«

»Halt dich heute Nacht bereit.«

»Losungswort: Pertinax?«

»Nein, das hatten wir heute schon. Eine Eule wird zweimal hintereinander schreien ...«

»Abgemacht ...«

»Bring unbedingt einen Eimer mit roter Farbe mit. Bei euch wird doch angestrichen ...« Sextus kannte sich gut bei uns zu Hause aus.

»Geht in Ordnung.« Ich platzte fast vor Neugier. Was mochte Sextus nur vorhaben? Doch es war Ehrensache für mich, ihn nicht zu fragen – ein Stoiker ist nicht neugierig.

»Um Mitternacht«, flüsterte Sextus noch schnell.

»Ich werde hellwach sein«, beteuerte ich. Ein Stoiker empfindet in der tiefsten Nacht keine besondere Müdigkeit. Ein Stoiker isst nur das Notwendigste, Wagenrennen interessieren ihn nicht, Boxkämpfe locken ihn nicht. Es ist ziemlich schwer, Stoiker zu werden ...

Ich hatte kaum den Fuß, natürlich den rechten, über die Schwelle unseres Hauses in der Jupiterstraße gesetzt, da brach das Donnerwetter auch schon über mich herein.

»Wo sind die Lorbeerblätter?« Tante Fabia packte mich an den Schultern und sah mir besorgt ins Gesicht, als suche sie dort etwas. »Lukios, wo die Lorbeerblätter sind, habe ich gefragt! Antworte!«

Dann tat sie etwas, was so ungewöhnlich war, dass es

mich ernstlich erschreckte – sie redete mich mit meinem vollen und richtigen Namen an: »Lucius Ceionius Commodus, du unbedachter Junge …«

Jetzt tauchte zum Glück Marcia auf; ich hoffte stark darauf, dass sie mir beistehen würde. Sie war weit mehr als unsere Köchin, sie, Hyazinthus' Pflegetochter, und wie er, durch das Testament meines verstorbenen Vaters freigelassen. Immer war sie klug und hilfsbereit. Um ein paar Jahre älter als meine Schwester Annia, mit der sie eng befreundet war, genoss sie das volle Vertrauen Tante Fabias und meiner Mutter.

»O Domina, Lukios ist sehr blass!«, rief Marcia.

»Schnell, lauf, hol frische Lorbeerblätter!«, bat meine Tante sie und es hörte sich an, als sei sie schwer erkältet.

Marcia huschte davon, auch ihre Stimme hatte verschnupft geklungen. Jetzt erst fiel es mir wieder ein: Galenus hatte der ganzen Familie verordnet, sich Lorbeerblätter in die Nase zu stecken, um sich vor Ansteckung zu schützen. Ich versichere euch, es ist kein Vergnügen, mit Lorbeerblättern in der Nase herumzulaufen. Deshalb hatte ich sie schon morgens vor dem Bad entfernt, fortgeworfen und die Sache vergessen.

»In der Stadt hast du dich herumgetrieben, unvernünftiges Kind«, schimpfte Tante Fabia, »wenn du wüsstest, wie sehr du dir damit vielleicht geschadet hast! Aber ich müsste mir wohl selbst die größten Vorwürfe machen. Meine Schuld ist es. Ich habe versäumt dir zu sagen, in welcher Gefahr wir uns alle befinden. Ich fürchte, du bist der Einzige im Haus, der noch nicht weiß, worum es geht – die Pest ist ausgebrochen, Lukios, die Pest!«

Da sagte sie mir nichts Neues. Dennoch gab ich mir Mühe, ein erstauntes Gesicht zu machen.

»Onkel Ummidius hat dem Gott Äskulap und der erhabenen Salus einen Altar gelobt, für den Fall, dass unser Haus von der Krankheit verschont bleibt. Ich selbst habe heute Morgen der Fiebergöttin ein reiches Opfer spenden lassen ...«

Glücklicherweise kam nun Marcia zurück. Behutsam schob sie mir je zwei stark duftende Lorbeerblätter in jedes Nasenloch. Mir war unbehaglich zu Mute.

»Domina, man hätte es ihm doch nicht sagen sollen. Er wird sich ängstigen«, gab Marcia zu bedenken.

»Wenn er nur den Mut verloren hat, sich in der Stadt herumzudrücken!«, rief Tante Fabia. »Galenus sagte, die Gefahr, sich in Rom anzustecken, wüchse mit jedem Tag. Wenn wir doch schon in Lanuvium wären!«

»Leider können wir erst nächste Woche fahren«, erklärte Marcia.

»Die ganze Familie wird dieses Mal mitkommen und die meisten Sklaven auch. Commodus fährt möglicherweise etwas früher. Du weißt ja, in Lanuvium ist die Luft viel besser als hier ...«

Das war eine freudige Nachricht! Nach Lanuvium ging es normalerweise immer erst im Hochsommer, wenn es sich hier in der Stadt vor Hitze nicht mehr aushalten ließ.

Lanuvium – das bedeutete für mich rudern, im See schwimmen, angeln, reiten, Sommerferien ...

»Die Familie von Sextus hat zugesagt, dass Sextus mit uns kommt. Er wird bei uns wohnen. Freust du dich jetzt?«

»Und wie«, strahlte ich.

»Und Hyazinthus, stell dir das einmal vor«, schmunzelte Tante Fabia, »der fährt nach Kleinasien.«

Schon wieder glaubte sie, mir eine Überraschung mitgeteilt zu haben.

»Du hast richtig gehört, Lukios: Natürlich fällt der Unterricht aus – ihr dürft den ganzen Tag lang schwimmen und auf Hasenjagd gehen.«

Zu jedem anderen Zeitpunkt wären das gute Nachrichten gewesen – aber heute? Sie dürfen es mir nicht anmerken, dachte ich, während sie weiterredeten und mir die Ferien in Lanuvium in den buntesten Farben ausmalten. Sie dürfen nicht merken, dass ich alles weiß …

»Wie ich Hyazinthus beneide! Griechenland und Kleinasien! Die halbe Welt wird er sehen! Wenn ich mich nur einmal hier von meinen Pflichten losreißen könnte. Der glückliche Hyazinthus …«

Meine Tante ist sehr redegewandt. Aber ich weiß sehr genau und wusste es auch schon damals: Wenn Erwachsene lügen, dann wissen sie in Wirklichkeit nicht mehr weiter. Ein Gefühl von Angst stieg in mir auf, als sei nun überhaupt nichts mehr sicher.

»Ist das nicht herrlich? In einer Woche werden wir alle in unserer Sommervilla in Lanuvium sein!«, rief Tante Fabia in gespielter Begeisterung.

Wie sehr sie sich doch irren sollte …

Hyazinthus erfährt ein großes Geheimnis

Ganz genau erinnere ich mich an den Abend dieses Tages, des zweiten vor den Kalenden des Mai …

An Euphrat, der unten im Innenhof neben der großen Palme auf dem Marmorbänkchen saß und eine Flöte schnitzte. Und daran, dass Tigris gerade heute sehr traurig war, weil ihm jemand beim Baden in den öffentlichen Thermen seinen Mantel gestohlen hatte. An die bedrückte Stimmung im ganzen Haus. Aus den Kohlebecken duftete es nach den verschiedensten Wohlgerüchen, die vor der Krankheit schützen sollten.

Hyazinthus bereitete sich auf seine Abreise vor. Es war keineswegs eine kürzere Reise, wie Tante Fabia behauptet hatte – nein, diesmal stand ein Abschied für längere Zeit bevor. Das sah ich auf den ersten Blick.

Auf Hyazinthus' Bett waren eine Menge Kleidungsstücke ausgebreitet, darunter auch sein abgetragener grauer Reisemantel und der Wanderstab, aus einem nur roh bearbeiteten Ast geschnitzt, so einer, wie ihn alle Philosophen in Italien und Griechenland haben. In wildester Unordnung lagen auf dem Fußboden viele Buchrollen zwischen mehreren Holzkisten verstreut.

»Ich will nicht stören«, stammelte ich, obwohl völlig klar war, dass ich genau das jetzt tat. »Es geht ganz schnell. Ich hab nur noch eine Frage ...«

Mein alter Lehrer stand am Fenster und sah durch das bläuliche Glas hinaus in den Innenhof mit der Palme, die sich im Wind bog. Ich hatte das Gefühl, mich beeilen zu müssen, und stieß hastig hervor. »Stimmt es, dass die Christen kleine Kinder schlachten?«

Jetzt war es endlich heraus. Diese Frage hatte ich ihm stellen müssen.

Hyazinthus drehte sich zu mir um und sah mich groß an: »Lukios, wer hat dir diesen Unsinn erzählt?«

»Quintian hat es gesagt. Und ein Philosoph, den ich am Titusbogen getroffen habe.«

»Du meinst, der Mann hatte einen Bart. Ein Bart bedeutet noch nicht unbedingt, dass man ein Philosoph ist. Man muss scharf unterscheiden.«

»Tun sie es?«

»Nein«, sagte Hyazinthus, »sie tun es nicht. Dafür garantiere ich.«

Ein Stein fiel mir vom Herzen. Ihr müsst verstehen, Hyazinthus gehört zu den wenigen Menschen, von denen ich weiß, dass sie nicht lügen, auch nicht bei unangenehmen Fragen. Sogar nach der Uhrzeit kann man ihn fragen und er kennt sie – und das will etwas heißen …

Mein Stiefvater Claudius Pompeianus war vor drei Jahren, wie ich schon erwähnt habe, einmal kurz in Rom und ich habe die besten Erinnerungen an ihn.

Ob er so ähnlich ist wie Hyazinthus? Ich könnte es mir denken. Als ich noch kleiner war, habe ich oft über diesen Stiefvater nachgedacht und mir ausgemalt, er wäre so wie Hyazinthus.

Natürlich kenne ich das Sprichwort: »Trau nie einem Sklaven. Alle Sklaven lügen.« Hyazinthus ist als Sklave geboren worden. Aber ich kann nur sagen: An dem Sprichwort ist nichts dran. Hyazinthus, dem freigelassenen Sklaven, traue ich mehr als beispielsweise Quintian, dem Senatorensohn.

»Lukios, glaub mir, die Christen sind die letzten, die kleine Kinder schlachten würden. Es ist ein großes Unglück für uns, dass solche Gerüchte ausgestreut werden …«

»Für uns«, hatte er gesagt. Also war er ein richtiger Christ! Zum ersten Mal hatte er es damit selbst vor mir gesagt. Nach dieser Antwort wuchs mein Mut.

»Sag mir doch bitte schnell, was für Leute die Christen sind«, bat ich kurzerhand. Hyazinthus dachte einen Moment lang nach. Mir kamen jetzt wieder Bedenken. Für ihn mussten ja diese Minuten doppelt wertvoll sein – in zwei Stunden würde der Reisewagen eintreffen, der ihn nach Ostia bringen sollte.

Er wollte seine Kisten packen. Briefe an alle möglichen Freunde schreiben. Er konnte heute Abend keine Zeit haben für einen neugierigen Jungen, der ihm irgendwelche Fragen stellte. Das wusste ich nur zu gut – aber ich wusste noch viel mehr, dass er für lange Zeit, vielleicht für immer nach Pergamon in Kleinasien reisen würde. Deshalb zählte auch für mich jetzt jede Minute …

Wie wenig ich doch eigentlich von ihm wusste! Hyazinthus sprach über vieles, aber nur selten über sich. Sein einziger Sohn und seine Schwiegertochter waren vor vielen Jahren auf einem Spaziergang vom Blitz erschlagen worden, und sein einziges Enkelkind war früh gestorben – das hatte Marcia mir einmal erzählt.

Hyazinthus schob ein paar alte, stockfleckige Buchrollen zur Seite und setzte sich auf eine umgestülpte Kiste.

»Wenn man etwas nicht weiß, muss man so lange Fragen stellen, bis man es weiß«, sagte er mit einem Lächeln. »Setz dich, Lukios, wir wollen uns unterhalten …«

Ich ließ mich vor ihm auf dem Boden nieder.

»Die Christen lehnen jede Gewaltanwendung ab«, begann er mir zu erklären. »Was das bedeutet, wirst du dir noch nicht vorstellen können. Gewalt – das heißt: ein Kind wird geschlagen, ein Sklave wird ausgepeitscht, ein Sklave, der ein Verbrechen begangen hat, wird gekreuzigt oder vor die wilden Tiere geworfen, einem Sarmaten wird der Kopf abgeschlagen, Dinge, die du ganz normal findest, Lukios …«

Ein unartiges Kind wird geschlagen, ein ungehorsamer Sklave ausgepeitscht – natürlich war das normal, das war das Leben, das geschah jeden Tag.

»Ich hab einmal zugesehen, wie ein Centurio einen untergeordneten Legionär mit dem Stock bestraft hat«, fiel mir ein.

»Es wird gar nicht mehr lange dauern«, fuhr Hyazinthus fort, »vielleicht noch zehn, höchstens zwanzig Jahre, wenn unsere Lehre sich noch weiter verbreitet hat, dann werden die Menschen einsehen, dass sie kein Recht dazu haben, einen Sklaven auszupeitschen, ein Kind zu schlagen, einen Verbrecher zu kreuzigen und einem gefangenen Germanen den Kopf abzuschlagen. Die blutigen Gladiatorenkämpfe werden abgeschafft werden ...«

»Du meinst, es wird dann keine Fechterspiele mehr geben und keine Löwenkämpfe? Die Christen wollen das alles abschaffen?«

Hyazinthus nickte. »Tausende sterben jedes Jahr auf dem blutbespritzten Sand der Arena, in Rom, in Italien, in Afrika, in Kleinasien, Griechenland, Germanien – in der ganzen Welt. Wozu werden die Amphitheater in den Städten gebaut? Wie kann ein denkender Mensch Freude empfinden, wenn Menschen in der Arena um ihr Leben kämpfen?«

»Das ist ja gerade das Spannende dabei«, sagte ich ein wenig hilflos. »Alle gehen schließlich ins Kolosseum und sehen sich die Gladiatorenspiele an, was soll schon Böses daran sein? Meistens sind es doch Verbrecher, die bestraft werden sollen und deshalb kämpfen müssen, oder Sklaven. Wenn ein Sklave zum Gladiatoren ausgebildet worden ist, dann hat er eine große Chance, sehr viel Geld zu verdienen, so viel, dass er sich später einmal freikaufen kann. Und sie werden von allen bewundert, ist das nichts?«

»Kennst du den schrecklichen Eid, den jeder Fechter schwören musste, ehe er in die Gladiatorenschule eintritt, Lukios?«

Und ob ich ihn kannte!

»Ich schwöre, dass ich bereit bin, mich mit Ruten schlagen, mit Feuer brennen und mit Eisen töten zu lassen, so heißt er«, sagte Hyazinthus traurig.

Die Gladiatorenkämpfe abschaffen?

»Solange die Welt besteht, wird es Gladiatorenkämpfe geben«, widersprach ich. Aber dann fiel mir plötzlich ein, was auf den Straßen gerufen wurde und was auf vielen Häusermauern in der Stadt geschrieben stand: *Vor die Löwen mit den Christen!* »Und trotzdem wird es Löwenkämpfe immer geben. Vielen Gladiatoren macht ihr Beruf Spaß, einige üben ihn freiwillig aus ...« Die Christen waren also Leute, die die Welt, so wie sie war, auf den Kopf stellen wollten. Deswegen verfolgte man sie wahrscheinlich auch. Klar, dass sie den Göttern nicht opferten, wenn sie so dachten. Irgendwie war ich fast traurig darüber, dass Hyazinthus nichts von Tierkämpfen in der Arena hielt, mochten sie noch so aufregend sein, wenn ich ihn auch zum Teil verstehen konnte.

Unser Gespräch war damit fast zu Ende.

»Schreib mir mal einen Brief nach Pergamon ...«

Ich versprach es.

»Wenn du groß bist, wirst du sicher einmal Konsul ...«

»Ich möchte etwas anderes werden«, sagte ich.

Rennfahrer hatte ich werden wollen, als ich noch jünger war. Aber seit einiger Zeit hatte ich einen anderen Plan gefasst: Arzt würde ich werden, so einer wie Galenus, nur nicht so berühmt natürlich. Deshalb hatte ich so viel Griechisch gelernt. Keinem Menschen hatte ich jemals etwas davon gesagt. Aber jeden Tag hatte ich daran gedacht – kein Konsul, kein Ädil, kein Prätor und kein Quästor – Arzt.

»Arzt!«, sagte ich nun laut.

»Es schickt sich nicht, dass der Sohn eines Kaisers*, Enkel des regierenden und Neffe des zukünftigen Kaisers Arzt wird«, sagte Hyazinthus und lächelte ungläubig. Aber mehr sagte er nicht. In diesem Moment spürte ich, er traute mir alles zu, auch das.

»*Vale*, Hyazinthus«, murmelte ich.

»*Euchairein***, Lukios«, antwortete Hyazinthus auf Griechisch.

* Lucius Verus, der verstorbene Vater des Lukios, war Mitkaiser von 161–169 n. Chr.

** Wohlergehen

In aller Stille, in aller Heimlichkeit, hielt etwa zwei Stunden nach diesem Gespräch der Reisewagen, mit zwei Pferden bespannt, vor unserem Haus. Mich hatte man vorher ins Bett geschickt. So beobachtete ich nun Hyazinthus' Abreise hinter dem Vorhang meines Fensters. Ich sah, wie Euphrat das Gepäck und die Bücherkisten im Wagen verstaute. Dann zogen die Pferde schon an, Hyazinthus winkte noch einmal kurz zu meiner Mutter und Tante Fabia herüber.

Mit einem knarrenden Geräusch setzten sich die Räder des Wagens in Bewegung. Der Wagen holperte über das Pflaster der Straße davon.

Ich zog den Vorhang wieder zu – an Schlafen war nicht zu denken; ich war hellwach. Unter meinem Bett lag, gut versteckt, eine dickbäuchige, nicht eben leichte Amphore, bis oben hin mit roter Farbe gefüllt. Es war mir gelungen, sie in der allgemeinen Aufregung und Aufbruchstimmung klammheimlich »auszuleihen« und nach oben zu schaffen. Ab und zu klapperten Pferdehufe über die Straße und man hörte einen Wagen vorbeirollen.

»Rote Farbe«, hatte Sextus gesagt. Blöde, da Rot für die Bemalung von Innenräumen gerade groß in Mode war, hatte ich leider keinen kleineren Farbbehälter auftreiben können. Die Maler benötigten solche Unmengen roter Farbe, dass gleich mehrere Amphoren davon unten in dem kleinen Raum, in dem sie ihre Geräte aufgebaut hatten, bereitgestellt waren.

Unser Pech … Denn zum Umfüllen hatte die Zeit nun auch nicht mehr gereicht. Durch die Seitenhenkel der Amphore hatte ich ein Seil gezogen.

Mein Zimmer liegt im ersten Stock unseres Hauses an der Ecke. Es hat zwei Fenster, eines zur Jupiterstraße hin, das andere zum Garten an der Schmalseite des Hauses. Nichts war zu hören als das Plätschern des kleinen Brunnens und das Rauschen der Palme im Wind.

Da, plötzlich, das musste Sextus sein!

Jetzt schrie die Eule zum zweiten Mal, langsam und schauerlich gedehnt. Behutsam und darauf bedacht, jeden unnötigen Lärm zu vermeiden, rollte ich die Amphore bis an die Wand vor dem Gartenfenster, hob sie hoch und ließ sie vorsichtig am Seil herunter. Unten standen Sextus und Cornilla in ihren grauen Kapuzenmänteln. Cornilla winkte mir. Langsam senkte ich die Amphore; dabei streifte sie mit einem Knirschen leicht die Hauswand, das war nicht zu verhindern gewesen. Meine beiden Freunde fingen sie auf. Der Rest war schnell getan: Mit einer einzigen Bewegung schwang ich mich hinterher und ließ mich am gleichen Seil, das ich an einem Haken für die Fensterläden befestigt hatte, hinabgleiten. Mit einem Messer wurde die Amphore losgeschnitten.

»Sollte das ein schlechter Witz sein?«, zischte Cornilla mir wütend entgegen.

»Was?«

»Mit der Amphore – du *nepios!*«

Nepios – ein übles griechisches Schimpfwort – Dummkopf – hatte sie mich genannt!

»Wir werden schon eine größere Menge roter Farbe brauchen«, schaltete sich Sextus ein. »Schimpf also nicht mit Lukios. Er hat sein Bestes getan.«

Wir beiden Männer trugen gemeinsam die Amphore. Sextus lud den Hals auf seine Schultern, ich hielt unser gutes Stück hinten fest. Leise gluckerte die Farbe, während wir über das holprige Pflaster der Jupiterstraße trabten – in Richtung Forum. Cornilla hastete hinter uns her. Um diese Zeit war kein Mensch mehr unterwegs. Auch die Heilige Straße lag wie ausgestorben.

Die Wachsoldaten am Titusbogen saßen auf dem Straßenrand und schliefen fest.

Die Würfelbecher lagen neben ihnen auf dem Boden.

Es war Vollmond, aber der Himmel war bewölkt, sodass der Mond ab und zu hinter den Wolken verschwand. Dann war es jedes Mal einen Moment lang so dunkel, dass wir Mühe hatten, nicht zu stolpern.

So, bis hierhin hatten wir es geschafft. Gerade erschien der Mond wieder; sekundenlang war es fast abendlich hell. Der Tempel Mars', des Rächers, vor dem wir standen, warf einen gigantischen Schatten quer über die Straße.

»Da um die Ecke …«

»Also, wollen wir wetten? Ich hab das deutliche Gefühl, dass heute Abend etwas schief gehn wird«, stichelte Cornilla. »Ich bin heute Morgen mit dem linken Fuß zuerst aufgestanden. Zum letzten Mal ist mir das in Lanuvium passiert. Und an dem Tag bin ich von der Schlange gebissen worden, als wir Ball gespielt haben … Und dann noch die schwere Amphore! Es geht bestimmt nicht gut, so etwas ahne ich …«

Sextus versuchte sie zu beruhigen. »Wart's ab. Morgen früh werden die Leute aus ihren Fenstern sehen und ganz erstaunt sein.«

Nichts gegen meinen Freund Sextus – trotzdem, fand ich, trieb er die »Geheimhaltung« manchmal etwas zu weit, sogar für einen werdenden Stoiker war *das* zu viel.

»Beim Herkules, nur ich weiß immer noch nicht, was ihr geplant habt …«

»Nepios«, kicherte Cornilla. Sie gebrauchte griechische Kraftausdrücke in der Meinung, sie seien dann feiner. Der Mond verschwand gerade jetzt hinter den Wolken. Im nächsten Moment war es stockfinster.

»Lukios!«, rief Cornilla hinter mir her.

»Ja?«

»Meine Sandale ist aufgegangen. Wartet mal ...«

Sextus hastete weiter.

»Wartet doch!«

»Die findet uns schon«, sagte Sextus zu mir. »Wir sind nämlich so gut wie da. Cornilla weiß Bescheid ...«

Weiter ging's.

»Wartet!« Das war noch einmal, jetzt schon aus der Ferne, Cornillas piepsige Mädchenstimme.

Und dann ... das war sie jedenfalls nicht. Oder etwa doch?

»Sextus, Sextus! Bleib stehn«, flüsterte ich.

»Was hast du denn?«

»Da ... pst ...«

»In den Hauseingang, Lukios, los.«

Zitternd drückten wir uns an eine Tür und lauschten. Wieder konnten wir nicht die Hand vor den Augen sehen, so dunkel war es.

Ein markerschütternder Schrei gellte jetzt zum zweiten Mal über die Straße. O ihr Götter, ich hatte richtig gehört; das war Cornilla!

Eine Gänsehaut lief mir über die Arme. Die Amphore, von mir und Sextus gehalten, zitterte zwischen uns.

»Wir müssen ihr helfen!«, flüsterte ich.

»Wir *können* ihr nicht helfen«, hauchte Sextus zurück.

Schwere Schritte von eisenbenagelten Stiefeln dröhnten in diesem Moment, kaum eine Armlänge von uns entfernt, vorbei.

Eine raue Stimme mit äthiopischem Akzent sagte: »Tut uns Leid, hohe Prinzessin, selbstverständlich werden wir Sie jetzt sofort nach Hause bringen ...«

Mir wurde leichter ums Herz, auch Sextus hörte ich neben mir im Dunkeln aufatmen.

Die Schritte entfernten sich; nur Cornillas lautes Schimpfen und die besänftigenden Worte der äthiopischen Leibwächter waren noch eine Weile zu hören …

»Ein Sklavenleben ist es. Ich werde meinem Vater einen Brief schreiben …«

»Wir bedauern außerordentlich, hohe Prinzessin …«

»Und wenn mein Bruder dann mal Kaiser ist …«

»Wir führen nur unsere Befehle aus …«

Von irgendwoher bellte nun ein Hund, den der Lärm aus dem Schlaf geweckt hatte.

»Ich werde der Fortuna Felix zwei Tauben opfern«, stieß Sextus hervor. »Wir hatten großes Glück … sie haben nur Cornilla erwischt. Fast hätten sie uns auch geschnappt …«

Mir war leicht übel vor Angst.

Zaghaft und mit gepresster Stimme wagte ich Sextus einen ungeheuerlichen Vorschlag zu unterbreiten: »Sollten wir nicht … vielleicht besser … einfach wieder nach Hause gehen?«

»Und du willst ein ›Rabe‹ sein?« Sogar in der Dunkelheit glaubte ich Sextus' stechenden Blick zu spüren, mit dem er mich bei diesen Worten von oben bis unten musterte.

Damit war also nichts.

Wir gingen weiter, noch immer war mir nicht klar, was eigentlich heute Nacht geschehen sollte.

Plötzlich blieb Sextus einfach stehen … in einer Seitenstraße an der großen Bibliothek neben dem Trajansmarkt … und sagte: »Wir sind da.«

Ein kühler Wind strich durch die Straßen. Wieder war der Mond einen kurzen Moment lang halb zu sehen.

Im kalten bläulichen Licht wurde die Bibliothek mit ihren Holzumbauten sichtbar. Die Gerüste knarrten leise. Ich kam mir winzig vor. Es ließ sich auch gar nicht leugnen: Ich hatte Angst.

Wie ich den mutigen Sextus jetzt bewunderte!

Konsul werden? Löwen töten? Große Taten vollbringen? *Ich* sehnte mich nicht nach Abenteuern, wie es für Sextus oder Commodus so selbstverständlich war …

Mit der rechten Hand hielt ich die Amphore, mit der linken zog ich mir die Kapuze meines warmen britannischen Wollmantels über den Kopf. Sie war heruntergerutscht.

»Los, pack an!«

»Bist du wahnsinnig geworden? Willst du die Aussicht von da oben genießen? Rom bei Nacht, oder so etwas?«

»Weder noch«, sagte Sextus und zog mich auch schon mit sich. »Komm, Lukios! Bist du schwindelfrei und hast du Mut?«

»Weder noch«, brachte ich heraus, während meine Zähne aufeinander schlugen.

Immerhin schien wenigstens der Mond, als wir die Leiter hinaufkletterten.

Ihr lest richtig: die Leiter. Sprosse für Sprosse stiegen wir hoch, bis zur ersten Etage des Gerüsts, das auf dieser Seite der Bibliothek aufgebaut war.

Solltet ihr einmal nach Rom kommen, seht euch die Bibliothek nur an … sie ist ganz schön hoch … und denkt dabei an mich. Mein Herz pochte. Die Farbe in der Amphore blubberte. Der Mond leuchtete, hinter einer Wolke halb versteckt, auf uns herab. So konnten wir sehen, wohin wir traten.

Wir stiegen noch höher. Der Mond schien weiter für uns, nun sogar zu drei Vierteln.

»Erklär mir endlich, was das soll!«, keuchte ich. »Soll es eine Mutprobe werden?«

Sextus blieb stehen, er stand zwei Sprossen über mir … ich hielt das gesamte Gewicht der Amphore.

»Hast du es wirklich noch nicht kapiert?«

»Beim Herkules, nein. Niemand hat mir etwas gesagt. Woher soll ich …«

»Wir werden noch ein bisschen höher klettern und dann schreiben wir etwas an die Wand. Ich hab drei Pinsel mitgebracht. Wir werden senkrecht schreiben. Du musst unten anfangen, weil du ja nicht schwindelfrei bist. Ich oben …«

Ich war jetzt ziemlich gereizt. »*Was* schreiben wir drauf? Ich will es endlich auch wissen.«

»Na ja, … man könnte …«

»Sag bloß, du weißt es nicht«, höhnte ich.

»Cornilla hatte sich etwas ganz Tolles ausgedacht …«

»Sag's doch endlich!«

»Einen kurzen, treffenden und irgendwie doch lustigen Satz. Knapp muss er natürlich sein, denn wir müssen ihn ja aufpinseln, einverstanden?«

Ich war es.

»Darf ich die Amphore einen Moment absetzen?«

»Wir gehn lieber weiter«, entschied Sextus.

Das taten wir.

»Knapp und witzig«, fuhr er fort, »sodass die Römer, wenn sie morgens zum Fenster hinaussehen und unseren Spruch lesen, erst mal lachen, aber dann sollten sie nachdenklich werden.«

Ich nickte vor mich hin … kurz und witzig und auch wieder so, dass man nachdenklich werden würde …

»Sag doch etwas, Lukios!«

»Find ich toll, dass ihr so einen Satz erfunden habt. Mir wäre es vermutlich nicht so gut gelungen …«

»Willst du dich wohl lustig über mich machen? Ziemlich billig von dir …«

»Ich dachte, Cornilla hätte sich einen Satz ausgedacht«, verteidigte ich mich.

»*Hat* sie ja auch. Aber nach der obersten Regel des ›Klubs

der Raben‹ wollte sie ihn geheim halten und ihn dann erst, wenn wir oben wären, verkünden. Genauer gesagt: Wir haben Pinsel und Farbe, aber keinen Satz, begreif es endlich!«

Einen Moment stand ich sprachlos da.

»Dann müssen wir was ganz Einfaches schreiben, Sextus. Zum Beispiel: Seid gut zu den Christen!«

»Heureka!«*, jubelte Sextus, »den Satz können wir nehmen!«

Sextus nahm den Deckel der Amphore und seinen Pinsel mit sich und stieg noch etwas höher, während ich mit diesem Ungetüm von einer Amphore auf meinem Platz blieb und wütend drauflos pinselte. Natürlich unterlief mir in der Aufregung auch noch ein unverzeihlicher Fehler: Ich vergaß den Buchstaben H…

Das, was wir in mühevoller Arbeit endlich hinbekamen, sah ungefähr so aus, soweit wir es in der Dunkelheit überhaupt erkennen konnten:

* »Ich hab's gefunden!« (griechisch)

SE
ID
GVT
ZV
DEN
CR
IST
EN !

Es war nicht besonders einfallsreich, wirklich nicht, ganz davon zu schweigen, dass es witzig hatte sein sollen. Und ob irgendjemand darüber nachdenken würde, das erschien mir auch noch fraglich.

»Hoffentlich können sie es richtig lesen«, murmelte Sextus.

»Den Schreibfehler sieht man fast gar nicht.«

Aber trotz allem … da stand es nun an der Wand der Bibliothek! Morgen würden es einige Leute lesen!

»Seid gut zu den Christen«, wiederholte Sextus, beinahe betrübt. »Etwas Schlaueres ist uns in der Eile nicht eingefallen.«

»Und dann musste es ja auch kurz sein …«

»Vielleicht halten manche Leute es für einen Witz.«

»Dann sind wir und Cornilla die Einzigen, die wissen, dass es todernst ist …«

Solche Zweifel plagten uns jetzt. Seltsam, dauernd musste ich an Hyazinthus denken und den Ausruf: *Vor die Löwen mit den Christen!*

»Wir steigen wieder runter …«

»Einverstanden, Sextus …«

Leise knarrte das Gerüst im Wind. Noch immer schien der Mond. Mit eiligen Schritten kletterte Sextus voran. Ich folgte ihm etwas langsamer. Meine Hände waren klebrig von der Farbe. Irgendwie klebten auch meine Haare. Sextus hatte am Schluss ziemlich dicht über mir gearbeitet und sich beeilt fertig zu werden. Wie müde wir jetzt waren!

Ich gähnte und hielt einen Augenblick inne. Nur noch wenige Sprossen der Leiter lagen unter uns … und dann: ab nach Hause, ins warme Bett. Den Morgenempfang bei Commodus würden wir ausnahmsweise schwänzen. Jawohl! Den Festzug zu Ehren der Göttin der Gärtner, Flora, bei dem Bohnen und Lupinensamen über die festlich mit Blumen geschmückten Straßen Roms gestreut wurden, den würden wir ebenfalls versäumen …

Als ich mir das gerade überlegte, wurde es unvermittelt stockdunkel, als hätte jemand den Mond wie ein Öllämpchen einfach ausgeblasen; eine große Wolke hatte sich vor ihn geschoben. Behutsam tastete ich mit dem einen Fuß nach.

»Gleich sind wir unten!«, rief Sextus herauf.

Im nächsten Augenblick herrschte wieder Stille. Nur ganz weit entfernt hörte man die Wagen rollen und Pferdehufe klappern. Dann … ein Krachen, ein Schrei … oder war der Schrei zuerst gewesen, ich weiß es nicht mehr. Aber – das begriff ich sofort – die Amphore war heruntergefallen und auf dem steinernen Pflaster der Straße in tausend Scherben zerborsten.

Was sonst noch geschehen war, daran wagte ich nicht zu denken. Nun war alles wieder still, unheimlich still.

»Sextus«, rief ich.

Totenstille, nur der Wind wehte.

»Sextus, hörst du mich nicht?«

Keine Antwort.

»Sag doch etwas!«, rief ich voller Angst.

Vor mir, hinter mir, über mir und unter mir war alles tiefschwarz. Ich klammerte mich einen Moment lang an den Rändern der Leiter fest … ich weiß nicht mehr, wie ich auf den Boden gekommen bin, möglich, dass ich mich einfach nur noch hinuntergleiten ließ. Unten angekommen, spürte ich die festen Steine der Straße unter meinen Sandalen und stieß gegen die klebrigen Trümmer der Amphore. Alles klebte hier unten.

»Sextus, Sextus. Wo bist du?«

Da endlich antwortete mir ein schwaches Stöhnen am Fuß der Leiter.

»Bist du verletzt? Sag doch etwas!«

Ich kniete auf dem Boden nieder und bekam einen Arm von Sextus zu fassen.

»Lass los, das tut weh«, stöhnte er, »du, ich kann mich nicht bewegen.«

»Wo tut es weh? Ist es schlimm?«

»Ich weiß es nicht. Sicher wird es gleich wieder besser.«

Die Dunkelheit war fast undurchdringlich. Ich konnte nur sehr undeutlich gerade Sextus' Gesicht erkennen, das sich von der dunkleren Kapuze heller abhob.

»Ist das Blut?«, fragte ich erschreckt. Sextus' Arm und sein Mantel waren voll von einer klebrigen Flüssigkeit.

»Eher Farbe«, kam es zurück. »Hilf mir bitte aufstehen. Es muss ja irgendwie möglich sein ...«

Mühsam versuchte Sextus sich zu erheben, doch es gelang ihm nicht. Jetzt wurde mir angst und bange.

»Sextus, was sollen wir tun? Glaubst du, es wird besser?«

»Ein paar blaue Flecken hab ich abgekriegt, weiter nichts«, stöhnte Sextus. Aber es klang nicht sehr überzeugend. Er zuckte plötzlich zusammen. »Das war mein Fuß ... ich muss es noch einmal probieren ... au ...«

Offenbar hatte er ziemliche Schmerzen. Aufstehen konnte er nicht, sooft er es auch versuchte.

»Wir müssen etwas tun.«

»Sei nicht ungeduldig, Lukios. Es wird jetzt nämlich besser. Ich spüre es ganz deutlich ...«

Es wurde natürlich nicht besser, es wurde immer schlimmer. »Meine Schulter«, jammerte Sextus entgegen allen stoischen Grundsätzen. »Mein Fuß, mein Arm, meine Füße ...«

»Warte auf mich«, schlug ich schließlich schlechten Gewissens vor, als sein Jammern immer lauter wurde, »ich werde ganz schnell nach Hause laufen und Euphrat und eine Trage holen. Es dauert nicht lange, bis ich wieder hier bin ...«

»Muss das wirklich sein?«

»Es geht nicht anders ...«

»Aber wenn dann alles rauskommt? Was dann?«

»Euphrat ist verschwiegen. Er wird kein Wort weitererzählen.«

»Ja dann ... dann beeil dich, Lukios. Es tut so unheimlich weh. Bitte beeil dich!«

»Ich bin bald wieder da«, versprach ich. Damit rannte ich auch schon los ... so schnell wie die Hasen in Lanuvium vor den großen Molosserhunden wegrannten, wenn wir im Sommer auf die Jagd gingen. Als gelte es mein Leben!

»Triff du dich mit Jullus – ich kann nicht«

Als ich endlich, vom Laufen erhitzt, mein Ziel erreicht hatte, ließ mich der Torhüter, ein älterer freundlicher Sklave, in unser Haus ein, ohne eine Bemerkung zu machen oder Erstaunen darüber zu zeigen, dass ich erst so spät kam. Wahrscheinlich wollte er keinen Ärger mit meiner Mutter haben und danach gefragt werden, wann er mich zur Tür hinausgelassen hätte.

Fast alle Bewohner des Hauses lagen schon in tiefem Schlaf. Der einzige Raum, in dem noch Licht brannte, war das Speisezimmer. Im Schein von zwei an den Wänden befestigten Fackeln räumte Euphrat die dreifüßigen Klapptische aus Bronze, die zum Abendessen vor die Speisesofas gestellt worden waren, in einen Nebenraum, während Tigris die auf dem Mosaikboden verstreut liegenden Austernschalen mit einem Besen zusammenkehrte.

»Ich dachte, du liegst längst im Bett«, sagte Euphrat, als ich auf Zehenspitzen ins Zimmer trat.

»Willst uns wohl helfen«, grinste Tigris und musste über seinen Witz kichern.

Euphrat stieß plötzlich einen kleinen Schrei aus, der mit Leichtigkeit das halbe Haus hätte wecken können. »Sieh mal, Tigris, der Boden ist voller blutiger Fußstapfen!«

»Lukios ist ganz rot im Gesicht«, rief Tigris und betrachtete mich, als sei ich ein Gespenst.

»O ihr Götter, Lukios ist von einer thessalischen Hexe verzaubert worden«, stöhnte Euphrat.

»Das kann nur die Farbe sein«, versuchte ich die beiden zu beruhigen. Ich befühlte mein Gesicht, es war ganz klebrig. »Bitte seid leise. Schreit nicht so! Wenn zum Beispiel Tante Fabia jetzt wach werden würde ...«

»Es ist Blut«, sagte Euphrat mit Grabesstimme. Er liebte Gruselgeschichten und war auch nicht abgeneigt, welche zu erleben.

»Riech mal«, sagte Tigris, »es muss Farbe sein ...«

Euphrat schnupperte und schluckte, jetzt vor Empörung. Auf dem Fußboden mit dem Bild des Meeresgottes Neptun, inmitten von Fischen und Krebsen malten sich hässliche rote Fußstapfen ab ...

Auch Tigris sah mich zornig an, wagte aber nicht, etwas Unhöfliches zu sagen.

Ich schämte mich, denn mir war klar, dass die beiden Sklavenjungen nun die doppelte Arbeit haben würden.

»Gibt es irgendwo im Haus eine Tragbahre?«, fragte ich, um endlich zu meinem Anliegen zu kommen, da die Zeit drängte.

»Tragbahre? Wofür?«, fragte Euphrat erstaunt.

»Ihr ... ihr müsst mir nämlich bitte helfen, Sextus von der Bibliothek nach Hause zu tragen ...«

Blass vor Neid, fragte Tigris: »Hat er dort noch so lange Bücher gelesen?«

»Ja«, sagte ich, nur um die Sache kurz zu machen.

»Und … warum läuft er nicht heim?«, platzte Euphrat heraus.

Tigris stieß ihn in die Seite und flüsterte: »Das darfst du nicht fragen. Wenn er getragen werden will, dann müssen wir ihn eben tragen.«

»Ich find's ganz schön gemein«, sagte Euphrat, »ich find's hundsgemein, dass wir ihn heimtragen müssen, bloß weil er so lange spannende Bücher gelesen hat.«

Tigris gab ihm einen zweiten Rippenstoß und sagte: »Komm schon, wir holen uns die Sänfte der Domina. Ich weiß, wo sie steht. Eine Tragbahre haben wir nicht …«

»Tante Fabias Sänfte? O ja«, murmelte ich. Mir war schwach vor Erleichterung darüber, dass Sextus nun bald Hilfe bekommen würde …

Es war noch immer undurchdringlich dunkel, als wir zu dritt in Richtung Bücherstraße – so hieß die kleine Straße neben der Bibliothek – aufbrachen. Ich machte den Anfang und beleuchtete den Weg mit der Fackel. Euphrat und Tigris trugen Tante Fabias Sänfte mit den Vorhängen aus hellgelber indischer Seide an den Seitenfenstern.

Der Anblick, der sich uns bot, war grauenvoll …

Im zitternden Schein der Fackel lag Sextus mit schmerzverzerrtem Gesicht zwischen den Trümmern der Amphore in einer roten Lache.

Als er uns sah, versuchte er tapfer zu lächeln.

»Lukios, warum hast du uns das nicht gesagt?«, rief Euphrat erschreckt.

»Wie ist das passiert?«, fragte Tigris, der, wie immer, etwas ruhiger als Euphrat blieb. »Soll ich zu Galenus gehen? Ich glaube, den könnten wir hier gut gebrauchen …«

Lachen und Weinen. Komisches und Erschrecken liegen in

manchen Momenten dicht nebeneinander. Das fiel mir ein, als Sextus nun plötzlich trotz seiner unglücklichen Lage zu kichern anfing: »Tante Fabias Sänfte? Zum Totlachen find ich das!«

»Wir müssen Sextus sofort zu Galenus bringen«, schlug Tigris ziemlich energisch vor.

»Ja«, sagte ich. »Etwas anderes wird uns nicht übrig bleiben.«

Etwa eine Stunde später: Galenus, der berühmteste Arzt der Welt, strahlte übers ganze Gesicht; er hatte einen Fall. Der Patient Sextus befand sich nicht in Lebensgefahr; er hatte lediglich ein Bein gebrochen, das stand jetzt fest ... und der Bruch war kompliziert ...

Die ersten Strahlen der Sonne fielen durch die lila Vorhänge vor den Fenstern des Behandlungszimmers. Euphrat, Tigris und ich standen mit Trauermienen um die Untersuchungsliege mit den Löwenkopffüßen aus Bronze, auf der Sextus lag, herum und kamen uns ziemlich überflüssig vor. »Wir kriegen das hin«, sagte Galenus, »keine Sorge, mein Junge.« Bei der Mandelentzündung von Commodus damals hatte er auch »wir« gesagt, obwohl er mit »wir« nur sich selbst meinte.

»Es wird nicht gerade leicht sein und eine Zeitlang dauern wird es natürlich auch. Aber wir haben nicht umsonst in Pergamon und Alexandria Medizin studiert.« Dann dachte er noch einmal über das nach, was ich ihm erzählt hatte.

»Ihr seid also um Mitternacht durch die Bücherstraße gegangen, plötzlich ist Sextus ausgerutscht und über eine am Boden liegende Amphore mit roter Farbe gestolpert ... Unvorstellbar, die Leute lassen eine Amphore mitten auf der Straße liegen ...«

»Wird vom Umbau an der Bibliothek sein«, sagte Sextus mit etwas gezwungen wirkendem Lächeln.

Galenus war völlig zufrieden gestellt von unseren spärlichen Auskünften. An der ganzen Sache interessierte ihn nur der Beinbruch. Er war Arzt aus Leidenschaft für die Sache geworden und verstand sogar noch, andere für seine Kunst zu begeistern. Vor Jahren hatte er einmal öffentliche Vorlesungen über Anatomie gehalten, die so interessant waren, dass sie einen größeren Erfolg als die Theateraufführungen gehabt hatten. Im Friedenstempel hielt er immer noch Vorlesungen für seine Kollegen.

Es kam mir auch fast vor, als interessiere sich Sextus, kaum dass er sich vom ersten Schrecken erholt hatte, für die medizinische Seite seiner Verletzung.

»Die Behandlung wird länger dauern«, erklärte Galenus.

»Nächste Woche wollten wir alle doch nach Lanuvium fahren«, wagte ich mich vor. Hasen würde Sextus jetzt zwar so bald nicht jagen können … aber mitkommen musste er doch unbedingt!

»Sextus etwa auch?«, fragte Galenus.

»Ja natürlich, er sollte auch mit uns reisen. Das ist es ja.«

»Ich bedaure, das wird auf keinen Fall in Frage kommen«, sagte Galenus. »Die Fahrt auf der holprigen Landstraße würde die Heilung des Beins verzögern.«

Ganz sachlich und kühl hatte er das gesagt. Ob er wusste, was diese Sätze für Sextus und mich bedeuteten?

»Ich finde es sehr schade«, sagte Euphrat und schluckte.

»Muss … ich jetzt nach Hause?«, fragte Sextus.

»Zwei meiner Sklaven werden dich auf einer Tragbahre zu eurer Villa bringen«, sagte Galenus. »Sicher haben deine Eltern dich schon vermisst …«, und zu mir: »Es war sehr nett von dir, Lukios, dass du dich um deinen Kameraden gekümmert hast. Am besten geht ihr jetzt nach Hause.«

»*Vale*, Domine, und vielen Dank«, sagten wir fast gleichzeitig.

»Schöne Grüße an deine Mutter und deine Tante ...«

Wir verließen die vornehme Villa des Galenus am Mons Caelius und machten uns auf den Heimweg.

Der alte Türhüter zog die Augenbrauen hoch, als wir das Haus in der Jupiterstraße betraten, sagte aber kein Wort. Es gelang mir, mich unbemerkt in mein Zimmer zu schleichen. Müde war ich, hundemüde ... Als ich mich auf mein Bett fallen lassen wollte, bemerkte ich ein in purpurnes Leinen eingepacktes Päckchen. Ich riss die goldene Kordel auf, zerrte das Lindenholztäfelchen hervor und las:

Bin schon heute Abend nach Lanuvium abgereist. Ein Sklave wird diese Zeilen bei dir vorbeibringen. Tu mir einen Gefallen: Triff du dich mit Jullus – ich kann nicht.

Dein Commodus

PS: Habe einen Termin mit Jullus morgen, am Tag vor den Kalenden des Mai, zur neunten Stunde am Neptun-Brunnen. Bitte, geh hin.

Ich las den Brief noch einmal und begriff immer noch nicht ganz. Ich verkroch mich tief unter das wollig warme Schaffell und vergaß den Brief. Ich vergaß Sextus und unser nächtliches Abenteuer und Galenus, Tante Fabia, Euphrat und Tigris ...

Ich träumte, ich säße im Amphitheater des göttlichen Titus auf einem der vordersten Plätze, gar nicht weit von Commodus. Ein großer grauer Elefant ging mit wiegenden Schritten durch die Arena. Auf seinem Kopf saß ein kleiner Affe mit einem roten Jäckchen. Der Affe hielt ein Stöckchen in der Hand und lenkte den Elefanten damit.

»Das ist Bobo, nicht wahr?«, sagte Commodus und musste, ebenso wie ich, ein bisschen lachen.

Bobo ließ den Elefanten nun ganz nahe an die Brüstung vor uns heranschreiten. Es kam mir vor, als lächelte er listig. Plötzlich hob Bobo das Stöckchen in die Höhe … die Vorderbeine des Elefanten knickten zusammen. Er verbeugte sich vor Commodus und sein langer Rüssel streifte den Sand der Arena. Donnernder Applaus belohnte Bobo und den Elefanten …

Als Jullus die hundert Löwen fing …

Ich erwachte erst nach einigen Stunden dadurch, dass jemand die Tür des Zimmers öffnete. Verschlafen blinzelte ich. Bobo saß in seinem Käfig, an die vergoldeten Gitterstäbe gepresst, und warf mir einen aufmerksamen Blick zu. Auf Zehenspitzen trat Euphrat ein mit einem Glas Milch in der Hand.

»*Salve*, Lukios. Ich soll dir Grüße von der Domina ausrichten. Sie möchte gleich mit dir sprechen …«

Ich gähnte und musste erst einmal überlegen, warum es schon so hell und warum ich noch so müde war …

»Wart ihr es wirklich?«, fragte Euphrat.

Jetzt war ich hellwach.

»Habt ihr den Satz wegen der Christen an die Bibliothek geschrieben? Tigris und ich finden das sehr gut. Die Domina, Ceionia Fabia, war sehr zornig, als sie heute Morgen davon erfuhr. Aber mach dir keine Sorgen. Sie wird mit dir schimpfen und die Sache danach wieder vergessen. Anders wäre es gewesen, wenn ich oder Tigris es angeschrieben hätten. Wir wären sicher ausgepeitscht worden.«

»Ist es schon sehr spät?«

»Nach der Wasseruhr müssten wir die achte Stunde nachmittags haben.«

»Und … was für ein Tag ist heute?«

»Der Tag vor den Kalenden des Mai …«

Ich griff nach dem Lindenholztäfelchen neben mir und starrte den Text an: … morgen, am Tag vor den Kalenden des Mai, zur neunten Stunde am Neptun-Brunnen. Bitte, geh hin!

In einer Stunde sollte ich am Neptun-Brunnen sein und mich mit dem Gladiatoren Jullus treffen! Ganz gleich, was Jullus von Commodus wollte … ich, Lukios, würde hingehen!

Allein nicht, dazu traute ich Jullus viel zu wenig, der sich solche Mühe gegeben hatte, Commodus allen Widerständen zum Trotz zu treffen.

»Ihr müsst mitgehn«, sagte ich. »Tigris und du. Und jetzt beeil dich, Euphrat! Lauf schnell zu Tante Fabia und sag ihr, ich käme später. Commodus hat mir den Auftrag gegeben, einen Bekannten von ihm zu treffen …«

»Wenn wir beide bei dir sind, wird sie nichts dagegen haben«, sagte Euphrat. »Außerdem ist es ja ein Auftrag von Commodus.«

»Am Neptun-Brunnen wird der Bekannte auf uns warten«, erklärte ich. »Kommt bitte möglichst schnell nach. Ich warte unten auf der Straße auf euch!«

Wenn man Angst hat, kommt man manchmal auf verrückte Ideen. Und Angst – ein bisschen nur, aber eben Angst –, die hatte ich vor Jullus.

Also tat ich zwei Dinge, kaum, dass Euphrat verschwunden war: Zuerst wühlte ich mit zitternden Händen aus dem Versteck unter den Schaffellen, die mein Bett bedeckten, den Dolch mit dem geschnitzten Elfenbeingriff hervor und steckte ihn in meinen Gürtel. Dann öffnete ich Bobos Käfig. Bobo kletterte sofort auf meinen Arm. Ich wollte ihn mitnehmen, als könne er mich beschützen.

Wir waren da!

Gleichmäßig plätscherte der Wasserstrahl aus dem gewaltigen Mund des steinernen Neptunkopfes mit den Krebsen im Haar. Am Rand des Brunnens saßen in lässiger Haltung zwei Männer, die ich beide nicht kannte. Der eine war sehr dick ... zu dick für einen Löwenkämpfer, fand ich. Sein dunkles gelocktes Haar war von weißen Strähnen durchsetzt, ebenso wie ein gewaltiger Vollbart. Er trug einen roten Wollmantel und stützte sich mit der linken Hand auf dem Brunnenrand ab ... es war eine mächtige Pranke mit kräftigen kurzen Fingern. So mochten die menschenfressenden Riesen aussehen, von denen Marcia mir früher erzählt hatte.

Der andere Mann war noch jung. Er hatte braunes, leicht gekräuseltes Haar, lebhafte graubraune Augen und sah auch nicht wie ein Löwenkämpfer aus.

»Der in der Mitte ist es«, sagte der Mann im roten Wollmantel und lachte. Nun sah man seine ungewöhnlich großen gelben Zähne.

»Und sogar den Affen hat er mitgebracht, den Affen, den seine Tante Fabia ihm geschenkt hat, ich werd verrückt«, stieß der Jüngere mit heiserer Stimme hervor.

Beim Herkules, sah ich mit dem Affen auf dem Arm so komisch aus oder warum sonst grinsten die beiden so? Hatte der Mann im roten Mantel eine Waffe bei sich, weil er die rechte Hand unter dem Mantel verborgen hielt? Und ... war es nicht überhaupt gegen die Abmachung, dass Jullus mit einem Begleiter erschienen war?

»*Chaire*, Caesar. Ich bin Jullus«, sagte der Dicke. Seine Stimme klang freundlich und er sprach mit einem ausgeprägten griechischen Akzent. »Der andere Mann ist Marcus, ein guter Freund von mir ...«

»Sind die beiden deine Sklaven? Es wäre besser gewesen, wenn du allein gekommen wärst«, sagte Marcus.

Tigris zwinkerte mir zu. Ich sah ihm und Euphrat an, dass sie bereit waren, das Spiel fortzusetzen.

»Die beiden sind verschwiegen«, erklärte ich.

Jullus betrachtete mich neugierig. »Bisher kannte ich dich nur von den Bildern auf den Münzen. Nett, dass du gekommen bist. Ich wollte dich schon immer einmal persönlich kennen lernen ...«

»Bist du wirklich Jullus? Der berühmte Jullus, der den Löwen erst ein rotes Tuch über den Kopf geworfen hat, ehe er sie tötete?«

»Der bin ich, Caesar! Aber diese großen Zeiten liegen lange zurück. Als ich Rom verließ, warst du noch ein kleines Kind, das gerade anfing zu krabbeln ...«

»Und wohin bist du dann gegangen?«

»Ich war bei einem Kampf in der Arena lebensgefährlich verletzt worden. Wochenlang kämpften die Gladiatorenärzte um mein Leben. Als ich wieder gesund war, beschloss ich, in Zukunft junge Gladiatoren auszubilden. Der Partherkrieg brach damals gerade aus. Ich schloss mich dem Gefolge des göttlichen Lucius Verus an und blieb eine Zeitlang in Antiochia, in Syrien, an der Gladiatorenschule ...«

»Ich freue mich unheimlich, dass du mir von der Löwenjagd erzählen willst ...«

»Ach ja, das hätte ich beinahe vergessen.« Jullus lachte geschmeichelt auf. »Eigentlich bin ich nur als Tierkämpfer für die Arena ausgebildet worden. Zugegeben, der Beruf ist interessant ...«

»Und gefährlich«, warf ich ein.

»Für einen Anfänger immer«, sagte Jullus. »Wenn man erst einmal fünf Jahre in der Arena hinter sich gebracht hat, fällt es leichter. Kennst du die Geschichte vom Kaiser Nero?«

Ich schüttelte den Kopf.

»Nero hatte einen zahmen Löwen als Haustier. Der Löwe hörte auf seinen Namen und konnte allerhand Kunststücke. Wenn man zu ihm sagte: ›Leo tot!‹, streckte er alle viere lang und stellte sich tot. Davon wusste aber kein Mensch außer Nero selbst und ein paar seiner engen Vertrauten. Eines Tages trat er mit dem Löwen öffentlich auf …«

»In der Arena?«

»In der Arena. Halb Rom sah ihm bei seinem Kampf mit dem Löwen zu. Nero trat dem Tier ohne Waffen entgegen und prahlte noch lange Zeit später, er hätte es mit seinen bloßen Händen erwürgt – wie Herkules.«

»Alles Betrug und Augenwischerei«, ergänzte ihn Marcus.

»Die Ausbildung eines Tierkämpfers ist so teuer, dass es kaum zu verantworten ist, wenn solch ein Mann von den Bestien zerfleischt wird …«

»Aber … wenn die Christen mit den Löwen kämpfen, warum ist das so gefährlich?«

»Das ist gerade umgekehrt. Wenn ein richtiger ausgebildeter Tierkämpfer gegen einen Löwen kämpft, so tut er es mit den geeigneten Waffen, und meistens gelingt es ihm, zu siegen und den Löwen zu töten. Die Christen oder andere Verbrecher haben fast keine Waffen. Die wilden Tiere sollen die Christen töten. Verstehst du, es ist eine Bestrafung …«

Ich hörte Jullus zu und verstand jedes Wort, ohne es zu begreifen. Ich dachte an Hyazinthus, den einzigen Christen, den ich kannte, und verstand nicht, was zum Beispiel er verbrochen haben sollte.

»Aber am allerschönsten ist die Löwenjagd in Afrika«, mischte sich Marcus wieder in unser Gespräch. »Erinnerst du dich noch an letzten Sommer, Jullus?«

»Beim Jupiter, ja!«, rief Jullus begeistert.

»Wir hatten damals von der Regierung einen Riesenauftrag bekommen: Zu zweit mit ein paar guten Hunden, ausgezeichneten spanischen Reitpferden und sehr zuverlässigen Sklaven sollten wir eine Schiffsladung Löwen für Tierhetzen in Kleinasien und Rom fangen. Wir hatten ungewöhnlichen Erfolg ...«

»Alles in allem fingen wir damals wohl so etwa hundert Tiere. Ich höre sie noch brüllen ...«, sagte Jullus träumerisch. »Alte Löwen mit zottigen Mähnen, die markerschütternd brüllten, Löwinnen und ganz junge Löwen. Die kleinsten ließen wir bei schönem Wetter auf dem Schiff herumtoben. Sie wälzten sich auf den Planken und spielten mit Wollknäueln ...«

»Die Tiere waren ansonsten in Käfigen mit dicken Eisengittern eingesperrt. Wir fütterten sie mit Ziegenfleisch und hatten deshalb sehr viele Ziegen an Bord ...«

»Und einmal ist uns ein Löwe ausgerissen. Die Ruderer erschraken zu Tode, als sie ihn frei an Bord herumlaufen sahen. Aber, ich glaube, der Löwe war selbst am meisten erschrocken. Er stieß jämmerliche Laute aus ...«

»Wie habt ihr ihn wieder eingefangen?«, fragte Euphrat mit bebender Stimme.

»Wir haben alles versucht: mit Fangnetzen, mit Ziegenfleisch. Alles war vergeblich. Schließlich sprang der Löwe ins Meer und schwamm davon, in Richtung auf die Küste. Später hörten wir, dass er an Land viel Unheil angerichtet hat«, sagte Marcus.

»Es war anstrengend, nicht wahr, Marcus? Aber es hat sich gelohnt. Ich würde wieder mit dir nach Afrika gehen.«

»Diesen Sommer geht es wieder los«, sagte Marcus. »Ich bin sicher, dass wir den Auftrag kriegen.«

»Meinst du?«, fragte Jullus. Es schien, als hätten die beiden uns völlig vergessen.

»Solche Dinge habe ich im Gefühl, ganz bestimmt bekommen wir ihn, morgen schon«, sagte Marcus und wippte dabei mit den Füßen.

»Noch etwas. So etwas sage ich nicht leichtfertig … und auch nicht zu jedem …«

Jullus nickte bestätigend.

»*Den* Jungen würde ich auf die Jagd mitnehmen, *der* ist richtig …«

»Mich? Meinst du mich?«, fragte ich fassungslos und spürte, wie ich rot wurde.

Marcus tauschte einen Blick mit Jullus. »Er hätte das Zeug dazu, was meinst du, Jullus?«

»Leider kann er aber nicht mitkommen«, sagte Jullus unwirsch, »seine Eltern würden es nie erlauben. Und außerdem wäre es viel zu gefährlich. Für die Löwenjagd braucht man schon erwachsene Männer …«

»Die wichtigsten Kniffe hätte er bald heraus«, sagte Marcus.

Ich vergaß, dass ich ja nur in Vertretung hier war, vergaß, dass ich nicht aus meiner Rolle »Commodus« fallen durfte … oder, wer kann es sagen, tat ich jetzt genau das, was Commodus auch getan hätte?

»Morgen, sagt ihr, wisst ihr genau, ob ihr den Auftrag bekommen werdet?«, stieß ich hervor.

»Morgen haben wir ihn«, lächelte Marcus.

»Dann … müssten wir morgen unbedingt noch einmal miteinander sprechen«, sagte ich. Dieser Marcus war sehr sympathisch. Ich mochte ihn. Er war bestimmt ein großartiger Jäger.

»Ich fürchte, das geht nicht«, sagte Jullus kühl. Ich sah ihn an und begriff, dass er den Gedanken wieder hatte fallen lasen. Wie herrlich das wäre … eine Lanze in der Hand auf einem spanischen Pferd einen Löwen zu verfolgen, hinter uns eine Meute Molosserhunde …

»Leider hat Jullus Recht«, sagte Marcus mit trauriger Stimme. »Sicher siehst du das ein, Commodus. Wir können dich nämlich gar nicht mitnehmen: Fünf Monate lang werden wir mindestens unterwegs sein. Du hast hier in Rom doch allerhand Verpflichtungen. Zum Beispiel musst du in die Schule gehen. In Afrika während der Jagd wäre daran überhaupt nicht zu denken. Du würdest in dieser Zeit nicht eine griechische Vokabel lernen, so viel gäbe es zu tun!«

»Und repräsentieren muss er ja auch«, fügte Jullus hinzu.

»Und den Affen könntest du auf keinen Fall mitnehmen«, sagte Marcus schnell, »du müsstest ihn in Rom lassen.«

»Deine beiden Sklaven müssten ebenfalls hierbleiben. Am besten hättest du die schon diesmal zu Hause gelassen, wir hatten doch abgemacht, dass du allein kommst«, grollte Jullus.

»Genug für heute«, sagte Marcus, »wir haben noch viele wichtige Dinge zu erledigen ...«

Ich sah ihn verzweifelt an, zu bitten wagte ich nicht mehr. Es entstand eine Pause. Überlegte es sich Marcus etwa noch einmal? Er sah Jullus an, als wolle er ihn fragen: Was meinst du dazu? Jullus schüttelte unmutig den Kopf. Ich bin dagegen, schien sein Blick zu sagen, wir kriegen höchstens Ärger mit dem Jungen.

»Na gut«, sagte Marcus, »morgen Mittag um die gleiche Zeit kommen wir noch mal ganz kurz hier vorbei und verabschieden uns von dir. Mach dir keine Hoffnungen, dass aus der Sache etwas wird. Jullus sieht die Sache völlig richtig: Wir können dich nicht mitnehmen. Tut mir Leid, dass ich überhaupt davon angefangen habe. Also, Lucius Commodus, *vale*. Komm auf jeden Fall allein, hast du gehört? Sonst gehen wir gleich wieder ...«

»Und lass den Affen daheim!«, sagte Jullus, beinahe drohend. Er sprang vom Brunnenrand herunter, zupfte seinen roten Wollmantel in die richtigen Falten zurecht und kam mit watschelndem Gang auf mich zu. Er beugte sich zu mir herab und flüsterte mir ins Ohr: »Commodus, sag keinem Menschen etwas über unser Gespräch und drohe deinen beiden Sklaven an, du würdest sie auspeitschen lassen, wenn sie plaudern sollten. Niemand darf erfahren, dass Jullus sich in Rom befindet. Der Auftrag für die Löwenjagd läuft auf Marcus' Namen, hast du verstanden?«

»Warum darf niemand ...«

»Erschrick nicht, Caesar, wenn ich dir ein furchtbares Geheimnis anvertraue: Ich habe vor ein paar Wochen meinen Kollegen, den Gladiatoren Aiax, im Vollrausch erschlagen. Er hatte mich beleidigt ...«

Fassungslos sah ich ihn an.

Mit heiserer Stimme raunte Jullus: »Fettes Schwein hat er mich genannt. Jetzt sei ich wirklich zu alt und zu unförmig, um noch in der Arena zu kämpfen. Da griff ich nach dem Weinkrug vor mir auf dem Tisch der Taverne und dann ...«

»Du hast einen Menschen getötet?«

»Ja, Caesar.« In Jullus' Augen standen Tränen. »Er war ein guter Freund gewesen und ein hilfsbereiter Kollege. Es wäre nie zu der schrecklichen Tat gekommen, wenn wir nicht beide so betrunken gewesen wären. Jetzt weißt du alles. Deshalb habe ich dich in dem Brief darum gebeten, keinem Menschen von mir zu erzählen.«

»Genug, Jullus, vergiss die alten Geschichten«, sagte Marcus. Er nahm Jullus wie ein Kind an der Hand und ging mit ihm davon. Einmal drehte er sich nach uns um und lächelte.

»Warum du es getan hast … *das* interessiert mich am meisten, Lukios!«

Ich sah Onkel Ummidius an, als er das sagte. Kein Fleckchen war auf seiner weißen Toga zu sehen, die er trug, weil er heute noch zu einer wichtigen Versammlung wollte. Seine Perücke saß wie angegossen und die unbequemen altmodischen Senatorenschuhe, mit denen andere so leicht lächerlich aussahen, kleideten ihn vorzüglich.

»Jedenfalls hast du uns alle ziemlich blamiert«, sagte meine Mutter. (Es hörte sich an, als hätte ich auch sie blamiert, das traf mich am meisten.)

»Ganz Rom spricht schon davon. Meine Sänfte ist erkannt worden. Euphrat und Tigris haben Sextus in meiner Sänfte zu Galenus getragen! Vor nichts habt ihr Ehrfurcht, wirklich vor nichts«, murmelte Tante Fabia.

Alle drei saßen sie, um das große Kohlebecken gruppiert, im Roten Salon. Nur ich stand, wie es sich für einen Übeltäter geziemte. Ich stand schon ungefähr seit einer Stunde auf der gleichen Stelle und hatte lang und breit erklärt, warum Sextus und ich letzte Nacht »Seid gut zu den Christen« an die Seitenwand der Bibliothek geschrieben hatten. Und da fragte Onkel Ummidius noch, *warum* wir es getan hätten … als hätte er überhaupt nicht zugehört! Nein, ich hatte nichts von dem Gespräch, das Commodus seinerzeit belauscht hatte, verraten. Kein Wort hatte ich vom »Klub der Raben« gesagt. Aber die Sache mit dem christlichen Juwelier – Sextus hatte sie ja selbst beobachtet! –, dem die Fensterscheiben eingeworfen worden waren, die hatte ich erzählt. Ich war ganz sicher gewesen, dass sie alle dann verstehen würden, warum wir den Satz angeschrieben hatten …

»Ein alberner Satz«, sagte Onkel Ummidius.

»Dumme Kinder seid ihr! Gar nichts hättet ihr tun sollen«, schimpfte Tante Fabia.

»Wir mussten einfach irgendetwas tun«, sagte ich zaghaft. Ich dachte an Hyazinthus, wagte aber nicht, seine überstürzte Abreise ins Gespräch zu bringen.

»Schämst du dich wenigstens jetzt? Tut es dir Leid?«, fragte meine Mutter, um mir eine Brücke zu bauen.

»Ich sehe ein, dass ich euch blamiert habe« – die Blamage oder das jedenfalls, was sie für eine Blamage hielten, interessierte sie ja hauptsächlich –, »aber ich kann mich jetzt nicht schämen, es geht nicht.«

»Du wirst dich spätestens morgen schämen«, sagte Onkel Ummidius.

»Sextus hätte tot sein können. Vielleicht wird er nun sein Leben lang hinken müssen. Es war sehr unüberlegt von euch, mitten in der Nacht die Bibliothek hochzuklettern«, sagte meine Mutter. »Von Euphrat und Tigris war es verantwortungslos, mit dir zu gehen, ohne vorher den Oberaufseher zu verständigen …«

»Niemals hätten sie meine Sänfte nehmen dürfen«, rief Tante Fabia.

»Zehn Stockschläge für jeden von ihnen würde ich für angemessen halten«, sagte Onkel Ummidius, »öffentlich vor allen Sklaven. Ich sage dem Oberaufseher gleich Bescheid, dass er das morgen erledigen lässt.«

»Nein!«, schrie ich, »sie haben doch nur getan, was ich ihnen befohlen habe!« Ich war den Tränen ziemlich nahe, obwohl ich genau wusste, dass ich mit Weinen alles verderben würde.

»Ein Römer weint nicht«, sagte meine Mutter auch schon.

Tante Fabia zog die Augenbrauen hoch.

»Bitte, bitte, lasst Euphrat und Tigris nicht gehauen werden«, bat ich. Aber es war hoffnungslos, das wusste ich schon vorher. Wahrscheinlich hatte Onkel Ummidius dem Oberaufseher aller Sklaven im Haus sogar schon vor unserer Unterredung den Befehl gegeben.

»Und nun zu dir, Lukios«, Onkel Ummidius tat, als hätte er meinen letzten Satz überhört. »Du wirst morgen Mittag zum Tierhändler Priscus gehen.«

Er machte eine Pause. Auch meine Mutter und Tante Fabia schwiegen. Zum Tierhändler Priscus gehen? Warum?

»Vorher aber wirst du den Affen Bobo in den Korb packen, in dem du ihn geholt hast. Du sollst ihn wieder zurückbringen.«

»Warum denn wieder zurück?«, flüsterte ich mit tränenerstickter Stimme.

»Ich fürchte, du hast mich immer noch nicht verstanden«, sagte Onkel Ummidius. Er sagte es so gleichgültig, als sei er in Gedanken längst schon auf seiner Versammlung.

»Priscus ist gerade dabei, eine Schiffsladung ausländischer Tiere für den Privatzoo irgendeines reichen Fürsten in Germanien zusammenzustellen. Kapiert?«

»Du meinst: Ich muss Bobo für immer abgeben?«, fragte ich.

»Selbstverständlich für immer! Wie denn sonst? Priscus schickt die Tiere schließlich nicht zu Besuch nach Germanien«, sagte Tante Fabia ironisch.

»Ein Römer weint nicht«, wiederholte meine Mutter in schärferem Tonfall.

»Wenn du einmal erwachsen bist, wirst du darüber lachen, dass dir so viel an einem Affen gelegen hat«, sagte Onkel Ummidius, um mich zu trösten.

Das war also die Strafe, die sie für mich ausgedacht hatten. War sie wirklich weniger schmerzlich, als zehn Stockschläge gewesen wären?

Ich stolperte davon, weg von hier. Sie sollten meine Tränen nicht sehen.

Mein Abendessen rührte ich nicht an.

Ich stöberte Euphrat und Tigris im Pferdestall auf. Sie waren gerade damit beschäftigt, meinem Maultier frisches Stroh aufzuschütten. Genau genommen war es natürlich nicht mein Maultier, obwohl ich es immer benutzte, wenn wir mit Commodus Wagenrennen spielten. Es gehörte zu der Schar von Maultieren und Pferden, die unsere Wagen zogen, wenn wir nach Lanuvium fuhren oder einen Ausflug aufs Land unternahmen.

Die Zwillinge waren schon informiert über die Strafe, die Onkel Ummidius ihnen zugedacht hatte. Tigris war etwas gefasster als Euphrat, obwohl auch er unter seiner Bürstenfrisur traurig dreinblickte. Euphrat sagte frei heraus, er fände die zehn Stockschläge ungerecht.

»Aber dass auch noch alle dabei zusehen, das ist das Schlimmste«, schluchzte er.

Tigris nickte traurig. »Es ist ganz genau so, wie wenn die Verbrecher in der Arena zur Bestrafung von den wilden Tieren zerrissen werden, und wenn alle dabei zuschauen. Damit kann man es vergleichen.«

Ich setzte mich auf die Futterkrippe, kraulte den Kopf des Maultiers und erzählte, worin meine Bestrafung bestand. Euphrat und Tigris sahen mich erschrocken an, als ich meinen Bericht beendet hatte.

»Und du wirst Bobo morgen wirklich zu Priscus bringen?«, fragte Tigris.

»Ich muss ja.«

»Es bleibt dir nichts anderes übrig –«

»Könnte man Bobo nicht irgendwo verstecken?«

Ratlos zuckte ich die Achseln.

»Irgendwo, wo ihn niemand findet?«

»Immerhin haben wir noch bis morgen Zeit und können uns irgendetwas ausdenken«, murmelte Euphrat.

Bobo verstecken. Das war unmöglich ...

Und dann rief Euphrat plötzlich: »Ich hätte eine Idee!«

»Ich auch!«, rief ich.

»Mir ist eben etwas Grossartiges eingefallen«, jubelte Tigris. »Aber ich fürchte, es hilft nur Lukios.«

»Meine Idee hilft auch nur ihm«, sagte Euphrat.

»Mir ist Jullus eingefallen«, sagte ich leise.

»Das ist es«, flüsterten Euphrat und Tigris beinahe gleichzeitig. Wir sahen uns an. Jeder hatte die gleiche Idee im gleichen Moment gehabt.

Es war erst der Anfang eines Gedankens, der noch nicht ganz fertig gedacht war.

Das Maultier kaute friedlich an einem Strohhalm.

»Er muss dich mitnehmen«, sagte Euphrat heiser, »jetzt muss er es einfach tun.«

»Ja«, sagte ich. »Und euch und Bobo außerdem ...«

»Marcus könnte man vielleicht dazu bringen. Aber Jullus wird dagegen sein«, sagte Tigris.

»Das werden wir sehen!« Ich war fest entschlossen, mich nicht abweisen zu lassen, und Euphrat und Tigris würde ich nicht im Stich lassen! Woher ich meine Zuversicht in diesem Moment nahm, weiß ich nicht. Aber vielleicht wird man immer dann mutig, wenn man genau weiß, man hat nur noch eine einzige Chance.

»Also dann«, sagte ich, »morgen zur neunten Stunde am Neptun-Brunnen.«

»Bist du fertig, Lukios?«

Ich drehte mich zu Tante Fabia um. Jetzt tut es ihr Leid, man sieht es ihr deutlich an, dachte ich. Aber ebenso gut war mir auch klar, dass weder sie noch Onkel Ummidius, noch meine Mutter ihren Entschluss, Bobo wieder an den Tierhändler Priscus zu verkaufen, rückgängig machen würden. Der Korb, in den ich Bobo hineingesetzt hatte, war mit Stroh gefüllt. Ich klappte den geflochtenen Deckel zu und band ein Tuch darüber fest. An den Seiten kam noch genug Luft herein. Und ein paar Nüsse hatte ich unter dem Stroh versteckt. Davon freilich wusste Tante Fabia nichts ...

Noch vor Morgengrauen hatte ich für mich selbst ein kleines Bündel gepackt mit den wichtigsten meiner Habseligkeiten: dem Dolch mit dem Elfenbeingriff, dem Lederbecher und den zu ihm gehörigen Würfeln, für den Fall, dass die Abende am Lagerfeuer in Afrika allzu eintönig würden ...

Und das indische Hanfseil packte ich ein, das mir so oft gute Dienste geleistet hatte, wenn ich spät noch aus dem Fenster klettern musste, um an einer der streng geheimen Sitzungen des »Klubs der Raben« teilzunehmen. Ein Stück rote Kreide war auch dabei. Vielleicht würde es einmal nötig sein, ein Zeichen auf einen Stein oder an einen Baum zu malen.

Eins wollte ich noch wissen, ehe ich Rom verlassen würde. »Wie geht es Sextus? Hast du neue Nachrichten bekommen ...«

Tante Fabias Auskunft klang beruhigend: »Er fühlt sich schon wieder besser. Galenus meint sogar, man könnte ihn in etwa zwei Wochen doch noch mit dem Wagen nach Lanuvium bringen lassen.«

Ich gab mir einen Ruck und sagte: »*Vale,* Tante Fabia.«

Als ich draußen stand, auf der Jupiterstraße, vor unserem Hauseingang mit dem Ziegelbild der Diana, rannte ich los. Die Korksohlen meiner Sandalen klapperten unter mir auf dem Pflaster der Straße – ich fühlte mich frei! Frei, hinzugehen, wohin ich wollte. Und Bobo würde für immer mir gehören!

Jetzt gleich würde ich die entscheidende Verhandlung mit Marcus und Jullus zu führen haben.

Und ich wusste auch, was ich zu Jullus sagen würde!

Wenn du Euphrat und Tigris nicht mitnehmen willst, nun gut, Jullus, dann werde ich dich an die *vigiles* (= Polizei) verraten. Dieser Mann ist Jullus, der den Gladiatoren Aiax erschlagen hat. Bringt ihn in den Kerker.

In den Büschen hinter dem Neptun-Brunnen hatten sich schon gegen Mittag Euphrat und Tigris versteckt, jeder mit einem Päckchen mit den notwendigsten Kleidungsstücken und wenigen Lebensmitteln. Dort konnten sie jedes Wort hören und den günstigsten Moment abpassen. Hatte ich erst einmal Marcus und Jullus endgültig dazu überredet, uns auf die Löwenjagd mitzunehmen, dann würden sie aus ihrem Versteck hervortreten und versprechen, die niedrigsten Arbeiten zu verrichten und sich bei dem Unternehmen nützlich zu machen, wo immer sie konnten.

So schnell mich meine Füße trugen, lief ich die Jupiterstraße hinunter, die Minervastraße entlang, in Richtung Aventin, am Rindermarkt vorbei. Denn es war schon spät. Die Sonnenuhr am Rindermarkt zeigte eben die neunte Stunde an.

So, da war der kleine Park, am Ende dieses Kieswegs lag der Neptun-Brunnen.

Und da sah ich auch schon Jullus' roten Wollmantel leuchten. Fortuna sei gedankt – sie saßen beide wie gestern auf dem Rand des Brunnens. Der junge Marcus sah heute ernster aus als gestern. Doch Jullus' zufriedenes Gesicht war schon von weitem anzusehen: Sie hatten den Auftrag bekommen!

Marcus lächelte mich an. Mir wurde leicht ums Herz. Es war ein freundliches, beinahe gütiges Lächeln. Auch Jullus wirkte gut gelaunt, fast fröhlich. Dieser Umstand würde alles sehr erleichtern.

»*Salve,* Commodus«, sagten die beiden wie aus einem Munde.

»*Ave*«, sagte ich, »habt ihr den Auftrag bekommen?«

Die beiden nickten.

Noch ehe ich mit meinem Anliegen anfangen konnte, sagte Jullus mit gedämpfter Stimme: »Wir möchten etwas sehr Wichtiges mit dir besprechen. Niemand darf uns dabei belauschen. Am besten gehen wir hinter diese Baumgruppe.«

Es war nicht recht einzusehen, warum wir hinter die Bäume gehen sollten, im Park war es ohnedies schon einsam. Man traf hier tagsüber sehr selten auf Leute.

Wir entfernten uns ein paar Schritte vom Neptun-Brunnen und traten hinter eine Gruppe mächtiger Platanen.

»Sag mal, Commodus, was hast du in dem Korb?«, fragte Marcus. Dann ging plötzlich alles sehr schnell.

Plötzlich flog Jullus' roter Mantel lose über meinen Kopf, gerade sah ich noch, wie Jullus, behänder, als man ihm zugetraut hatte, mit einem gewaltigen Satz auf mich zuschnellte. Ich wurde zu Boden geschleudert …

Menschenfressender Riese, durchzuckte es mich, so blendete Jullus die Löwen, bevor er sie tötete, den Gladiatoren Aiax hat er erschlagen.

Jetzt bin ich dran …

Zu spät, um zu schreien!

Mit Gewalt schob Jullus mir etwas in den Mund. Marcus

kniete neben mir und fesselte meine Füße und meine Arme. Der rote Mantel wurde enger um mich gewickelt. Ich kämpfte mit einem Anfall von Übelkeit und glaubte einen Moment lang, ich müsste ersticken.

Wie ein Paket hob man mich in die Höhe und trug mich fort.

»Gar nicht so leicht«, schimpfte Jullus, über dessen Schulter ich lag. Ich zitterte und bebte am ganzen Körper, vor Wut, vor Angst, vor Hass auf Jullus, der mein Vertrauen zu ihm so schändlich ausgenutzt hatte.

Menschenfressender Riese, Mörder! Er würde mich also töten, Dummkopf, der ich gewesen war, ihm auch nur eine Sekunde lang zu vertrauen.

»Hör auf zu zappeln, Commodus«, knurrte Marcus – er, der immer so freundlich getan hatte! –, »oder wir werfen dich in den Tiber!«

Diese Drohung wirkte. Zu Tode erschrocken, verhielt ich mich nun still. Jullus' Atem ging stoßweise. Schließlich hielt er an und warf mich, ohne besondere Rücksicht, in einen Behälter, der sich wenig später in Bewegung setzte. Ich lag auf einem Wagen! Was würde nun mit mir geschehen? Der Traum von der Löwenjagd in Afrika war ausgeträumt.

Der Wagen unter mir rollte über die Straße. Ob man zu Hause in der Jupiterstraße inzwischen mein Verschwinden bemerkt hatte? Das war unwahrscheinlich, denn alle mussten ja annehmen, ich sei beim Tierhändler Priscus. Erst gegen Abend würde man anfangen sich Gedanken zu machen. Auch dann aber würde noch niemand in ernstlicher Sorge um mich sein – zu oft war ich noch spätabends in Angelegenheiten des »Klubs der Raben« unterwegs gewesen. Erst morgen würde man beginnen mich zu suchen …

Aber Euphrat und Tigris mussten mich doch aus ihrem Versteck unter den Büschen beobachtet haben. Ob sie auch die Szene unter den Platanen gesehen hatten, das war natürlich fraglich …

Der Korb mit Bobo! Ob er noch am Neptun-Brunnen lag? Oder hatte Marcus ihn vielleicht mitgenommen. Auch um mein Reisegepäck sorgte ich mich jetzt.

Ich versuchte zu sprechen. Doch der Knebel in meinem Mund hinderte mich daran. Es war sinnlos und auch nicht möglich, mit den Beinen zu strampeln, vor Wut zu weinen oder zu schreien. Nichts, überhaupt nichts konnte ich tun. Nein, nicht ganz: Ich konnte nachdenken. Immerhin war das etwas mehr als nichts. Und dann plötzlich begriff ich, was heute geschehen war: Lucius Aurelius Commodus, mein Onkel, war in Lanuvium. Ihm hatte nichts geschehen können. Jullus und sein Gehilfe Marcus hatten mich, Lucius Ceionius Commodus, also Lukios, den falschen Commodus, aus welchem Grund auch immer eingefangen. Allerdings waren sie der Meinung, ich sei der richtige … War es zum Weinen? Oder war es zum Lachen?

Einmal hielt der Wagen. Wir mussten an einem der Stadttore Roms angekommen sein, denn ich hörte eine Männerstimme in amtlichem Ton fragen: »He, ihr da, was habt ihr geladen?«

Ich horchte auf.

»Ein paar alte Teppiche«, erwiderte Jullus mürrisch.

»Und was habt ihr in dem großen Korb versteckt?«

Großer Korb? Unter den Teppichen sollten die Wachsoldaten nachsehen! Alles Weitere würden sie dann von mir erfahren!

Marcus lachte donnernd: »Da musst du schon selber nachsehen! Mach ihn nur auf …«

Der Wächter schien das Angebot einen Moment lang zu überlegen, dann siegte seine Neugier oder sein Pflichtbewusstsein.

»Hebt ihn zu mir runter«, verlangte er.

Eine Weile war es jetzt ganz still. Dann hörte ich dröhnendes Gelächter. »Ein Affe!«, rief eine Frauenstimme. Jullus stieß einen hässlichen Fluch aus.

»Ihr könnt weiterfahren«, rief der Wächter, immer noch lachend. Das Maultier zog an und der Karren rollte weiter. Sie hatten Bobo also doch mitgenommen, den Göttern sei Dank ...

»Eine unangenehme Überraschung!«, stöhnte Jullus. »Was machen wir jetzt mit dem Tier? Wir können es doch unmöglich nach Ägypten mitnehmen. Freilassen kann man es aber auch nicht hier. In Kürze wird eine fieberhafte Suche nach dem jungen Commodus einsetzen. Als der Soldat uns eben anhielt, dachte ich schon, die Ausgänge der Stadt seien bereits überwacht. Bald werden auch die Verfolger hinter uns her sein, und wenn jemand den Affen sieht, weiß er genau, welchen Weg wir genommen haben ...«

»Schlimm genug, dass der Soldat am Stadttor das Tier gesehen hat«, sagte Marcus.

»Der hatte noch keinen Verdacht.«

»Er wird sich wieder an uns erinnern, sobald er hört, dass Commodus verschwunden ist.«

»Meinetwegen. Aber sag mir endlich, was wir mit dem Affen anfangen sollen! Mein Vorschlag wäre: Wir drehen ihm den Hals um.«

»Barbar«, sagte Marcus, »du wirst es nie zum römischen Bürger bringen. Weißt du, was ein solches Tier wert ist?«

»Mir egal. Das ist kein Grund, es mit nach Ägypten zu nehmen.«

Ich begann zu zittern. Hätte ich jetzt doch nur etwas sagen können!

»Der Affe bleibt am Leben, Jullus«, sagte Marcus wütend, »er wird uns helfen, den Jungen bei guter Laune zu halten, wenn er Heimweh bekommt. Die Seefahrt nach Ägypten dauert lang. Und wir müssen ihn gesund nach Ägypten bringen. Cassius lässt uns köpfen, wenn ihm auch nur ein Haar gekrümmt wird. Keiner von uns beiden wird dann ein Militärdiplom bekommen. Verstanden, Jullus?«

Cassius, Ägypten – ich stand vor einem Rätsel.

Sollte mit Cassius etwa Avidius Cassius gemeint sein, der Statthalter von Syrien?

Das war unvorstellbar.

Nach Ägypten jedenfalls sollten Jullus und Marcus mich auf einem Schiff bringen, mich, oder eigentlich ja Lucius Aurelius Commodus.

Es war also eine richtige Entführung. Nur, dass die Entführer den Falschen entführt hatten ...

Die »Crocodilus« sticht in See

Am späten Abend dieses Tages nach den Kalenden des Mai saß ich mit gefesselten Füßen und auf dem Rücken zusammengebundenen Händen auf einer hölzernen Bank in der engen, verräucherten Küche eines Fischerhauses. Es roch überall nach Fisch und nach Garum, der Fischsoße, mit der man im *Imperium Romanum* beinahe jedes Essen würzt. Jullus saß neben mir, einen tönernen Teller mit Hirsebrei auf den Knien, und löffelte mir wie einem kleinen Kind geduldig den Brei in den Mund.

Bobo kauerte auf dem roten Ziegelboden zu meinen Füßen, das Gesicht hielt er in den kleinen braunen Händen verborgen, als wollte er weinen.

Marcus hockte neben uns auf der Bank und beugte sich nachdenklich über eine Rolle Papyrus mit einer Darstellung

Italiens und des ganzen Mittelmeeres bis nach Afrika und Ägypten.

»Die ›Crocodilus‹ ist so gut wie leer. Bei gutem Wind schaffen wir die Reise nach Alexandria in drei bis vier Wochen«, murmelte er.

Papyrusstauden, so groß wie ein Mann, den Nil sehen, die Pyramiden und die Tempel von Isis und Arapis und lebendige Krokodile, vielleicht sogar ein Hippopotamus!

Draußen kläffte ein Hund. Jullus ließ den Löffel sinken und sah Marcus fragend an. Marcus schüttelte den Kopf.

»Was soll schon sein? Niemand kann uns hier finden ...«

»Ich fühle mich nicht so sicher. Noch haben wir Italien nicht verlassen!«

»Dreh jetzt nicht noch durch«, sagte Marcus verächtlich.

Ein weiterer Hund bellte.

Jullus fing an zu zittern.

Und jetzt bellte ein ganzer Hundechor. Wir mussten uns in der Nähe eines größeren Dorfes oder sogar mitten darin befinden.

»Sie kommen!«, stöhnte Jullus.

»Denk an die Löwen, die du getötet hast! Hundertmal hast du dem Tod ins Auge gesehen. Ich werde nachsehen ...«

Mit einem energischen Ruck erhob sich Marcus und ging zur Tür. »Stell den Jungen in den Schrank«, zischte er noch, ehe er hinausging.

Jullus ließ die Arme sinken und sah mich an. »Das ist ja völlig sinnlos, wenn sie Hunde bei sich haben. Ich hab keine Angst vor Löwen, die kenne ich und weiß, wie man sie behandeln muss. Aber diese Bluthunde fürchte ich ...«

»Molosserhunde bellen ganz anders«, sagte ich. Jullus und Marcus glaubten doch nicht im Ernst, die Prätorianersoldaten mit ihren scharfen Hunden hätten uns bis hierher nachgespürt.

»Verdammte Bestien«, keuchte Jullus. Der Schweiß stand ihm auf seiner speckigen Stirn.

Das Hundegekläff vor der Hütte verstärkte sich. Es waren die Dorfköter.

»Lass mich los«, schrie eine Jungenstimme draußen. »Au, lass mich los!«

»Scher dich endlich nach Hause!«, schimpfte Marcus vor der Tür. »Du weckst sonst das ganze Dorf auf. Warum treibst du dich überhaupt noch so spät hier herum? Los, scher dich heim! Worauf wartest du?«

Es wurde wieder still und Marcus kam herein.

»Es war nichts«, sagte er, »nur ein Junge, der um das Haus schlich. Wahrscheinlich wollte er Fische stehlen ...«

»Wir müssen sehen, dass wir wegkommen, ehe es hell wird, Marcus. Binde dem Caesar die Fesseln an den Füssen etwas lockerer, gerade so viel, dass er kleine Schritte machen kann.« Das tat Marcus.

Jullus packte Bobo behutsam in den Korb.

Wir verließen die Hütte und gingen über den Strand. Außer uns sah und hörte man keinen Menschen weit und breit. Etwa eine Meile strandaufwärts sah man die Lichter des Hafens von Ostia. Über einen schmalen Landungssteg gingen wir zu einem kleinen Boot, wie es die Fischer benutzten. Marcus stieg zuerst hinein, ich folgte ihm, und Jullus, schwer beladen mit dem Korb, in dem Bobo saß, und einem großen Bündel Gepäck, machte den Schluss. Marcus und Jullus setzten sich an die Ruder. Wir legten vom Ufer ab. Der rote Wollmantel, den Jullus mir freundlicherweise geliehen hatte, war angenehm warm und schützte mich gegen die kühle Nachtluft. Das Meer schimmerte schwarz-silbern.

Im Dunkeln tauchte plötzlich eine noch dunklere Wand vor uns auf. Ich erkannte einen riesigen Entenkopf, der sich scharf gegen den helleren Himmel abzeichnete, das Heck eines großen Handelsschiffes. Das Schiff erschien so hoch, weil es offenbar keine Ladung hatte. Vermutlich hatte es hier im Hafen von Ostia nur überwintert, um nach der Eröffnung der Schifffahrt mit dem ersten günstigen Wind auf dem schnellsten Weg nach Ägypten zu segeln. Dort würde es dann voll Korn geladen werden für die Getreideversorgung in Rom.

»Alexandria!«, rief Jullus halblaut.

»Cassius«, rief eine Männerstimme zu uns herunter. Taue wurden von der Bordwand des großen Schiffes zu uns herabgeworfen. Jullus band mir die Fesseln ganz los und hob mich hoch.

Einen Moment dachte ich an Flucht – wenn ich jetzt ins Wasser spränge? Ich war ein guter Schwimmer, es wäre ein Leichtes, ans Ufer zu schwimmen …

»Halt ihn fest!«, schrie Marcus.

Jullus' gewaltige Pranken packten mich so fest, als wollte er mir die Handgelenke zerbrechen. Marcus band wortlos die Fesseln um meine Füße und um meine Hände. Jullus warf mich über seine breite Schulter. Mit der linken Hand hielt er mich, mit der rechten das dicke Tau fest und ließ sich mit mir hochziehen.

Zwei stämmige Matrosen standen an der Bordwand und erwarteten uns bereits.

»Das ist Commodus«, sagte Jullus leise. »Bringt ihn nach unten. Ist Marius schon da?«

»Er steht am Steuerrad«, antwortete einer der beiden Matrosen und lockerte mir die Fußfesseln, gerade so weit, dass ich kleine Schritte machen konnte.

Ein Hund kam schwanzwedelnd herbeigelaufen. Doch im nächsten Moment zerrte mich der Matrose mit sich, eine enge Stiege hinab. Das Schiff schlingerte, es kam mir vor, als bewegte es sich bereits. Mein Begleiter sagte kein Wort zu mir, er sah verdrossen aus. Ich wagte nicht, ihn nach Bobo zu fragen.

Er schob mich in das Innere eines kleinen Raumes, in dem nur ein Öllämpchen brannte, band meine Fesseln los und drehte, als er mich verließ, den Schlüssel im Schloss herum. Ich war allein. Auf dem Boden lag ein Schaffell, auf dem ich schlafen sollte. Jetzt bemerkte ich auch ein kleines Fenster an der Seite, das mit Eisenstäben vergittert war. Von draußen hörte ich ein rhythmisches Knarren. Neugierig trat ich ans Fenster. Von hier konnte ich die Pinne sehen, die das Steuerruder bewegte.

Der Steuermann musste genau über dem Raum, in dem ich eingesperrt war, stehen und das große Schiff auf den richtigen Kurs bringen. Das Steuerruder ist wie die Schwanzflosse eines Fisches, sagte Onkel Ummidius immer, der von Seefahrt einiges verstand. Mit ihm manövriert man das Schiff. Ein einziger Mann kann so ein schwer beladenes Schiff lenken, gleichgültig, wie schnell es fährt ... Ich hörte das Knattern des großen Segels im Wind.

... und auf den Mast binden die Seeleute eine Mütze, das bringt Glück, hatte Onkel Ummidius erzählt.

Auf einem so großen Schiff war ich noch nie gefahren.

»Crocodilus« ... kein schlechter Name. Ich legte mich auf das Schaffell und deckte Jullus' warmen Mantel über mich. Cassius ... Wenn es wirklich Avidius Cassius sein sollte, dann konnte es nur der Mann sein, der so oft bei uns zum Abendessen eingeladen worden war und der so gerne Tunfisch aß. Langsam erinnerte ich mich wieder an ihn. Jetzt war er Statthalter von Syrien. Syrien sei außer Kleinasien die schönste Provinz der Welt, sagte Onkel Ummidius immer ...

Die »Crocodilus« war gut gebaut. Sie lief schnell, überholte die anderen steilbordigen Schiffe, gehorchte leicht dem Steuerruder und drehte sich mit Leichtigkeit dahin, wohin der Steuermann sie haben wollte.

Wir waren zunächst an der Westküste gen Süden entlanggesegelt.

Jullus und Marcus hatte ich zuletzt am Abend jenes Tages nach den Kalenden des Mai gesehen, an dem ich auf das Schiff geschleppt worden war, und danach viele Tage lang nicht mehr. Manchmal, wenn ich abends nicht einschlafen konnte, weil der Hebel des Steuerruders quietschte und der Wind das große Segel knattern ließ, hörte ich sie auf den Holzplanken über mir auf und ab gehen und mit gedämpfter Stimme leise miteinander reden.

»Mir hat Cassius eine kleine Villa in den Bergen versprochen, irgendwo hinter Tibur, wo die Luft so gut sein soll, damit mein Husten heilt.«

»Die Götter haben sich gegen uns verschworen, der Wind ist nicht stark genug, Marcus. Ich fürchte, wir kommen zu langsam vorwärts.«

Wie lange wir nun schon unterwegs waren? Fünf Tage oder sechs oder weniger? Ein Tag war wie der andere, und nach den ersten drei hatte ich aufgehört sie zu zählen. Jeden Tag brachte mir einer der Matrosen das gleiche Essen. Rote Beete, ein Stück Brot und einen Becher Milch; abends gab es Fisch oder ein Stück gebratenes Fleisch und ein paar getrocknete Feigen. Der Matrose bediente mich höflich, sagte aber kein Wort zu mir. Ansonsten sah ich keinen Menschen. Auch Bobo nicht. Durch das vergitterte Fenster konnte ich gerade auf den schmalen Steg zwischen Bordwand und Oberbau des Schiffes sehen und auf das Meer hinaus.

An einem der ersten Abende führten Jullus und Marcus über mir dieses Gespräch, von dem ich leider nur einzelne Fetzen verstehen konnte.

»... nichts zu befürchten von Rom, solange ihm Ägypten sicher ist. Damals hat er den Aufstand der Räuberbanden, der Bukolen, im Nildelta niedergeschlagen, das wird man ihm dort nie vergessen. Kein Getreideschiff kann den Hafen von Alexandria ohne sein Einverständnis verlassen. Aber ohne das ägyptische Getreide müsste ganz Italien, Rom zuerst, Hunger leiden ...«

»Er hat Syrien fest in der Hand«, hörte ich Marcus sagen.

»Es ist seine Heimatprovinz. Alle kennen ihn dort gut, Marcus Aurelius haben die Syrer noch nie gesehen ...«

»In Antiochia möchte ich den Rest meines Lebens verbringen. Antiochia ist reicher als Rom und hat sogar nachts eine Straßenbeleuchtung«, schwärmte Jullus.

Es war nun eine Weile wieder still. Die Schritte der beiden entfernten sich, erst nach ein paar Sekunden näherten sie sich wieder.

»Wenn er aber nicht stirbt?«

War das Jullus oder war es Marcus? Manchmal konnte man die Stimmen der beiden von hier unten aus nur schwer unterscheiden. Ich lag auf mein Schaffell gebettet und lauschte angestrengt. Wer war »er«? Ich wusste es nicht.

»Marcus Aurelius ist schon seit vielen Tagen, vielleicht seit Wochen tot. Die endgültige Nachricht ist noch nicht in Rom angekommen. Weißt du, wie es nach dem Tod des göttlichen Augustus war?«

»Keine Ahnung.«

»Neun Tage lang wurde sein Tod von seiner Frau und seinem Stiefsohn geheim gehalten, bis die Nachfolge für Tiberius mit Hilfe des Militärs gesichert war. Beim göttlichen Trajan sah es auch nicht anders aus ...«

Jullus erwiderte etwas, das ich nicht verstehen konnte.

»In Geschichtsbüchern werden solche Dinge schamhaft verschwiegen. Manchmal haben die Geschichtsschreiber auch Angst zu schreiben, was sie wissen ...« Das war wieder Marcus.

Und auch das sagte er: »Also musste Cassius handeln. Hätte er nicht nach der Macht gegriffen – ja, wer dann?«

»Der dämliche kleine Commodus mit den Pausbacken«, hörte ich Jullus murmeln. »Er ist ein Kind. Leute wie Ummidius Quadratus oder der kahlköpfige Claudius Pompeianus hätten regiert und über Commodus' Wutanfälle nur gelächelt. Wer weiß, vielleicht hätte auch ein besorgter Onkel den größenwahnsinnigen kleinen Knaben vergiftet. In solchen Familien wäre das auch gar nicht ungewöhnlich ...«

Den Rest verstand ich nicht mehr.

»Die Sache ist zum Glück entschieden«, sagte Marcus. »Cassius hat das Rennen gewonnen.«

Mein Herz schlug schneller und nur langsam begann ich zu begreifen. Das, was sie sagten, war also geschehen – denn sonst hätten sie es nicht sagen und ich es nicht hören können: Der Kaiser, mein Großvater Marcus Aurelius, war gestorben, und Avidius Cassius, der Statthalter der Provinz Syrien, er – und so lächerlich es klang, alles was ich von ihm wusste, war, dass er gern Tunfisch aß –, er war nun Augustus.

Imperator Caesar Augustus, jagte es durch meinem Kopf, Konsul zum ersten Mal, Inhaber der tribunizischen Gewalt zum ersten Mal, *Pontifex Maximus,* oberster Priester. Bald würde ich Münzen mit seinem Bild in der Hand halten. Würde man die Bilder von Marcus Aurelius von den Wänden entfernen? Und Commodus? Er, der den Titel Caesar schon als kleines Kind erhalten hatte? Was würde mit ihm geschehen? Warum hatte Cassius ihn entführen lassen wollen?

»Ich versuche es mir vorzustellen«, hörte ich Jullus sagen, Marcus hustete.

»Dieser hochnäsige, hocharistokratische kleine Kerl, der jetzt nichts anderes im Kopf hat als Rennpferde, Löwenjagden und Boxkämpfe, der wäre noch ein paar Jahre älter, sagen wir, er wäre zwanzig oder zweiundzwanzig ... Ummidius und Pompeianus hätten ihn nicht ermordet. Über seine Wutanfälle und sonstigen Launen würden sie nun nicht mehr lachen. Glaub mir, zittern würden die vor ihm. Aber eines Tages hätte er sie alle satt, diese Professoren und erfahrenen Senatoren, die weisen Ratgeber und all die anderen klugen Leute um ihn herum. Ummidius und den alten Pompeianus würde er aller ihrer Ämter entheben; statt ihrer würden seine jungen Freunde Ehrenämter und hohe Stellen einnehmen. Sie würden möglicherweise viel Unheil anrichten ...«

»Aber ob Cassius wirklich besser sein wird?«

»Besser als der junge Commodus auf jeden Fall. Und vielleicht gelingt es ihm, Frieden zu schließen an der Donau mit den Germanen. Dann wäre er sogar noch besser als Marcus Aurelius. Ich verstehe nicht viel von Politik. Im Grunde genommen interessiert mich nur mein Militärdiplom und die ehrenvolle Entlassung aus dem Militärdienst. Nach ein paar Jahren ist man die Sache doch ziemlich leid, geht es dir nicht auch so, Marcus?

Mich zieht es wieder in die Gladiatorenschule von Antiochia ...«

»Wenn wir den Jungen wohlbehalten bei Cassius' Leuten in Alexandria abgeliefert haben, dann bekommen wir unser Diplom und du erhältst das römische Bürgerrecht ...«

»Und die drei Namen ...«

Die Schritte der beiden entfernten sich endgültig.

Unaufhaltsam setzte die »Crocodilus« ihren Kurs auf Ägypten fort ... Längst war die Küste mit dem Himmel verschwommen, rings um die »Crocodilus« war nur noch Meer zu sehen.

Das Fleisch, das mir der alte Matrose zum Abendessen brachte, war jeden Tag etwas zäher. Und die Tage schienen immer länger zu werden.

Die einzige Veränderung in meinem Dasein bestand darin, dass man mich jetzt morgens kurze Zeit an Deck gehen ließ. Dabei sah ich manchmal Bobo. Er hatte mit den Matrosen Freundschaft geschlossen und konnte in Windeseile den großen Mast hochklettern.

Anfangs wurde ich scharf beobachtet. Marius, der Steuermann, und die Matrosen ließen mich nicht aus den Augen. Keiner sprach ein Wort mit mir. Doch ich spürte nur zu gut, wie ihre Blicke sich in mich bohrten, wenn ich nur ein paar Schritte über den Bereich aus dem hinteren Teil des Decks, wo ich mich frei bewegen durfte, hinausging.

Es war ein schöner Tag, die letzten Frühnebel zerrissen in den Strahlen der Morgensonne und das Knarren des Steuerruders war gerade noch zu hören. Marius schlief wohl eben.

Es gab hier auf dem Unterdeck eine kleine Bank. Sie war ziemlich genau unter dem Standplatz des Steuermanns. Aber Marius ließ bei ruhiger See das Steuer manchmal eine Zeitlang ruhen, wenn das Schiff ohnedies vom Wind in die richtige Richtung getrieben wurde. Die Matrosen waren nach den ersten Tagen nachlässiger geworden, wenn es galt, mich zu beaufsichtigen. Wie hätte ich ihnen auch hier mitten auf dem Meer davonlaufen können?

Ich saß auf dem Hölzbänkchen und malte mir aus, dass wir nun bald in Ägypten sein würden, im Land der Krokodile und der Nilpferde ... Plötzlich fiel mein Blick auf eine Kritzelei auf den Planken zu meinen Füßen. Mit roter Kreide hatte jemand eine kleine Siegespalme auf den Boden gekritzelt. Gestern war sie bestimmt noch nicht da gewesen. Wehmütig dachte ich an mein Gepäck, das Jullus und Marcus neben dem Neptun-Brunnen hatten liegen lassen. Da lag es wohl noch heute, wenn nicht irgendjemand es gestohlen hatte.

Mein Würfelbecher war für immer verloren!

Auf dem Holzbänkchen konnte ich fast vergessen, dass ich eigentlich ein Gefangener war. Man konnte aufs Meer hinaussehen und sich vorstellen, ein ganz normaler Reisender zu sein ... Es raschelte plötzlich über mir. Ich zuckte zusammen. War das der Wind oder war es eine menschliche Stimme?

»Beweg dich nicht! Bleib ganz ruhig. Tu, als wäre nichts geschehen! Ich bin es, Euphrat ...«

Ich wagte nicht mich zu rühren. Es konnte unmöglich Euphrat sein, der da sprach. Wahrscheinlich wollten Marcus und Jullus mir eine Falle stellen.

Oder – war es Euphrats Geist? Ich begann zu zittern.

»Tigris und ich rannten hinter dem Wagen her, mit dem die Entführer fortfuhren. Als wir sahen, dass ihr die Straße nach Ostia nahmt, haben wir verschnauft und auf einen Wagen gewartet, der in die gleiche Richtung fuhr. Ziemlich bald kam einer, der sehr schnell fuhr. Er hatte leere Weinamphoren geladen und wollte zum Hafen. Der Maultiertreiber ließ uns hinten aufsitzen und es dauerte gar nicht lange, da überholten wir euch. Während des ganzen Weges fuhren wir vor euch her ...«

Ich rührte mich nicht und tat, als hörte ich nicht. Es ist eine Falle, eine ganz gemeine Falle, sagte ich mir. Aber diesmal werde ich nicht so dumm sein, darauf reinzufallen ...

»Wir schlichen um das Haus am Strand, in das sie dich gebracht hatten, und wollten dich befreien. Plötzlich fingen die Hunde an zu bellen, erinnerst du dich noch, Lukios?«

Der Junge, den Marcus vor dem Fischerhaus vertrieben hatte, ja, ich erinnerte mich ...

»Du machst deine Sache sehr gut, Lukios«, flüsterte die Stimme weiter, »hör zu: Wir sind dann zu dem kleinen Beiboot der »Crocodilus« geschwommen, als wir hörten, was Marcus und Jullus vorhatten. Wir halten uns hier an Bord versteckt, Tigris und ich ...«

»Du bist nicht Euphrat! Ich glaube dir kein Wort«, flüsterte ich.

»Lukios, ich kann dir beweisen, dass ich es bin. Warte bis heute Abend, dann komm ich wieder. Bitte heb etwas von deinem Abendessen für uns auf. Gestern habe ich versucht etwas von den Vorräten in der Schiffsküche zu klauen und bin dabei um ein Haar erwischt worden. *Vale,* ich muss mich beeilen, Marius wird gleich wieder da sein.«

Es raschelte wieder. Wie ein Spuk entfernte sich Euphrat – wenn er es war ...

Ich will nicht sterben!

Nein, es konnte ja gar nicht Euphrat gewesen sein! Wahrscheinlich war ich auf der kleinen Bank eingenickt und hatte geträumt. Schade eigentlich.

Ich sah mein Abendessen an: dieses zähe Stück Fleisch, das knochenharte Brot auf dem großen Tonteller. Das Essen wurde hier auf der »Crocodilus« jeden Abend etwas schlechter. Ich tunkte das Brot in den Becher mit Wasser und biss ein Stück ab, dann ließ ich es sinken. Vielleicht hatte ich doch nicht geträumt. Gut, ich würde es einfach abwarten.

Plötzlich fiel mir ein: Marcus und Jullus hielten mich ja für Lucius Commodus. Sie wussten nicht, dass ich Lukios war.

Wenn Jullus und Marcus mir eine Falle hatten stellen wollen, wie konnten sie mich dann mit *meinem* Namen anreden, den sie doch gar nicht kannten? Euphrat – immer unter der Bedingung, dass er es war – hatte mich »Lukios« genannt!

»Lukios! Hab keine Angst, ich bin es wieder: Euphrat. Komm ans Kajütenfenster! Bring bitte das Essen mit …

Zitternd griff ich nach dem Tonteller und trat ans Fenster. Die scharf geschliffene Schneide eines Messers blinkte mir entgegen. Wer es hielt, konnte ich nicht sofort erkennen. Ich wich zurück.

»Feiger Barbar«, rief ich laut, »Kindermörder! Schäm dich, Jullus!«

Das Messer flog plötzlich zu mir herein und fiel klirrend auf den Boden. Ich hörte einen erschreckten Aufschrei und Schritte, die sich schnell entfernten. Ich bückte mich und versteckte das Messer in einer Gewandfalte. Es hatte einen geschnitzten Elfenbeingriff, der mir bekannt vorkam. Ein Verdacht stieg in mir auf. Ehe ich ihn nachprüfen konnte, hörte ich schwere watschelnde Schritte die Stiege vom Oberdeck herunterkommen. Sekunden später stand Jullus schwer atmend in der Tür. »Du hast nach mir gerufen, Caesar? Ich habe meinen Namen verstanden …«

»Entschuldige, Jullus. Ich war schon eingeschlafen und hatte einen schlimmen Traum gehabt …«

»Dann schlaf weiter, *chaire,* Commodus«, brummte Jullus und ging wieder. Er hatte wohl kaum eben vor dem vergitterten Kajütfenster mit dem Messer in der Hand auf mich gelauert … Wer aber dann? Ich nahm es aus seinem Versteck und strich leicht über den geschnitzten Griff – zwei kämpfende Gladiatoren waren darauf zu sehen; der Schild des einen flog gerade nach hinten, während der Vordere mit dem Degen auf ihn losging. Darunter war eingeritzt:

Lukios... Es war *mein* Dolch! Ihn hatte ich in das kleine Bündel mit meinen Habseligkeiten gepackt, die ich auf die Löwenjagd mitnehmen wollte. Jullus und Marcus hatten es am Neptun-Brunnen achtlos liegen lassen... »Ich kann dir beweisen, dass ich es bin«, hatte Euphrat gesagt. Und nun war der Beweis erbracht.

Es wurde Nacht. Euphrat war nicht wieder gekommen. Ich rollte mich auf dem Schaffell zusammen, meinen Dolch hielt ich mit beiden Händen fest umklammert, und schließlich fiel ich in unruhigen Schlaf. Ich wurde wach, als es stockdunkel war. Von draußen her hörte ich einen leisen Pfiff – hatte mich jemand gerufen? Vorsichtig sprang ich auf und schlich ans vergitterte Fenster. Ein glänzendes Auge sah herein.

»Wir sind es«, hörte ich Tigris leise sagen.

»Sag schnell, was machen Marcus und Jullus und die anderen?«

»Sie schlafen fest ...«

»Es geht um dein Leben, Lukios«, flüsterte Euphrat, »hör zu: Marcus und Jullus hatten den Auftrag, Commodus zu entführen und nach Ägypten zu bringen. Avidius Cassius ist jetzt Kaiser. Ob dein Großvater noch lebt, ist sehr zweifelhaft. Vieles spricht dafür, dass er tot ist. Cassius wollte Commodus entführen lassen, damit er hinterher behaupten kann, er hätte den jungen Caesar zu einem Zeitpunkt beschützt, als die Lage in Rom völlig unsicher gewesen sei. Er will so tun, als sei er nur deshalb von den Soldaten zum Kaiser ausgerufen worden, damit er die Rechte des jungen Commodus wahrnehme. Cassius wird sagen, wenn Commodus alt genug sei, um zu regieren, werde er zurücktreten. Natürlich ist das alles nur Verstellung – Cassius hat Commodus, beziehungsweise dich, gewaltsam entführen lassen, um, mit dem Caesar in seiner Gewalt, besser verhandeln zu können mit dem Senat in Rom. Notfalls kann er drohen, er werde Commodus töten. Sollte Marcus Aurelius aber noch leben, kann Cassius ihn ebenfalls erpressen – beispielsweise dazu, dass er ihn, Cassius, zum Mitkaiser ernennt ...«

»Woher wisst ihr das alles, Tigris?«

»Wir haben Marcus und Jullus belauscht. Glaub mir, wenn Marcus Aurelius wirklich tot ist, dann ist Cassius nicht daran gelegen, dass Commodus lange am Leben bleibt. Erst würde er ihn freundlich behandeln. Wenn er aber erreicht hat, was er wollte, dann wird er an seine eigene Familie denken und Commodus bei der nächsten Gelegenheit vergiften lassen. In den ›kaiserlichen Hofkommentaren‹ wird dann zu lesen sein, der junge Caesar sei leider an einer schweren Lungenentzündung verstorben. Cassius hätte Tränen vergossen ...«

»Aber ich bin doch gar nicht Commodus!«

»Vorerst wird dir das niemand glauben. Wie willst du beweisen, dass du *nicht* Commodus bist«, sagte Euphrat verzweifelt.

»Lukios, du musst fliehen, begreifst du das nicht. Du kannst nicht abwarten, was in Alexandria mit dir geschieht.«

»Schau dir die Tür genau an und versuch sie zu öffnen«, flüsterte Tigris. »Wir haben das kleine Rettungsboot bereitgemacht, um damit zu fliehen. Euphrat ist es gelungen, zwei Brote und einen Schlauch mit Wasser fortzuschaffen. Niemand hat uns bemerkt ...«

Ich bin nicht Lucius Aurelius Commodus, dachte ich, und ich will nicht sterben!

Ich untersuchte die Tür. Draußen schoben Euphrat und Tigris den schweren Riegel aus Eichenholz zur Seite. Mit Hilfe meines Messers zwickte ich das Schloss gewaltsam auf. Die schwere Tür gab mühsam nach. Vor Freude fielen wir uns in die Arme. Tigris trieb zur Eile: »Schnell, zum Heck der »Crocodilus«! Das Seil haben wir schon an einem Haken festgebunden ...«

Wir hasteten an der Bordwand entlang.

»Oh, Euphrat, beim Jupiter, wo ist Bobo?«

»Lukios, sei vernünftig, komm schnell, wir können doch jetzt nicht nach dem Tier suchen!«

Euphrat zerrte mich weiter. Wir kletterten über die Bordwand, da war auch schon das Seil ...

»Das indische aus deinem Gepäck«, sagte Tigris und ließ sich hinuntergleiten. Euphrat und ich kletterten hinterher. Tigris riss mir den Dolch aus der Hand und hieb das Seil durch, mit dem das Beiboot an der »Crocodilus« hing. Das Boot schwankte unter uns. Euphrat saß schon und griff nach den Rudern. Benommen nahm ich auf dem Brett vor ihm Platz und begann ebenfalls die Ruder zu betätigen.

»Lass mich besser dran«, sagte Tigris halblaut, »ich bin stärker, wenn wir außer Gefahr sind, kannst du mich ablösen.«

Ich kroch ganz nach vorne und kauerte mich neben ein größeres Bündel. Es war fast windstill, unser Boot gewann sichtlich Abstand von der »Crocodilus«.

»Die nächste Küste ist viele Meilen von uns entfernt, ihr wisst nicht einmal, wohin ihr rudert«, sagte ich vorwurfsvoll.

»Die Strecke ist sehr befahren. In den nächsten Tagen werden wir ganz sicher einem Schiff begegnen, das uns aufnehmen wird«, erklärte Tigris, »und ein paar Tage reichen auch unsere Vorräte. Auf jeden Fall war es wichtig, Marcus und Jullus zu entkommen.«

»Siehst du den Nordstern vor uns? Jetzt fahren wir nach Norden. Die »Crocodilus« segelt weiter in östliche Richtung, nach Creta, um dort frisches Wasser zu holen, wie wir gehört haben. Wir müssen uns irgendwo vor Griechenland befinden ...« Euphrat zeigte mit dem Finger auf den sternenbedeckten Himmel. Hoch über dem Horizont sah ich tatsächlich einen hellen Stern.

»Dann werden wir nicht vom Weg abkommen«, murmelte ich schläfrig.

Ich erwachte vor Kälte. Euphrat und Tigris lagen vornübergesunken auf den Ruderbänken und schliefen fest. Die Sonne war eben aufgegangen. Über dem Meer schwebten feine Nebelschwaden. Der Himmel war blau und wolkenlos. Ich sah mich um. Die Hand über die Augen gelegt, um sie vor der Sonne zu schützen, starrte ich das Schiff an, das da, nur eine halbe Meile entfernt, langsam auf uns zukam. »Wacht auf«, rief ich und schüttelte Tigris.

»Lass mich schlafen«, stöhnte Euphrat.

»Sag der Domina, ich kann jetzt nicht kommen. Ich bin noch zu müde ...«

»Tigris, sieh mal! Ein Schiff!«

Nur langsam, viel zu langsam, wurden die Zwillinge munter und begriffen wieder, wo sie waren.

Tigris rieb sich die Augen und bestätigte: »Ja, das ist ein Schiff.«

Plötzlich stieß Euphrat einen Schrei aus. »Es ist die »Crocodilus«!«

Tigris wurde so weiß wie Onkel Ummidius' Festtagstoga.

Und nun sah auch ich es: Die »Crocodilus« segelte langsam, aber unaufhaltsam auf uns zu. Jetzt sah ich den alten Matrosen im Mastkorb. Er winkte und gestikulierte. Am Bug des Schiffes stand, vierschrötig und kurzbeinig, Jullus. Der Wind zerrte an seinem roten Umhang. Fest umklammerte ich meinen Dolch mit dem Elfenbeingriff. Neben Jullus erkannte ich den jungen Marcus. In der Hand hielt er einen gespannten Bogen.

Euphrat und Tigris hatten die verzweifelte Lage schnell begriffen. Sie ruderten verbissen wie Galeerensträflinge. Doch unser Boot schien sich kaum von der Stelle zu bewegen, während die »Crocodilus« bedrohlich rasch näher rückte. »Gebt es auf!«, brüllte Jullus zu uns herüber.

»Kommt sofort zurück!«, rief Marcus beschwörend. »Es ist sinnlos zu fliehen. Ihr werdet jämmerlich ertrinken!«

Keiner von uns gab eine Antwort.

Da schoss Marcus urplötzlich ohne Vorwarnung den Pfeil ab. Zischend schwirrte er heran und bohrte sich in den Bug unseres Kahns. Er war mit brennendem Pech bestrichen.

»Sie setzen das Boot in Brand, diese Hunde«, keuchte Euphrat.

Ich bückte mich, gerade noch rechtzeitig, denn ein zweiter brennender Pfeil flog krachend gegen die Außenwand.

»Gebt's endlich auf!«, schrie Jullus triumphierend.

Der dritte Pfeil sauste um Haaresbreite an Euphrat vorbei mitten in unser Gefährt, das sofort zu brennen begann.

»Vorbei«, sagte Tigris tonlos.

»Ins Wasser«, rief ich.

»Gebt euch keine Mühe«, hörte ich Jullus schreien.

Aber schon waren wir im Wasser. Es war kühl und nach der Aufregung erfrischend. Wir waren gute Schwimmer, und ich hoffte darauf, dass es unmöglich wäre, uns im Wasser wieder einzufangen.

Euphrat und Tigris hatte ich bald aus den Augen verloren. Offensichtlich war es Jullus vor allem darum zu tun, mich zu fangen. Marius stand auf der Steuermannsbrücke und steuerte die »Crocodilus« gefährlich nahe an mich heran. Die Matrosen kletterten an eingelassenen Haken die Bordwand hinab und nun erkannte ich, dass sie ein riesiges Netz hielten.

»Jetzt!«, rief ihnen Marcus zu.

Ein Entkommen war nicht mehr möglich. Klatschend fiel das gewaltige Fischernetz über mir auf die Wasserfläche. Eine der schweren Maschen traf mich am Kopf. Der Anprall drückte mich unter Wasser. Ich schluckte Wasser, musste husten und glaubte fest, nun sei mein Ende gekommen. Doch dann wurde ich wie ein willenloses Bündel gewaltsam in die Höhe gezogen. Ich sah tief unter mir die aufgewühlte See, und da lag ich auch schon auf den nassen Holzplanken, wie ein Fisch gefangen in den Maschen des Netzes. Ich sah, dass Jullus, prustend vor Lachen, über mich gebeugt stand. Mein Kopf schmerzte. Mir war schwindlig. In der rechten Hand hielt ich etwas Hartes, Kaltes.

»Allein dafür müsste Cassius dir das römische Bürgerrecht verleihen!« Das war Marcus. Ich konnte ihn nicht sehen.

»*Gratiam,* ich danke dir, aber ohne deine tatkräftige Hilfe hätten wir den Caesar nicht so schnell wieder eingefangen«, wehrte Jullus höflich ab, und zu mir: »Commodus, du bist tüchtiger, als ich dachte. Du wärst sicher ein brauchbarer Legionär geworden ...«

Vor Vergnügen strahlte er über sein ganzes verfettetes Gesicht und seine kleinen dunklen Augen leuchteten hinterhältig. Marcus streifte das Netz von mir ab.

Mit einem Schrei sprang ich auf Jullus zu. Sein roter Umhang fiel ihm von der Schulter. Ehe die anderen mich halten konnten, hatte ich ihm das Messer mit dem Elfenbeingriff, das ich keine Sekunde losgelassen hatte, auch nicht beim Schwimmen, mit voller Wucht in den Oberarm gestoßen. Jullus brüllte auf wie ein Stier, der von der Axt des Opferdieners getroffen wird. Marcus riss mir das Messer aus der Hand und warf mich zu Boden, wo mich zwei Matrosen sofort fesselten.

»Er ist gefährlich«, hörte ich Marcus rufen. Dann zerrten mich die Matrosen die enge Stiege hinab und brachten mich in das Kämmerchen mit dem Schaffell, in meine ehemalige Behausung. Die Tür schlossen sie hinter mir gut ab. Ich hörte, wie sie einen Riegel vorschoben.

In Alexandria wird man mich vielleicht töten, dachte ich. Es war alles, was ich denken konnte.

»Marcus Aurelius lebt!«

Wir hatten den längsten Teil unseres Weges schon hinter uns. Es musste Mitte Mai sein, vielleicht auch später. Heiß brannte die Sonne auf die Planken der »Crocodilus« herab. Meine Freiheiten waren wieder etwas größer geworden. Euphrat und Tigris hatten die Matrosen ebenfalls eingefangen und man hatte sie auf der entgegengesetzten Seite des Schiffes in einem kleinen Bretterverschlag untergebracht. Einmal hörte ich Marcus sagen, er und Jullus wollten die Zwillinge in Alexandria auf dem Sklavenmarkt verkaufen und den Erlös unter sich teilen. Gefesselt lag ich auf den warmen Holzplanken des Unterdecks und ließ mich von der Sonne bescheinen. Niemand achtete besonders auf mich. Das große Segel knatterte im Wind, der Mast ächzte gedehnt, rhythmisch knarrte der Hebel des Steuerruders, vertraute Geräusche ...

Ein Schrei gellte über das Schiff. Ich erschrak.

»*Terra!* Land!«, schrie der Matrose im Mastkorb. Freudige Rufe ertönten von überall. Mühsam richtete ich mich auf und ließ mich auf das Holzbänkchen fallen, mehr Bewegungsfreiheit gaben die Fesseln nicht. O ja, in der Ferne tauchte ein dunkler Streifen auf.

»Bringt den Jungen sofort unter Deck!«, hörte ich Marcus von irgendwoher rufen. Niemand schien ihn zu hören. Also benutzte ich die Gelegenheit, mich umzusehen. Wir näherten uns einer Küste. Das war auch an den schmalen Fischerbooten zu erkennen, die nun herankamen. Sanft geschwungene Hügel rückten näher. Bald sah man graugrüne Olivengärten und die dunklen Quadrate von Weinhängen. Ein Matrose lief an mir vorbei, und ich hörte ihn freudig rufen: »Wir sind in Creta! Hier machen wir noch einmal Halt ...«

Im nächsten Augenblick wurde ich von einer neuen Beobachtung abgelenkt. Weit entfernt von uns am Horizont sah ich einen Punkt auftauchen, der sich sehr schnell auf uns zubewegte.

»Bringt den Caesar in die Kajüte«, brüllte Marius.

Das muss ein Schnellruderer sein, dachte ich.

Marius und ein Matrose schoben mich hastig in den kleinen Raum mit den Schaffellen und dem Öllämpchen. Ich kroch vor das vergitterte Fenster und spähte hinaus. Mit unglaublicher Geschwindigkeit kam der Ruderer näher.

Kein Zweifel, er steuerte geradewegs auf die »Crocodilus« zu. Bald schon konnte man das Aufklatschen der Riemen hören ...

»Fort da vom Fenster«, schrie mich ein Matrose an, der draußen vorbeirannte.

Ich hörte, wie draußen das Segel eingezogen wurde, und spürte, dass die »Crocodilus« langsamer wurde. Bald darauf begann unser Schiff leicht zu schwanken. Ich erkannte von weitem fremde Stimmen, hörte Jullus etwas rufen und Euphrat einen entsetzlichen Schrei ausstoßen. Dann erklangen laute hastige Schritte, die Tür der Nachbarkajüte wurde aufgerissen und wieder zugeworfen. Fast jedes Wort, das drüben gesprochen wurde, hörte ich mit.

»Marcus Aurelius lebt!«, schrie eine fremde Stimme in griechischer Sprache mit einem harten römischen Akzent. »Cassius hat sich geirrt! Wir alle haben uns geirrt. Commodus hat dem Volk in Rom ein großartiges Geldgeschenk gegeben und ist jetzt längst auf dem Weg nach Sirmium zu seinem Vater.«

»Einen Falschen habt ihr entführt, ihr unfähigen Barbaren«, schrie der Fremde. »Ich selbst habe Commodus mit meinen eigenen Augen noch vor meiner Abreise in Rom gesehen. Nachdem der Brief seines Vaters angekommen war, hielt er auf dem Forum eine hübsche Rede; niemand sollte sich beunruhigen. Sein Vater, Marcus Aurelius, würde mit dem Heer nach Syrien ziehen und Cassius für seine unglaubliche Tat bestrafen ...«

Marcus sagte nun etwas. Es war so leise, dass ich es nicht verstehen konnte.

»Die Rechnung unseres großen Feldherrn Cassius ist diesmal nicht aufgegangen: Er hatte auf Martius Verus und dessen Legion in Kleinasien gehofft. Martius ist *nicht* zu ihm abgefallen ...«

»Und – was sollen wir jetzt tun?«, fragte Marcus mit bebender Stimme.

»Als euer alter Freund habe ich euch gewarnt. Noch heute rudern wir weiter, um Cassius die neuen Nachrichten zu überbringen. Trollt euch nach Hause, vergesst eure Verbindungen zu Cassius und lasst euch nicht von seinen Leuten erwischen, so lange er in Ägypten und Syrien an der Macht ist. Am sichersten werdet ihr fürs Erste in Sizilien sein. Sollte es zum offenen Krieg mit Marcus Aurelius kommen, wird Cassius auf jeden Fall verlieren. Der Kaiser hat ein paar Legionen mehr ...«

Am liebsten hätte ich vor Freude zu hüpfen begonnen.

Plötzlich hörte ich Jullus schreien: »Bei allen Göttern der Unterwelt und bei Neptun und Sarapis – werft die Kinder und den Affen zu den Haifischen ins Meer!«

»Die Haie sollen sie fressen!«, rief Marcus ebenfalls, der

sich offenbar von seinem Schrecken erholt hatte, jedenfalls so weit, dass er wieder neue Pläne schmieden konnte.

»Gebt ihnen eine Chance«, schlug Marius, der Steuermann, vor: »Nehmt ihnen wenigstens die Fesseln ab.«

»Meinetwegen«, sagte Jullus hasserfüllt, »auch dann werden sie nicht weit kommen ...«

Ich bin am Ende meiner Papyrusrolle angekommen und möchte mich kurz fassen: In diesem Fall meinten es die Haifische jedenfalls besser mit uns als Marcus, Marius und Jullus; womit ich sagen will, sie fraßen uns nicht.

Als Jullus mich wutschnaubend – Marcus half ihm dabei, denn Jullus trug den linken Arm in einer weißen Schlinge – über die Reling der »Crocodilus« warf, empfand ich Angst und Wut und hatte dennoch – ganz entfernt, ganz schwach – Mitleid mit ihm, der nun einem ungewissen Schicksal entgegengehen würde und sein Ziel, einmal römischer Bürger zu werden, die weiße Toga zu tragen und drei Namen zu haben, endgültig verwirkt hatte.

Das Wasser war schneidend kalt und die Brandung war ziemlich stark. Es war ein glücklicher Zufall, dass ich, während ich mit den Wellen kämpfte, plötzlich ein zappelndes Etwas zu fassen bekam. Bobo! Er schnaubte und nieste – und lebte! Mit einer Hand hielt ich ihn krampfhaft über Wasser und spürte ganz unerwartet Boden unter den Füßen. Ich stolperte weiter und sah und hörte nichts als Bobo.

»Sieh dich um!« Das war Tigris.

»Dort fährt sie, schau nur!«, rief Euphrat.

Benommen drehte ich mich um. Das Segel auf der »Crocodilus« war wieder voll aufgezogen. Marius stand auf der Steuermannsbrücke. Die »Crocodilus«, deren Gefangene wir so lange gewesen waren, rauschte davon ...

»Wir sind in Creta!«, rief Tigris. »Und wir sind frei!«

Als wir uns wieder beruhigt hatten, zogen wir los und suchten nach dem nächsten Dorf, das wir bald schon gefunden hatten. Die Leute waren alle sehr nett zu uns. Sie gaben uns zu essen und besorgten uns frische Kleider. Von unserer Geschichte allerdings glaubten sie uns kein Wort. Sie hielten uns stattdessen für Schiffbrüchige und glaubten, wir wären zu lange im kalten Wasser getrieben, um nach den Aufregungen eines Schiffbruchs noch völlig klar zu reden.

Wir aber ließen uns noch einmal durch den Kopf gehen, was wir an Bord der »Crocodilus« zuletzt gehört hatten. Wenn Commodus nach Sirmium gereist war und Marcus Aurelius mit ihm gemeinsam in die östlichen Provinzen aufbrechen wollte, dann war es das Klügste, nicht nach Rom zurückzukehren. Viel nahe liegender war es für uns, auf das nächste Schiff zu warten, das von Creta nach Smyrna in Kleinasien fahren würde.

Dort würde unsere Familie dann wohl auch bald eintreffen. Von Smyrna war es außerdem nicht mehr allzu weit nach Pergamon, dieser Gedanke kam mir ebenfalls noch ...

Hyazinthus, meinen Großvater Marcus, Commodus, den dicken Quintian, Annia, Sextus, Onkel Ummidius, Cornilla, sie alle würden wir dort treffen ...

ENDE DER ERSTEN
PAPYRUSROLLE

AUGUSTUS – heißt »der Erhabene«, wird als ehrender Beiname für den Kaiser angewandt

ÄDIL – Polizeichef mit einjähriger Amtszeit

CAESAR – seit Hadrian (117–138 n. Chr.) Titel des Thronfolgers

CENTURIO – Anführer einer Hundertschaft. Als Zeichen seiner Stellung trug er Beinschienen

KONSUL – Ursprünglich, in der Zeit der Republik – sie endete 27 v. Chr. mit Kaiser Augustus – stand zwei Konsuln die Oberleitung der Staatsgeschäfte zu. In der Kaiserzeit dagegen war das Konsulat fast nur noch ein Ehrenamt. Die Konsuln konnten Senatssitzungen einberufen und leiten. Die Amtszeit war im 2. Jahrhundert n. Chr. auf zwei Monate beschränkt, damit eine größere Zahl von Bewerbern mit diesem Amt geehrt werden konnte. Das erste Konsulnpaar, nach dem das Jahr benannt wurde, genoss als *consules ordinarii* (reguläre Konsuln) größeres Ansehen als die nachfolgenden *consules suffecti* (Ersatzkonsuln)

KYNIKER – der Begründer der kynischen Philosophie war Diogenes von Sinope (400–328 v. Chr.). Diogenes schlief in einer Tonne, aß nur das Billigste, verschmähte alle Ess- und Trinkgeräte und trug Sommer wie Winter dasselbe einzige Bekleidungsstück. Dies trug ihm den Namen *Kyon* (griechisch für Hund) ein, den er stolz annahm und von welchem die Bezeichnung »Kyniker« abgeleitet ist

LEGIONÄR – einfacher Soldat

MAHLZEITEN – bei den Römern war die Hauptmahlzeit am späten Nachmittag nach dem Bad. Nach dem Aufstehen wurde lediglich eine Kleinigkeit gegessen; mittags folgte ein zweites Frühstück *(prandium)*. Die Hauptmahlzeit –

die *cena* – begann mit Vorspeisen, wie Eier und Geflügel oder Salaten. Man aß mit Löffeln und mit Fingern, die man nach jedem Gang wusch. Es folgte ein Umtrunk mit ungemischtem Wein. Der Nachtisch bestand aus Früchten, Kuchen, Austern. Die uns erhaltenen Schilderungen römischer Gastmähler sind allerdings Ausnahmen. Der römische Normalbürger aß immer einfach. Man lag beim Essen

PAPYRUS – wurde folgendermaßen hergestellt: Aus dem weichen Mark der Papyrusstaude (wuchs in Ägypten am Nilufer) wurden schmale Streifen geschnitten und dicht aneinander gelegt, eine zweite entsprechende Schicht wurde im rechten Winkel darüber gelegt und mit einem Stein oder Hammer so lange geklopft, bis beide Lagen ein zusammenhängendes Blatt ergaben; dabei diente der Saft der Papyrusstaude selbst als Klebstoff. Nachdem dieses Stück getrocknet und nochmals geglättet war, klebte man mit Kleister mehrere Blätter zu einer Rolle aneinander. Durchschnittlich war eine Papyrusrolle 6 bis 10 m lang und 25 bis 30 cm breit

PONTIFEX MAXIMUS – Oberpriester. In der Kaiserzeit wurde dieses Amt immer vom Kaiser ausgeübt

PRAETOR – städtischer Richter

QUAESTOR – höherer Steuerbeamter, Gehilfe der Konsuln bzw. der Statthalter

SENAT – seit Augustus gab es etwa 600 Senatoren. Nur Senatorensöhne erreichten über die Wahl zum Quaestor nach dem 25. Lebensjahr einen Sitz im Senat. Darüber hinaus konnte der Kaiser den »breiten Streifen« verleihen. Der breite Purpurstreifen auf der Toga war der *latus clavus* und galt ebenso wie der rote Senatorenschuh als Rangabzeichen der Senatoren. Diese mussten ein Mindestvermögen von einer Million Sesterzen und außerdem

Grundbesitz in Italien haben. Die Senatoren stellten die hohen Staatsbeamten, die Statthalter der Provinzen und die Befehlshaber der Legionen

STOIKER – philosophische Richtung, die während der Kaiserzeit viele Anhänger hatte, z. B. Seneca und Marcus Aurelius (161–180 n. Chr.). Seneca lebte zur Zeit des Kaisers Nero (um die Mitte des 1. Jahrhunderts n. Chr.); er forderte die menschliche Behandlung von Sklaven. Marcus Aurelius war Kaiser und ist bis heutigentags als Schriftsteller Mark Aurel bekannt geblieben. Das stoische Lebensideal bestand darin, unempfindlich gegen Gefühlswallungen zu sein und Schmerz als naturgegeben hinzunehmen

TRIBUNIZISCHE GEWALT *(tribunicia potestas)* – ursprünglich, in der Republik, die Amtsgewalt des Volkstribunen, der die Interessen des Volks gegenüber dem Senat zu vertreten hatte. In der Kaiserzeit wurde die tribunizische Gewalt dem Kaiser verliehen und alljährlich erneuert

Literatur

A. R. Birley: Mark Aurel, München 1977
E. Brödner: Wohnen in der Antike, Darmstadt 1989
M. Grant: Die Gladiatoren, Stuttgart 1970

Lukios
und hundert Löwen

Inhalt

Vorwort

Die Geschichte spielt im Jahr 175 n. Chr. in Ägypten. Lukios schreibt seine Erlebnisse im September des Jahres 176 n. Chr. auf Papyrusrollen. Die Jahre werden nach den damals in Rom amtierenden Konsuln benannt.

Mit »als Calpurnius Piso und Salvius Julianus Konsuln waren« ist also das Jahr 175 n. Chr. gemeint, mit »als Vitrasius Pollio und Flavius Aper Konsuln waren« das Jahr 176 n. Chr..

Seit den Anfängen der römischen Kaiserzeit hatten alle Monate, auch der Februar, in gewöhnlichen Jahren und in Schaltjahren, dieselbe Anzahl von Tagen wie bei uns. Die Woche hatte sieben Tage. Bei Tagesangaben wird vom Tag vor und nach den Kalenden, von Iden und Nonen gesprochen.

Die Kalenden waren immer der erste Tag eines Monats. Die Iden fielen im März, Mai, Juli und Oktober auf den 15., in den acht anderen Monaten auf den 13.; in diesen acht Monaten fielen die Nonen auf den 5., in den übrigen vier Monaten auf den 7. Tag des jeweiligen Monats.

Personenverzeichnis

Lucius Ceionius Commodus, genannt Lukios, 10 Jahre
Lucius Aurelius Commodus, meist nur Commodus genannt, 14 Jahre, Onkel des Lukios und Sohn des Kaisers Marcus Aurelius (Mark Aurel); er ist der Caesar
Cornilla – heißt eigentlich Cornificia, 12 Jahre, Schwester des Lucius Aurelius Commodus und Tante des Lukios
Annia – Schwester des Lukios, 11 Jahre
Sextus – Freund des Lukios
Euphrat und Tigris – Zwillingsbrüder, Sklaven im Haus der Tante Fabia, gute Freunde des Lukios
Quintian – Neffe des Stiefvaters Lukios'
Claudius Pompeianus – Stiefvater des Lukios
Lucilla – älteste Schwester des Lucius Aurelius Commodus, Mutter des Lukios
Tante Fabia – Schwester des verstorbenen Vaters Lukios'
Onkel Ummidius – Onkel des Lukios
Petronius – Cornificias Verlobter
Hyazinthus – Griechischlehrer, lebt in Pergamon
Apollonios – Kapitän der »Minerva«
Titus und Flavilla – Geschwister, Passagiere der »Minerva«
Attalos – Seeräuber an Bord der »Lupa«
Apion – Mühlenbesitzer in Ägypten
Geli – armenische Sklavin bei Apion; ihre Brüder sind Vartan und Massis
Korpes – Sklave Apions; er kann auch zaubern
Kalasiris – Aufseher Apions
Petosiris – Bäcker
Bassus – Tierbändiger in Alexandria
Der Primus Paulus – Bassus' Vorgesetzter in der Gladiatorenkaserne
Sarapammon – Töpfer in Chemmis

Mit belegter Stimme sagte ich: »Euch, Castor und Pollux, sei gedankt für unsere Errettung, aber auch eurem Vater Jupiter und allen anderen unsterblichen Göttern, besonders der Fortuna Redux, die uns bis hierher nach Creta gebracht hat und uns, so bitten wir, wohlbehalten nach Smyrna zu unserer Familie geleiten möge.« Ich machte eine Pause.

Tigris fuhr fort: »Wir stehen hier mit leeren Händen, ohne ein Opfertier oder sonst irgendein Geschenk. Aber wir geloben feierlich, euch, den Dioskuren, und der erhabenen Fortuna Redux einen Altar zu errichten, sobald wir in Smyrna sind.«

»Ich verspreche, diesen baufälligen Tempel renovieren zu lassen«, rief ich laut, »allerdings erst in ein paar Jahren und nur unter der Bedingung, dass ich Hyazinthus wieder sehen werde.«

Die bemalten Holzfiguren der göttlichen Brüder lächelten uns stumpfsinnig an. Hinter jedem von ihnen stand sein weiß angestrichenes Holzpferd. An den Wänden des Tempelinneren hingen Tafeln aus Holz oder Marmor mit Dankesinschriften geretteter Schriffbrüchiger und von Seeleuten, die gefährliche Stürme gut überstanden hatten. Spinnweben hingen von der getäfelten Decke herab. Es roch muffig. Brennende Öllämpchen in seitlichen Nischen verbreiteten eine trübe Beleuchtung. Ein hagerer weißhaariger Priester in einem nicht mehr ganz sauberen Gewand von unbestimmbarer Farbe näherte sich uns mit schlurfenden Schritten. Er war für das Opfer bekränzt.

Ich sah die Statuen der Dioskuren fest an und flüsterte: »Bringt mich zu Hyazinthus.«

Euphrats Lippen bewegten sich lautlos.

Wir fühlten uns so verlassen wie selten zuvor in unserem

Leben. Die freundlichen Leute aus dem Dorf an der Küste hatten uns nach ein paar Tagen hier abgeliefert. Sie meinten, im Tempel der Dioskuren werde man uns am ehesten weiterhelfen. Die Priester kümmerten sich um die Schiffbrüchigen und würden uns sicher Geld und Lebensmittel für die Weiterreise beschaffen.

Das Heiligtum lag in der Nähe des Strandes. Man hörte die Brandung. Ein starker Wind wehte vom Meer her und rüttelte am altersschwachen Dach des kleinen Tempels. Der parkartige Garten war ungepflegt. Um die steinernen Weihaltärchen wucherte Unkraut.

Wir gingen durch den Garten, an mageren Obstbäumen vorbei, zu einem niedrigen Gästehaus. Neben ihm stand eine Bretterbude; dort verkaufte eine Frau bunt bemalte Tonfiguren, die verschiedene Götter darstellten, an fromme Reisende und die Besucher des Tempels.

Der Priester hatte eine strenge Stimme und sprach in kurzen abgehackten Sätzen, als wollte er nur das Nötigste zu uns sagen.

»Die Fischer haben erzählt, ihr wärt Schiffbrüchige ...«

Ich nickte. Es war am einfachsten, bei der Version vom Schiffbruch zu bleiben. In den letzten Tagen hatte ich die Erfahrung gemacht, dass die komplizierte Wahrheit keiner glauben wollte, während diese simple Lüge bis jetzt niemand angezweifelt hatte.

»Dann habt ihr Recht gehabt, den Göttern zu danken. Hier ist der Schlüssel für dieses Haus. Dort könnt ihr schlafen. Drüben wohnen wir Priester und die Opferdiener ...« Er wies auf einen Ziegelbau hinter dem Tempel inmitten von Akazienbäumen. »Kommt nach Sonnenuntergang zu uns hinüber zum Abendessen. Wie heißt ihr?«

»Ich bin Lucius Ceionius Commodus. Die beiden heißen Euphrat und Tigris. Sie sind meine Sklaven.«

Mein Name schien ihm nichts zu sagen.

»An der Zisterne hinter dem Verkaufsstand könnt ihr euch waschen. Ab morgen werdet ihr im Weingarten des Tempels den Boden durchharken. Habt ihr solche Arbeit schon getan?«

Ich nickte schnell.

Euphrat trug Bobo, den der Priester noch keines Blickes gewürdigt hatte, und kraulte ihm den Kopf. Für einen Affen benahm Bobo sich vorzüglich.

Tigris wendete ein: »O Herr, wir hatten gedacht, ihr würdet uns Geld leihen und uns sagen, wo und wann das nächste Schiff nach der Provinz Kleinasien fährt. Wir möchten so schnell wie möglich zu unserer Familie.«

»Du bist noch sehr jung, aber schon recht vorlaut ...«

»Wie lange sollen wir ungefähr im Weingarten arbeiten?«, fragte ich.

»Nun – das hängt von den Umständen ab. Vielleicht zwei Monate. Oder nur eine Woche. Morgen schicke ich einen Sklaven nach Gortyn, der sich erkundigen soll, wann ein Schiff geht und wie viel der Kapitän für die Überfahrt verlangt.« Mit einem Seufzer fügte der Alte hinzu: »Unser Tempel ist nicht reich.«

Er drückte mir den Schlüssel in die Hand und entfernte sich.

Euphrat verzog das Gesicht.

»Klingt ja wirklich viel versprechend«, sagte Tigris ironisch.

Übrigens war die Arbeit im Weingarten härter, als wir zunächst angenommen hatten.

Am nächsten Morgen bereits hackten Euphrat und ich den trockenen Boden zwischen den einzelnen Rebstockreihen auf. Jeder von uns hatte eine Hacke, die viel zu groß für ihn war. Tigris ging hinter uns her und jätete Unkraut.

Schon am zweiten Tag hatte ich Blasen an beiden Händen. Zum Teil platzten sie auf und taten gemein weh. Für Euphrat schien es nicht ganz so schlimm zu sein.

»Man sieht eben, dass du noch nie Besen oder etwas Ähnliches in der Hand gehalten hast«, sagte er kichernd.

Abends und morgens bekamen wir im Haus der Priester und der Tempeldiener Schafskäse, Oliven und altbackenes Brot zu essen.

Um so größer war unsere Freude, als wir am dritten Tag den alten Priester höchstpersönlich auf uns zukommen sahen. Diesmal war er besser gelaunt als das erste Mal.

»Meine jungen Freunde …«, so hatte er uns bisher noch nie angeredet, »im Hafen von Matala vor Gortyn liegt ein Schiff, die »Minerva«. Ihr Kapitän, ein gewisser Apollonios, hat versprochen, euch kostenlos mitzunehmen. Er wird die Häfen der kleinasiatischen Küste anlaufen und euch in Smyrna von Bord lassen.«

In unserer Freude wären wir dem Alten fast um den Hals gefallen.

»Es ist keine Zeit zu verlieren. Morgen fährt die »Minerva« los. Die Küchensklavin hat euch schon einen kleinen Lebensmittelvorrat zusammengepackt; Äpfel und Nüsse für den Affen sind übrigens auch dabei.«

Er war wirklich liebenswürdiger, als wir gedacht hatten. Ungefähr sieben Meilen müssten wir in östlicher Richtung am Meer entlanggehen, im Hafen Matala vor der Stadt Gortyn sollten wir nach der »Minerva« fragen, und Apollonios sollten wir ausrichten, er, Heraklios, Sohn des Eugenes, hätte uns geschickt … Er sagte noch viel mehr und sogar gute Ratschläge gab er uns. Und zum Schluss, nachdem wir uns verabschiedet und den Saum seines Gewandes geküsst hatten, rief er uns hinterher: »Lukios! Vergiss auf keinen Fall dein Gelübde, den Tempel renovieren zu lassen!«

Eine halbe Stunde später waren wir schon unterwegs. Wir gingen mit hastigen, ungeduldigen Schritten über den ganzen Sandstrand und spürten trotz der Mittagshitze weder Müdigkeit noch Durst.

Gegen Sonnenuntergang sahen wir die Weinberge von Gortyn und die ersten Häuser von Matala. Es war schon beinahe dunkel, als wir am Kai des Hafens standen. Ein Fischer ruderte uns in seinem Boot hinüber zur »Minerva«, die etwas außerhalb vor Anker lag.

Apollonios, ein verwegen aussehender, kräftig gebauter, von der Sonne verbrannter Seemann mit dunklem gelocktem Haar und einem langen Bart, war uns sofort sympathisch. Er musterte uns prüfend und meinte schließlich: »Wenn ihr, wie ihr behauptet, keine entlaufenen Sklaven seid, dann soll es mir ein Vergnügen sein, euch nach Smyrna zu bringen.«

Um meinen Worten etwas mehr Gewicht zu verleihen, sagte ich: »Übrigens bin ich mit Ummidius Quadratus verwandt, von dem du vielleicht schon einmal etwas gehört hast. Er wird dich bezahlen, wenn wir in Smyrna sind.«

Apollonios lächelte nachsichtig und strich mir übers Haar, eine Geste, über die ich mich früher immer geärgert hatte, die mir aber in diesem Moment ganz gut tat.

»Dieses Tier ist der erste schiffbrüchige Affe, mit dem ich es je zu tun hatte«, sagte Apollonios noch, denn Bobo hatte es sich inzwischen auf Euphrats Schulter bequem gemacht. Mir fiel auf, dass auch zwei Soldaten an Bord waren. Auf dem Unterdeck hockten sie vor einer verriegelten Tür und würfelten. Sie trugen ihre Waffen bei sich, woraus ich schloss, dass es sich nicht um normale Passagiere handelte. An Deck saßen die Ruderer herum und ruhten sich noch ein wenig aus, bevor die Fahrt losging. Sie waren mit Ketten aneinander gefesselt, etwa zwanzig Männer, wahrscheinlich Sträflinge, zwei Schichten zu je zehn, die einander ablösen konnten. Viele von ihnen waren nach meiner Schätzung noch sehr jung. Alle sahen sie erschöpft und müde aus. Scheu blickten sie zu uns herüber, sprachen uns aber nicht an.

Einer der für das große Segel zuständigen Seeleute führte uns zu einem Winkel gleich neben dem Raum mit den Ruderbänken. Er trug einen Matrosenhut.

Hier sei unser Schlafplatz. Wir legten unsere Sachen ab und bereiteten uns eine Art Schlaflager aus Decken und einem Ziegenfell, für die Apollonios großzügigerweise gesorgt hatte.

Im Bauch des Schiffes roch es nach Holz, nach Garum natürlich und nach Meer.

»Wenn Bobo nur nicht wieder seekrank wird wie auf der ›Crocodilus‹«, murmelte Tigris. Er dachte immer ein bisschen weiter als Euphrat und ich.

Ich fragte den Matrosen, welche Ladung das Schiff hätte und warum die Soldaten drüben vor der Tür wachten.

»Es ist kein Geheimnis. Wir haben Silberbarren vom Lauriongebirge geladen.«

»Und wer wird sie kaufen?«, fragte Euphrat.

»Na, ich denke, irgendwelche Juweliere in Kleinasien, Silberschmiede, die daraus Essgeschirr machen und Götterfigürchen. In Ephesus gibt es hunderte solcher Werkstätten wegen des Dianatempels. Und in Pergamon erst …«

»Ich hätte Lust, einmal wieder gebratenen Fisch mit Garum zu essen«, sagte Euphrat träumerisch.

Auch ich spürte jetzt, dass ich Hunger hatte.

»Wo kommen wir zuerst an? In Ephesus oder in Smyrna?«, fragte Tigris.

»Zuerst in Milet. Dann geht's nach Ephesus und danach erst nach Smyrna …«

»Glaubst du, wir dürfen in Ephesus oder in Milet auch einmal aussteigen und in der Stadt herumlaufen?«, fragte ich. Mein Hintergedanke dabei war, ich könnte dort einen Bekannten des Statthalters ansprechen und mich als Lucius Ceionius Commodus zu erkennen geben.

»Bestimmt. Ihr müsst nur rechtzeitig wieder auf der »Minerva« sein.«

Wir bekamen unser Essen gemeinsam mit den Ruderern, die heißhungrig ihre Holzteller leer aßen. Es waren kleine in Öl gebratene Fische mit einem großen Klacks duftendem Garum, so wie wir es uns gewünscht hatten.

Danach waren wir so müde, dass wir uns gleich in unser »Bett« legten. Als wir erwachten, war es heller Tag. Aus dem Raum neben uns hämmerte gleichmäßig der Taktangeber, während die Riemen scheinbar mühelos aufs Wasser klatschten und das Schiff leicht schwankte.

Außer uns befanden sich nur wenige Reisende an Bord der »Minerva«, zwei Kaufleute aus Athen und noch eine Familie, die in Malta an Bord gegangen war: ein Ölmühlenbesitzer mit seiner Frau und seinen Kindern, einem Mädchen und einem Jungen etwa in unserem Alter. Sie waren römische Bürger und wollten Verwandte in Rhodos besuchen. Ziemlich bald hatten wir herausgefunden, dass die Kinder Titus und Flavilla hießen.

Sie fragten Tigris, ob sie Bobo einmal anfassen dürften. Flavilla nahm das zeternde Äffchen auf den Arm und streichelte es behutsam. »Genau so einen Affen hat der Caesar«, erzählte Titus. »Ich hab mal ein Bild von ihm mit so einem Tier gesehen.«

»Ein Matrose hat gesagt, ihr wohnt eigentlich in Rom«, sagte Flavilla schließlich nach einer verlegenen Pause. Titus hatte schon alles gefragt, was es Bobos wegen überhaupt zu fragen gab.

Wir nickten.

»Ihr kennt euch da wohl ziemlich genau aus«, sagte Titus. »Habt ihr schon mal ein Wagenrennen im Circus Maximus gesehen?«

»Und ob«, prahlte Euphrat.

»Ich war auch einmal mit als eines war. In Curium. Mein Vater hat mich mitgenommen«, berichtete Titus stolz.

Flavilla musste zugeben, dass sie noch nie eins gesehen hatte.

Wir fanden, dass die Kinder in Creta arg rückständig lebten.

»Hattet ihr schon mal etwas mit Gladiatoren zu tun?« Titus traute uns eine Menge zu.

»Zum Beispiel gab es da einen gewissen Jullus«, begann Euphrat. Aber natürlich wussten Flavilla und Titus nicht einmal, wer er war. »Jullus warf dem Löwen, ehe er ihn tötete, ein rotes Tuch über den Kopf – er hat ihn erst gereizt und geneckt. Die Zuschauer tobten dann vor Begeisterung und Jullus spielte bei jedem Kampf erneut mit seinem Leben«, erklärte Euphrat.

Dabei hatte er Jullus niemals bei einem Auftritt in der Arena selbst gesehen.

»Keiner hätte ihm das zugetraut, denn er war eigentlich nicht der Typ von Gladiator, der so etwas schafft. Jullus war dick und unförmig. Aber er beherrschte alle Tricks und er verstand es, mit Löwen umzugehen wie kein zweiter …«

»Wir werden euch besuchen, wenn ihr wieder in Rom seid«, sagte Titus.

Das war eine gute Idee. Wir tauschten unsere Adressen aus auf zwei abgerissenen Stücken Papyrus.

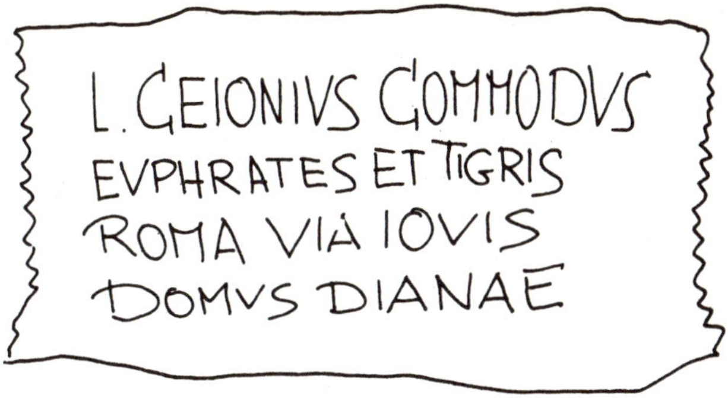

L. Ceionius Commodus
Euphrat und Tigris
Rom, Jupiterstraße
Haus der Diana

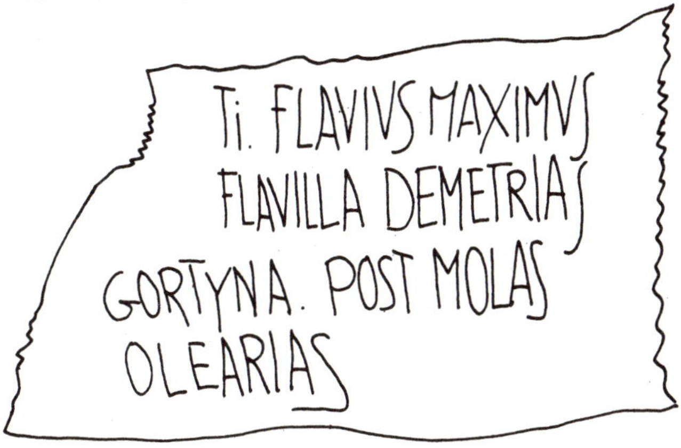

Ti. Flavius Maximus
Flavilla Demetrias
Gortyn, hinter der Ölmühle

Titus sah das Schiff zuerst. »Seht mal, ein Segelschiff fährt hinter uns her!«

Der Handelssegler folgte uns in einem Abstand von vielleicht einer halben Meile. Einzelheiten konnte ich nicht erkennen, ich bin leider etwas kurzsichtig, aber Euphrat sah sogar, dass auf dem Segel die Wölfin mit den Zwillingen Romulus und Remus dargestellt war. »Es heißt ›Lupa‹!«, rief Tigris.

Die »Lupa« schien ungefähr genauso groß wie die »Minerva« zu sein, hatte aber mehr Ruder. Sie unternahm keinen Versuch, uns zu überholen, sondern folgte uns in gemessenem Abstand wie ein entfernter Schatten.

In den Händen der Piraten

In dieser Nacht schlief ich unruhig. Ein günstiger Wind wehte. Die Ruderer brauchten deshalb nicht zu arbeiten. Nur das Knattern des großen Segels war zu hören und die leise geführte Unterhaltung zweier Ruderer im Raum nebenan, von der ich immer nur einzelne Worte verstand. Manchmal drehte sich einer der schlafenden Sträflinge auf die andere Seite, dann klirrten die Ketten auf den Holzplanken. Bobo kauerte im äußersten Winkel unserer Schlafecke.

Ich dachte an Annia und Sextus, an Cornilla, an Lucius Aurelius Commodus … Tante Fabia hatte irgendwann einmal behauptet, wir seien wie Brüder. Offen gesagt: Gemocht, so wie Annia oder Sextus oder Cornilla, hatte ich ihn nie. Mag man seinen älteren Bruder? Wahrscheinlich schon. Aber Commodus gegenüber hatte ich immer ein Gefühl des Neides empfunden. Mit ihm in Streit zu geraten, war gefährlich gewesen, da die Erwachsenen dazu neigten ihm sogar dann noch Recht zu geben, wenn er eindeutig im Unrecht war. Fabia hatte ihn bevorzugt, obwohl sie doch meine Tante und mit ihm nicht einmal verwandt war. Wenn Commodus beim Opfergebet gestottert hatte, hatte ich mich insgeheim gefreut. Keiner wusste das und ich schämte mich ja auch für meine Gemeinheit.

Ob Commodus mich mochte?

Ich glaube ja, mehr auf jeden Fall als ich ihn. Es war sehr einfach für ihn, mich zu mögen. Es kostete ihn sozusagen nichts. Ich nahm ihm nichts weg …

Ich hörte plötzlich ein Geräusch, das ich nicht sofort einordnen konnte. Das Meer rauschte, Riemen klatschten gleichmäßig auf das Wasser, obwohl doch unsere Ruderer alle tief schliefen. Es war so unheimlich, dass ich leise aufsprang und die enge kleine Treppe hochstieg, die auf das Oberdeck führte.

Kein Mensch war zunächst zu sehen. Ich schaute in die Richtung, aus der ich die seltsamen Geräusche bemerkt hatte.

Im fahlen Schein des Mondes zeigte sich die »Lupa« – sie kam uns geradewegs entgegen. Sie schien dicht über dem Wasser auf die »Minerva« zuzufliegen. Ihre Ruder schlugen in ungeheurer Geschwindigkeit auf die Wasseroberfläche. Es war, als wolle das fremde Schiff unseres zertrümmern. Vor Entsetzen schrie ich laut auf. Und nun hörte ich auch den gellenden Schrei des Steuermanns, der auf der Kommandobrücke der »Minerva« das Steuerruder bediente. Im allerletzten Moment erst drehte die »Lupa« scharf bei und fuhr an uns heran. Ich bückte mich hinter einem zusammengerollten Tau.

Von irgendwoher brüllte Apollonios: »Schließt die Ketten der Ruderer auf!«

Unten knallte die Peitsche des Aufsehers, die Ruderer riefen wild durcheinander. Ohne richtig zu begreifen, was sich vor meinen Augen abspielte, sah ich Gestalten an Bord der »Lupa«, die riesige Enterhaken in den Bordrand der »Minerva« stießen. Einige Männer mit Beilen in den Händen sprangen auf unser Schiff hinüber.

Ich wagte nicht mich zu rühren.

Von der Plattform, auf der Apollonios gestanden hatte, erscholl eine fremde Männerstimme. »Leute! Lasst eure Sachen zurück und geht auf die »Lupa« rüber! Lasst alle Waffen hier! Wer sich wehrt, fliegt sofort ins Meer!«

Die »Minvera« zitterte und schwankte. Noch mehr Kerle sprangen von der »Lupa« zu uns herüber. Sie waren alle bewaffnet, im Dunkeln konnte ich ihre Gesichter nicht erkennen, ich hatte Angst vor ihnen. Noch hatten sie mich nicht entdeckt. Die Angreifer verteilten sich auf der »Minerva« und trieben mit Schlägen und Drohungen unsere Seeleute, die schlaftrunkenen Ruderer und die Reisenden auf die »Lupa« hinüber. Mit brutaler Gewalt rissen sie den Kaufleuten die Ringe von den Fingern. Flavilla und Titus weinten laut. Dann sah ich Euphrat und Tigris mit Bobo. Sie waren klug genug keinen Widerstand zu leisten, was auch völlig aussichtslos gewesen wäre. Ich trat aus meinem Versteck hervor.

»Verstecken wolltest du dich, Bürschchen!«, schrie mir einer der beiden, die Euphrat und Tigris am Handgelenk mit sich zerrten, ins Gesicht und versetzte mir einen wütenden Tritt ans Schienbein. Wir taumelten auf die »Lupa« hinüber. Dort wurden wir sofort gefesselt. Wie Getreidesäcke trug man uns in einen dunklen Raum hinab, in dem auch Titus und Flavilla auf dem Boden lagen. Offenbar wollte man uns Kinder von den Erwachsenen aus irgendeinem Grund trennen. Euphrat war es gelungen, Bobo unter seinen Mantel zu schieben, wo er leise Klagelaute von sich gab.

»Piraten«, flüsterte Titus.

»Sie haben unser Schiff überfallen, um das Silber zu stehlen«, fügte Tigris hinzu, »sie wussten davon und haben uns verfolgt.«

»Was – was ist mit Apollonios? Ich habe ihn plötzlich nicht mehr gesehen …«

»Wir haben nichts mehr von ihm gehört.«

»Meint ihr, dass sie ihn getötet haben?«

Niemand wagte es, meine Frage zu beantworten.

Wieder rauschte das Wasser an der Bordwand, klatschend schlugen Ruder über das Wasser. Der Taktangeber hämmerte.

Ziemlich hoch über uns hatte der kleine Raum ein Fenster, in dem rötlicher Widerschein war.

»Sie haben die »Minerva« in Brand gesetzt«, sagte Titus schaudernd. Flavilla schluchzte. Keiner unternahm den Versuch, sie zu trösten. Ich lag zwischen Euphrat und Tigris, die Fesseln schnitten mir ins Fleisch und ließen mir nicht den geringsten Spielraum.

»Was werden sie mit uns tun?«, fragte Euphrat in die Stille.

Titus brach in Tränen aus.

Sklavenmarkt

Der nächtliche Überfall auf die »Minerva« hatte sich kurz vor der Insel Rhodos abgespielt. Doch die »Lupa« setzte den Kurs auf die kleinasiatische Küste nicht fort, sondern fuhr in südlicher Richtung weiter. Durch das Fensterchen des Raums, in dem wir lagen, konnten wir abends den Sonnenuntergang sehen. Wir wussten nicht, was die Richtungsänderung zu bedeuten hatte.

»Vielleicht bringen sie uns nach Afrika«, mutmaßte Euphrat.

»Ganz gleich, wohin sie uns verschleppen«, sagte ich,

»einem von uns gelingt es sicher, zum Statthalter der Provinz zu kommen oder ihm wenigstens durch einen Brief mitzuteilen, dass wir in die Hände von Seeräubern geraten sind.«

»Ich kann doch gar nicht schreiben«, sagte Euphrat.

»Dann musst du eben zu einem Schreiber gehen.«

»Der Statthalter wird uns vielleicht nicht glauben ...«

»Mir glaubt er schon, Titus. Ich werde ihm sagen, dass Lucius Ceionius Commodus vor ihm steht.«

»Und wenn er das nicht glaubt?«

»Dann werde ich es ihm beweisen.« Übrigens war ich überzeugt davon, dass mich jeder Statthalter sofort erkennen würde. Sah ich Lucius Aurelius Commodus Caesar nicht zum Verwechseln ähnlich?

Fast zwei Wochen befanden wir uns nun schon als Gefangene der Piraten an Bord der »Lupa«. Meiner Berechnung nach war es fast Mitte Juni, als die »Lupa« endlich einen Hafen anlief.

Die Holztür öffnete sich knarrend. Einer der Seeräuber trat zu uns herein. Er hatte eine Narbe, die quer über seine Stirn lief, über die rechte Augenbraue hinweg und vielleicht von einem Schwerthieb herrührte. Normalerweise brachte er uns das Essen oder ließ uns, immer nur einzeln hinaus, damit wir ein paar Schritte tun konnten. Jetzt band er uns der Reihe nach die Fesseln so locker, dass wir kleine Schrittchen machen konnten.

»Los, kommt schon!«, schrie er uns an. Bobo hatte er uns übrigens vor einigen Tagen weggenommen. Er war jetzt das Maskottchen der Seeräuber geworden, was uns zutiefst erbittert hatte.

Flavilla begann zu weinen. Sie vertrug die Trennung von ihren Eltern noch schlechter als Titus, der zwei Jahre älter als sie war. In den ersten Tagen nach dem Überfall hatte sie nichts gegessen. Sie war ebenso wie Titus während unserer Gefangenschaft erschreckend abgemagert.

Benommen stolperten wir neben dem Piraten her auf das Deck. Die Sonne blendete uns. Von den anderen Gefangenen der »Minerva« sahen wir keinen.

»Wo sind unsere Eltern?«, fragte Titus.

»Halts Maul«, sagte der Seeräuber.

Titus schluchzte. Flavilla klammerte sich verzweifelt an seiner Hand fest. Ihr als Einziger hatte der Kerl mit der scheußlichen Narbe die Hände freigebunden; ein Fluchtversuch war von ihr wirklich auch nicht zu befürchten.

»Wart nur ab«, sagte ich, bebend vor Wut, »es gibt Gesetze im Imperium. Eines Tages wirst du gefangen werden und vor Gericht kommen. Auf Seeräuberei steht die Todesstrafe.«

»Gesetze!«, sagte der Pirat hämisch.

Das Schiff lag am Kai eines kleinen Fischerhafens, zu dem eine kümmerliche Ortschaft gehörte. Ein paar hoch gewachsene Palmen standen etwas weiter abseits am Strand. Von einem anderen, kleineren Schiff trugen Matrosen Fische in geflochtenen Körben herunter. Und dann sah ich Kamele die staubige Straße zum Hafen herabkommen, drei hintereinander, vor ihnen ging ein Esel, den ein Mann antrieb. Kamele hatte ich bisher nur im Amphitheater an besonderen Festtagen gesehen.

»Wo sind wir?«, fragte Titus.

»Weiter«, schrie der Pirat und zerrte uns auf die Planke, die von der Bordwand der »Lupa« auf den Kai herabreichte.

»Was sind das für Tiere?«, fragte Flavilla.

»Es sind richtige Kamele«, sagte ich.

Wir verließen das Schiff. Ich spürte die neugierigen Blicke der Leute, die am Hafen herumstanden, auf uns, als wir durch die drückende Hitze über den Platz gingen. Es waren mitleidige Blicke. Wir sahen jetzt nicht mehr nach den Kamelen.

Die Straßen des kleinen Ortes waren schmutzig. Die Leute, denen wir begegneten, sprachen einen schwer verständlichen Dialekt. Vor den Häusern kauerten Kinder, die an irgendeiner Augenkrankheit litten. Ihre Augen waren entzündet und Fliegen saßen auf den Entzündungen, fett und grün schillernd.

Auf einem sandigen Platz am anderen Ende des Dorfes schien eine Versammlung zu sein. Wir sahen ein Menschengewühl.

Dann erst erkannten wir das Podest, auf dem halbnackte Leute standen, deren Füße und Beine mit Kreideschlamm bestrichen waren.

»He, Attalos, *chaire*!«

Unser Seeräuber war hier wohlbekannt. Ein paar Männer stürzten auf ihn zu, als hätten sie lange auf ihn gewartet und begrüßten ihn freudig. Uns banden sie die Fesseln an den Armen los und zogen uns zu einem Eimer mit weißem Kreideschlamm, in den wir die Füße eintauchen mussten. Sekunden später standen auch wir auf dem aus rohen Brettern gezimmerten Podest. Attalos sah zu uns hinauf. Wir wurden aufmerksam von den unten Stehenden betrachtet. Euphrat und Tigris hatten sich an den Händen gefasst. Titus tröstete Flavilla.

Ein athletisch gebauter Mann mit einer Peitsche in der Hand schob die Zwillinge nach vorne und schrie in miserablem Griechisch: »Und hier zwölfjährige kräftige Burschen! Achthundert Drachmen kostet jeder einzelne. Eintausendfünfhundert beide zusammen …«

Nie werde ich den Blick vergessen, den Tigris mir zuwarf.

Ich wollte etwas sagen:

Vergesst nicht, dass ihr zum Statthalter gehen müsst, sowie sich eine Gelegenheit bietet.

Der Verkauf ist ungültig, ganz eindeutig … Schließlich gibt es Gesetze …

Ihr seid meine Sklaven und ich – ich bin Lucius Ceionius Commodus, Neffe von Lucius Aurelius Commodus, Enkel von Marcus Aurelius Antoninus, verwandt mit Ummidius Quadratus …

Sie dürfen es nicht tun …

Zahlen wurden gerufen, von allen Seiten Zahlen, immer höhere Zahlen.

»Und arbeiten werden die!«, brüllte der Auktionator.

Ich wollte eine Menge sagen, ich hätte auch eine Menge sagen können, denn es gab einschlägige klare Gesetze.

Das hier ist kein richtiger Sklavenmarkt, anständigerweise müsste ein Ädil die Aufsicht führen, hier wird Hehlerware zu lächerlichen Preisen verschoben …

Zahlen flogen durch die Luft.

Ich hatte kein einziges Wort gesagt. Ich sah Euphrat und Tigris nicht einmal mehr an, als sie von dem Käufer, der die höchste Summe geboten hatte, wie Schafe weggeführt wurden.

Ich bin Lukios, Lucius Ceionius Commodus … Ihr könnt mich nicht verkaufen … Ich bin römischer Bürger …

Wird ein römischer Bürger zu Unrecht in die Sklaverei verkauft, so ist der Verkauf ungültig.

Der Käufer hat in einem solchen Fall einen Anspruch auf Schadenersatz, sobald sich herausstellt, dass sein Sklave ursprünglich römischer Bürger war …

Ich weiß noch, dass für mich sechshundert Drachmen geboten wurden und dass ich um mich geschlagen und getreten habe und dass ich einen in die Hand biss, ziemlich kräftig, als auch ich weggeführt wurde und dass ich heulte wie noch nie, noch nie zuvor in meinem Leben.

Verkauft

Über eine staubige Landstraße rollten wir auf einem von zwei mageren Maultieren gezogenen Wagen – mein Herr stand aufrecht auf dem Gefährt und hielt die Zügel, ich hockte verschreckt neben ihm. Und er war wirklich mein Herr, das war sehr seltsam. Für sechshundert Drachmen hatte er mich gekauft. Er hatte mich bar bezahlt und mit dem Seeräuber Attalos ein paar freundliche Worte in dem fürchterlichen hier üblichen Dialekt gewechselt, ohne dass mir möglich gewesen wäre zu verstehen, worum es ging.

Mein Herr trug ein mit einem schmalen Lederriemen gegürtetes bodenlanges Gewand aus hellem Leinen und hatte zum Schutz gegen die Mittagssonne ein Tuch um den Kopf gewickelt. Er hatte einen kurz geschorenen Bart und dunkle Augen. Ich schätzte ihn auf etwa vierzig Jahre. Er würdigte mich keines Blickes, sondern sah angestrengt geradeaus. Die Maultiere trotteten ohne besondere Eile die Straße entlang. Ich hatte Durst und schwitzte. Nach etwa einer Stunde hatten wir eine Art Gehöft erreicht. Wir fuhren in einen mit hohen Bäumen bestandenen schattigen Hof ein. Mein Herr stieg vom Wagen herunter, und jetzt sah ich, dass wir uns in einem Betrieb mit vielen Mühlen in verschiedenen Größen befanden, die weiter hinten aufgestellt waren. In beständigem Kreislauf wurden sie von Pferden und Eseln angetrieben. Über die Köpfe der Tiere waren schwarze Säcke gebunden. Von Sklaven wurden sie mit Peitschen angetrieben, in der Runde innerhalb der im Viereck aufgebauten Holzbalken herumzugehen.

Ihr gütigen Götter! Wie viele Menschen standen dort, über und über mit Blutstriemen gezeichnet, in Lumpen. Halbwüchsige Kinder sah ich, die von den Fetzen die sie trugen, kaum bedeckt waren. Die Leute schienen alle entzündete Augen zu haben und halbblind zu sein. Die Luft war von Mehlstaub erfüllt und reizte zum Husten. Diese Sklaven waren von Kopf bis zu den Füßen mit Mehl und Staub gepudert und vor Schmutz im Gesicht fast unkenntlich. Keiner schenkte uns Beachtung.

Aber der Zustand der Menschen war noch nichts gegen den, in dem sich die Tiere befanden, die Pferde, Maultiere und Esel.

Es waren ausschließlich uralte Tiere. Mir kam es vor, als seien sie vor Schwäche schwindlig.

»Komm mit mir.«

Ich starrte den Jungen an, der meine Hand genommen hatte. Auch er hatte entzündete Augen, sein von Natur dunkles leicht gekräuseltes Haar starrte vor Schmutz und Staub.

Mich durchzuckte der Gedanke: So wirst du in wenigen Tagen selbst aussehen, Lukios ...

Als ob er erraten hätte, was ich dachte, lächelte der Sklave mich aufmunternd an und sagte mit leiser Stimme freundliche Worte, die ich aber nicht verstehen konnte.

»Wie heißt du?«, fragte ich langsam.

Nach einem Moment des Zögerns kam die Antwort: »Kopres.«

»Lucius Ceionius Commodus«, sagte ich.

Er schüttelte den Kopf. Ja richtig, so konnte ein Sklave nicht heißen!

Wir gingen unter den Eukalyptusbäumen hinüber zu einem schilfgedeckten Gebäude aus sonnengetrockneten Schlammziegeln, dessen Holztüren weit geöffnet waren. Unten befand sich ein Stall, in dem einige kranke Tiere waren.

Mit fest geschlossenen Augen, den Kopf zur Erde gesenkt, standen sie an den Krippen und kauten Spreu; die Vorderblätter waren vom harten Zugseil durchgerieben und mit Geschwüren bedeckt, die Hälse waren voller eiternder Wunden, das ganze Fell schien von Grind überzogen zu sein und die Hufe waren breit auseinander gelaufen.

In einer Ecke des Stalls stieg eine schmale Treppe empor. Kopres bedeutete mir, ich sollte vorangehen. Der Raum oben schien ein Aufenthaltsraum für die Sklaven zu sein. Er hatte einen Fußboden aus Holzdielen und wenige kleine Fenster. Auf dem Boden befanden sich mehrere aus Schlamm geformte, mit Matten belegte Schlafsäcke. Seitlich an der Wand war eine Feuerstelle, in der getrockneter Tiermist lag. Von einem Haken hing ein kupferner Topf herunter. Ein Mädchen mit lang herabfallendem, schwarzem Haar, ungefähr in Kopres' Alter, hockte neben einer alten Frau, die trotz der Wärme, die hier herrschte, in Decken eingehüllt auf einer Schlafbank lag. Sie schien Fieber zu haben und sprach unverständlich vor sich hin.

Fortan sah ich meinen Herrn nur noch aus der Entfernung, wenn er mit dem Oberaufseher der Sklaven ein paar Worte wechselte und die Weisungen für den nächsten Tag erteilte. Auf der Stirn trug ich über dem rechten Auge nun sein Brandzeichen, ein großes A, damit, wenn ich in Zukunft einmal ins Dorf fahren würde, um Getreide abzuholen oder Mehl zum Markt zu bringen, jeder wusste, wessen Sklave ich war. Auch Kopres und Geli hatten dieses A über der rechten Augenbraue. Es bedeutete »Apion«. Apion war der Name unseres Besitzers.

Mit dem Brandeisen hatte mich ein älterer Sklave gezeichnet, während Kopres mich festhielt und ich vor Schmerz laut aufgeschrien hatte. In den ersten Tagen war das A rot und entzündet. Es tat auch sehr weh und alle sahen, dass ich neu war.

An den Dialekt hatte ich mich bald gewöhnt, schließlich sprach ich ihn beinahe selbst.

Meine Aufgabe bestand darin, Mehlsäcke von einem

Schuppen auf die Eselskarren zu laden, in denen das Mehl fortgefahren wurde. Die Hitze und der Staub brachten mich fast um, ich hustete dauernd und hatte quälenden Durst. Kopres lutschte immer an einem runden Kiesel, angeblich half das gegen Durst.

Er trank nur morgens, mittags und abends so wie die anderen auch.

Die Säcke waren zu schwer für mich. Kopres arbeitete neben mir. Wir fingen morgens früh an und arbeiteten noch lange nach Einbruch der Dunkelheit, da Apions Geschäft in dieser Jahreszeit sehr gut ging. Um die Mittagszeit kam Geli und brachte uns einen Krug Wasser und einen Teller mit Hirse- oder Linsenbrei. Einen Teller für uns beide, aus dem wir mit einem schmutzigen holzgeschnitzten Löffel nacheinander aßen. Kopres war sehr anständig zu mir. Ich meine, er übervorteilte mich nie. Und wie leicht wäre ihm das möglich gewesen! Er hätte mich einen Teil seiner Arbeit mitmachen lassen oder mir eine Portion meines Essens oder meines Wassers wegnehmen können. Aber im Gegenteil, er trug am Anfang sogar noch einen Teil »meiner« Säcke, damit Kalasiris, der Aufseher, mich nicht zu oft mit der Peitsche schlug, wenn er zweimal am Tag kam, um nach uns zu sehen.

Ich hatte ursprünglich angenommen, die Seeräuber hätten uns nach Nordafrika gebracht und fiel aus allen Wolken, als Kopres mir erklärte, wir seien in Ägypten.

Der Mühlenbetrieb befand sich etwa zwanzig Meilen ostwärts von Alexandria auf dem flachen Land, gar nicht weit von der Küste.

Kopres und ich kletterten eines Abends – es war noch vor Sonnenuntergang – auf die steinerne Umfassungsmauer des Anwesens. So weit mein Blick reichte, wogten endlos erscheinende Kornfelder, ab und zu durchbrochen von Wassergräben.

»Dort hinten liegt Alexandria.«

Ich strengte mich an, etwas zu erkennen, aber die Stadt lag im Dunst.

Ich sah sie nicht.

»Hinter den Kornfeldern fangen die Sümpfe an. Dort gibt es Krokodile und giftige Schlangen ...« Die Sümpfe des Nildeltas waren von hier aus nur zu vermuten. »Der nächste Nilarm heißt Heraklesmündung ...«

Ich hörte Kopres ohne besonderes Interesse zu. Alexandria, die Stadt, in der es einen Präfekten gab und Gerichtshöfe und Menschen, die meine Sprache sprachen, schien mir unerreichbar fern zu sein. Ich würde sie niemals sehen und selbst wenn, ja sogar dann würde man mich einsperren und für einen entlaufenen Sklaven halten ...

»Im Winter ist der Nil gelb«, berichtete Kopres. »Anfang Juni wird er hellgrün; im August, wenn die große Flut kommt, ist das Wasser rot und wenn es zurücktritt, liegt auf dem Land roter Schlamm ...«

Die wechselnde Farbe des Nils interessierte mich im Moment nicht besonders. Wer mochte der Mann gewesen sein, der Euphrat und Tigris gekauft hatte? Wahrscheinlich lebten sie nun irgendwo auf einem Bauernhof hier in der Nähe. Aber wo genau, das war die Frage. Und Titus und Flavilla ...

»Erzähl mir, wie du in die Sklaverei gekommen bist.«

Kopres sah mich erstaunt an. »Ich? O, ich war immer Sklave.«

»Waren deine Eltern auch schon unfrei?«

»Das weiß ich nicht, wahrscheinlich nicht. Sonst hätten sie mich kaum ausgesetzt ...

»Ausgesetzt?«

»Jedenfalls müssen sie sehr arm gewesen sein und vermutlich hatten sie nicht das Nötigste zum Essen. Als ich gerade geboren war, einige Leute behaupteten auch, ich sei schon ein paar Tage alt gewesen, da fand mich ein Sklave Apions auf einem Abfallhaufen vor dem Dorf. Normalerweise werden Mädchen ausgesetzt, weil sie später, wenn sie heiraten, doch nur eine Aussteuer kosten. Meine Eltern müssen also schon mehrere Kinder gehabt haben oder sehr arm gewesen sein, dass sie mich, einen Jungen, ausgesetzt haben. Der Sklave berichtete Apion, ich sei gesund und kräftig und es lohne sich, mich aufzuziehen. Unser Herr hatte Mitleid mit mir. Er bezahlte eine Amme, die Milch hatte für mich. Die Götter mögen es ihm vergelten. So wurde ich sein Sklave.«

»Da hattest du großes Glück.«

»Deswegen nannte er mich auch Kopres, ›der auf dem Mist ausgesetzte‹!«

Gelis Geschichte

Die Kalenden des Juni waren der Geburtstag Apions; ich war fast schon seit zwei Wochen Sklave im Mühlenbetrieb. Heute standen die Mühlen still. Es herrschte Festfreude. Für jeden Sklaven gab es einen Honigfladen, nicht so guten wie in Rom, versteht sich, aber immerhin – Honigkuchen. Auch die Zugtiere durften heute ausnahmslos einmal ausruhen und bekamen eine Sonderzuteilung frisches Heu in ihre Krippen.

Es wurden Lieder gesungen und Tänze zu Ehren Apions aufgeführt. Wir waren beinahe übermütiger Stimmung. Ältere Sklaven, die sich besonders verdient gemacht hatten, bekamen heute ein Paar Sandalen aus weichem Leder und ein leinenes Gewand geschenkt.

Kopres, Geli und ich hatten von vornherein keine Aussicht auf neue Kleider gehabt. Ich besaß zwar noch die Sandalen, in denen ich seinerzeit von zu Hause fortgelaufen war, trug sie aber bei der Arbeit nicht, da die Korksohlen vom Meerwasser verdorben waren und das Leder brüchig geworden war. Kopres und Geli hatten keine Schuhe. Sie gingen immer barfuß. Geli besaß zwei verwaschene Kleidchen aus grauem Leinen, die sie abwechselnd trug. Sie waren vielfach ausgebessert und trotzdem so schadhaft, dass keiner unserer Sklaven in Rom sie getragen haben würde. Kopres' einziges Kleidungsstück bestand aus einem kurzen Kittel aus rauem Stoff.

Es war sehr schön, einfach nur im Schatten der Mauer dazusitzen, ohne dass der Aufseher uns anherrschte, wir sollten wieder arbeiten und nicht miteinander schwätzen; wir verstanden uns nämlich sehr gut, obwohl Kopres und Geli ein paar Jahre älter als ich waren.

»Gibt es in dieser Gegend noch viele solche Großmühlen wie unsere?«, erkundigte ich mich, denn ich dachte immer an Euphrat und Tigris, denen es gewiss noch nicht gelungen war, bis zum Präfekten von Ägypten vorzudringen.

»Nicht weit von hier liegt noch eine Ölmühle. Sie gehört einem Mann namens Horion«, sagte Kopres.

»Kennt ihr die Sklaven von Horion?«

»Manche, die wir im Dorf treffen ...«

»Kommt ihr oft ins Dorf?«

»Das Dorf« war die Ortschaft mit dem Hafen, in dem der Seeräuber Attalos uns verkauft hatte.

»Ich war schon ein paarmal da«, sagte Geli, »ich hab mir den Hafen ganz genau angesehen. Wenn eine Fischversteigerung ist, darf ich manchmal mitgehen, um Fisch nach Hause tragen zu helfen ...«

»Ich war auch einmal im Dorf«, sagte ich und musste schlucken.

Einen Augenblick lang herrschte betretenes Schweigen. Nach einer Weile sagte Geli: »Sag noch einmal deinen richtigen Namen, den du vorher hattest, bevor du Sklave wurdest.«

»Lucius Ceionius Commodus.«

Geli kicherte.

»Es ist der Name eines römischen Bürgers«, sagte ich trotzig.

»Aber du bist ein Sklave.«

»Sklaven heißen anders ...«

»Ich bin wirklich Lucius Ceionius Commodus!«, rief ich.

»Nicht so laut! Nicht einmal Apion hat einen so vornehmen Namen. Und er ist auch kein römischer Bürger ...«

»Ich bin von Seeräubern entführt worden«, unterbrach ich Kopres, »als unser Schiff, die »Minerva« von Creta nach Kleinasien segelte. Dann hat mich ein Mann namens Attalos im Dorf auf dem Sklavenmarkt zu Unrecht verkauft. Vorher aber hieß ich Lucius Ceionius Commodus, ich wohne in Rom, Jupiterstraße, Haus der Diana. Mein Onkel ist Lucius Aurelius Commodus. Mein Großvater heißt ...«, den Rest schrie ich fast, »Marcus Aurelius Antoninus!« Ich schluchzte los.

»Sei still! Halt den Mund! So etwas darfst du nie wieder sagen!« Kopres und Geli schrien gleichzeitig auf mich ein.

Dann sagte Geli leise: »Marcus Aurelius Antoninus ist doch der Kaiser.«

»Ja«, antwortete ich. »Dann lügst du«, sagte Kopres.

»Ich schwöre bei Jupiter, Juno und Minerva, bei Isis und Serapis, dass er mein Großvater ist.«

Mein Schwur machte ziemlichen Eindruck auf die beiden.

Schließlich sagte Geli: »Selbst wenn es so wäre, würde sich für dich nichts mehr ändern. Du bist jetzt einer von uns.«

»Bei der ersten Gelegenheit werde ich fortlaufen.«

»Hör zu, Lukios«, sagte Kopres, »wir mögen dich doch auch, wenn du ein ganz normaler Mensch bist. Du musst nicht solchen Blödsinn erzählen, nur weil du nicht so viele Säcke schleppen kannst wie ich. Die wenigsten Menschen haben römisches Bürgerrecht. Ich wünschte auch, ich hätte es. Und ich habe mir sogar schon einen neuen Namen ausgedacht ...«

Sie glaubten mir nicht! Sie nahmen an, ich wollte mich bei ihnen wichtig machen!

»Marcus Petronius Maximus«, sagte Kopres, »hört sich doch besser an als ›der auf dem Mist ausgesetzte‹...

Maximus heißt ›der Größte‹. Petronius und Marcus sind normale römische Namen ...«

»Ich habe schon eine ganze Menge Geld gespart«, sagte Geli. »Wenn ich genug habe, werde ich mich von Apion freikaufen.«

»Man kann aber erst mit fünfunddreißig seine Freilassung beantragen«, sagte ich. »Und Geld muss man auch haben.«

»Ich hab schon eine Drachme!«, rief sie stolz.

»Eine Drachme – weißt du, wie viel du ungefähr kosten wirst? Zwischen achthundert und tausend! Die kriegst du in deinem ganzen Leben nicht zusammen.«

Gelis Stimme zitterte, als sie antwortete: »Wenn man gar nicht erst anfängt, bekommt man sie auf keinen Fall zusammen. Immerhin hab ich schon eine ...«

»Und warum willst du unbedingt frei sein?«

»Es ist nicht meinetwegen«, sagte Geli.

Kopres schien ihre Geschichte längst zu kennen. Vermutlich hatte sie sie ihm schon hundertmal erzählt. Er saß jetzt ganz still neben uns mit untergeschlagenen Beinen und hörte ihr zu.

»Wenn ich frei bin, werde ich sofort zum Hafen gehen

und das nächste Schiff nach Rom nehmen. Ich habe den Schiffsfahrplan genau angesehen, wie gesagt, ein paarmal war ich ja schon im Hafen ...«

»Und dann?«, fragte ich vorsichtig.

»Dann hole ich die Jungen raus«, sagte Geli. Es musste ein Entschluss sein, den sie schon vor langem gefasst hatte.

»Damals, als der Krieg ausbrach, waren sie noch sehr klein. Meine Mutter hatte mir aufgetragen, gut auf sie aufzupassen. Weil sie Zwillinge waren, waren sie immer gleich angezogen. Trotzdem sahen sie ganz verschieden aus: Der eine hatte gelocktes Haar, der andere glattes. Mein Vater war schon im Krieg umgekommen, er stand auf der Seite der aufständischen Armenier. Mutter starb an der Pest. Ich hatte ihr fest versprochen, die beiden Kleinen zu hüten wie meine Augäpfel. Nach Mutters Tod hatten wir wenig zu essen. Zum Glück kümmerte sich die Nachbarin um uns.

Eines Tages wurde unser Dorf von römischen Truppen erobert, vor ungefähr acht oder neun Jahren muss das gewesen sein. Die meisten Dorfbewohner gerieten in Gefangenschaft, wir auch. Ein paar Tage später wurden wir alle auf einer großen Auktion in die Sklaverei verkauft. Das kennst du ja, Lukios. Wir standen mit geweißten Füßen auf dem Podest und wurden, einer nach dem anderen, angepriesen. Mich wollte zunächst keiner haben – ich war ein ziemlich hässliches Mädchen. Damals gingen mir gerade die ersten Milchzähne aus, unterernährt war ich außerdem, und während der Auktion heulte ich fürchterlich.

Aber die Zwillinge waren noch zu jung, um den Ernst der Lage zu begreifen. Sie lachten und spielten miteinander. Mehrere Käufer fanden Gefallen an ihnen und überboten einander für sie, sodass ihr Preis mehr und mehr in die Höhe stieg. Zum Schluss bekam sie ein vornehm gekleideter römischer Herr. Nach mir fragte er natürlich nicht. Ich glaube nicht einmal, dass er überhaupt bemerkte, dass die hübschen Zwillingsbrüder eine ältere Schwester hatten, die auch versteigert wurde. Die beiden fürchteten sich überhaupt nicht vor dem Fremden ... Er nahm sie auf den Arm und trug sie fort. Sie spielten mit seinem Bart und sahen sich nach mir nicht einmal mehr um.

Dann wurde ich ebenfalls verkauft an unseren Apion, der zu dieser Zeit bei den Hilfstruppen im Partherkrieg diente und unbedingt auch eine armenische Erinnerung haben wollte. Armenische Sklaven waren Mode ... In meiner Verzweiflung hatte ich sofort gefragt, wer der Römer gewesen sei, der meine Brüder mit sich fortgetragen hatte ... Sie heißen Vartan und Massis. Die Leute wussten aber nur, dass er ein höherer Offizier war, der in Rom selbst lebte ...«

»Rom ist eine ziemlich große Stadt«, sagte ich nachdenklich. »Stell es dir nicht zu einfach vor, deine Brüder wieder zu finden. Wenn sie überhaupt noch in Rom sind ...«

Geli widersprach mir heftig: »Ich würde sie sofort wieder erkennen – Vartan hatte lockiges Haar und ein Muttermal auf der linken Schulter, Massis glattes, er hatte eine Narbe an der rechten Wade. Ein Hund hat ihn einmal ins Bein gebissen. Und sie *müssen* sich noch daran erinnern, dass sie eine Schwester namens Geli haben. Damals waren sie ungefähr drei Jahre alt ...«

»Angenommen, du hättest sie wirklich gefunden – was dann?«

»Ich kaufe sie natürlich frei«, sagte Geli fest.

Unmöglich, dachte ich, das schaffst du nie. Nicht einmal dich selbst wirst du loskaufen können. Und wenn, dann erst als alte Frau.

»Sei still«, fuhr mich Kopres an, ehe ich Bedenken äußern konnte, »sie wird sie sicher wieder finden, warum nicht?«

»Und wo war euer Dorf in Armenien?«

»In der Nähe von Artaxata. Zehn Meilen südlich von Artaxata, dort wo die saftigen Feigen wachsen. Manchmal habe ich Heimweh nach Artaxata.«

Heimweh – ein Römer weint nicht, versuchte ich zu denken, während in meiner Kehle ein Kloß zu wachsen schien und ich an unser Haus in der Jupiterstraße denken musste, an seine kühle Eingangshalle mit dem Duft nach welken Blumen und an die Palme im Innenhof und an Euphrat und Tigris und den Affen Bobo ...

»Was hast du, Lukios?«

»O Kopres, glaubt mir doch bitte, dass ich Lucius Ceionius Commodus bin ... Ich kann es beweisen. Man müsste mich nur bei den Behörden in Alexandria vorlassen. Wahrscheinlich gibt es dort Leute, die mich kennen würden. Aber es müsste mir eben einer glauben ...«

»Hör endlich auf«, sagte Kopres. »Das ist doch Unsinn. Es ist nicht schlecht, hier bei Apion in der Mühle zu leben ...«

»Es ist kein Unsinn. Es ist die Wahrheit. Jedenfalls kein größerer Unsinn als Gelis Wunsch, ihre Brüder wieder zu finden ...«

»Es besteht schon ein Unterschied«, sagte Geli. »Wenn du die Wahrheit gesagt hättest und wirklich dieser Lucius Ceionius Commodus wärst und tatsächlich der Enkel des Kaisers – was ich kaum glauben kann –, dann ...«

»Was wäre dann?«

»Apion würde dir die Zunge abhacken lassen, sowie er davon etwas erführe, außer er hält dich für verrückt. Aber sogar dann lässt er dir die Zunge abschneiden, denn wenn ein solches Gerücht auftaucht und sich verbreitet, kann es ihm nur schaden. Vergiss nicht, er hat sechshundert Drachmen für dich bezahlt.«

»Geli hat Recht. Wenn du Lucius Ceionius Commodus

bist, musst du den Mund halten. Glaubst du, Apion sehnt sich nach einem Skandal? Scherereien mag er nicht. Wenn du einen Funken Verstand hast, sei still.«

»Apion wollte einen billigen Sklaven haben. Natürlich hat er Attalos nicht danach gefragt, wo er dich herhatte. Ebenso gut hättest du ein gestohlener Sklave sein können«, sagte Geli.

»Ich werde nicht mehr behaupten, dass ich Lucius Ceionius Commodus bin«, flüsterte ich erschreckt. »Bestimmt nicht. Versprecht mir, dass ihr mir wenigstens glaubt.«

»Ich glaub's dir«, sagte Geli, während Kopres mit einer abwehrenden Handbewegung zu verstehen gab, dass er über die Angelegenheit erst noch einmal nachdenken wollte.

»Danke«, sagte ich. Ich fügte hinzu: »Wenn ich mit Hilfe der allmächtigen Götter irgendwann einmal frei sein werde, dann helfe ich dir bei der Suche nach deinen Brüdern. Das verspreche *ich* dir.«

Der große Plan

Es machte mir Mut, dass wenigstens Geli mir glaubte, dass ich Lucius Ceionius Commodus war. Genauer gesagt: Sie war der einzige Mensch hier, der wusste wer ich war. Ohne sie hätte ich im gleichförmigen Trott des Lebens bei Apion im Mühlenbetrieb, in der staubigen Hitze schwitzend und hustend, vergessen, dass ich alles daransetzen musste, von hier fortzukommen.

Abends nach der Arbeit pflegte Kopres im trüben Schein eines rußenden Öllämpchens in einem kleinen Schuppen seine Zaubermittel und Medizinen aus zerstoßener Schlangenhaut und allerlei getrockneten Kräutern zu mischen, eine

Kunst, auf die er sich verstand. Die anderen Sklaven nannten ihn deshalb den »Thaumaturgos«, den Zauberer. Hatte einer Fieber, dann wusste Kopres ein Mittel dagegen. Auch den kranken Tieren half er mit seinen Wunderpulvern. Während er in der schilfgedeckten Lehmhütte wirkte, saßen Geli und ich noch eine Zeitlang unter einem der Eukalyptusbäume zusammen, und Geli fragte mich danach, wie es in Rom sei, ob es dort viele Mühlen gäbe wie hier und was die Sklaven da zu tun hätten.

Ungefähr eine Woche nach Apions Geburtstag sagte Geli abends mitten im Gespräch mit mir ganz unvermittelt: »Wenn es so ist, Lukios – dann gibt es nur eins …«

Erwartungsvoll sah ich sie an. Ihre Augen waren jetzt weit aufgerissen und ihre Nasenflügel zitterten. Ehe sie weitersprach, blickte sie um sich. Nur ein paar Hunde spielten in unserer Nähe miteinander.

»Du musst nach Alexandria gehen. Nur dort kann man dir weiterhelfen.«

»Ich werde keine zwei Meilen von hier fortkommen. Die Hunde würden mich sehr bald wieder aufspüren.«

»Richtig. Deshalb werde ich dir helfen. Lass mich nur machen. Ich habe mir einen Plan ausgedacht …«

Wir flüsterten jetzt. Ich zitterte vor Aufregung, als sie mir erklärte, wie sie sich meine Flucht vorstellte.

»Keiner darf zunächst merken, dass du geflohen bist, das ist die Hauptsache. Morgen wirst du so tun, als seist du krank. Ich werde dich pflegen und Kopres wird mir helfen. Einen Tag lang werden wir behaupten, du seist fieberkrank. Niemand außer uns wird nach dir sehen. Am zweiten Tag werde ich morgens plötzlich schreien, du seist fortgelaufen. Dann erst werden sie mit den Hunden nach dir suchen. Bis dahin bist du bereits in Alexandria. Bis Canobus sind es zehn Meilen. Dort musst du dich über den Fluss bringen lassen.

Von Canobus aus hast du noch zehn weitere Meilen nach Alexandria zu laufen. In der ersten Nacht wirst du mühelos bis nach Canobus kommen. Es wird kühl sein. Du musst nur der Straße folgen …

Der Plan war gut durchdacht und dennoch erschrak ich beim Gedanken daran, dass ich ihn wirklich ausführen sollte.

Geli sprach von meiner Flucht so selbstverständlich, als handelte es sich um einen gemütlichen Spaziergang unter den Eukalyptusbäumen, die hier im Hof standen.

Am nächsten Morgen erschienen mir die Mehlsäcke leicht wie nie zuvor. Noch ahnte Kopres nichts von unserem Vorhaben. Geli wollte ihn erst später einweihen. So spät wie möglich, hatte sie gesagt, damit er sie nicht mehr von unserem Fluchtplan abbringen könnte. Kopres war Apion dankbar dafür, dass er ihn seinerzeit aufgezogen hatte und bemühte sich darum, ein seinem Herrn ergebener, zuverlässiger Sklave zu sein.

Aber ich – wie hätte ich ein ergebener zuverlässiger Sklave sein können? Geli verstand mich und meinen Wunsch, wieder frei zu sein, vielleicht auch deshalb besser als Kopres, weil sie selbst nicht ewig und für alle Zeiten Apions Sklavin sein wollte.

Ich tat wie verabredet. Schon morgens jammerte ich über Kopfschmerzen. Der gute Kopres war sehr besorgt um mich.

»Du verträgst das Klima nicht. Das habe ich schon am ersten Tag gemerkt. Setz dich dort rüber in den Schatten und ruh dich ein bisschen aus …«

Nachmittags sagte ich zu ihm: »Kopres, ich halte es nicht mehr aus. Ich muss ins Haus gehen und mich hinlegen. Außerdem ist mir, als ob ich Fieber hätte …«

Er befühlte meine Stirn. »Es kann nicht sehr schlimm sein.

Aber geh nur. Ich werde es vor dem Aufseher schon vertreten …«

Ich wankte davon, wie es sich für einen Kranken gehörte. Abends sah Kopres noch einmal nach mir. Geli hatte ihn bereits eingeweiht.

Es war ja wichtig, dass er in diesem Spiel mitspielte, und sie fühlte sich nun sicher genug.

Kopres schien nicht böse zu sein. Das erkannte ich sofort an seinem Blick. »Geht's dir besser, Lukios?«

»Nein, nein«, stöhnte ich. Es waren noch mehr Sklaven im Raum.

»Es könnte Malaria sein«, sagte er. »Wir müssen dich in die Hütte im Hof bringen. Dort wirst du allein sein und niemanden anstecken.« Zu Geli sagte er halblaut: »Es geht ihm ziemlich schlecht. Sieh bitte nach, ob in der Hütte frisches Stroh ist …«

Eine ältere Frau trat zu uns und warf mir einen besorgten Blick zu. »Er phantasiert …«

Sie gab Kopres den Rat, mir feuchte Umschläge zu machen. Mir fiel auf, dass alle Leute auf Apions Mühle Kopres als eine Art Arzt ansahen.

»Nein, nein. Feuchte Umschläge helfen ihm nicht. Ich werde mich nachher zurückziehen und eine Medizin für ihn anrühren. Das muss bei Mondschein geschehen, sonst wirkt sie nicht …«

Einer der Maultiertreiber hing mir ein Amulett um den Hals.

Gelis Plan war gut eingefädelt, aber die Hilfsbereitschaft meiner Mitsklaven erschien mir gefährlich. Spätestens morgen früh würden sie vorsichtig durch das Fensterloch meiner Hütte lugen, nur um sich davon zu überzeugen, ob ich noch lebte.

»Ich werde um Mitternacht hinausgehen und die Götter

für deine Gesundheit anflehen«, versprach ein Junge in meinem Alter.

»Lass ihn in Frieden. Er braucht jetzt Ruhe, vor allem Ruhe und viel Schlaf«, rief Kopres.

Ich atmete auf, als ich endlich in der Hütte war!

Kopres hielt das flackernde Öllämpchen in Brusthöhe, sodass ich sein Gesicht nicht sehen konnte. Er räusperte sich und sagte: »Isis und Serapis mögen dich beschützen.«

»Ich muss noch wissen, wie ich am schnellsten zum Forum komme, wenn ich in Alexandria bin …«

»Du kommst zunächst durch die Vorstadt Nikopolis, an einem großen Amphitheater und am Hippodrom vorbei. Dann gehst du durch das Tor der Sonne in die eigentliche Stadt hinein. Nach einer Weile siehst du einen Platz mit Tempeln und Säulengängen, dann bist du da. Ganz in der Nähe befinden sich das Dikasterion und der Hadrianspalast. In Alexandria weiß niemand, dass du Apions entlaufener Sklave bist. Sei also nicht ängstlich. Wenn dich jemand fragt, sag, es ginge um eine wichtige Angelegenheit. Dein Herr hätte dich geschickt, da er selbst verhindert gewesen sei …«

Ich nickte.

Er reichte mir wortlos ein Päckchen.

»Was ist das?«

»Es ist Pfeffer, gemischt mit zerriebenem Glas. Wenn du das auf deine Spur streust, wirst du die Hunde irreführen. Für alle Fälle.«

»Vielen Dank für alles«, sagte ich. *»Chaire.«*

Als er gegangen war, legte ich mich auf das mit Stroh bedeckte Lehmbett, zog die Decke über mich und lauschte. In den Eukalyptusbäumen sangen die Zikaden.

Zwanzig Meilen … Die Hauptsache ist, dass ich beim Präfekten vorgelassen werde oder dass ich irgendeinen Menschen dort treffe, den ich kenne … Zwanzig Meilen sind wirklich nicht weit. Die Nacht wird angenehm kühl sein. Ich kann gemächlich gehen. Morgens lasse ich mich über den Fluss bringen …

Leise Schritte näherten sich der Hütte.

Geli kam gar nicht erst zu mir herein. Durch das winzige Fenster hauchte sie – nur mit Mühe konnte ich sie verstehen –: »Komm jetzt, komm ganz schnell mit mir zur Mauer!«

Geräuschlos erhob ich mich, schlüpfte durch die Tür und folgte ihr im Schatten der Bäume quer über den staubigen Hof, bis wir vor der altersschwachen Mauer waren.

Geli drückte mir ein kleines Bündel mit allerlei Lebensmitteln und eine mit Wasser gefüllte Lederflasche in die Hand. Dann hing sie mir eine Schnur um den Hals, an der ein faustgroßer Beutel hing.

»Von Kopres. Wenn du dich mit diesem Pulver einreibst, brauchst du keine Insektenstiche zu fürchten. Es vertreibt Fliegen und Stechmücken …«

Kopres hatte einfach an alles gedacht!

»An dieser Stelle sind besonders viele Schlammziegel herausgefallen; es wird nicht schwer sein, hochzuklettern …«

»Ich danke dir. *Chaire.*«

»Wenn du frei bist, musst du mir helfen, meine Brüder zu suchen.«

»Bei Isis. Das verspreche ich dir.«

»Es wird ganz anders sein, wenn du in Freiheit bist. Dann wirst du uns vielleicht vergessen …«

»Nein, niemals.«

Und noch etwas gab sie mir. Es war ein rundes metallenes Stück, eine Münze. »Nimm das. Für die Überfahrt über den Nil. Du musst schnell gehen. Je eher du in Alexandria bist, desto besser.«

Wie ein Schatten entfernte sie sich, so lautlos wie sie gekommen war, und verschwand schließlich drüben im Haus. Ich sah ihr einen Moment lang nach. Danach war ich ganz allein. Aber ich durfte keine Zeit verlieren. Ein zweites Mal würde die Flucht nicht so einfach sein. Vorsichtig suchte ich mit einer Hand Halt in der unregelmäßig aufgeschichteten Mauer. Mit wenigen Zügen war ich oben. Noch müheloser war es, herunterzuklettern. Gleich vor der Mauer rauschte eines der endlos erscheinenden Weizenfelder. Ich ging an der Mauer entlang, bis ich die Straße erreicht hatte. Sie war vom Mond beleuchtet und völlig einsam. Die Luft roch hier besser als innerhalb der Mauer in Apions Mühlenbetrieb, frisch und kühl. Ich rannte los. Meine nackten Füße klatschten auf das Pflaster der Straße unter mir.

Ich war frei!

Die Straße nach Alexandria

Kein Mensch außer mir war um diese Zeit unterwegs. Ich ging nun ganz gemächlich. Die Steine der Straße unter mir fühlten sich warm an. Aber ein leichter Wind, der von der Küste her wehte, machte die Luft angenehm kühl. Die Kornfelder zu beiden Seiten der Straße rauschten in der Brise, die Zikaden zirpten. Es war Vollmond. Mein Schatten war lächerlich lang.

Ich hielt Gelis Geschenk gegen das Mondlicht. Ihr lieben Götter, eine ganze Drachme – ihr gesamtes Vermögen, viel mehr als die Überfahrt über den Fluss überhaupt kosten konnte.

Nach etwa einer halben Meile hörten die Kornfelder auf, stattdessen wuchsen Obstbäume am Wegrand. Gelegentlich kam ich über schmale Brücken, die über träge dahinfließende breite Wassergräben führten. Die Nilschwemme setzte hier oben im Delta um diese Zeit langsam ein. Es war die Nacht zwischen dem zweiten und dem dritten Tag nach den Nonen des Juli, wie ich von Kopres erfahren hatte (die Nacht zwischen dem 9. und 10. Juli). 50 Tage lang steigt der Nil an, in 80 Tagen fällt die Flut wieder. In den letzten Augusttagen und den ersten Septembertagen würde das Deltaland vom Wasser fast überall bedeckt sein. Bis an die Mauern von Apions Gehöft pflegte das Hochwasser zu spülen. Ich kam auch an schon abgeernteten Getreidefeldern vorbei. Gespenstisch ragten inmitten von Feldern hohe Taubenhäuser aus übereinander gesetzten Tonkrügen in den helleren Himmel hinein.

Etwas unruhig war ich schon. Ob ich sofort beim Präfekten von Ägypten vorgelassen werden würde? Und dann? O ihr Götter! War ich etwa schon dabei, Geli und ihre Brüder zu vergessen?

Als meine Füße fast wund gelaufen waren auf dem ungewohnten Steinpflaster und der Himmel ganz langsam heller wurde, hörte die Straße plötzlich auf. Ich stand vor der steil abfallenden Uferböschung des Canobus, des Nilarms, der bei der Stadt Canobus ins Meer fließt. Hellstämmige Eukalyptusbäume und breitkronige Akazien säumten die beiden Ufer. Auf der anderen Seite lag ein Fährschiff mit einem erstaunlich hohen weißen Segel. Sein Kiel war aufs Land hochgezogen. Träge wälzte sich das grün-blaue Wasser nach Norden. Ich setzte mich unter einen Eukalyptusbaum und sah hinüber. Zwischen den Stämmen drüben befanden sich ein paar Häuser aus grau-braunen Nilschlammziegeln, deren Dächer mit Palmwedeln bedeckt waren.

Ich musste eingenickt sein, denn ich wurde erst wieder wach vom Singsang eines Bauernjungen, der einen Büffel aus dem Dorf trieb. Ich rieb mir die Augen. Das große weiße Segel kam langsam auf mich zugeschwebt. Gleichzeitig bemerkte ich, dass ich nicht mehr allein war. Einige Leute standen um mich herum, zum Teil mit allerlei Gepäck und Früchten und Gemüse. Hühner gackerten. Ich entnahm dem, was die Ägypter sagten, dass sie zum Markt nach Alexandria wollten und auf das Fährboot warteten. Das Segelschiff legte an. Alle drängten sich an Bord. Der Fährmann kassierte von jedem den Fahrpreis, eine halbe Obole. Er zog die Augenbrauen erstaunt hoch, als ich ihm meine silbrig glänzende Drachme reichte. Dann begann er umständlich in seinem ledernen Geldbeutel zu kramen. Ich sah noch einmal zurück auf die Straße, die zu Apions Mühle führte. Ein Mann kam auf uns zugerannt. Er winkte, wohl in der Hoffnung, dass man ihn noch vor der Abfahrt bemerkte.

»Warte noch«, sagte ich zu dem Fährenbesitzer, der immer noch nach Wechselgeld suchte und sich offenbar schwer tat, mir herauszugeben. Im nächsten Moment hätte ich mich am liebsten kopfüber in die Fluten des Canobus gestürzt. Dummkopf, *nepios*, der ich gewesen war! Der Mann war Kalasiris! Kalasiris, der Oberaufseher Apions, der mich mehr als einmal mit der Peitsche geschlagen hatte.

»Ich schenk's dir«, sagte ich zu dem langsamen Charon, der mir daraufhin einen Blick zuwarf, als sei ich geistesgestört, und vor Freude über das unerwartete Geschäft den gestikulierenden Kalasiris vergaß – mein Glück. Kalasiris schrie einen ärgerlichen Fluch hinter uns her, als wir langsam zum anderen Ufer ablegten. Er hatte mich nicht erkannt; o Isis, o Serapis, Anubis und Bes und all ihr anderen gütigen ägyptischen Götter – dieser Augenblick entschied meine weitere Zukunft: Kalasiris hatte mich nicht entdeckt!

Wohin er wohl wollte, Apions Aufseher? Etwa nach Alexandria? Ich verließ die Fähre ziemlich hastig und trabte mit Höchstgeschwindigkeit durch das Dorf. Eine Menge Leute waren auf der Straße nach Alexandria trotz der frühen Stunde schon unterwegs. Ich überholte einige würdig dahinschreitende Dromedare, deren Reiter gelangweilt geradeaus sahen, und drängte mich an gemächlich voranholpernden Maultierkarren vorbei. Verwunderte Blicke streiften mich. Ich sah ein, dass ich mich verdächtig machte, wenn ich so weiterrennen würde. Ich benahm mich haargenau wie ein entlaufener Sklave. Diese Straße war zu belebt! Warum hatte weder Kopres noch Geli mich darauf hingewiesen, dass in den frühen Morgenstunden auf der Via Canopica vor Alexandria ein Betrieb herrschte wie um die gleiche Zeit auf den Straßen vor Rom?

Und wenn Kalasiris mich plötzlich überholen würde? Hatte er sich womöglich im Dorf ein Kamel gemietet? Panische Angst überfiel mich. Zehn Meilen vor dem Palast des Präfekten durfte meine Flucht nicht schon scheitern!

Unvermutet mündete eine Seitenstraße ein. Erleichtert verließ ich die belebte Via und ging auf das Dorf zu, zu dem der schnurgerade Weg hinführte. Rechts und links weidete Vieh auf den sattgrünen Wiesen. Zuweilen deuteten Wasserräder, von denen nur die obere Hälfte sichtbar war, auf den Verlauf eines kleineren Kanals; sie drehten sich unermüdlich und verluden beim Drehen mit ihren zahlreichen Schaufeln das Wasser in eine entgegengesetzte Richtung. Das Geräusch dieses fortwährend umgeschaufelten Wassers ging mir nicht mehr aus dem Ohr. Weiße Kuhreiher standen zwischen den behäbigen Wasserbüffeln. Das Land war hier so flach, dass es den Anschein hatte, als liefen am Horizont große weiße Segel über die Wiesen und Felder, weil man den tiefer gelegenen Nilkanal, auf dem die Schiffe fuhren, nicht sehen konnte.

Scharen von Tauben flatterten über den Weiden. Die auffallend großen Taubenhäuser waren alle gleich gebaut: Über einem aus Schlammziegeln errichteten Sockel war eine Pyramide von Tonkrügen mit Ausflugslöchern aufgeschichtet. Am Sockel war in der Regel ein Eingang. Ich ging auf ein solches Haus zu und sah vorsichtig hinein. Drinnen war es völlig leer bis auf zwei pralle Säcke, die vielleicht Linsen enthielten. Ich beschloss, mich hier bis zum Abend etwas auszuruhen und abends nach Alexandria weiterzugehen.

Ich setzte mich neben die Säcke in den kühlen Schatten und trank etwas Wasser. Dann lehnte ich meinen Kopf an die Mauer, schloss die Augen und hörte noch eine Weile dem Gurren der Tauben über mir zu, ehe ich fest einschlief.

Anubis, der schakalköpfige Gott

Ich erwachte gegen Abend. Es war noch immer drückend heiß. Draußen trieb ein Hirtenjunge eine Ziegenherde vor sich her zum Dorf. Ein schwarzer Hund half ihm dabei. Ich aß ein paar Bissen von dem Fladenbrot, das Geli mir eingepackt hatte, und überlegte, dass es nicht sehr sinnvoll war, jetzt schon loszugehen. Ich wäre in diesem Fall schon um Mitternacht in der Stadt gewesen oder sogar noch früher. Stattdessen wollte ich erst später in der Nacht losgehen, um beim ersten Morgengrauen in Alexandria anzukommen. Ein paar Stunden wartete ich also noch im Taubenhaus. Dann ging ich den Weg zurück, den ich gekommen war, bis zur Via Canopica, auf der ich jetzt unbesorgt weiterlaufen konnte. Bald hatte ich den Meilenstein erreicht, der mir anzeigte, dass ich noch ganz genau acht Meilen bis zur Stadt vor mir hatte.

Acht Meilen, nur noch acht Meilen!

Ich malte mir aus, ich hätte ein Pferd, ein starkes dunkelbraunes Pferd, und ich säße auf ihm und ritte in die Stadt und es wäre Tag. Das Pferd tänzelte die Straße entlang. Mühelos kamen wir voran.

Ganz plötzlich waren Stimmen zu hören. Jemand rief im schönsten Römisch: »Da kommt einer!«

Mein Pferd blieb stehen ... *Ich* blieb stehen und sagte verwirrt: »Guten Abend.«

Zwei Soldaten tauchten aus dem Dunkel vor mir auf und stellten sich mir in den Weg.

»Wo willst du hin?«, fragte der eine auf Griechisch.

»Zum Präfekten in Alexandria. Ich heiße Lucius Ceionius Commodus ...«

Sie lächelten ungläubig. Ein dritter Soldat kam heran und leuchtete mir mit einer rauchenden Pechfackel ins Gesicht. Im Dunkeln sahen die drei fast gleich aus. Ich hatte Angst vor ihnen. »Haltet ihn fest«, sagte der mit der Fackel. »Er ist davongelaufen.«

»Das ist nicht wahr!«, schrie ich.

»Er gehört Apion«, sagte der, der Griechisch sprach, »ich sehe es an der Brandmarke über seinem Auge.«

»Das Lügen hilft dir nichts«, sagte sein Gefährte. Er hatte einen ausgeprägten stadtrömischen Akzent, als er jetzt ebenfalls Griechisch sprach. Er packte mich an der Schulter.

Ein Pferd hätte ich haben müssen. Ich wäre ihnen einfach davongaloppiert! Es ist dunkel, dachte ich, das ist deine einzige Chance.

Und sie hatten keine Hunde bei sich ...

»Also, ich gebe es ja zu«, sagte ich weinerlich, »Apion hatte mich gekauft ...«

»Lügen hilft überhaupt nichts«, sagte der, der mich hielt.

Ich heulte los. »Es tut mir so Leid ...«

Sofort lockerte er seinen Griff etwas.

Die Wachstation lag gleich neben der Straße. Aber offenbar waren sie dort nur zu dritt. Und dahinter konnte ich entlang der Via Canopica Grabsteine erkennen, nur auf der einen Seite, auf der anderen waren Kornfelder.

»Ich hatte solches Heimweh«, sagte ich aufschluchzend.

»Sieh mal, ich hab schließlich auch manchmal Heimweh«, sagte der Römer. »Ich laufe aber deswegen nicht weg. Könnte ich auch gar nicht. Wo kämen wir hin, wenn jeder, der mal Heimweh hat, weglaufen würde ...« Die beiden anderen nickten dazu. Ich merkte, dass ich ihnen Leid tat. Der Römer nahm die Hand von meiner Schulter und hielt mich an der linken Hand fest, während wir auf die Wachstation zugingen.

Blitzschnell bückte ich mich und biss ihn mit aller Kraft in die Hand, mit der er mich hielt. Mit zwei Sätzen rutschte ich die Böschung seitlich an der Straße hinunter und flitzte hinter die Grabsteine. Sie waren immerhin zu dritt und stürzten sofort hinter mir her. Der Römer stieß einen markerschütternden Schrei aus. Anscheinend war er in eine Opuntienhecke hineingestolpert. Diese Kakteen wuchsen im Straßengraben und begrenzten auch einzelne Gräber. Ich hatte selbst Stacheln an Armen und Beinen abbekommen, kümmerte mich aber jetzt nicht darum. Der mit der Fackel leuchtete in die verkehrte Richtung. Dort raschelte es im Gebüsch, irgendein Tier flatterte, aus dem Schlaf geschreckt, davon. Aufatmend kroch ich hinter ein größeres Familiengrab und sah mich um. Ein Stück weiter ab von der Straße befand sich eine Gruppe marmorner Grabgehäuse, um die herum Zypressen angepflanzt waren. Einen Moment lang hielt ich mich ganz ruhig, dann schob ich mich im Schatten der Grabsteine dort hinüber. Ich hatte unheimliches Glück; das zweite Grabmal der Gruppe war wie ein richtiges kleines Haus, zweigeschossig, mit einem Säulengang unten und einem oben. Zwischen den Säulen standen die lebensgroßen Steinstatuen der Verstorbenen. Zitternd vor Aufregung, schlich ich mich zwischen die Säulen vor dem Eingang. Mir war nicht recht geheuer und ich fürchtete mich sehr davor, dass ich die Manen der Toten nun auf mich aufmerksam gemacht hatte.

»Es war ein Rebhuhn«, brüllte der Römer. »Er muss irgendwo drüben stecken.«

»Nein, dahin ist er gerannt«, schrie der mit der Fackel und deutete in die Richtung des Grabhauses, in dem ich stand. Ich lehnte mich verzweifelt gegen die hölzerne Tür und – allmächtige Götter – mit einem leise knirschenden Geräusch gab sie nach; fast wäre ich ins Innere hineingefallen. Die Soldaten hatten kehrtgemacht und stapften in Richtung auf mein Versteck. Meine Zähne schlugen vor Grauen aufeinander, als ich ganz in das Grab hineintrat und die Holztür behutsam hinter mir zuzog. Drinnen roch es modrig. In der Wand befanden sich kleine Nischen mit den Aschenurnen der Toten. Hierhin würde mir so schnell keiner nachsteigen.

Den Manen der Unterwelt schien ich jedenfalls vorerst gleichgültig zu sein. Sie kümmerten sich nicht um mich ...

Der mit der Fackel beleuchtete jetzt gerade das Grabmal, leuchtete zwischen die Säulen des Eingangs – durch die Ritzen der Tür fiel Licht nach innen herein, und erst jetzt bemerkte ich das Loch, neben dem ich stand. Ich roch den Rauch der Fackel.

Es war ein tiefes Loch.

»Er könnte drin sein!«, rief der Römer.

Es war kein Loch, sondern eine schmale Treppe, die hinunterführte. Mit dem Fuß tastete ich nach den Stufen und stieg ganz hinunter, bebend vor Entsetzen. Was ich tat, war mein sicheres Verderben. Die Stiegen führten etwa mannstief hinunter und ich stand plötzlich in einer Art Felsenkeller, in dem sich höchstwahrscheinlich noch weitere Gräber befanden.

»Er ist nicht hier«, rief der Römer, »er hat uns irregeführt und läuft wahrscheinlich weiter nach Alexandria …«

»Glaub ich nicht«, sagte der mit der Fackel. Es klang von hier aus ganz entfernt.

»Ich möchte nicht von einer Schlange gebissen werden«, rief der dritte Soldat mürrisch. »Wir können morgen weiter nach ihm suchen. Er wird nicht weit gekommen sein …«

Wie recht er hatte.

»Und wenn er doch noch irgendwo zwischen den Gräbern versteckt ist?«, hörte ich wieder den mit der Fackel.

»Er könnte sich auch auf die andere Seite der Straße geschlagen haben. Jedenfalls wollte er nach Alexandria. Dort müssen wir ihn suchen …«

Aber der Dritte schien keine Lust mehr zu haben weiterzusuchen.

»Beschützt mich, Götter der Unterwelt«, murmelte ich in die Stille. Ich tastete mich an einer Wand entlang und berührte nach einer Weile die Beine einer in Stein gehauenen Gestalt.

»Wer immer du bist, beschütze mich«, betete ich.

»Wartet doch bis morgen, bis wir die Hunde haben, die finden ihn sofort«, hörte ich einen meiner Verfolger sagen.

Mein Herz klopfte sehr schnell und sehr laut.

Der Fackelträger und der mit dem stadtrömischen Akzent gaben nicht auf. Ich hörte sie noch längere Zeit in meiner nächsten Nachbarschaft herumkriechen und gegen die Grabsteine schlagen, die über mir standen.

»Ich beobachte die Straße«, verkündete nach geraumer Weile der Dritte, der es mit seinen Pflichten offenbar nicht so genau nahm.

»Da!«, schrie der Fackelträger bei ihm. Aber sie hatten vermutlich nur wieder ein Tier aufgeschreckt. Danach hörte ich sie fluchen.

Sie suchten noch sehr lange und wirklich gründlich in immer weiterer Entfernung von meinem Versteck.

Ich betastete den Gott, vor dem ich stand, um herauszufinden, wer er war. Er trug die Uniform eines römischen Kaisers, so viel hatte ich schnell heraus, aber mit seinem Kopf war etwas nicht in Ordnung. Es war kein Helm, den er trug, nein, auf seinen Schultern saß vielmehr der spitze Kopf eines Hundes. Es war der hundeköpfige Gott der Ägypter, Anubis, der mich gerettet hatte.

Mit immer noch zittrigen Fingern wühlte ich die Lederflasche aus meinem Beutel hervor und trank sie in durstigen Zügen halb leer. Essen konnte ich jetzt nichts. Ich war zu aufgeregt. Zugleich überlegte ich, dass ich hier nicht allzu lange bleiben durfte. Noch vor Tagesanbruch musste ich von hier verschwinden ... Die Hunde nämlich würden mich sofort aufspüren ...

Aber wohin? Der Rückweg zur Straße und der Weg nach Alexandria waren jetzt versperrt. Und wie sollte ich meine Spuren verwischen?

In den Sümpfen des Nildeltas

Es war ein sehr langer Gang. Die Dunkelheit war undurchdringlich, aber der Boden war eben, manchmal stieg er leicht an. Etwa eine halbe Meile mochte ich gegangen sein, vielleicht auch ein kürzeres Stück. Ich befand mich in einem Gang einer gewaltigen Gräberstadt, in einer der Kalkstein-Katakomben vor Alexandria. Und ich wusste auch, dass diese unterirdischen Grabstätten in der Regel mehr als nur einen Eingang hatten. Zudem vertraute ich jetzt darauf, dass der hundeköpfige Gott mir beistehen würde. Ein paar Mal konnte ich die Sterne durch einen Luftschacht sehen. Schließlich weitete sich der Gang zu einem viereckigen Raum mit runden Nischen in den Ecken. Von einer dieser Nischen führte eine Treppe nach oben.

Zwei, drei Stunden mochten vergangen sein. Aber ich war noch hellwach. Draußen war alles still. Nicht einmal die Zikaden waren um diese Zeit zu hören. Länger wollte ich nicht mehr warten.

Behutsam spähte ich hinaus. Ich stand am Rand einer Straße. Keine Menschenseele war zu sehen. Fast bedauerte ich es, ein Versteck zu verlassen, in dem ich so sicher gewesen war. Vor den Eingang der Katakombe streute ich etwas von Kopres' Pfeffer, und auch, als ich weiterging, verteilte ich das Wunderpulver vorsichtig hinter mir, ohne allzu großes Zutrauen. Nach einer Weile begann ich zu laufen. Ich wollte möglichst weit weg von der Wachstation fortkommen, solange die Dunkelheit noch anhielt. Bald hatte ich den Friedhofsbereich verlassen. Und ganz unvermittelt stand ich auf einer Brücke, die über einen breiten Kanal hinwegführte. Auf der anderen Seite des Kanals begann ein Weizenfeld. Ein kleiner Wassergraben trennte es von einer Obstplantage. Ich verließ die große Straße und stieg in den Graben. Er war aus Ziegelplatten gemauert. Das lauwarme Wasser reichte mir bis knapp unter die Knie. So schnell es überhaupt möglich war, watete ich mit der schwachen Strömung voran. Auf dem Boden lag feiner Schlamm, ich wäre ein paar Mal fast darauf ausgeglitten. Es herrschte Totenstille. Nur das Wasser im Graben plätscherte leise, während ich mich vorwärts bewegte. Nach schätzungsweise einer Meile endete das Ziegelbett des Grabens und er floss träge im Schlamm weiter.

Ich sah zum Himmel hoch. Ganz langsam nahm er eine hellere Farbe an. Wie weit war ich gelaufen? Und wo war ich? Ich wusste es nicht genau. Um mich herum wucherten

Schilf- und Papyrusstauden. Der Boden war hier überall leicht sumpfig. Ich bahnte mir einen Weg durch das Schilf. Ob sie mich bis hierhin verfolgen würden?

Meine Beine und Arme waren bald vom Schilf zerkratzt, und ich spürte plötzlich, dass ich Hunger hatte. Der Papyruswald wurde immer undurchdringlicher. Mit Mühe kämpfte ich mich durch Unterholz und Röhricht. Mit dem Messer, das sich ebenfalls in meinem Gepäck befunden hatte, schnitt ich mir den Weg frei, denn meine Hände waren jetzt schon blutig aufgerissen. Langsam wurde es heller.

Ich steuerte einen Wasserweidenbaum an, der aus dem Schilf herausragte, band meinen Gürtel um das Lebensmittelbündel und hing es mir um den Hals, sodass ich beide Hände frei hatte. Ich kletterte den Baum hoch. Ganz oben fand ich eine Astgabel, in der man bequem sitzen konnte. Ich legte mein Päckchen neben mich und wartete ab, bis es heller Tag war.

Sehr schnell wurde es drückend heiß. So weit mein Blick reichte, sah ich nichts als Schilf und Papyrus, manchmal einen Baum darin. Einen der Nilarme, den Canobus oder eine Stadt konnte ich, kurzsichtig wie ich bin, leider nicht erkennen. Auch die Straße nach Alexandria bemerkte ich nicht. Das gab mir ein Gefühl der Sicherheit. Also war ich weit genug gekommen! Selbst wenn Verfolger sich bis hierher durchschlagen würden, musste ich sie vorher sehen, und ob sie mich oben auf meinem Baum entdecken würden, war höchst fraglich. Die Luft flimmerte über dem Papyrussumpf. Sogar im Schatten der Baumkrone fand ich die Hitze fast unerträglich. Mein Kopf schmerzte. Sumpfenten flatterten über das Schilf und es raschelte überall im dürren Unterholz. Ab und zu war ein seltsames Geräusch zu hören, das sich anhörte wie entfernter Donner oder wie Hundegebell. Ich konnte mir nicht erkären, woher es kam.

Langsam trank ich das restliche Wasser, das die Lederflasche noch enthielt. Mit Heißhunger aß ich das trockene Fladenbrot dazu und die getrockneten Feigen. Nüsse und ein paar klebrig-süße Datteln hob ich mir für später auf.

Ich machte mir einen Plan. In der Nacht, gleich nach Einbruch der Dunkelheit, wollte ich mich auf den Weg machen. Irgendwo musste der Sumpf schließlich ein Ende haben, dann würde ich den Nil und sogar das Meer erreichen. Von dort aus würde es leichter sein, sich zu orientieren. Mit aller Vorsicht musste ich dann eben doch versuchen, nach Alexandria zu kommen und dort dem Präfekten einen Brief unter der Tür seines Palastes durchzuschieben. Das war die Lösung. In diesem Brief würde ich alle Umstände meiner Entführung und meines Verkaufs an Apion darlegen …

Lucius Ceionius Commodus an den Präfekten von Ägypten …

Ich, Lucius, bin, obwohl römischer Bürger, von Seeräubern in die Sklaverei verkauft worden. Sklavenjäger mit ihren Hunden sind mir auf den Fersen …

Verständigen Sie bitte meine Familie davon, dass ich lebe und gesund bin … In Dankbarkeit grüßt Sie Ihr Lucius Ceionius Commodus … Ich wiederholte meinen Namen noch einmal laut. Wie lange hatte ich ihn nicht mehr gehört! Immer wieder schrak ich auf aus meinem unruhigen Schlaf. Ich hatte leichten Muskelkater. Ein paar Schilfsplitter, die sich in meinen Handflächen unter die Haut geschoben hatten, begannen sich zu entzünden und herauszueitern. Ich pulte sie sorgfältig heraus. Und dann nickte ich wieder ein. Das ferne Gebell beunruhigte mich. Es klang bedrohlich und ich musste an die Sklavenjäger Apions denken, die zweifellos um diese Zeit hinter mir her waren.

Erst abends erwachte ich. Die Sonne ging im Westen langsam unter. Dort drüben im Dunst musste irgendwo Alexandria liegen, die »goldene Stadt«. Dort lag der Palast des Präfekten.

Helios' Gespann war am Himmel vorbeigejagt – jetzt war es mit einem Schlag völlig dunkel. Die Mondgöttin erschien und leuchtete sanft. Der Himmel nahm eine dunkelviolette Färbung an. Ich wartete, bis meine Augen sich an das Halbdunkel gewöhnt hatten, dann ließ ich mich den knorrigen Stamm hinabgleiten und hieb mir mit dem Messer den Weg durch den Papyrus frei.

Manchmal raschelte es unter meinen Füßen. Dann erschrak ich zu Tode. Es hätte eine Schlange sein können und bei dem Gedanken an den Biss einer giftigen Schlange wurde mir sehr unbehaglich zu Mute. Ich rechnete damit, bald wieder auf einen festen Weg oder zu einer Straße zu kommen. Aber ich hatte mich geirrt – dieser Sumpf schien kein Ende zu nehmen. Oder ging ich immer im Kreis?

Meine Arme taten jetzt weh, außerdem hatte ich Blasen auf den Handflächen. Frösche quakten. Ich ging dem Gequake nach und kam zu einem kleinen Rinnsal. Die Einsamkeit hier war entsetzlich. Ich fürchtete mich. Nicht so sehr vor Gespenstern oder Hexen oder den Manen der Toten, sondern vor den Schlangen, die es hier ganz bestimmt gab, und davor, mich völlig zu verlaufen oder in Morast hineinzugeraten und darin zu versinken.

Nicht einmal meine Leiche würde in diesem Fall jemals mehr gefunden werden. Meine Familie würde nie wieder etwas von mir hören.

Sollten Euphrat und Tigris jemals wieder in Freiheit gelangen, dann würde es ihnen wohl möglich sein, meine Spur bis hin zu Apions Mühle zu verfolgen, über mein weiteres Schicksal aber brächten sie nichts mehr in Erfahrung …

Meine Schwester Annia würde bitterlich weinen, wenn sie hören würde, wie ich bei Apion hatte schuften müssen. Und –

ihr gütigen Götter – was sollte Geli von mir denken, wenn sie überhaupt nie wieder etwas von mir erfuhr. Dass ich frei und nach Rom zurückgekehrt wäre, aber sie und ihre Brüder, wie sie es vorausgesagt hatte, ganz vergessen hätte. Sie würde mich für undankbar halten, wie Kopres auch.

Nach wenigen Stunden war ich am ganzen Körper wie zerschlagen. Ich konnte einfach nicht mehr weiter. Ich ging, bis ich wieder einen geeigneten Baum fand, auf den ich für den nächsten Tag kletterte. Diesmal war ich so erschöpft, dass ich mehrere Anläufe nehmen musste, um hochzukommen. Ich setzte mich in eine Astgabel und lehnte meinen Kopf an den Stamm. Es war nicht so bequem wie meine letzte Ruhestätte.

Ich hatte schreckliche Albträume. Einmal meinte ich, ein Hippopotamos stände unter dem Baum und stieße mit dem Kopf immer wieder gegen ihn, um mich herunterzuschütteln. Dabei schrie es zu mir herauf: »Du bist Apions Sklave! Du bist Apions Sklave!«

Am Morgen war ich noch erschöpfter als vor dem Einschlafen. Eine Schar Vögel flog in ziemlicher Höhe über dem Sumpf. Ich verstehe nichts vom Vogelflug und konnte insofern nicht herausfinden, ob ihr Flug mir Unheil oder meine nahe Rettung anzeigen sollte.

Grausam heiß strahlte die Sonne vom Himmel herab. Ringsum war wieder nichts zu sehen als Schilf und Papyrus. Menschen gab es in diesem Sumpf schon gar nicht. Meine Verfolger hatten die Suche nach mir womöglich wieder aufgegeben.

Aber dort sah ich nun doch etwas, was unmöglich Schilf sein konnte, etwas Flimmerndes, Helles ...

Das Meer! Es musste das Meer sein!

Ich sagte mir, dass es Wahnsinn war, den ganzen Tag auf dem Baum zu verbringen, und äußerst ungemütlich außerdem.

Auch war der Weg durch das Röhricht tagsüber sicherer als bei Nacht. Man konnte wenigstens sehen, wohin man trat.

Ich kletterte vom Baum herunter und hatte, als ich mich auf den Weg machte, nur einen Gedanken: diesem Sumpf endlich zu entkommen. Papyrus, Schilf und Schlingpflanzen waren manchmal fast wie eine Mauer. Schon nach etwa einer Stunde litt ich so unter der Hitze, dass mich nur der Gedanke aufrecht hielt, dass ich bald das Meer erreichen würde und mir dann nur noch einen geeigneten Schlafplatz suchen musste. Einmal kam ich an einem schnell fließenden Bach vorbei: Ich bückte mich und trank aus der hohlen Hand frisches Wasser. Es belebte mich. Ich wusch mein Gesicht und badete meine zerkratzten blutigen Füße. Danach fühlte ich mich besser.

Langsam und genießerisch kaute ich die Datteln aus meinem Lebensmittelbündel. Die Nüsse hob ich auf. Sie waren das Letzte, was ich hatte.

Inzwischen war die Schneide meines Messers so gut wie stumpf, trotzdem war es günstiger, das Schilf, wenn es zu sehr von Schlingpflanzen durchwuchert war, zu kappen, als es mit bloßen Händen zu brechen. Plötzlich befand ich mich auf einem schmalen Pfad, den vor mir jemand ins Dickicht geschlagen haben musste. Ich traute meinen Augen nicht. Mücken flogen summend um mich herum. Es war still wie auf einem Friedhof. Einen Augenblick zögerte ich. Dann siegte die Neugier über meine Angst. Mit eiligen Schritten ging ich den Pfad entlang. Ich wusste nicht, wohin er führen würde, vermutete jedoch, dass ich bald am Strand sein musste. Rechts und links versperrten die Papyrusstauden jede Aussicht.

Als ich etwa eine Meile weit dem schmalen Weg gefolgt war, ohne dass ich irgendein verdächtiges Geräusch gehört hätte oder mir ein Mensch begegnet wäre, wurde der Pfad breiter und ich stand vor der Einmündung eines zweiten.

Auf dem feuchten Boden waren weder die Spuren von Tieren noch menschliche Fußabdrücke zu erkennen.

Der Pfad weitete sich noch mehr nach etwa hundert Armlängen. Im nächsten Augenblick stand ich mit beiden Füßen im Schlamm. Vor mir glitzerte eine weite perlmuttfarbene Wasserfläche. Pflöcke ragten aus dem Wasser unmittelbar vor mir heraus. An ihnen waren Einbäume festgebunden, ziemlich roh ausgehöhlt, starke Baumstämme, die höchstens zwei oder drei Leuten Platz boten.

Ein überraschendes Wiedersehen

Das war nicht das Meer! Ich stand vor einem großen See. Und hier lebten auch Menschen! Mit einem Sprung zog ich mich ins Schilf zurück. Auf dem Pfad zu bleiben war zu gefährlich. Ich kroch ein Stück weit hinein in das Dickicht aus Papyrus und Schlingpflanzen und bahnte mir von dort aus einen Weg zum Ufer. Ein mächtiger Baum mit herabhängenden Zweigen bot mir Schutz genug. Von hier aus war der See, ohne dass ich selbst gesehen werden konnte, gut zu überschauen. Ein höchst seltsames Bild bot sich mir. Über das Wasser glitten große Hausboote, auf denen bunte Wäsche aufgehängt war und von denen das Geschrei kleiner und größerer Kinder über die Wasserfläche weithin hallte. Auch Hunde waren an Bord. Weit draußen erkannte ich mit Bäumen bestandene kleine Inseln. Auf den Booten sah ich fast nur Frauen und Kinder.

Der See hatte schon Hochwasser, denn einzelne Bäume standen ziemlich weit draußen, von Wasser umspült. Gar nicht weit von mir entfernt, lag eines der Wohnschiffe vor Anker. Ein nackter Junge, wenig älter als ich, saß auf der Bordwand und angelte. Ein kleines Kind krabbelte auf dem Deck umher. Um den Fußknöchel trug es einen Lederriemen, der wie die Kette eines Hundes an der Bordwand befestigt war. Wahrscheinlich sollte diese Vorrichtung verhindern, dass das Kind ins Wasser fiel. Noch nie zuvor hatte ich etwas Derartiges gesehen.

Ich stützte die Ellbogen in den Boden und betrachtete den See. Hinter dem anderen Ufer erstreckte sich eine felsige Anhöhe.

Warum hausten diese Menschen in Booten?

Der Junge rief einer Frau, die in einem Topf rührte, ägyptische Worte zu, die ich nicht verstand.

Da ich sonst nichts mehr zu essen hatte, verzehrte ich die Nüsse. Es war die heißeste Stunde des Tags, nach Mittag.

Der Junge hatte genug Fische gefangen. Er legte die Angelrute beiseite und ging ins Innere der aus Palmwedeln und Schilf gebauten Hütte, die die Hälfte des Bootes ausfüllte. Er trug sein dichtes schwarzes Haar schulterlang und im Gesicht bis zu den Augenbrauen, eine mir ungewohnte Haartracht, wie sie sonst nur bei Barbaren vorkommt.

Ein Rascheln über mir weckte mich.

Ich war entdeckt worden.

Jemand kam den Baum herunter geklettert, unter dem ich lag. Zuerst sah ich kleine, behände, braune Füße, winzige, dunkelbraune Hände – ein weiß behaartes, pfiffiges, wohl vertrautes Gesicht drehte sich mir zu. Nachdenkliche Augen hefteten sich auf mich. Ich starrte das Wesen ebenfalls an.

Es war ein Affe. Er sah aus wie Bobo.

Ich streckte die Hände nach ihm aus, wie ich es so oft zu Hause getan hatte, wenn Bobo sich angeschickt hatte, vom Dach seines Käfigs auf meine Schulter zu springen.

Mit einem Sprung setzte der Affe auf meine Schulter. Mit einer Hand griff er nach meinen Haaren, als wollte er prüfen, ob ich es wirklich sei. Der Affe *war* Bobo.

Er war es, unverkennbar, und jetzt stieß er kleine Freudenlaute aus. Aber *wie* war er hierher gekommen? Und wie hatte er mich gefunden?

Bobo sprang mit einem Satz von meiner Schulter auf den Boden. Wieder sah er mich an und dann lief er davon, wobei er immer wieder zu mir zurückblickte. Ich hatte nicht geträumt! Dort drüben unter einer besonders mächtigen Papyrusstaude hockte er und sah wie abwartend zu mir herüber.

In diesem Moment vergaß ich jede Vorsicht und kroch langsam zu ihm hinüber. Bobo machte einen drolligen Sprung weiter ins Dickicht hinein. Ich folgte ihm.

Jetzt bewegte er sich rascher vorwärts und schaute sich nicht mehr nach mir um, als vertraute er darauf, dass ich hinter ihm herging. Ich versuchte möglichst geräuschlos auf seiner Spur zu bleiben.

Mit einem Mal war er wie vom Erdboden verschwunden. Ich kroch noch etwas weiter in der Richtung, in der ich ihn vermutete. Der Untergrund wurde sumpfig und ging langsam in Wasser über. Schilf und Papyrus wucherten im See weiter. Im Röhricht verborgen, erkannte ich einen herausragenden Erdhügel und auf ihm eine aus Lehm und Schilf errichtete Hütte. Vor dem Erdhügel lag ein Einbaum. Da ich ihn nicht mehr sah, schloss ich, dass Bobo darauf über das Wasser zu der winzigen Insel hinüberbalanciert war. Ich schlich zurück hinter einen dicken Baum, der mir Schutz bot, ließ die Hütte und den Kahn nicht aus den Augen.

Nichts rührte sich dort. Fliegen summten durch die Luft; Mücken ließen sich surrend auf mir nieder, die ich verzweifelt zu vertreiben suchte. Seit ich Kopres' Wundermittel gegen Insekten aufgebraucht hatte, war mein ganzer Körper mit Stichen bedeckt. Sie juckten abscheulich und waren rot und aufgequollen. Kein Laut drang aus der Hütte. Allmählich wurde ich ungeduldig. Warum war Bobo so eilig davongelaufen?

In gespannter Erwartung ließ ich kein Auge von dem Erdhügel im See. Nach einer Zeit trat ein Junge mit kurz geschnittenem, glattem, dunklem Haar aus der Hütte. In der rechten Hand hielt er ein Gefäß, in der linken ein Messer. Bobo folgte ihm. Der Junge balancierte über den unter seinem Gewicht schwankenden Einbaum und sprang ans Ufer. Unwillkürlich zog ich mich tiefer in mein Versteck zurück. In diesem Moment wendete er mir sein Gesicht zu. »Titus!«, rief ich halblaut zu ihm hinüber, jede Vorsicht vergessend. Titus reagierte geistesgegenwärtig. Er schaute um sich, ob mich jemand gehört hatte. Dann erst ging er langsam auf mich zu.

Anscheinend hatte er mich sofort erkannt. Ängstlich blickte er um sich, ehe er sich bückte und zu mir hinter den Baum kroch. Er hockte sich auf die Hacken und betrachtete mich, ohne ein Wort zu sagen.

Sein Gesicht war traurig und seine Augen glänzten, als hätte er Fieber. Er kam mir noch magerer vor als seinerzeit an Bord der »Minerva«.

»O Titus«, stieß ich hervor, »sag, ob du Titus bist oder nur sein Geist!«

Er drückte Bobo fest an sich und flüsterte: »Sag erst, ob du wirklich Lukios bist.«

Ich nickte atemlos.

»Sie haben mich ans Ufer geschickt, damit ich Papyrus zum Abendessen schneide. Man kann ihn braten, mit etwas Öl beträufelt, schmeckt er sehr gut ...«

»Warum bist du hier?«

»Sie konnten mich nicht verkaufen, weil ich krank war. Ich hatte Husten und keiner wollte mich haben.«

»Und Flavilla?«

»Petosiris heißt der Mann, der sie zusammen mit meinen Eltern für zweitausend Drachmen erworben hat, ein Bäcker, wenn ich recht verstanden habe.«

»Warum läufst du nicht von hier fort?«

»Zwecklos. Ich hab Angst vor den Seeräubern. Sie brächten mich um, wenn sie mich bei einem Fluchtversuch erwischen würden. Aber jetzt musst du erzählen, wie du hierher gekommen bist. Hast du mich gesucht?«

»Ich bin meinem Herrn entflohen. Ich wollte zum Präfekten nach Alexandria. Unterwegs hätten mich Soldaten beinahe gefasst. Ich muss mich vor ihnen und vor Apions Sklavenjägern verstecken …«

Titus lachte bitter. »Und du weißt wirklich nicht, wo du dich jetzt befindest?«

»In den Papyrussümpfen des Nildeltas«, sagte ich müde.

»Am Heraklessee«, sagte Titus. »Hier ist das Versteck der Seeräuber, die die »Minerva« überfallen haben. Hier wohnen sie! Auf der großen Insel in der Mitte des Sees ist ihr Hauptversteck. Dort steht auch die Hütte ihres Anführers. Lass dich nicht hier sehen, du musst so schnell wie möglich von hier verschwinden. Wenn sie dich wieder erkennen, wird es dein sicherer Tod sein …«

»Und die »Lupa«? Wo ist die »Lupa«?«

»Siehst du die Berge hinter dem See, auf der anderen Seite? Sie heißen ›Heraklesberge‹. Direkt hinter ihnen liegt das Meer. Dort haben die Seeräuber die »Lupa« in einer Bucht versteckt. Übrigens sind sie selten hier. Hier leben nur ihre Frauen und Kinder. Auf den Inseln haben sie ihre Beute versteckt.«

»Und Attalos und die anderen, wo sind sie jetzt?«

»Auf einem neuen Raubzug vermutlich«, sagte Titus.

»Willst du wirklich bleiben?«

Titus zuckte die Achseln.

»Ich – ich werde mich irgendwie nach Alexandria durchschlagen und dem Präfekt einen Brief schicken. Ich weiß noch nicht genau wie.«

»Sei sehr vorsichtig. Es gibt im Sumpf Krokodile. Manchmal hört man sie bellen. Auch hier im See leben noch einige ...«

»Das wusste ich nicht ...«

»Normalerweise greifen sie dich nicht an, solange du aufrecht gehst. Schwimmer greifen sie sehr oft an; deshalb schwimmt niemand von uns im See ...«

»Willst du wirklich hier bleiben? Wir könnten zusammen versuchen nach Alexandria zu kommen.«

Titus schüttelte den Kopf. »Es ist mir zu gefährlich. Allein kannst du vielleicht durchkommen. Aber wenn ich von hier fortliefe, würde man auch noch nach mir suchen. Und glaub mir, die Bukolen – so nennen sich die Leute, die hier wohnen – kennen sich im Sumpf sehr gut aus. Noch etwas: Die Wege im Schilf sind wie ein Labyrinth angelegt, sodass sich Fremde verlaufen müssen. Einige sind nur zur Täuschung gemacht worden und hören unvermutet mitten im tiefsten Papayrusdickicht auf ...«

»Aber irgendwie müssen die Piraten sich doch selbst zurechtfinden ...«

Titus senkte die Stimme: »An der dem Weg abgekehrten Seite haben sie die Stämme von besonders großen und auffallenden Papyrusstauden ungefähr in Augenhöhe mit einem kleinen Kreuz markiert. Auf dieses Zeichen musst du achten, dann kommst du wieder auf die Straße nach Alexandria.«

»Hast du dir auch den Namen des Mannes gemerkt, der Euphrat und Tigris gekauft hat?«

Titus dachte eine Zeit lang nach. »Ich glaube, es war ein

Name mit Ammon oder Ammun. Es gehört noch eine Vorsilbe dazu, die mir jetzt nicht einfällt ...«

Das war immerhin mehr als nichts. In meiner Aufregung und Verzweiflung hatte ich dummerweise auf dem Sklavenmarkt nicht auf die Namen der Käufer geachtet.

»Sei vorsichtig wegen der Schlangen. Einige sind giftig. Aber es gibt auch ganz harmlose«, sagte Titus. »Wenn dich eine beißt, musst du die Wunde mit dem Messer anstechen, bis sie blutet, und sie aussaugen ...«

»Kannst du mir etwas zu essen besorgen? Ich hab nichts mehr bei mir.«

»Warte bis heute Abend. Wenn es dunkel ist, bring ich dir etwas getrockneten Fisch. Aber jetzt muss ich wirklich Papyrus abschlagen und ihn zu meinen Leuten bringen. *Chaire*, Lukios ...«

»*Chaire*, Titus«, flüsterte ich. »Die Götter mögen dir vergelten, was du für mich getan hast.«

Ich beobachtete ihn, wie er zarte Triebe an den armdicken Papyrusstämmen mit dem Messer vorsichtig ablöste. Bobo hüpfte dabei um ihn herum. Als die Tonschale gefüllt war, kletterten sie über den Einbaum hinweg auf die Insel zurück. Aus dem Innern der Hütte drang vom Dach her Rauch nach außen und es duftete nach gebratenem Fisch. Hunde bellten, Kinder riefen und lachten von den Hausbooten.

Ich rührte mich nicht in meinem Versteck, um mich nicht zu verraten.

Ich wartete lange auf Titus. Er kam erst nach Einbruch der Dunkelheit mit drei größeren, in der Sonne getrockneten Fischen und einem frisch gebackenen Fladen.

»Isis und Serapis mögen dich beschützen«, murmelte Titus, als wir uns voneinander verabschiedeten.

Ich sagte: »Pass gut auf Bobo auf.«

Titus hatte mich zu einem schmalen Trampelpfad geführt, dem ich nur folgen müsste. Wenn er nach etwa drei Meilen endete, sollte ich auf eine Gruppe von Dattelpalmen zugehen; dort würde ich auf einen kleinen Kanal stoßen, an dem ich bis zur Landstraße weiterlaufen sollte.

Der Mond tauchte den Papyrussumpf in kaltes bläuliches Licht. Ich ging eilig und spürte keine Müdigkeit.

Der Brief an den Präfekten von Ägypten würde sehr lang werden.

Ich würde ihm schreiben – dass ich das Versteck der Seeräuber im Heraklessee kannte. Dass ich die Hausboote der Bukolen mit eigenen Augen gesehen hatte!

Vergessen war das A Apions auf meiner Stirn. Es brannte längst nicht mehr. Euphrat und Tigris würde ich dann von ihrem Herrn zurückfordern und Flavilla mit ihren Eltern.

Von Norden her wehte ein leichter, kühler Wind über das Röhricht. Das Schilf rauschte. Meine Füße schmerzten, die Mückenstiche juckten. Bald würde ich in Alexandria sein …

Gerührt würde der Präfekt ausrufen: »Wir danken dir im Namen des Kaisers und der ganzen Provinz Ägypten, dass du unter Lebensgefahr und unsäglichen Mühen diesen ungeheuerlichen entsetzlichen Skandal aufgedeckt hast, Lukios!«

»O, es ist nicht der Rede wert«, würde ich abwehren.

Und dann würde ich ein warmes Bad nehmen und hinterher meinen Körper mit duftendem Olivenöl einreiben und einige Zeilen an meine Mutter und Tante Fabia schreiben: Wenn ihr diese Zeilen lest, so wisst, dass ich, Lukios, gesund und wohl behalten bin. Ich befinde mich im Moment noch in Alexandria …

Wasser stand auf dem kleinen Weg durch die Binsen und das Schilf, manchmal sank ich bis über die Knöchel in den schwarzen Schlamm ein. Überall gluckerte Wasser. Dann wieder versperrten Papyrusstauden, höher als zwei erwachsene Männer, den Pfad und ich musste eine Weile suchen, bis ich ihn wieder gefunden hatte. Wasservögel flatterten neben mir erschreckt aus ihren Verstecken hoch, und ich fürchtete mich vor ihnen mindestens so viel wie sie sich vor mir.

Die Nacht im Sumpf war voller unsichtbarer Gefahren und erfüllt von unheimlichen Geräuschen, die ich nicht deuten konnte.

Ich dachte an Alexandria und an die gepflasterte sichere Straße, die mich dorthin führen würde. Einmal machte ich Halt und biss ein paar Stücke von dem getrockneten Fisch ab. Er war sehr hart und man musste ihn lange kauen. Im Weitergehen nagte ich an einem großen Happen. Die hoch aufragenden Papyrusbäume warfen gespenstisch lange Schatten in bizarren Formen. Vor meinen Füßen glitzerte das Wasser im Mondlicht. Ich empfand Angst, wie ich sie zuletzt eigentlich nur in dem Katakombengang vor Alexandria gehabt hatte, in den ich mich vor den Soldaten der Wachstation hatte flüchten müssen. Schweiß perlte über meine Stirn und lief mir übers Gesicht. Ich leckte mir mit der Zunge über die Lippen, sie schmeckten salzig und nach Fisch.

Der Weg dehnte sich endlos lang und die Nacht schien kein Ende zu nehmen. Ich sah zum Himmel hinauf. Noch zeigte sich keine Spur des kommenden Tages. Mein Herz pochte hörbar, ich fühlte, dass meine Hände heiß wurden. Jetzt verengte sich der Weg und wurde zu einer kaum noch verfolgbaren Spur durch Schilf, Gestrüpp und Binsen. War es überhaupt noch der Trampelpfad, auf den Titus mich gebracht hatte? Nicht einmal das war sicher.

Das, was nie hätte geschehen dürfen, war eine Sache von nur zwei Sekunden, von so viel Zeit, wie man braucht, um

Atem zu holen, und es geschah gerade jetzt, als ich hochgesehen und innerlich aufgejubelt hatte, weil fast unmerklich der Himmel begann eine blassere Färbung anzunehmen.

Es raschelte vor mir im Schilf – aber es hatte schon vorher in dieser langen Nacht hundertmal vor meinen Füßen geraschelt – und ich spürte etwas Fremdes, Kaltes, auf das mein rechter Fuß getreten war. Es war wie ein herabgefallenes Stück Rohr oder Papyrus, aber das Stück Rohr bewegte sich. In meiner Ferse spürte ich einen feinen Stich. Mein erster Gedanke war, dass mich eine Schlange gebissen hatte. Doch dann sah ich einen riesigen Skorpion davonhuschen.

Mit einem Aufschrei rannte ich nach vorne weiter, als sei ich in ein ganzes Nest von Skorpionen getreten.

Ich hockte mich auf den Boden und schnitt mit aller Kraft mit dem Messer in die Stelle, an der der Skorpion gestochen hatte. Über meine Hand lief Blut; ich hatte noch Zeit, die Wunde etwas auszudrücken.

Es gibt einen Aberglauben, dass, wenn jemand unmittelbar nach dem Stich des Skorpions zu einem Esel rennt und es ihm gelingt, ihm ins Ohr zu flüstern, man sei eben gerade von einem Skorpion gestochen worden, man auf der Stelle von den Folgen des Stiches geheilt sei. Hier im Papyrussumpf gab es weit und breit keinen Esel, an den ich mich hätte wenden können. Ich war ganz allein.

Ich spürte, wie mein Kopf heiß wurde und meine Füße sich in Eisklumpen verwandelten. Einen Moment glaubte ich, ich müsste ersticken. Es war keiner der Skorpione gewesen, die ich von Italien her kannte, sondern ein riesiges Exemplar, bestimmt fünfmal so groß wie die gewesen waren, die ich bisher gekannt hatte. Und bestimmt war der Stich auch fünfmal gefährlicher …

Mädchen sterben immer daran, Knaben meistens, Männer manchmal … Irgendjemand hatte das einmal gesagt. Ich hörte ganz laut über mir die lang gedehnten Schreie eines Sumpfvogels. Dann wurden meine Gedanken immer merkwürdiger und unzusammenhängender wie im Halbschlaf oder im Fieber.

Die Vögel, die im Schilf lebten, wurden jetzt munter und gaben die seltsamsten Töne von sich. Daran erinnerte ich mich noch ganz deutlich.

Und dann war nichts mehr, nichts mehr, nichts mehr.

Warum bellten die Hunde so laut? Nein, es waren die Krokodile, die bellten. Sie kläfften heiser über mir. Ich konnte sie nicht sehen, aber um so deutlicher hören.

Ich hatte Fieber und wusste es. Gut, sollten mich die Krokodile fressen … Oder die Hunde, ganz egal.

Apion schrie ungeheuer laut. Ich hatte ihn die ganze Zeit schon gehört, ohne zu begreifen, dass er es war. Seine Stimme war mir irgendwie bekannt vorgekommen. Sie war unangenehm und viel zu laut.

Mein Körper glühte innen und außen und ich lag immer noch im Schilf, wo sonst. Das Fieber hinderte mich daran, klar zu denken.

Jemand fasste mich an und machte sich an meinem Fuß zu schaffen.

Wo waren die Krokodile jetzt?

Mir fiel ein, dass ich Titus noch etwas Wichtiges hatte sagen wollen. Aber ich wusste nicht mehr, was.

Ich sagte: »Ich hab Durst. Titus, gib mir bitte was zu trinken.«

Seltsamerweise antwortete mir Kopres' Stimme. »Hier ist Wasser, Lukios. Ich bin bei dir.«

Eine Menge Leute standen um mich herum. Immer wenn

ich Fieber habe, bilde ich mir ein, eine Menge Leute ständen um mein Bett herum und redeten miteinander. Ich hatte fürchterlichen Durst.

Mein Fuß tat weh.

Jemand sagte: »Also gut – fünf Drachmen.«

Ich dachte, es soll aufhören, dieses irrsinnige Fieber soll endlich aufhören. Ich hatte das Gefühl, die ganze Welt bestände nur aus mir, dem schmerzenden Fuß und meinem Fieber. Jeder Gedanke war mühsam und tat weh.

Aber es hörte nicht auf. Ich wusste nicht, wo ich war und wer es war, der da gerade etwas sagte, und verstand nicht, was die Person sagte.

Das Gefühl für die Zeit war mir abhanden gekommen. Fieberträume und Wirklichkeit verflossen miteinander, ohne dass ich sie unterscheiden konnte …

Ein weißes einhöckriges Kamel mit roten bunt bestickten Satteltaschen schwankte neben mir – und ich, ich schwebte in der Luft. Nein, ich lag in einem Korb, der an der Seite eines zweiten Kamels festgebunden war. Mein Körper glühte, trotzdem fühlte ich mich leicht und hatte weder Hunger noch Durst. Die Luft war stauberfüllt und es schien heiß zu sein. Es war angenehm, hier zu liegen, es war schön, über dem Hundegebell, über den rauen Stimmen der Männer und dem Geschrei der Esel zu schweben.

An diesen kurzen Augenblick erinnerte ich mich später wieder. Danach verwirrten sich meine Gedanken. Ich dachte an Titus und Bobo. An Geli, Apion, an die Papyrussümpfe, an Apion. Wer war Apion gewesen? Ich kam nicht mehr darauf. Warum hatten die Leute in Booten gewohnt? Und was hatte ich mit ihnen zu tun gehabt? Ich dachte noch: Du liegst zu Hause in Rom in deinem Bett in der Jupiterstraße unter dem Schaffell und träumst verrücktes Zeug – oder du hast eine Erkältung mit hohem Fieber, das ist auch möglich … Und dann fiel ich in tiefen traumlosen Schlaf.

In der goldenen Stadt

Der Raum roch fremdartig und muffig – das war mein erster Eindruck, als ich erwachte.

Übrigens lag ich nicht zu Hause in meinem Zimmer in der Jupiterstraße in Rom. Auch nicht auf der Strohschütte in Apions Sklavenhaus.

Das Tuch, das mich bedeckte, war rau und kratzte mich im Gesicht. Ich schob es beiseite. An der Wand gegenüber meiner Schlafstelle stand ein roh gearbeiteter Holztisch. Durch ein enges Fenster – eigentlich war es nicht mehr als ein Mauerspalt – an der Kopfseite des Raums fiel trübes Licht herein. Jetzt bewegte sich jemand raschelnd. Sandalen schlurften über den Terrazzoboden. Eine Männerstimme sagte fragend: »Lukios?«

»Wer – bist du?«

Eine dunkel gekleidete Gestalt kam noch näher heran und setzte sich auf den Tisch. »Eigentlich ist es egal, wer ich bin. Aber wenn es dich interessiert: Sie nennen mich hier Bassus.«

»Was machst du?«

Bassus lachte dröhnend wie über einen gelungenen Witz. Statt zu antworten sagte er: »Ich glaube, du bist dem Äskulapius einen Hahn schuldig und der erhabenen Salus ebenfalls ein Dankopfer …«

»Wenn du meinst – aber sag mir lieber, was du hier tust …«

»Ich müsste *dich* fragen, was du hier tust. Schließlich ist es meine Zelle.«

»Wieso – Zelle?«

»Ich wohne hier«, sagte er höhnisch und mit einem bitteren Unterton in der Stimme. »Sie haben mich hier eingesperrt.«

»Wo sind wir?«

»Wir sind in der ›goldenen Stadt‹ – in Alexandria, Kleiner.«

»Lass mich raus. Ich muss sofort den Präfekten sprechen. Es ist sehr wichtig ...«

Bassus kicherte in sich hinein. Seine Reaktion ernüchterte mich.

»Bitte, sag mir, was los ist. Sind wir Gefangene? Wer hat mich hierhin gebracht?«

»Du wirst schon noch dahinter kommen.«

Ich richtete mich auf und sah ihn wütend an.

»Mach dich nicht lustig über mich. Ich will eine Antwort haben.«

»So ist's gut. Du hast wirklich kein Fieber mehr. Davon wollte ich mich überzeugen. Kannst du aufstehen?«

Ich sprang von der Schlafbank herunter. Jetzt merkte ich erst, wie schwach ich noch war. Meine Beine zitterten. Ich setzte mich wieder und zog die raue, braun-weiß gestreifte Decke über mich.

»Dein Herr hat dich sofort weiterverkauft«, berichtete Bassus.

»Welcher Herr? Apion?«

»Kann sein, dass er Apion heißt. Er meinte, du würdest sowieso sterben. Der Sklavenhändler dachte es fast auch. Für fünf Drachmen hat dich unsere Firma gekauft.«

»Warum dachte Apion, ich würde sterben?«

»Die Sklavenjäger fanden dich im Sumpf, als du so gut wie tot warst. Anständigerweise solltest du dich bei ihren Hunden herzlich bedanken. Die waren hinter einer Wildente her und haben dich dabei aufgestöbert. Die Sklavenjäger nahmen fest an, du seist schon tot, und brachten deine ›Leiche‹ nur deshalb zu Apion, um von ihm die Fangprämie zu kassieren. Dein Herr soll fürchterlich getobt haben, dass er für einen dreivierteltoten Sklaven noch blechen sollte. Das Geld für einen Arzt wollte er nicht auch noch umsonst investieren, da es höchst unsicher war, ob du durchkommen würdest. Zum Glück gibt's in seinem Betrieb einen Zauberer, der dich behandelt hat …«

»Kopres!«, rief ich.

»Der war auch nicht sicher, ob du es schaffen würdest. Da bekam Apion Angst, er müsste dein Begräbnis ausrichten, und gab dich bei einer Sklavenauktion in Chemmis in Kommission. Siehe da, ganze fünf Drachmen hast du ihm noch eingebracht.«

Bassus lachte in sich hinein. Ich fand die Angelegenheit gar nicht komisch.

»Und wer hat mich gekauft?«

»Die Firma Eutyches und Sarapion. Zuständig für die Tierkämpfe und die Gladiatorenspiele an den Iden des Septembers dieses Jahres in Alexandria. Ich bin selber schon fast zehn Jahre bei ihr und weiß, wie der Laden läuft.«

Entgeistert starrte ich in Bassus' blasses Gesicht mit dem kurz geschorenen Bart und den melancholischen großen dunklen Augen. Ich schätzte ihn auf etwa fünfzig Jahre. Seine nackten Oberarme waren mit Narben bedeckt. Er sah nicht aus wie ein Held, er sah eher aus wie ein Gladiator, der immer verloren hat. Vielleicht lag es auch daran, dass ich ihn aus der Nähe sah. Wenn man als Zuschauer in der Arena sitzt, wirken Gladiatoren immer jung und mutig. Sie sind ja auch geschminkt. Dass sie Angst haben, ist ihnen nicht anzumerken. Bassus sah aus, als hätte er in den zehn Jahren bei Eutyches und Sarapion nichts als Angst gehabt.

»Hundertfünfzig Paare Gladiatoren. Zehn Nilpferde. Zwei Giraffen. Hundert Löwen. Zehn Zebras. Fünf Tiger. Zehn Elefanten ... Seiltänzer ... Unsere Stadt lässt sich dieses Spiel etwas kosten – es soll das größte Spiel aller Spiele werden«, setzte er zynisch hinzu.

Ich schluckte.

»Du hast eine gesunde Natur«, stellte Bassus fest, »oder die Götter haben dich beschützt. Es war der Stich eines Skorpions. Dein Leben hing über eine Woche lang an einem dünnen Faden ...«

»Haben sie mich auf einem Kamel nach Alexandria gebracht?«, fragte ich sicherheitshalber, obwohl ich glaubte, mich daran noch zu erinnern. Ich wollte mich vor Bassus nicht gleich blamieren.

»Warum nicht? Kann schon sein. Irgendwie musst du ja von Chemmis hierher gekommen sein.«

Er reichte mir einen Tonkrug mit Wasser; ich trank ein paar Schlucke. »Unsere Gladiatorenärzte sind sehr gut. Ihnen verdankst du wahrscheinlich dein Leben. Sei froh, dass Apion dich verkauft hat ...«

Ich fasste ein gewisses Vertrauen zu Bassus, der nun, wohl oder übel, mein Zimmergenosse war. Ich war wieder Sklave! »Weißt du schon, was meine Aufgabe bei Eutyches und Sarapion sein wird? Sie müssen sich doch etwas dabei gedacht haben, als sie mich eingekauft haben ...«

»Och – Sägemehl in der Arena ausstreuen oder den Sand glatt rechen. Oder Eintrittsmarken verkaufen. Zuerst musst du richtig gesund werden, dann wird sich zeigen, wozu du zu gebrauchen bist.«

»Meinst du nicht, ich könnte Tierkämpfer oder Gladiator werden?«

Bassus lachte so laut los, dass ich sofort bedauerte, ihm diese Frage gestellt zu haben.

»Ich bin müde«, murmelte ich. »Bitte, bring mir etwas zum Essen.«

»Wird gemacht«, sagte er und verneigte sich ironisch vor mir, »Bohnensuppe werde ich dir bringen, Lucius Ceionius Commodus.«

»Woher weißt du, wie ich heiße?«, rief ich halb erschreckt, halb erfreut.

»Du hast im Fieber dauernd davon gesprochen. Und von Rom hast du erzählt und von einem Affen namens Bobo …«

»Und du hast mir dabei zugehört?«

»Musste ich ja, nachdem sie dich bei mir einquartiert hatten. Vorher habe ich dieses Zimmer immer allein bewohnt. Es ist ziemlich eng, findest du nicht? Aber irgendwohin mussten sie dich ja schließlich bringen. Für das Spiel der Spiele sind eine Menge neue Sklaven angekauft worden. Die meisten wohnen hier in dieser Gladiatorenkaserne am Tor der Sonne. Nach dem Spiel sind wir wieder weniger Leute …«

»Weil viele getötet sein werden …«

»Richtig geraten, Lukios.«

Ich sagte: »Ich bin froh, dass ich bei dir wohnen darf.«

Löwen, gefährliche Löwen …

Ich sah Bassus an und dachte: Er hat nicht viel mehr als sein Leben und das, was in der Truhe dort liegen mag. Er wohnt hier in diesem lächerlich kleinen Käfig, in dem nicht mehr ist als die beiden Betten, wenn man die überhaupt so nennen kann, und der Tisch und der Schemel. Ich habe überhaupt nichts mehr, mir gehört noch nicht mal diese braun-weiß gestreifte Wolldecke. Ich habe kein Messer mehr und keine Sandalen. Ich bin genauso eingesperrt wie Bassus …

Während er draußen war, um die Suppe zu holen, trat ich an den Mauerspalt, der etwa in der Höhe meiner Augen in der Wand war, und starrte sehnsüchtig hinaus. Es war deshalb so düster, weil unser Gemach an einem Hinterhof lag, um den im Viereck hohe, mehrgeschossige dunkle Häuser gebaut waren. Wir befanden uns im untersten Stockwerk. Aus den Räumen über uns hörte ich Ketten rasseln und undeutliches Stimmengewirr. Worte konnte ich nicht verstehen.

In dem Hinterhof wuchs nicht die kleinste Pflanze. Wie schön es gewesen wäre, hier etwas Gras zu haben oder einen winzigen Baum. Und wenn man ein paar Tauben gehört hätte, eine einzige Taube! Auch mittags würde es hier halb dunkel bleiben!

Wie Bassus das so lange ausgehalten hatte? Oder hatte er nicht immer hier gewohnt?

Nach kurzer Zeit kam er zurück mit einer Tonschale voll mit lauwarmem Bohnenbrei, in dem ein paar Gerstengraupen schwammen, und einem aus Knochen geschnitzten Löffel.

Schweigend beobachtete er mich, als ich mit Heißhunger zu essen begann.

»Hast du schon immer hier gewohnt?«, fragte ich zwischen zwei Bissen.

»Seit zehn Nilschwemmen lebe ich schon in der Kaserne der Tierkämpfer ...«

»Und was war vorher?«

Er sagte mürrisch: »Hab ich vergessen.«

»Entschuldige, dass ich neugierig war. Gegen was für Tiere musst du kämpfen?«

»Gegen gar keine. Ganz am Anfang, als ich zum Tode verurteilt war, musste ich gegen einen wilden Tiger antreten. Danach noch einmal gegen Wildschweine. Aber jetzt setzen sie mich nur noch bei Scheinkämpfen ein gegen gezähmte Tiere, die ich selbst vorher abrichte. Meine vier Löwinnen habe ich dazu dressiert, dass sie eine Quadriga ziehen, in der ich als Wagenlenker verkleidet stehe. Das war mein größter Erfolg bis jetzt. Mein zweitgrößter war die Nummer mit den Hasen. Ich hatte meine Löwen so weit gebracht, dass sie die Hasen nur einfingen, aber nicht töteten ...«

»Und weißt du schon, was du beim großen Spiel an den Iden des Septembers vorführen wirst?«

Über Bassus' Gesicht ging ein Lächeln. »Die Hasenjagd natürlich und die Fahrt mit der Löwenquadriga. Ich werde dir meine vier Löwinnen zeigen. Sie sind verspielt wie junge Katzen und jedes Tier hört auf seinen Namen. Und dann ist da noch der zahme Löwe Hektor, den ich selbst großgezogen habe. Er wurde in Gefangenschaft geboren; seine Mutter hat ihn nach der Geburt verstoßen. Als er jung war, ritt er auf einem Pferd durch die Arena, so gelehrig war er ...«

Früher als ich zu hoffen gewagt hatte, schon zwei Tage nach diesem unserem ersten Gespräch, nahm Bassus mich am Abend mit zur Fütterung in den Löwenzwinger, der in einem von hohen Mauern umgebenen Park direkt neben der Tierkämpferkaserne lag. Durch einen unterirdischen Gang kamen wir in das Gebäude der Tierkäfige. Ein Soldat geleitete uns schweigend und schloss uns die Türen auf. Er und Bassus schienen sich längst zu kennen, dennoch wechselten sie nicht einmal einen Gruß miteinander.

Wir standen in einer fast dunklen Halle, in der es scharf roch. Aus einem Nebenraum holte Bassus einen Korb mit rohen Fleischbrocken, ehe er hinter einer Tür verschwand. Von dort erklangen bedrohliche Laute, die sich wie fernes Donnergrollen anhörten.

Der Soldat sagte, ich sollte mit ihm gehen. Wir verließen

das Gebäude und gingen durch einen gepflegten Garten, in dem Tigerpferde auf dem Rasen weideten. Und Kamele liefen frei herum!

In einem Gehege standen trübsinnige Strauße. Das Besondere an ihnen war, dass sie mit Zinnober feuerrot eingefärbt waren. Ich hatte in Rom schon öfters Strauße gesehen, aber gefärbte noch nie.

Ich vergaß Bassus und seine Löwinnen völlig beim Anblick der Elefanten, die in einer Ecke des Parks von einem Negerjungen dressiert wurden, zu den Klängen einer Trommel, die ein anderer Junge schlug, zu tanzen. Sie waren mit vergoldeten Stirnblechen und Glöckchen, die ihnen über die Stirn hingen, geschmückt.

Es waren sieben Elefanten – alle, außer einem, der tolpatschig herumstolperte, stampften sie rhythmisch zu der »Musik«. Am Schluss stellten sie sich langsam auf die Hinterbeine und reckten die Vorderbeine in die Luft.

Wir gingen auf die Rückseite des Stallgebäudes zu. Dort war ein hoher Zaun aus dicht nebeneinander stehenden Eisenstäben errichtet. Und jetzt sah ich auch Bassus!

»Komm her, meine Schöne, komm her, Thea, Tochter einer Göttin!«, lockte er die eine seiner Löwinnen. Geschmeidig wie eine Katze lief das gewaltige Tier auf ihn zu und rieb den breiten gelben Kopf an seinen Knien, ehe es manierlich wie ein wohl erzogenes Haustier aus seinen Händen einen Brocken Fleisch in Empfang nahm.

»Lydia, meine Kleine!«

Aber Lydia war überhaupt nicht klein, sie war die größte und stärkste der vier!

»Dort steht Lukios. Sieh ihn dir an, Thais! Jetzt kommst du, Nike, nicht ungeduldig werden. Das größte Stück ist für dich, mein Vielfraß! Geh weg, Thais, es gehört Nike. Du kommst gleich dran …«

Er sprach mit ihnen wie mit Kindern und sie begrüßten ihn freudig.

»Ich will sie auch streicheln, Bassus!«, rief ich.

»Bist du wahnsinnig geworden? Sie beißen dir die Hand ab! Lass den Unsinn, Lukios!«

»Du hast selbst gesagt, sie wären zahm!«

»Nur bei mir! Dich kennen sie nicht!«

Ich trat einen Schritt zurück.

Wie harmlos diese gefährlichsten aller Raubtiere zu sein schienen! Wie sie Bassus umschmeichelten! Mit sanfter Gewalt machte er sich jetzt von ihnen frei und verschwand mit seinem Korb im Innern des Käfigtrakts.

»Und jetzt sollst du Hektor sehen«, sagte er. Ich drehte mich um. Bassus stand lachend neben mir. Der Korb war jetzt gefüllt mit grob zerhacktem Fleisch. »Der ist so harmlos, dass du ihn streicheln kannst.«

Wir gingen zu einem etwas abseits gelegenen Gehege gleich neben dem Übungsplatz, auf dem die Elefanten noch immer tanzten. Bassus schloss eine verrostete Eisentür in der Mitte des Gitters auf und begann mit einem großen Stück Fleisch zu winken. Hinter einem Felsbrocken lag ein gewaltig bemähnter Löwe. Er erhob sich schwerfällig, reckte sich und kam mit gravitätischen Schritten auf uns zu. Einen Moment schloss ich erschreckt die Augen. Noch nie hatte ich einen Löwen aus so großer Nähe gesehen.

»Komm schon, alter Knabe, komm her, Hektor!«

Hektor sah zu uns auf und stieß ein bedrohliches Knurren aus. Seine Augen waren bernsteingelb. Ich spürte seinen Atem im Gesicht. Mich durchzuckte der Gedanke, dass weder Sextus noch Commodus jemals so mutig einem Löwen entgegengetreten waren …

»Streichle ihn!«, verlangte Bassus.

»Ich – ich kann nicht. Er beißt mich vielleicht …«

»Er ist ganz zahm ...«

Zaghaft streckte ich die Hand aus und berührte ganz kurz nur Hektors Löwenstirn. Sie war glatt und weich.

»Vielen Dank, Bassus«, stammelte ich.

Bassus grinste, Hektors Bernsteinaugen blitzten – ich hatte das Gefühl, er amüsierte sich über mich.

»Fass ihn richtig an«, sagte Bassus.

Mutiger geworden griff ich in Hektors Mähne und streichelte ihn unbeholfen. Wieder stieß er dieses gefährlich klingende lang gedehnte Knurren aus.

»Er freut sich«, behauptete Bassus. Ich war schweißgebadet. »So ist es also, einem Löwen gegenüberzustehen«, sagte er später zu mir, als wir wieder in unserer Zelle in der Tierkämpferkaserne waren. »Merk dir eines: Es ist wichtig, dass du ihn immer ansiehst und ihn nicht aus den Augen lässt.«

»Es wird das größte Spiel werden, das im Amphitheater von Alexandria je stattgefunden hat«, sagte Bassus. »Es muss das größte Spiel werden ...«

Schläfrig murmelte ich: »Ich verstehe das nicht. Seid ihr Alexandriner verrückt geworden, dass ihr euch in solche Unkosten stürzt wegen eines einzigen Spiels? War die Ernte in diesem Jahr so gut?«

Bassus richtete sich auf seiner Liege auf. »Es geht um die Existenz unserer Stadt und um das Recht, auch in Zukunft noch Tier- und Gladiatorenkämpfe abhalten zu dürfen. Alexandria will nicht das gleiche Schicksal erleiden wie Antiochia. Niemals!«

Ich verstand Bassus' Aufregung nicht und fragte, was denn den Antiochiern so Schlimmes zugestoßen sei.

»Die Spiele sind für alle Zeit verboten worden.«

»Das ist hart! Warum denn?«

»Junge, hast du hinter dem Mond gelebt? Das weiß doch

jeder Zweijährige. Antiochia ist die Heimatstadt des Avidius Cassius. Dort ließ er sich zum Gegenkaiser ausrufen. Der Kaiser Marcus Aurelius hat die Stadt für ihr abtrünniges Verhalten schwer bestraft. Sein Zorn war so groß, dass er ihr auf seiner Reise keinen Besuch abstattete. Alexandria war ebenfalls zu Avidius Cassius abgefallen, wenn auch nur unter Druck. Gegen Anfang des nächsten Monats wird Marcus Aurelius hier eintreffen. Ihm zu Ehren sollen die Spiele an den Iden des Septembers stattfinden. Es geht darum, ihn zu versöhnen, damit er die Stadt begnadigt, verstehst du …«

Ich geriet in ungeheuerliche Aufregung. Erst wurde ich rot, dann blass und fing an zu zittern. Bassus bemerkte es nicht. Ich brachte zunächst kein Wort heraus. Dann fragte ich und stotterte dabei: »Kommt Marcus Aurelius wirklich nach Alexandria?«

»Genau das hab ich gerade erklärt«, fauchte mich Bassus an.

Ich schrie: »Weißt du, ob Commodus und Lucilla dabei sind?«

»Klar. Der ganze Hof zieht mit ihm. Commodus ist doch der Caesar. Mensch, du hast wirklich keine Ahnung …«

»Bei Apion auf der Mühle haben wir über diese Dinge nie gesprochen«, sagte ich kläglich. Zugleich fühlte ich mich wie damals, als ich mein erstes Glas Honigwein getrunken hatte. Mir war schwindlig vor Glück. Ein paar Wochen noch – eigentlich nur noch ein paar Tage – und wir würden uns in die Arme fallen.

»Lukios!«, würde Tante Fabia ausrufen, »wie bist du gewachsen!« – »Und dicker ist er auch geworden«, würde meine Mutter sagen. – »Nein, er ist dünner geworden«, hörte ich im Geist schon meine Großmutter besorgt äußern.

»Es ist alles nicht der Rede wert. Ein Skorpion hat mich

gebissen ...«, würde ich ganz nebenbei bemerken, aber sie ließen mich nicht einmal nur so viel sagen ...

»Schläfst du schon, Lukios?«, fragte Bassus.

»Nein, noch nicht ganz.«

»Der Primus Palus fragt dich morgen, was du kannst und wozu du besonderes Talent hast. Überleg dir, was du ihm antwortest. Also ich würde dir vorschlagen, den Sand in der Arena glatt zu rechen und aufzuharken oder Sägemehl zu streuen. Das wäre die Gelegenheit für dich, einmal Arenaluft zu atmen und ein gefülltes Amphitheater zu erleben ...«

»Ich hab zwar kein besonderes Talent«, sagte ich, »aber ich hab auch keine große Lust, Sägemehl zu streuen. Weißt du, was ich gern möchte?«

Es war jetzt stockdunkel in unserer Kammer, leider auch ziemlich heiß. Durch den Fensterspalt drang kein Luftzug herein.

»Kennst du die Geschichte vom Kaiser Nero, der mit einem zahmen Löwen kämpfte? Als er rief: ›Leo tot!‹, streckte der Löwe alle viere von sich und alle Zuschauer glaubten, er hätte ihn mit bloßen Händen erwürgt. Bassus, ich möchte mit Hektor in der Arena kämpfen. Man kann ihm das bestimmt beibringen!«

Zunächst war es totenstill, als ich meinen Vorschlag gemacht hatte. Dann räusperte sich Bassus erst, ehe er sagte: »Das stellst du dir so einfach vor. Glaub mir aber, selbst wenn du die Nummer mit Hektor bis ins Letzte auf dem Übungsplatz einstudiert hättest, selbst dann wäre es gar nicht sicher, ob sie dir auch im voll besetzten Amphitheater gelingt, wenn du Lampenfieber hast und Hektor gereizt und nervös ist ...«

Ich hörte gar nicht hin und malte die Sache weiter aus: »Ehe ich ihn töten würde, würde ich ihm ein rotes Tuch über den Kopf werfen, so wie der berühmte Jullus es immer getan hat ...«

»Du verstehst etwas vom Löwenkampf«, sagte Bassus anerkennend. »Man merkt, dass du dich mit dem Gedanken schon früher beschäftigt hast. Probieren – könnte man es ja einmal, auf dem Übungsplatz. Das würde noch überhaupt nichts bedeuten …«

Er fing langsam Feuer!

»Hör zu, Lukios. Ich werde selbst mit dem Primus Palus reden. Ich sage ihm, Sägemehl könntest du ja immer noch streuen, nebenher. Wir wollen morgen einfach anfangen mit Hektor zu üben. Vielleicht spielt er nicht mit. Aber so wie ich ihn kenne, müsste es ihm Spaß machen. Du musst dich langsam mit Hektor vertraut machen. Keine zu schnellen Schritte und immer mit einem Stück Fleisch in der Hand. Viel loben musst du ihn. Das mag er. Du darfst nicht ungeduldig sein. Wenn du einmal nach ihm schlägst, ist alles verloren. Dann stellt er sich stur …«

Der Primus Palus, der Tierbändiger

Einen Tag später:

Das Zimmer des Primus Palus lag am Ende des Ganges, an dem auch wir hausten. Es war geräumiger als unseres und hatte ein größeres Fenster. Auf dem Boden lag ein gewebter Teppich mit grünen, gelben und roten Streifen. An der Wand hing das Fell eines erlegten Löwen. Von der Zimmerdecke baumelte ein großer Käfig herab, in dem ein Papagei hockte.

Der Primus Palus empfing uns, in einem kunstvoll mit Schnitz- und Drechselarbeiten verzierten Stuhl sitzend. Er neigte nur leicht den Kopf, als wir uns tief vor ihm verbeugten. Er trug ein kurzes leinenes Gewand, das Arme und Brust frei ließ. Auch hier war es sehr heiß. Er hatte eine Glatze und war etwas jünger als Bassus. Eine Weile betrachtete er mich schweigend. Bassus hatte mir geraten, nicht zu viel zu sagen und ihn in der Hauptsache das Gespräch führen zu lassen.

»Du bist also Lukios, der mit dem Löwen Hektor kämpfen möchte?«, fragte der oberste Tierbändiger schließlich überflüssigerweise.

Ich errötete.

»Wie alt bist du?«

»Zwölf«, behauptete ich und machte mich zwei Jahre älter.

»Ziemlich jung, finde ich. Was meinst du, Bassus?«

»Er benimmt sich aber wie fünfzehn«, prahlte Bassus. »Weiß alles besser als ich und führt altkluge Reden. Kann sogar lesen und schreiben und hat Homer auswendig im Kopf. Wenn er nicht als Löwenbändiger endet, wird er mal Philosoph ...«

Der Primus Palus wiegte den Kopf und fragte mich: »Was ist der Unterschied zwischen einem Bestiarius und einem Tierkämpfer?«

»Ein Bestiarius ist ein Verurteilter, der den wilden Tieren in der Arena zum Fraß vorgeworfen wird. Ein Tierkämpfer ist ein ausgebildeter Sklave oder ein Freigelassener, der gegen Löwen und Tiger kämpft ...«

»Du sagst ›Sklave‹. Könnte ich dich zwingen, gegen einen wilden Löwen auf Leben und Tod zu kämpfen?«

Ich nickte.

»Irrtum«, erklärte er mir. »Kein Sklave darf von seinem Herrn zu dem Zweck vermietet oder verkauft werden, dass er gezwungenermaßen als Gladiator oder Tierkämpfer in der Arena auftritt.«

»Warum nicht?«, fragte ich.

»Gesetz von Marcus Aurelius. Woher bekommt also beispielsweise die Firma Eutyches und Sarapion ihre Gladiatoren und Tierkämpfer?«

»Es können sich Sklaven freiwillig verpflichten. Der Präfekt kann Kriegsgefangene und verurteilte Verbrecher vermitteln.«

»Und Privatleute gibt es auch noch, die unter gewissen Umständen in die Gladiatorenschule eintreten. Welchen Eid müssen sie leisten?«

»Ich schwöre, dass ich mich mit Ruten schlagen lasse, mit Feuer brennen und mit Eisen töten, so ähnlich«, murmelte ich.

»Von diesem Augenblick an gibt es für sie kein Entkommen aus der Kaserne. Sie sind Gefangene und haben weniger Rechte als jeder Sklave. Sie haben keinen Anspruch mehr auf ihr Leben, das sie mit jedem Auftritt in der Arena erneut aufs Spiel setzen. So sieht das Leben der berühmten Tierkämpfer aus, die du so sehr bewunderst, Lukios. Lass dir von Bassus erzählen, wie ihm zu Mute war, als er seinem Tiger entgegentreten musste. Aber er konnte ihn besiegen. Nemesis hat ihn gerettet. Er stieg auf zum Rang eines Tierbändigers.«

»Das heißt: Ich konnte wählen, ob ich weiterhin Tierkämpfer sein oder ob ich in die Schule der alexandrinischen Tierbändiger eintreten wollte. Mein Leben war mir lieber. Ich entschied mich für die Dressur«, sagte Bassus.

»Setzt euch. Ich will Lukios erklären, was das ist: Dressur.«

Wir nahmen Platz auf dem wollenen Teppich. Der Papagei gab krächzende Töne von sich.

»Halt den Schnabel, Ulysses. Heute kriegst du deinen Apfel später – manche Leute wundern sich darüber, dass mich von den hunderten von Tieren, mit denen ich zu tun hatte, noch keines verspeist hat …«

»Mit Verlaub, es war oft nahe genug dran«, wendete Bassus ein.

»Ich mag alle Tiere gern«, fuhr der Primus Palus fort.

»Das liegt mir im Blut. Aber besonders gern habe ich große Raubkatzen … Den wildesten Tiger, den ich je sah, bekam ich mit einem indischen Transport vor ungefähr zehn Jahren. Er war der größte und wildeste Bengaltiger, der je durch meine Hände ging. Erst wenige Monate vorher hatte man ihn eingefangen.

Als ich mich das erste Mal seinem Käfig näherte, flog sein geflammter Körper wie ein gelber Blitz krachend gegen die Eisenstäbe und er schlug mit weit ausgestreckten Vorderpranken nach mir. Seine Wildheit imponierte mir nicht sehr. Ich ahmte sein Schnurren nach und sprach mit ihm in seiner Sprache. Von Tag zu Tag wurde er ruhiger. Er sprang noch gegen das Gitter, schlug aber nicht mehr nach mir mit den Tatzen. Nach acht Tagen begann ich ihm bei jedem Rundgang ein Stück Fleisch mitzunehmen. Merk dir eins, Lukios – der Weg zur Seele der Tiger geht durch den Magen. Nach vier Wochen konnte ich den Tiger bereits mit den Händen anfassen. Freiwillig kam er näher, legte sich nieder und ließ sich von mir streicheln.«

»Die Schwierigkeiten, mit Raubtieren umzugehen, beginnen erst mit der Dressur«, sagte Bassus lächelnd.

»Richtig – denn hier wird etwas von den Tieren verlangt, was nicht zu ihrer Natur gehört. Was man früher unter der Kunst der Tierbändigung verstand, war eigentlich Tierquälerei. Die Hilfsmittel der Tierbändiger früherer Zeiten waren Stock, Gabeln und glühende Eisen. Die Tiere hatten kein Vertrauen zu ihren Herren, sondern nur Angst vor ihnen. Die ganze Kunst bestand darin, die Tiere durch Prügel und durch Berührung mit dem heißen Eisen so in Furcht zu versetzen, dass sie beim bloßen Anblick der Schreckmittel in die Flucht geschlagen wurden und dabei über alle Hindernisse sprangen. Hier in Alexandria haben wir die ›zahme‹ Dressur eingeführt. Mit Gewalt kann man nämlich nicht den hundertsten Teil von dem erreichen, was durch Güte gelingt…«

»Löwen sind in der Lage, auch mit Menschen Freundschaft zu schließen, und sie besitzen ein mehr oder weniger gutes Gedächtnis«, mischte sich Bassus wieder ein. »Der erste Schritt ist immer, dass wir die klügsten und gelehrigsten auswählen. Von einundzwanzig Löwen, die wir vor einem Jahr hatten, haben sich nur vier für die Dressur geeignet…«

»Nehmen wir einmal an«, fuhr Primus Palus fort, »wir haben eine Gruppe von Jungtieren, die ›Artisten‹ werden und gemeinsam auftreten sollen: Löwen, Tiger, Geparden und Leoparden. Zunächst müssen wir sie miteinander bekannt machen. Die Tiere werden also in einer Reihe von Einzelkäfigen untergebracht, die nur durch Gitterstäbe voneinander getrennt sind. Alle können einander sehen. Du, Lukios, hast Zeit, dich mit jedem deiner Zöglinge zu beschäftigen und sie alle durch Besuche und Streicheln an dich zu gewöhnen. Nach einer gewissen Zeit kommen die Tiere zur ersten Schulstunde gemeinsam in die Arena, du bist dabei. Beim ersten Mal wird noch nicht gearbeitet. Man lernt sich kennen und beschnuppern und besichtigt die Örtlichkeit. Du musst ganz genau jedes einzelne Tier beobachten. Einem Tiger, der zufällig etwas gewalttätig ist, fällt vielleicht ein, einem gutmütigen Leoparden eins mit der Tatze zu versetzen. Der Leopard faucht wütend und duckt sich zum Sprung. Jetzt musst du eingreifen und die beiden auseinander scheuchen…

Für die zweite Lektion sind die Geräte und die Dekorationsgegenstände – zum Beispiel ein künstlicher Wald – in der Arena aufgestellt. Ehe man mit der Dressur anfängt, muss natürlich der Plan für die Vorführung bis in alle Einzelheiten fertig sein. Dort stehen die Böcke für eine geplante Pyramide, da liegt die Tonne, auf der dein Tiger balancieren muss, dort ist die Wippe für die Löwen. Du bist mit einer dünnen Peitsche und einem Stock ausgerüstet. Das Wichtigste aber ist die Ledertasche, die du an einem Leibriemen trägst – in ihr befinden sich die kleinen Fleischstücke, mit denen jedes Tier belohnt wird, wenn es seine Sache gut gemacht hat …«

»Bassus' Löwen hatten alle einen Namen«, sagte ich, »und sie haben wirklich auch auf ihn gehört.«

»Nachdem die Vierbeiner ausgewählt worden sind, muss man sie mit ihrem Namen anrufen, damit sie sich an ihn gewöhnen und beim Üben wissen, wer gemeint ist. Mit der Zeit gewöhnen sie sich an den Klang. Stell dir vor, du trittst auf einen Löwen zu, hältst ihm ein Stück Fleisch vor und versuchst ihn auf ein Podest zu locken. Die Belohnung ist aber noch nicht verdient. Erst wenn das Tier wirklich oben sitzt, bekommt es sein Fleischstück. Dann muss es lernen, dass es oben sitzen bleiben muss. Es wird versuchen herunterzusteigen. Mit unendlicher Geduld musst du es locken, zurückführen und auf sein Podest bringen, bis es begreift, worum es geht. Jedes Tier der Gruppe muss an jeden Schritt gewöhnt werden. Mit deinen zwei Augen musst du gleichzeitig vor und hinter dich sehen …«

»Ja, so ist es wirklich«, bestätigte Bassus.

»Je mehr Geduld du hast, desto mehr werden dir die Tiere vertrauen. Bassus hat mit Hektor seinerzeit die Nummer einstudiert, bei der Hektor auf einem Pferd durch die Arena ritt, allerdings war er damals noch jung und längst nicht so schwer wie heute.«

»Zunächst war es sehr schwierig, die beiden aneinander zu gewöhnen«, gestand Bassus. »Beide konnten sich einfach nicht riechen. Ich habe sie in einem Stall so festgebunden, dass sie sich nur sehen, aber nicht erreichen konnten. Schließlich hatten sie sich an den gegenseitigen Anblick und an den Geruch des anderen gewöhnt. Sie gewöhnten sich außerdem daran, in der gegenseitigen Gegenwart zu fressen und zu schlafen. Nach einiger Zeit nahmen sie die ungewohnte Nachbarschaft als etwas Selbstverständliches hin. Damit war die Voraussetzung für Hektors Pferderitt geschaffen ...«

Mir schwirrte der Kopf von allem, was ich in der kurzen Zeit gelernt hatte.

»Nun zu dir, Bassus: Du sagtest, du wolltest an den Iden des Septembers die Hasenjagd deiner Löwinnen vorführen?«

Bassus strahlte übers ganze Gesicht: »Und außerdem meinen Auftritt als Rennfahrer ...«

»Einverstanden.«

»Und ich? Was werde ich tun?«, fragte ich, um Gewissheit zu haben.

»Du wirst vor dem Auftritt das Sägemehl vom Fell der vier Löwinnen abkehren dürfen mit einem langen Besen«, sagte der Primus Palus.

»Abwarten«, sagte Bassus.

Ich hörte hundert Löwen brüllen

»Stell den rechten Fuß auf seinen Rücken ...«

Zaghaft setzte ich meinen Fuß auf Hektors Nacken, direkt unter den Ansatz seiner Mähne.

»Reiß die Arme hoch ...« Ich ließ die Korkkeule fallen.

»*Mit* der Keule, du *nepios*! Sie ist sehr wichtig. Mit ihr hast du ihn getötet, verstanden ...«

Ich klaubte meine Waffe aus dem Sand.

»Und jetzt – lächeln! Nicht so verkrampft, beim Hercules! Und verbeugen musst du dich nach allen Seiten. So. Jetzt tiefer, zu mir, stell dir vor, ich wäre der Kaiser – und wieder lächeln, lächeln …«

Ein Wunder, dass Hektor so ruhig blieb. Wochen hatten wir benötigt, um ihm begreiflich zu machen, dass er, wenn ich »Stirb, Bestie!« rief und mit der Keule zuschlug, lautlos zusammensinken musste.

Ich schwitzte. Bassus verlangte viel von mir und sehr viel von »seinem« Löwen Hektor. Da bog auch schon das Gespann mit den beiden traurig dreinblickenden Maultieren um die Ecke. Der Sklave, der es lenkte, winkte uns lachend zu. Er hielt den Strick, der um den Körper des mächtigen Tieres gelegt wurde, um es auf den Wagen zu heben.

»Bleib liegen, ganz ruhig«, flehte ich halblaut. Eine fette grünlich schillernde Fliege ließ sich in diesem Moment auf dem Hinterteil der »Löwenleiche« nieder. Ich sah verzweifelt zu Bassus hinüber. »Ruhig, Hektor, ganz ruhig«, befahl er mit seidenweicher Stimme. Zu spät! Wütend schlug Hektor mit dem Schwanz nach seiner Peinigerin. »Schade«, sagte Bassus, »nun müssen wir noch mal von vorn anfangen; dabei hatte ich mich schon so auf die Pause gefreut …«

Wir waren ein riesengroßes Stück weitergekommen. Aber …

»Es darf eben einfach keine Mücke über Hektors Fell krabbeln«, stöhnte Bassus. »Dann ist alles aus. Er ist das gelehrigste Tier, mit dem ich jemals zu tun hatte – aber Insekten machen ihn verrückt …«

»Lieber Bassus«, sagte der Primus Palus, einen höhnischen Unterton in der Stimme. »Das, was Lukios gegebenenfalls an den Iden des Septembers bieten soll, darf kein Schwank aus einer Komödie sein. Der Kaiser selbst wird sich unter den Zuschauern befinden – es geht um die Rettung der

Spiele für Alexandria. Jeder von uns weiß das. Wenn die Nummer mit Hektor nicht klappt, fällt sie eben aus ...«

Je näher der Tag des »Spiels aller Spiele« heranrückte, desto gereizter und unruhiger wurden wir alle. Selbst die Tiere spürten das. Und sogar die geduldigen Elefanten quiekten nervös mitten im Tanz auf, wenn die indischen Trainer sie auf die Füße schlugen.

Abends saßen wir dann in unserem Kämmerchen. Die Mühen des Tages schienen vergessen, während wir unser Brot in die Linsensuppe tunkten. Vom Flügel der Kaserne, wo die Tierkäfige begannen, hörten wir das helle Trompeten der Elefanten, die ihr Futter bekamen, das heisere Bellen der Hyänen und schließlich, wenig später, das kehlig tiefe grollende Gebrüll der hundert Löwen ... Es klang wie ferner Donner. An den ersten Abenden hatte es mich erschreckt, nun war ich längst daran gewöhnt.

Hektors Stimme aus dem hundertkehligen Gebrüll herauszuhören war unmöglich, doch bildete ich mir ein, ich hörte sie – seine ganz besonders klangvolle tief gutturale, gar nicht heisere Löwenstimme.

»Vielleicht bekomme ich so viele Goldstücke, dass ich mich freikaufen kann«, sagte Bassus, während ich den Löwen zuhörte.

»Was willst du danach tun?«

»Oh – ich würde mich selbstständig machen. Ich würde versuchen, der Reihe nach Hektor und meine vier Löwinnen zu kaufen. Das wäre dann der erste Schritt zu meinem eigenen Geschäft in Rhakotis ... Auf dem Ladenschild wäre ein goldener Löwe und mit goldenen Buchstaben stände darauf zu lesen:

BACCOC
ΛΕΟΝΤΟΔΑΜΑC
ΜΙCΘΩCIC ΛΕ
ΟΝΤΩΝ ΗΜΕΡΩΝ

Bassus
Löwenbändiger
Verleih von
gezähmten Löwen

Ich legte mich auf die raue braun-weiß gestreifte Wolldecke und starrte die vom Flackern der Öllämpchen rußgeschwärzte Wand an. »Noch eine Woche, Bassus. Glaubst du, wir werden es schaffen?«

»Was?«

»Dass Hektor nicht mehr mit dem Schwanz nach Fliegen schlägt?«

»Ich glaube gar nichts. Spätestens bei der Generalprobe am Morgen des Tages der Parade werden wir es wissen ...«

»Hör zu: Dass Hektor vor Insekten Angst hat, ist uns jetzt schon bekannt«, sagte ich und dann:

»Leider können wir *ihn* in der kurzen Zeit auch nicht mehr ändern ...«

»Schwätz nicht so altkluges Zeug«, brummte Bassus.

»Ich hab's!«, rief ich. »Die Fliegen müssen lernen, dass sie sich nicht mehr auf Hektor setzen dürfen!«

»Dann dressier sie doch mal«, knurrte Bassus.

»Lach mich nicht aus. Wir müssen ihn mit einem Pulver einreiben, das Stechmücken und Fliegen von ihm fernhält ...«

»Donnerwetter. Gar keine so schlechte Idee. Ich habe gehört, dass es solche Mittel gibt ...«

»Ich *weiß* ganz bestimmt, dass es sie gibt! Kopres hat mir für meine Flucht ein Säckchen davon gegeben und es hat mir wirklich geholfen ...«

»Wer ist dieser Kopres?«, fragte Bassus neugierig.

»Ein Sklave in Apions Mühle. Er konnte ein bisschen zaubern und verstand sich darauf, Medizin zu mischen ...«

»Morgen werde ich zu ihm gehen!«, rief Bassus. »Er muss mir von seinem Wunderpulver geben ...«

»Sag ihm, dass ich, Lukios, dich zu ihm geschickt habe und dass es mir gut geht ...«

»Nur langsam. Erst muss ich ja die Erlaubnis vom Primus Palus haben, mich aus der Kaserne zu entfernen – und ein geschriebenes Papier – aber lass mich nur machen. Schlaf jetzt, Lukios, wir brauchen unsere Kräfte und unseren ganzen Verstand in den nächsten Tagen.«

»Gute Nacht, Bassus.«

Generalprobe

»Der Primus Palus ist ein sturer Hund«, zischte Bassus und ballte die Fäuste.

»Reg dich nicht so auf. Das hilft uns nicht weiter ...«

»Heulen könnte ich vor Wut.«

»Tu's nicht, Bassus.«

»*Mich* hätte er schicken sollen, jawohl. Aber er hat kein Vertrauen zu mir. Jahrelang kennen wir uns schon und er ... glaubt, ich würde die Gelegenheit ausnutzen, um davonzulaufen wie ein Gladiator vor seinem ersten Kampf ...«

»Du tust ihm Unrecht. Er hat dich nur deshalb nicht gehen lassen, weil er wollte, dass wir Zeit genug haben, um unseren Auftritt vorzubereiten ...«

»Ganz richtig. Ein Drittel unserer Vorführungen kann ich höchstwahrscheinlich vom Programm streichen: Lukios' Kampf mit dem Löwen wird nicht stattfinden ...«

»Verlier nicht die Nerven. Es ist gar nicht sicher, dass Hektor und ich gestrichen werden ...«

»Sehr wahr«, höhnte Bassus, »du hast das Zeug zum Juristen ... Der Bescheid wird erst um die Mittagszeit da sein ...«

»Ich habe noch eine Chance: Wenn Hektor bei der Generalprobe still hält ...«

»Zugegeben«, seufzte Bassus.

Der Primus Palus war von unserem Vorschlag begeistert gewesen und hatte unverzüglich einen Sklaven zu Apions Mühle geschickt mit dem Auftrag, eine größere Menge von Kopres' Insektenschutzpulver zu kaufen. Dass Bassus selbst ginge, meinte er, sei nun wirklich übertrieben. Aber Bassus war ein Dickschädel und hatte es sich in den Kopf gesetzt, dass er selbst mit dem Wundermittel, das meinen Auftritt retten sollte, zurückkäme. Und daraus war nichts geworden. Schlimmer noch war: Der Sklave hatte sich mit dem Geld auf den Weg gemacht, war aber bis zur Stunde nicht zurückgekommen. Im Trubel der Vorbereitungen hatte man noch nicht nach ihm geforscht, der Primus Palus war ohnedies der Meinung, er werde schon wieder auftauchen.

»Ja, wenn alles vorbei ist«, schimpfte Bassus. »Und dabei hätten Sie nur mich zu schicken brauchen ...«

»Reiß dich zusammen. Das Gejammer hilft überhaupt nichts. Wir müssen los zur Probe. Hektor ist schon drüben und wartet auf uns. Wir müssen nur noch das Fleisch für ihn abholen ...«

Schon von weitem hörten wir die Löwen brüllen. Bassus

hielt mich an der Hand. Ein Soldat begleitete uns schweigend. Obwohl früher Morgen war, lag schon flimmernde Hitze über der Stadt, die die schwache Brise vom Meer her kaum zu lindern vermochte. Ich trug mein kurzes Tierkämpfergewand aus hellblauem Leinen, das Arme und Beine frei ließ, Bassus hielt den Korb mit den Fleischbrocken, ich, sehr stolz, meinen rot-goldenen, runden Holzschild und die bemalte Korkkeule. Wenn ich mit der Hand gegen den Schild schlug, gab er einen hell dröhnenden Ton von sich.

»Kommst dir wohl großartig vor, Lukios?«

Ich nickte. So war es.

»Nur noch bis zur Probe, wart's ab«, murmelte Bassus düster. Eine Menge neugieriger Alexandriner drängte sich in den Straßen um das Amphitheater, um einen Blick auf die Tierkämpfer und Gladiatoren zu werfen. Ich drückte meine Waffe fest an mich.

»Platz gemacht!«, rief der Soldat. »Platz gemacht für den berühmten Löwenbändiger Bassus und seinen Sohn!«

Er erreichte mit diesem Geschrei genau das Gegenteil von dem, was er bewirken wollte. Wir wurden fast erdrückt von all denen, die Bassus »nur ganz kurz« zu begrüßen versuchten.

Jemand rief: »Wer ist der Kleine?«

»Mein Sohn«, erwiderte Bassus mürrisch.

»Soll er auch eine Löwenquadriga lenken?«

»Wartet bis morgen. Dann seht ihr ihn mit eigenen Augen!«

Wie zur Bekräftigung seiner Worte schlug ich mit der Hand auf den vergoldeten Bronzebeschlag meines Schildes.

Wenig später hatten wir das Amphitheater erreicht. Groß und mächtig stand es urplötzlich vor uns. Es erschien mir genauso unermesslich wie das Kolosseum in Rom und ich hatte auch jetzt das Gefühl, als stände ich nicht vor einem von

Menschenhänden errichteten Bau, sondern vor einem gewaltigen, versteinerten Tier aus Urzeiten, das einfach auf der Erde liegen geblieben war. Durch einen Nebeneingang traten wir in ein dunkles Gewölbe und stiegen eine Treppe hinab. In seitlichen Nischen brannten mit flackernden Flämmchen rußende Tonlampen. Wieder brüllten die Löwen, aber diesmal schienen sie zum Greifen nah zu sein. Ihr Gebrüll war so laut, als hätte ein einziger Riesenlöwe es ausgestoßen. Der Gedanke, dass Hektor darunter sein musste, erschien mir ungeheuerlich.

Als hätte er erraten, wovor ich mich fürchtete, flüsterte Bassus mir zu: »Ich habe ihm gestern erst die Krallen abgefeilt. Nur keine Angst.«

Ketten rasselten und menschliche Stimmen ertönten vor uns. Hier verwischte sich die schmale Grenze zwischen Spiel und Kampf. Morgen würden über unseren Köpfen, anschließend an die Scheinkämpfe und die Tierjagden, auf dem hellen Sand der Arena Verbrecher von wilden Tieren zerrissen werden. Gladiatoren auf Leben und Tod miteinander zu kämpfen haben.

Das, was Hektor und ich mühsam genug zusammen einstudiert hatten, war nicht viel mehr als ein Spaß. Danach aber würden Menschen sterben auf dem gelben Sand, auf dem wir nur gespielt hatten.

Bassus kannte es, das Spiel auf Leben und Tod … einmal hatte er gewonnen und mit ihm sein Leben. Für mich stand nur meine Freiheit auf dem Spiel.

Er stieß eine Holztür auf und schob mich in einen düsteren Raum, in dem auf Bänken zahlreiche Leute warteten.

»Bleib hier sitzen, bis der Primus Palus dich ruft«, sagte er. Dann ließ er mich allein.

Diotimos, der Äthiopier, war vor mir an der Reihe.

Nach seinem rief die unangenehm laute Stimme des Primus Palus schon meinen Namen: »Lukios! Antreten!«

Benommen zog ich den Vorhang zurück und stolperte hinaus. Ich musste eine Stufe hinuntertreten. Dann stand ich schon auf dem blendend hellen Sand der Arena, in der Sonnenseite. Einen Moment lang schloss ich die Augen. Als ich mich an die Helligkeit gewöhnt hatte, sah ich auf der Schattenseite Hektor. Der Sand unter meinen Füßen war heißer, als ich gedacht hatte. Ich wünschte, ich hätte die Sandalen angezogen, die für meinen richtigen Auftritt schon bereit lagen. Hektor beachtete mich nicht. Er drehte ein paar Runden im Schatten und legte sich schließlich der Länge nach hin wie ein braver Hund. Schläfrig blinzelte er zu mir hinüber. Mit energischen Schritten ging ich auf ihn zu und schlug dabei gegen meinen Schild.

Die weiten Ränge des Amphitheaters waren völlig leer. Inbrünstig betete ich zu allen Göttern, sie möchten Fliegen und Stechmücken vertreiben, sofern es hier welche gab.

»He, Lukios!«

Ich drehte mich um.

Es war der Primus Palus, der am Kopfende der Sonnenseite stand.

»Lauf zur Schattenseite und treib den Löwen direkt in die Nähe der Ehrensitze, wo der Kaiser sein wird. Schließlich soll er etwas von deinem Kampf mitbekommen …«

Ich lief in den Schatten und begann Hektor zu locken …

»Halt! Fang noch nicht an!«

Das war Bassus' Stimme gewesen. Und jetzt stürmte er auch schon mit langen Sprüngen in die Arena. Er hielt dem Primus Palus ein Säckchen entgegen.

»Das Zaubermittel! Hier ist es! Der Sklave ist eben eingetroffen!«

Der Primus Palus kletterte die Brüstung herunter und ließ sich von Bassus den kleinen Beutel reichen. Er öffnete ihn, schnüffelte und begann schrecklich zu husten.

»Warum ... warum hat es so lange gedauert?«, fragte ich atemlos.

»Kopres musste erst die Kräuter beschaffen, die er für seinen Zauber brauchte. Und zerstoßene Schlangenhaut ...«

Der Primus Palus erkundigte sich misstrauisch danach, was »das Zeug« gekostet hätte.

Ein breites Grinsen ging über Bassus' Gesicht, als er verkündete: »Der Sklave sagte, Apion hätte kein Geld gewollt. Es sei ihm eine Ehre, dass sein Sklave Kopres einen kleinen Beitrag zu dem großen Spiel hätte leisten dürfen. Allerdings hat er um eine Eintrittskarte für sich und seine Familie und für die Sklaven Kopres und Geli gebeten.«

Die Parade der Gladiatoren und Tierkämpfer

Unser Auftritt war genehmigt worden!

Das übel riechende Pulver, mit dem wir Hektor ganz eingepudert hatten, hielt die lästigen Fliegen auf Abstand. Ohne das geringste Lebenszeichen erkennen zu lassen, hatte Hektor sich vom Maultiergespann aus der Arena bringen lassen.

»Großartig!«, lobte mich Bassus – und es tat mir gut ...

Der »tote« Löwe durfte sich jetzt ausruhen und bekam ausnahmsweise sein Lieblingsfutter serviert – Zebrafleisch.

Für Bassus und mich war es Zeit geworden, uns in die kostbaren Paradekostüme zu zwängen, die man uns in einem Raum des Kellers unter dem Amphitheater bereitgelegt hatte.

Ich vertauschte mein blaues mit einem leuchtend roten

Tierkämpfergewand, das mit Goldfäden bestickt war, und band um meinen Nacken das sandfarbene Fell eines jungen Löwen. Die Tatzen verknotete ich über meiner Brust. Nun sah ich aus wie der jugendliche Gott Hercules.

»Wenn es dir zu heiß wird, zieh unbesorgt das Fell aus und trag es in der Hand«, riet mir Bassus.

Ich polierte meinen Schild mit einem weichen Tuch, bis die Bronzebeschläge wie Gold glänzten.

Bassus trug ein schneeweißes Gladiatorenkostüm und einen vergoldeten Dreizack.

Inzwischen begann sich auf dem Platz vor dem Amphitheater der Zug zu informieren. Ein Junge gesellte sich zu uns. Er trug ein Schild mit der Aufschrift

BASSUS DER LÖWEN
BAENDIGER VND
SEIN SOHN LVKIOS

Mit wiegenden Schritten gingen große indische Elefanten, auf deren Köpfen Inderkinder saßen, behutsam durch die Menge.

Bassus zog mich zu einem runden Käfig aus Eisenstäben, der aus dem Gewühl herausragte. Im letzten Moment erst bemerkte ich, dass sich in ihm die Löwinnen Thais und Thea friedlich räkelten. Durch die Tür schlüpfte Bassus rasch zu den beiden hinein und winkte mir aufmunternd zu.

»Du marschierst hinter uns«, rief er, während die mächtigen Tiere ihn umschmeichelten. Der Käfig hatte Räder auf der Unterseite und eine Deichsel; sechs kräftig gebaute ägyptische Sklaven zogen ihn.

Der Junge mit dem Schild stellte sich vor ihnen auf, direkt hinter der Elefantengruppe.

Hinter mir ging eine Gruppe weiß gekleideter afrikanischer Trommler. Unter leisem Trommelwirbel setzte sich der Zug langsam in Bewegung. Zunächst starrte ich wie gebannt Bassus im Löwenkäfig an. Mit dem Dreizack wehrte er höflich, aber bestimmt, allzu stürmische Zärtlichkeiten seiner Löwinnen ab.

Wir kamen zunächst durch enge Gassen. Zu beiden Seiten drängte sich eine Menschenmenge. In den Hauseingängen standen ganze Familien. Auf den Schultern der Erwachsenen hockten die Kinder, sofern sie klein genug waren. In allen Fenstern saßen Neugierige und sogar auf den Dächern standen die Zuschauer und jubelten uns zu. Die Luft war erfüllt vom beißenden Geruch der Tiere, die mitgeführt wurden. Ich winkte mit meiner Keule hinauf, bis mir die Arme schmerzten. Die neuen Sandalen drückten. Ab und zu drängten sich Mädchen mit Wasserkrügen an uns vorbei, die jedem, der wollte, einen Schluck zu trinken anboten.

Fast bedauerte ich es, nicht selbst auf einem Balkon stehen zu können, um Tiere und Gladiatoren zu bewundern. Denn ich sah ja leider immer nur die Hinterteile der Elefanten, Bassus im Löwenkäfig und war fast taub vom Getrommel der Afrikaner unmittelbar hinter mir. Von vorn, noch vor den Elefanten, erklang jetzt eine Wasserorgel. Ab und zu gab ein Kamel hohe klagende Töne von sich. Der Lärm war ohrenbetäubend. Bassus redete mit den Löwinnen und kraulte ihre Kehlen.

Plötzlich stockten die Elefanten und auch wir blieben stehen.

Das Geschrei um uns schwoll an. Ganz langsam nur setzten sich die Elefanten wieder in Bewegung.

Und nun hörte ich: »*Ave* Caesar! *Ave* Caesar!«

Ich reckte den Kopf nach allen Seiten. Dann sah ich am Straßenrand die blitzenden Panzer von römischem Militär, Offiziere standen dabei. Unwillkürlich zuckte ich zusammen.

»*Ave* Caesar! *Ave* Domine! *Ave* Domina! *Domui Augusti fe-li-citer*! Augusta! Augusta! *Ave* Augusta!« (– vorher einstudierte Jubelrufe: »Sei gegrüßt, Caesar [Commodus]! Sei gegrüßt, Herr [Marcus Aurelius]! Sei gegrüßt, Herrin [Faustina]! Dem Haus des Augustus viel Glück! Augusta! Augusta [Faustina und Lucilla]! Sei gegrüßt, Augusta!«)

Dum – dumdum – dum. Das Trommeln hinter mir steigerte sich. Das Klatschen und Schreien der Menschenmenge wurde rhythmisch. Die meisten schienen in Verzückung ausgebrochen zu sein. Ich warf einen schnellen Blick zu Bassus hinüber. Die Löwinnen standen aufgerichtet im Käfig und verbeugten sich. Auch Bassus hielt den Kopf tief gesenkt.

Ich senkte ihn nicht, sondern starrte die Fassade des Palasts an, vor dem wir hielten.

Auf einem Balkon standen sie. Standen sie wirklich alle, als wollte ein Maler sie mit dem Pinsel auf ein Bild bannen: Tante Fabia! Lucilla, meine Mutter! Marcus Aurelius! Faustina Augusta! Und der Junge dort oben mit dem roten Mantel über der silbrigen Rüstung, der gelangweilt und blasiert herablächelte und die Hand huldvoll ausgestreckt hielt …

»*Ave* Caesar!«, brüllte Bassus.

Er sah aus, als sei er betrunken oder als stünde er Jupiter persönlich gegenüber.

Und jetzt sah ich Cornificia!

»Cornilla! Commodus!«, schrie ich und winkte mit der Keule. »Com–mo–dus! Cornilla! Tante Fabia!«

Tante Fabia und meine Mutter trugen wahrhaftig Trauer.

Dort oben achtete niemand auf mich. Sie standen erstarrt wie Marmorstatuen, alle das gleiche höfliche Lächeln auf den Lippen – ich erkannte den kahlköpfigen älteren Herrn hinter Marcus Aurelis – er war mein Stiefvater, Claudius Pompeianus. Und neben ihm stand Bassaeus Rufus, der Präfekt der Prätorianergarden.

»Commodus! Commodus!«

Mit dem Fuß stampfte ich auf und schrie so laut, dass ich fürchtete, meine Lungen müssten zerplatzen ...

»Weiter«, rief der Anführer der afrikanischen Trommler.

Dum, dumdum dum ...

Alles vergessend stürzte ich mich einfach hinein, in die geschlossene Reihe der gepanzerten Soldaten. Es gab einen kleinen Aufruhr. Empörte Rufe. Schreie.

»Lassen Sie mich doch! Ich muss zu Commodus! Wir kennen uns! Ich bin Lukios! Lukios!«

»Wohl verrückt geworden, der Kleine!«

Das war zu viel für mich. Jämmerlich heulte ich los. Jemand zog mich zurück zu meinem Platz. Ich wischte meine Tränen mit den herabschlenkernden Tatzen des Löwenfells ab und lief weiter. Der Zug bog um die Ecke.

Dum dumdum dum ...

Sie hatten mich nicht erkannt!

Entscheidung in Alexandria

Wir waren so aufgeregt, dass wir in der Nacht vor dem großen Spiel kein Auge zubrachten.

Die Scheinkämpfe und die Tierhetzen sollten im Verlauf der Morgenstunden der Iden des September stattfinden. Am späten Nachmittag, wenn die Sonne etwas nachgelassen hatte, würden die Gladiatorenkämpfe sein.

Als es kaum hell war, gingen wir zum Baden in die Thermen, die sich gleich an die Kasernen anschlossen. Nach dem Bad ölten wir unsere Körper mit duftendem Olivenöl ein. Bassus legte seine grüne Rennfahreruniform an, ich mein Tierkämpfergewand.

Wieder begleitete uns der wortkarge Soldat auf unserem Weg zum Amphitheater. Die Leute, denen wir begegneten, waren festlich gekleidet. Wer römischer Bürger war, trug heute seine schneeweiße Toga. Sauber gewaschene Kinder gingen an der Hand ihrer kunstvoll frisierten Ammen. Mir fiel auf, dass viele Jungen und Mädchen, alle ungefähr in meinem Alter, zur Vorstellung strömten. Dieser Teil der Spiele war für Kinder besonders geeignet, während der »blutige« Teil der Vorführungen am Nachmittag überwiegend von Erwachsenen besucht zu werden pflegte.

Und dann verschluckte uns auch schon das gewaltige Amphitheater. Hier unten im Keller des riesigen Gebäudes war es fast kühl und roch modrig. Über uns scharrten tausende von Füßen, priesen die Melonenverkäufer ihre Ware an und schrien Kinder lauthals.

»Du weißt, was du zu tun hast, Lukios?«

»Ja, Bassus …«

»Mach mir keine Schande«, flüsterte Bassus mir zu, ehe er verschwand, um die Quadriga noch einmal zu untersuchen, ehe die Löwen angespannt wurden …

Zuerst also Bassus' Löwenquadriga … Dann Gaukler …

Ich kauerte auf der Bank neben Diotimos, dem Äthiopier, und knabberte an meinen Fingernägeln.

Trompetenstöße. Ein Rauschen, als erhöben sich die Zuschauer von ihren Plätzen.

»*Ave* Auguste! *Ave* Augusta! *Ave* Caesar! *Domui Augusti fe-liciter! Fe-liciter…*«

Zehntausendstimmig – das Geschrei dröhnte so entsetzlich laut in meinen Ohren, dass ich glaubte, das Gewölbe über uns müsste einstürzen.

Und dann, ganz plötzlich, Totenstille.

Jemand hielt eine Anspache, die hier unten aber nicht ganz zu verstehen war:

»... Und damit erkläre ich, dass das große Spiel eröffnet ist...«

Wieder das grässlich laute Geschrei. Es wuchs an, steigerte sich, erreichte seinen Höhepunkt, jetzt Donner, nein, sie trampelten mit den Füßen... Alle Geräusche von den Rängen klangen hier, durch das Gewölbe verstärkt, dumpfer, dröhnender und lauter.

Jetzt eine Wasserorgel... ein heiteres Lied, das augenblicklich hier in Alexandria Mode zu sein schien, ich hatte es schon öfter gehört. Und wieder das Toben auf den Rängen. Plötzlich brüllten die Löwen, als ertrügen sie den Lärm nicht länger. Sie brüllten heiser und hungrig. Sicher war auch Hektors Stimme darunter. Aber er war nochmals gut gefüttert worden, damit er gute Laune hatte, wenn er mir gegenüber stand.

Ich dachte an sein breites, gutmütiges Löwengesicht, an sein tiefes, grollendes Knurren...

»Diotimos!«, schrie der Primus Palus zu uns herein.

Diotimos würde ein Nilpferd mit Salat füttern und mit ihm zusammen in einem Wasserbassin plantschen.

Es roch nach Schweiß und wurde allmählich drückend warm. Zwei Männer vor mir schoben Spielsteine auf einem in die Bank eingeritzten Spielfeld hin und her.

»Du bist dran«, murmelte der eine der beiden. Sie waren die Ruhe selbst.

»Was macht ihr heute?«, fragte ich.

»Pst, stör uns nicht«, knurrte der andere.

»Die Affengruppe«, sagte der erste.

»Lukios!«, der Primus Palus rief meinen Namen noch einmal: »Lukios!«

»Viel Glück!«, sagten die Affenbändiger, ohne von ihrem Spiel aufzusehen.

Jemand reichte mir die Keule, die mir auf den Boden gerutscht war. Um ein Haar hätte ich sie vergessen.

Ich zog den Vorhang ganz zur Seite und spürte den heißen Sand der Arena unter den dünnen Ledersohlen meiner Sandalen.

»Du musst den Kaiser begrüßen«, zischte der Primus Palus mir zu, der, neben dem Vorhang stehend, die Vorführungen kritisch beobachtete. Ein Rauschen und Tuscheln ging durch die Ränge.

Die Arena war riesengroß. Ich ging in Richtung Schattenseite und sah nicht hinauf zu den Ehrenplätzen. Ich verbeugte mich. Einmal war sicher nicht genug, also zweimal …

Jemand klatschte zaghaft, plötzlich klatschten alle, nicht wild und beifällig, sondern sanft ermutigend.

Hektor kam auf mich zu. Ich drohte ihm mit der Keule. Da war es … sein tiefes grollendes Knurren.

Mit tänzelnden Schritten bewegte ich mich vorsichtig auf ihn zu. Sein breites gutmütiges Löwengesicht …

Es war, als zwinkerte er mir zu … du weißt schon, Lukios …

Wieder behutsamer Beifall. Jetzt konzentrierte ich mich ganz auf Hektor. Ich war nicht allein. Wir waren zu zweit. Und wir würden miteinander spielen, nichts weiter …

»Keine Angst, Hektor«, sagte ich. Niemand konnte es hören.

Aufbrüllend schüttelte er sein Löwenhaupt, als ich noch näher kam. Wie lange hatten wir das geübt!

Ich sprang zurück.

Er setzte auf mich zu, blieb stehen, knurrte, knurrte gefährlich. »Komm nur, Bestie! Ich zeig's dir«, schrie ich, wieder zurückspringend.

Hektor kam näher, ich spürte seinen Atem im Gesicht.

»Hnk, hnk«, keuchte er, »hnk, hnk …«

Von den Rängen verhaltener Beifall.

Die gewaltige Pranke langte nach meinem Schild.

Langsam, zu langsam, tänzelte ich rückwärts. Ein entsetzter tausendstimmiger Aufschrei ging durch die Rundung des Amphitheaters.

Ich habe meinen Schild verloren. Er liegt im Sand. Hektor steht mit einer Pfote darauf und brüllt Schauder erregend. Hört nicht auf zu brüllen.

Ich, halbnackt, nur die Keule in der Hand, stehe ihm ganz allein gegenüber.

Frauen kreischen auf.

Und dabei sehen sie nicht einmal, dass die Keule nur aus Kork ist! Ich muss meinen Schild wiederbekommen, ohne Schild bin ich verloren.

Also wage ich es … ich greife die Bestie an. Ich schlage ihr einfach auf die Stirn …

Ein langer Blick aus bernsteingelben Löwenaugen, dann ein furchtbares Donnern aus geöffnetem Rachen mit den blitzend weißen Zähnen. Ich lasse erst ab von meinem Feind, schlage dann aber nochmals zu, ohne das geringste Anzeichen von Furcht erkennen zu lassen.

Man muss mich für verrückt halten oder für lebensmüde, Hektor sieht gefährlich aus.

Und nochmals schlage ich zu. (Verzeih mir, Hektor!)

Spitze Schreie hinter mir, vor mir, über mir.

Es ist geschafft, Hektor weicht eine halbe Löwenlänge zurück, das genügt, ich greife nach meinem Schild, etwas zu früh …

»Hnk, hnk«, faucht die Bestie.

»Lu-ki-os! Lu-ki-os! Lu-ki-os!«

»Alter Knabe, du bist großartig«, sagte ich. Jetzt zurück … die Löwenzähne haben nach mir geschnappt, es heißt, auf der Hut sein … *cave leonem* …

Ich muss ihn töten, es wird höchste Zeit, sonst könnte Hektor ungeduldig werden oder mit mir spielen wollen …

Meinen Körper mit dem Schild bedeckend, umtänzele ich ihn. Atemlose Stille. Völlige Stille in diesen Sekunden der Entscheidung. Meine Haare sind schweißnass.

»Hnk, hnk, hnk«, keucht Hektor.

Ich richte mich auf und sehe kurz hinauf zu den Rängen, zu den Ehrensitzen. Lange genug, um ihn gesehen zu haben, ihn, Commodus, der von seinem Sitz aufgesprungen ist und mir zuwinkt.

»Hnk, hnk ...«

»Stirb, Bestie!«, schreie ich. Ich trete ein paar Schritte vor, Hektor kriecht zähnefletschend zurück, näher zu den Ehrensitzen hin.

»Stirb, Bestie«, noch einmal, es haben gewiss nicht alle gehört und dann hole ich weit aus. Die Keule lasse ich hart auf Hektors Stirn aufkommen, so fest ich kann, mit ersichtlicher Anstrengung.

Da geschieht das Wunder. Das wilde Tier sinkt lautlos zusammen, einmal noch peitscht sein Schwanz durch den Sand der Arena ...

Ich verharre einige Augenblicke abwartend und zitternd. (Ruhig, Hektor, ganz ruhig, o bitte, rühr dich nicht!)

Dann setze ich meinen Fuß in der Pose des Siegers auf den Ansatz seiner Mähne.

Das war es, das war fast schon alles. Beifall, Trommelwirbel, Wasserorgel, Klatschen, Toben: »Lu-ki-os!«

Der Maultierkarren biegt um die Ecke. Die Maultiere haben Leichenbittermienen ...

Ich verbeuge mich, nach allen Seiten mehrmals, höre überhaupt nicht mehr auf damit, schiele nach Hektor. (Verdirb mir nicht diesen Triumph. Bleib liegen ...)

Gerade beugen sich die Sklaven nieder zu ihm, um ihn mit vereinten Kräften auf den Karren zu heben, da halten sie plötzlich inne ...

Ich sehe nun auch dorthin, wohin sie mit weit aufgerissenen Augen blicken: Ein Junge läuft über den Sand. Er hält in den ausgestreckten Händen den Siegeskranz, stolpert fast und bleibt vor mir stehen.

Von den Rängen: »Caesar! Caesar! Commo-dus! Commo-dus!« Und Klatschen und Toben. »Commo-dus! Commo-dus!«

Commodus' blasiertes Knabengesicht ist jetzt tiefernst und vor Aufregung gerötet. Ich will etwas sagen, schaffe es aber nicht. Ich schlucke.

»Tapferer Lukios, trage diesen Kranz als Belohnung für deinen Mut«, mit diesen Worten setzt Commodus mir den Lorbeerkranz aufs verschwitzte Haar und bindet mit eigener Hand die Schlaufen in meinem Nacken fest.

»Erkennst du mich nicht?«, versuche ich herauszubringen.

Das A Apions auf meiner Stirn!

Tränen der Wut und Enttäuschung steigen in mir auf. Ich kann sie nicht länger zurückhalten.

»Ich bin doch ... Lukios ...«

Durch meine Tränen hindurch kann ich nichts mehr erkennen, es ist mir jetzt auch gleichgültig, ob Hektor aufspringt oder schon fortgekarrt worden ist.

Ich spüre eine Hand auf meiner Schulter. Commodus hat keine große Übung darin, weinende Löwenkämpfer zu trösten.

Meine Hoffnung war gewesen, durch diese Entscheidung auf dem Sand der Arena wieder mein römisches Bürgerrecht zu erhalten ...

Einmal Sklave, immer Sklave ...

»Ich will hier endlich raus«, schluchze ich.

»Das wollen doch alle«, sagt Commodus.

»Ich bin römischer Bürger und zu Unrecht in die Sklaverei

verkauft worden. Schließlich gibt es Gesetze. Und sie sollen auch für mich gelten ...«

Ich wische die Tränen fort und sehe ihn an, den Caesar, Commodus.

In diesem Moment stößt er einen überraschten Schrei aus: »Lukios!«

»Commodus!«

»Lucius Ceionius Commodus! Du lebst!«

Das Spiel geht weiter

Niemand soll mich danach fragen, wie dieser Tag zu Ende ging. In meiner Erinnerung sind nur noch Einzelheiten geblieben, von denen ich nicht mehr sagen könnte, in welcher Reihenfolge sie sich ereignet haben.

Während die Wasserorgel ein lustiges Lied spielte und Zwerge und Clowns unten durch den Sand purzelten, versuchte Tante Fabia mit einem seidenen Tüchlein mir Apions A von der Stirn zu wischen.

»Es ist eingebrannt ...«

Aber niemand hörte mir zu.

Meine Mutter schluchzte und Annia lachte krampfhaft. Die übrigen Verwandten griffen nach mir und streichelten mich, als müssten sie sich auf diese Weise davon überzeugen, dass ich es wirklich war.

Zwischendurch erkannte ich Bassus, der versuchte, sich bis zu uns durchzukämpfen. Die Prätorianer stießen ihn mit brutaler Gewalt die Stufen herunter. Ich sah, wie er taumelte ...

»Erzähl uns, was geschehen ist«, verlangte Onkel Ummidius.

»Du wirst mir kein Wort glauben«, sagte ich.

»Er ist verwahrlost«, sagte mein Stiefvater.

»Wie mager er ist«, sagte meine Großmutter.

»Und gewachsen ist er«, sagte meine Mutter.

Wahrhaftig! Auch der dicke Quintian nahm einen Ehrenplatz ein. Es ärgerte mich, dass er jetzt die Männertoga trug und sich aufspielte wie ein Erwachsener, der er ja wirklich war.

Und Cornilla verkündete: »Ich werde morgen verlobt!«

Ich kam nicht zu Wort. Während sie mich drückten und abküssten, sah ich, wie einer der Soldaten Bassus mit der Fläche seines Schwerts so über den Kopf schlug, dass er blutete.

»Lasst mich los!«, schrie ich. Es war, als wäre ich in einer anderen Welt, für immer getrennt von der, die ich eben erst verlassen hatte.

Niemand kümmerte sich um Bassus. Er taumelte benommen die Stufen herunter und ging an der Brüstung entlang zum Primus Palus. Der schüttelte den Kopf, als Bassus ihn ansprach.

»Die Hasenjagd«, sagte ich, »bitte, achtet auf die Hasenjagd mit Bassus' Löwinnen …«

»Lukios hat Fieber!«, sagte Tante Fabia.

»Sie muss gleich kommen«, sagte ich, »es ist wahrscheinlich die nächste Nummer.«

Übrigens fiel Bassus' Hasenjagdvorführung aus und ich sah ihn dann auch nicht mehr. Plötzlich war er verschwunden.

Eine offizielle Erklärung wurde am Ende der Vormittagsspiele verlesen: dass heute ein Freudenfest sei, weil der Enkel des Kaisers Marcus Aurelius hier in Alexandria während der Spiele von den allmächtigen Göttern in die Arme seiner

Familie zurückgeführt worden sei. Der Kaiser verzeihe der Stadt und zum Zeichen seiner Versöhnung mit ihr werde er seine Tochter Cornifica in Alexandria zurücklassen, die morgen mit dem Sohn eines Bürgers der Stadt, mit Petronius Sura Mamertinus, verlobt werden sollte.

Kopres und Geli sah ich mit Apion und seiner ganzen Familie beim Primus Palus stehen, der wieder den Kopf schüttelte, während sie auf ihn einredeten. Kopres und Geli warfen scheue Blicke zu uns hinauf.

Ich fing plötzlich an zu weinen und sie brachten mich fort aus dem Amphitheater, in ein wunderschönes kleines Zimmer, in dem es angenehm kühl war. Aber ich vermisste meine raue, braun-weiß gestreifte Decke und das Brüllen der Löwen und konnte nicht einschlafen ...

Wie viele Sklaven es im Hadrianspalast gab ... Aber es wäre keinem von ihnen eingefallen, mich mit »Lukios« anzureden und mir seine Lebensgeschichte zu erzählen, wie Kopres und Geli es getan hatten.

Onkel Ummidius, der heute gar nicht spöttisch lächelte, wie er es sonst immer getan hatte. Tante Fabia mit ihren roten Locken, meine Mutter, Cornilla ...

Sie alle umstanden mein Bett, dieses kostbare und zerbrechliche Prunkstück aus der Zeit Cleopatras mit Einlegearbeiten aus Edelhölzern und Elfenbeinschnitzereien an der Kopflehne. Mir fiel auf, dass alle Mitglieder meiner Familie nach Wohlgerüchen dufteten und dass ihre Kleidung sauber war.

»*Chaire*, Lukios«, begrüßte mich Sextus mit vor Aufregung leicht zittriger Stimme.

»Geht es deinem gebrochenen Bein wieder besser?«

»Es ist ganz geheilt. Wo sind Euphrat und Tigris geblieben?«

Ich setzte mich auf, stützte die Arme auf die seidenen Kissen und begann zu erzählen …

Meine Großeltern Marcus Aurelius und Faustina verließen uns nach einer Weile, um die Gladiatorenspiele anzusehen. Widerstrebend musste Commodus sich ihnen anschließen. Der Rest der Familie mitsamt dem etwa siebzehnjährigen Petronius hörte mir wie gebannt zu. »Dann haben also Kopres und Geli dir zur Flucht verholfen?« Ich nickte.

»Und dieser Tierbändiger Bassus hat dich nach dem Stich des Skorpions gepflegt und dir eigentlich beinahe das Leben gerettet?«, fragte meine Mutter.

»Er hat wie ein Vater für mich gesorgt«, sagte ich und heulte wieder ganz furchtbar los, weil ich daran denken musste, wie die Prätorianer ihn behandelt hatten.

Petronius gefiel mir gut; er hatte dunkles kurz geschnittenes Haar und einen Backenbart. Er schien mir wohlerzogen und ein wenig schüchtern zu sein.

Während meines Berichts hatte sich Onkel Ummidius Notizen auf ein mit Wachs beschichtetes Lindenholzbrettchen gemacht.

Als ich fertig war, bat ich ihn, mir zu zeigen, was er geschrieben hatte. Ich las:

BVERGERRECHT FVER KOPRES,
GELI, BASSVS (STARTKAPITAL
FVER FA. BASSVS)
STRAFEXPEDITION INS DELTA
I) TITVS II) FLAVILLA V. ELTERN
III) EVPHRAT V. TIGRIS

»Du hast noch etwas vergessen …«

Onkel Ummidius sah mich fragend an.

»Bassus braucht so viel Geld, dass er der Firma Eutyches

und Sarapion Hektor und die vier Löwinnen abkaufen kann …«

Lieber Leser – aufatmend stelle ich fest, dass die zweite Papyrusrolle so gut wie voll geschrieben ist. Ich will an dieser Stelle meine Erzählung einen Moment lang unterbrechen. Hyazinthus war gerade bei mir, ich las ihm das letzte Kapitel vor, und als ich damit fertig war, brachte er mir einen zerknitterten Brief und meinte, ich solle ihn an dieser Stelle einfügen. Es ist der zweite Brief, den ich ihm vor einem Jahr aus dem Hadrianspalast in Alexandria nach Pergamon geschickt habe.

Es ist eine zweiseitige, beschriebene, kleinere Papyrusrolle …

An Hyazinthus
Selinusstraße, Haus bei den Platanen
PERGAMON, Prov. Asien

Zwei Neuigkeiten für Hyazinthus

Zweiter Tag vor den Kalenden des Oktober des Jahres, in dem Calpurnius Piso und Salvius Julianus Konsuln sind.

Lukios an seinen Hauslehrer Hyazinthus.

Lukios wünscht Hyazinthus Wohlergehen und Gesundheit. In meinem letzten Brief habe ich dir von meinem Kampf mit Hektor in der Arena berichtet. Heute schreibe ich dir noch ganz schnell, was danach passiert ist.

Also, die *erste Neuigkeit:* Meine Mutter und Tante Fabia haben erlaubt, dass ich nach Pergamon kommen darf.

Genauer gesagt: Ich werde morgen mit Geli und Euphrat

und Tigris auf dem Schiff von Alexandria nach Kleinasien abreisen. Und jetzt darf ich wirklich in Pergamon Medizin studieren! Onkel Ummidius hat gesagt, wer einen Löwen getötet hat, ist erwachsen. Der kann auch allein in Pergamon leben und Medizin studieren! Wie ich mich gefreut habe, als er das sagte, kannst du dir nicht vorstellen!

So allein werde ich übrigens gar nicht sein, wo doch Geli und Euphrat und Tigris bei mir sein werden. Und du! Jetzt wunderst du dich wahrscheinlich, dass Euphrat und Tigris auch in Alexandria sind.

Damals, als die Seeräuber sie verkauften, kamen sie zu einem Mann namens Sarapammon, einem Töpfer in Chemmis.

Stell dir vor, Sarapammon war nicht dabei, als das große Gladiatorenspiel in Alexandria an den Iden des September stattfand, aber die Nachricht von meinem Kampf mit Hektor hat sich bis nach Chemmis herumgesprochen. Vor allem natürlich die Sache, dass ich Neffe von Commodus und Enkel von Marcus Aurelius bin.

Auch Euphrat und Tigris haben davon gehört und sich riesig gefreut. Daraufhin gingen sie zu ihrem Herrn, zu Sarapammon und erzählten ihm, dass sie in Wirklichkeit meine Sklaven wären. Sarapammon soll sich die Haare zerrauft und seine Kleider zerrissen haben vor Schrecken und Entsetzen darüber, dass er bei seinem Kauf so hereingefallen war, denn jetzt glaubte er ihnen jedes Wort. Euphrat und Tigris haben ihm Mut zugesprochen und gesagt, sie seien bereit, zu bezeugen, dass er sie im guten Glauben, sie seien rechtmäßig zur Auktion gekommen, erworben hätte.

Noch am selben Tag brachte Sarapammon sie in den Hadrianspalast nach Alexandria. Das war unheimlich nett von ihm. Den Kaufpreis hat er von Tante Fabia sofort zurückbekommen, so sehr hat sie sich gefreut, die beiden wiederzuhaben. Ich glaube, sie nimmt ihnen die Sache mit der Sänfte, damals als Sextus sich das Bein gebrochen hatte, nicht mehr übel.

Und jetzt die *zweite Neuigkeit:* Sie ist so schön, dass du es zuerst vielleicht gar nicht glauben wirst.

Jetzt, im Rückblick, muss ich sagen, eigentlich bin ich fast froh, dass die Seeräuber damals die »Minerva« überfallen und mich an Apion verkauft haben ... Ich hätte Geli sonst ja nie kennen gelernt. Wenn Geli aber mich nicht kennen gelernt hätte, hätte sie ihre Brüder nie wieder gefunden.

Geli hat nämlich *ihre Brüder wieder gefunden!*

Euphrat und Tigris heißen in Wirklichkeit Vartan und Massis. Euphrat hat ein Muttermal auf der linken Schulter und Tigris eine Narbe an der rechten Wade.

Ich unterhielt mich gerade mit Geli und Kopres, als Tante Fabia, Sarapammon und Euphrat und Tigris zu uns hereinkamen. Ich erkannte sie kaum noch wieder, so braun gebrannt waren sie. Ehe wir uns richtig begrüßt hatten, hat Geli plötzlich einen Schrei ausgestoßen. Und dann ist sie erst Euphrat um den Hals gefallen, dann Tigris und hat armenisch auf sie eingeredet. Die beiden konnten sich sogar noch daran erinnern, dass sie Geli hieß. Danach gab es natürlich überhaupt keinen Zweifel mehr daran. Kopres meinte, das hätten wir alles Anubis zu verdanken und auch Isis hätte bei allem vermutlich die Hand im Spiel gehabt.

Ich bin ziemlich traurig, dass wir immer noch keine Nachricht von Titus und Bobo haben. Flavilla und ihre Eltern sind inzwischen wieder in Freiheit. Es war leicht, sie bei dem Bäcker Petosiris zu finden. Wir machen uns alle große Sorgen um Titus. Um Bobo auch, jedenfalls ich. Onkel Ummidius sagt, Bobo bräuchten sie nicht zu finden.

Eine Kohorte, glaube ich, ist losgeschickt worden, um im

Sumpf das Versteck der Seeräuber ausfindig zu machen; so einfach ist das nämlich gar nicht, weil doch in dieser Jahreszeit die Überschwemmung ist. Du kannst dir nicht vorstellen, wie es im September hier aussieht ... das ganze Land, beinahe das ganze Land, steht unter Wasser!

Alexandria aber zum Glück nicht, weil die Stadt wegen der Kalksteinhügel etwas höher liegt, und die anderen Städte auch nicht. Ohne Boot ist im Moment nicht viel zu machen. Kopres hat gesagt, ihm macht es nichts aus, er könne gut schwimmen. Er will lieber hier bleiben und wieder bei Apion arbeiten. Am liebsten würde ich auch Hektor mit nach Pergamon bringen. Leider geht es nicht, weil Bassus ihn braucht. Er hat jetzt ein Geschäft in Rhakotis, der Altstadt von Alexandria, gemietet. Es liegt im Parterre. Ein Hinterhof gehört dazu mit Stallgebäuden für die Löwinnen und für Hektor, meinen Hektor.

Das sind alle Neuigkeiten. Ich muss jetzt Schluss machen, weil ich noch meine Sachen einpacken will.

Vale, lieber Hyazinthus, bis bald. Ich soll dich von allen andern grüßen, besonders von Bassus und Kopres, obwohl sie dich nicht persönlich kennen. Sie hoffen beide, dass du irgendwann einmal nach Alexandria kommst.

Post scriptum:

Bassus, Kopres und Geli sind jetzt römische Bürger geworden. Bassus heißt MARCUS AURELIUS BASSUS und Geli AURELIA GELI. Nur bei Kopres war es komplizierter. Auf seiner Urkunde stand zuerst MARCUS AURELIUS KOPRES. Aber er hat darum gebeten, sie neu auszufertigen und lieber MARCUS AURELIUS MAXIMUS zu schreiben. »Kopres« würde ihn immer daran erinnern, dass seine Eltern ihn ausgesetzt haben.

Noch etwas: Ein Arzt hat versucht, das A Apions über meiner Augenbraue mit Bimsstein abzuschleifen, aber man sieht es trotzdem noch. Er meinte, ganz wegzubekommen wäre es wohl nicht mehr.

Das war also der Brief, den ich damals Hyazinthus schrieb. Bliebe noch zu berichten, dass Bobo mir nach Pergamon nachgeschickt wurde, als ich die Hoffnung, ihn je wieder zu sehen, längst aufgegeben hatte, nämlich erst im Frühjahr des nächsten Jahres nach meiner Abreise aus Alexandria! Er hatte eine sehr stürmische Überfahrt, der Arme, bei der er während eines schrecklichen Sturms gegen die Wand seines Käfigs geschleudert wurde und sich den Arm ziemlich kompliziert brach.

Sextus schrieb mir, die Seeräuber seien fast alle gefangen genommen worden und sähen jetzt ihrem Prozeß entgegen. Titus konnte befreit werden und ist mit Flavilla und seinen Eltern wieder nach Gortyn zurückgekehrt.

Mir gefällt's hier in Pergamon sehr gut. Vor zwei Monaten hatte ich Besuch von Sextus und Annia. Am besten fanden sie das Haus, das wir zu viert bewohnen; die Zwillinge, Geli und ich. Es liegt am Stadtrand von Pergamon, in der Nähe der »heiligen Straße«.

Außer Bobo haben wir noch drei Kanarienvögel und ein britannisches Pony für den Fall, dass einer von uns ein Reittier benötigt, und einen zugelaufenen Hund namens Rufus. Ein paar Tauben haben wir auch noch. Jetzt will ich wirklich Schluss machen. Aber morgen wollen wir Abschriften für Bassus, Kopres und Sextus schreiben. Cornilla hat auch schon eine bestellt. Ich fürchte, das wird noch eine ganze Menge Arbeit werden.

ENDE DER ZWEITEN
PAPYRUSROLLE

Epilog

Am 17. März des Jahres 180 n. Chr. starb Marcus Aurelius an der Pest. Sein Sohn Commodus war damit, achtzehnjährig, alleiniger Herrscher über das Imperium Romanum geworden. Gegen den Willen der mächtigen Generäle seines Vaters schloss er Frieden mit Germanen und Sarmaten an der Donaufront und beendete so die Kriege, die die damalige Welt viele Jahre lang in Atem gehalten hatten.

Schon bald danach brach in Rom eine Verschwörung gegen Commodus aus, an der seine eigene Schwester Lucilla und Ummidius Quadratus maßgeblich beteiligt waren. Quintian versuchte Commodus zu erstechen, als er gerade das Theater betrat.

Commodus ließ die Verschwörer hinrichten.

Doch damit war wenig erreicht. In den folgenden Jahren löste eine Verschwörung gegen sein Leben nur die andere ab, bis er schließlich 192 n. Chr. ermordet wurde. Auch Sextus kam im Zuge der blutigen Unruhen schon in den ersten Jahren der Regierungszeit des Commodus höchstwahrscheinlich ums Leben. Er versuchte von Syrien aus zu den Parthern über die Grenze zu entkommen. Kein Mensch weiß, ob seine Flucht glückte oder nicht.

Und Lukios?

Die Geschichtsschreiber nennen seinen Namen nicht. Er wurde niemals Konsul und verwaltete keine Provinz. Keine Stadt setzte ihm eine Ehrenschrift. Nehmen wir also an, dass es ihm gelungen ist, seinen Traum zu verwirklichen, Arzt in Pergamon zu werden.

Von den 26 im Personenverzeichnis aufgeführten Menschen sind zwölf historisch nachzuweisen: Commodus, Lukios, Cornilla, Annia, Sextus, Quintian, Claudius Pompeianus,

Lucilla, Tante Fabia, Onkel Ummidius, Petronius und Hyazinthus. Von Lukios und seiner Schwester Annia allerdings wissen wir nur, dass sie existierten, und wann sie geboren wurden, nicht aber, wie sie genau hießen und wie alt sie wurden.

Es ist kein Zufall, dass wir verhältnismäßig viel über Personen wie die ehrgeizige Lucilla und andere nähere und entferntere Verwandte des Marcus Aurelius aus den Texten der antiken Geschichtsschreiber erfahren und nur höchst wenig über Personen wie Euphrat und Tigris, Kopres und Geli.

Cassius Dio zum Beispiel, ein Senator aus Kleinasien, ein Altersgenosse des Lukios, der später über seine Zeit ein Geschichtswerk schrieb, schildert darin Schlachten, Verschwörungen und die Eroberungen feindlicher Städte und überliefert uns die letzten Worte sterbender Kaiser.

Galenus, der berühmte Leibarzt des Kaisers, hinterließ medizinische Schriften, in denen er über die Behandlung seiner prominenten Patienten berichtet. Über Commodus' Mandelentzündung sind wir folglich unterrichtet.

Euphrat und Tigris, Kopres und Geli sind notgedrungen erfunden, das bedeutet nicht, dass es sie nicht gegeben hätte. Sie lebten wirklich ebenso wie Bassus und Apion, Apollonius, Titus und Flavilla, Attalos, Kalasiris, Petosiris, Sarapammon und der Primus Palus.

Erklärung der unbekannten Wörter und der lateinischen Ausdrücke in alphabetischer Reihenfolge

AESCULAPIUS – Gott der Heilkunde und der Medizin
ANUBIS – ägyptischer Gott, hatte die Gestalt eines Schakals
AUGUSTUS – heißt »der Erhabene«, seit Augustus trugen alle römischen Kaiser diesen ehrenden Beinamen
AVE – »sei gegrüßt«
BES – ägyptischer Schutzgott, der den Bedrängten gegen wilde Tiere und böse Geister beistand
BUKOLEN – räuberische Hirtenbevölkerung im nordwestlichen Teil des Nildeltas in der Umgebung von Alexandria, am herakleotischen Nilarm lebend bis nach Chemmis hin
BÜRGERRECHT – der römische Bürger genoss gegenüber Nichtbürgern, z. B. Sklaven oder Barbaren, eine Reihe von Vorteilen im öffentlichen Leben und in der Rechtsprechung. Er trug mindestens drei Namen und bekleidete sich mit der Toga
CAESAR – in dieser Zeit Titel des Thronfolgers
CASTOR – Castor und Pollux, die Söhne des Jupiter, galten als Helfer in Seenot und Schutzgottheiten der Seeleute. Dargestellt werden sie meist mit ihren Pferden
CAVE LEONEM – »hüte dich vor dem Löwen«
CHAIRE – griechische Grußform »Guten Tag«
CHARON – der Name des Fährmanns, der die Toten zur Unterwelt übersetzte
CURIUM – größere Stadt auf Creta
DELTA des Nil – Mündungsgebiet des Nil, der in antiker Zeit sieben Mündungen hatte
DENAR – römische Silbermünze im Wert von vier Sesterzen (aus Messing)

Diana – Göttin der Jagd. Berühmt war der Dianatempel in Ephesus

Dikasterion – Gerichtsgebäude

Dioskuren – Castor und Pollux, Söhne des Jupiter

Domina – Herrin

Dominus – Herr

Drachme – Währungseinheit in Ägypten, so viel wie ein Denar

Feliciter – »viel Glück«

Fortuna Redux – Göttin des Glücks, die für die glückliche Rückkehr von Reisenden zuständig war

Freigelassener – ein Sklave konnte von seinem Herrn freigelassen werden, wenn er ein Mindestalter von 35 Jahren erreicht hatte. Der Freigelassene stand immer noch in einem gewissen Abhängigkeitsverhältnis zu seinem ehemaligen Herrn, nun seinem Patronus, und hatte nur bedingt Zutritt zu Ämtern und obrigkeitlichen Würden, besaß aber sonst Namen und Eigenschaften eines römischen Bürgers

Freilassung – von den verschiedenen Arten der Freilassung war die durch Testamentsbeschluss, nach dem Tod eines Herrn, eine der häufigsten. Es gab die andere Möglichkeit, dass ein Sklave sich ein eigenes kleines Vermögen ansparte und sich damit freikaufte

Garum – Fischsoße

Gladiator – vielfach: zum Tode verurteilte Verbrecher oder Kriegsgefangene. Es gab verschiedene Kampfarten. Die Zweikämpferpaare wurden durch Los bestimmt. Gladiatoren kämpften nicht nur gegen Menschen, sondern auch gegen Tiere. Die Gladiatorenspiele verschlangen Unsummen für Fang und Herbeischaffung von wilden Tieren, hauptsächlich aus Afrika. Der Verbrauch an ihnen war so groß, dass bereits in römischer Zeit z. B. die Löwen

Nordafrikas und das Nilpferd im Nildelta weitgehend ausgerottet waren

Helios – Sonnengott der Griechen

Hercules, Herakles – sagenhafter Halbgott, Sohn Jupiters, nach seinem Tode Gott. Der Sage nach bekämpfte er Ungeheuer und wilde Tiere, weshalb er besonders von Gladiatoren verehrt wurde

Hippodrom – Pferderennbahn, auf der die Wagenrennen stattfanden

Hippopotamos – Flusspferd

Imperium Romanum – das römische Reich in der Kaiserzeit, am größten unter Kaiser Trajan (98–117 n.Chr.) mit ca. 3 339 500 qkm

Isis – ägyptische Göttin des Korns und der Fruchtbarkeit, Gattin des Osiris, Mutter des Gottes Horus, der mit einem Falkenkopf dargestellt wird

Jupiter – oberster römischer Gott, auch Jupiter Optimus Maximus (Jupiter, der Beste, Größte) genannt und als solcher verehrt

Katakomben – in und um Alexandria existierten mehrere unterirdische Grabanlagen, sowohl im Osten wie im Westen der Stadt aus dem 2. Jh. v. Chr. bis zum 3. Jh. n. Chr. Es waren keine Zufluchtsstätten früher Christen, sondern einfach in den Felsen gehauene Gräber

Kohorte – Truppeneinheit des römischen Heeres (10. Teil einer Legion, etwa 600–1000 Mann)

Konsul – in der Zeit der Republik – sie endete 27 v. Chr. mit Kaiser Augustus – stand zwei Konsuln die Oberleitung der Staatsgeschäfte zu. In der Kaiserzeit dagegen war das Konsulat fast nur noch ein Ehrenamt. Die Konsuln konnten Senatssitzungen einberufen und leiten. Die Amtszeit war im 2. Jh. n. Chr. auf zwei Monate beschränkt, damit eine größere Zahl von Bewerbern mit diesem Amt geehrt werden konnte. Das erste Konsulnpaar, nach dem das Jahr benannt wurde, genoss als *consules ordinarii* (reguläre Konsuln) größeres Ansehen als die nachfolgenden *consules suffecti* (Ersatzkonsuln)

LAURIONGEBIRGE – im südlichen Attika, Silberbergwerke

MANEN – Götter der Unterwelt, Seelen der Verstorbenen

MEILE – von lat. *milia passuum* = 1000 Doppelschritt, die römische Meile maß ca. 1,5 km

MINERVA – Göttin der Weisheit

NEMESIS – Göttin der ausgleichenden und strafenden Gerechtigkeit, besonders von Gladiatoren verehrt

NEPIOS – Dummkopf

OBELISK – griechische Bezeichnung »Bratspieß« für die aus einem Stein bestehenden spitz zulaufenden Pfeiler vor ägyptischen Tempeln

OBOLE – kleine Kupfermünze, Untereinheit einer Drachme

PAPYRUS – aus dem Mark der Papyrusstaude, die in Ägypten wuchs, hergestelltes »Papier«

PHAROS – Insel vor Alexandria, von Alexander durch einen Damm, das Heptastadion, mit dem Festland verbunden. So entstanden zwei Häfen. Auf der Ostspitze der Insel wurde im Jahr 280 v. Chr. aus Kalkstein der mindestens 130 m hohe Leuchtturm, Pharos, erbaut, eins der sieben Weltwunder der Antike. Der Turm war unten quadratisch und bestand aus mehreren, schmäler werdenden Abschnitten. Auf der Spitze stand eine Figur. Der Brennstoff zur Befeuerung wurde in einem Mittelschacht hochgezogen; große Spiegel verstärkten die Lichtwirkung des brennenden Feuers. Der Pharos stürzte erst in den Jahren 1303 und 1326 n. Chr. bei Erdbeben zusammen, nachdem er vorher noch von den Arabern benutzt worden war

POLLUX – siehe CASTOR

PRÄFEKT VON ÄGYPTEN – Statthalter der Provinz Ägypten

Prätor – städtischer Richter

Prätorianergarde – Kaiserliche Garde

Primus Palus – Leiter einer Abteilung von Gladiatoren

Quadriga – Viergespann

Rhakotis – Altstadt von Alexandria

Salus – Göttin der Gesundheit

Serapis, Sarapis – ägyptischer Gott der Seefahrt und des Meeres

Sprache in Ägypten – Griechisch oder Ägyptisch, nicht Lateinisch. Die Amtssprache war Griechisch

Tigerpferd – Zebra

Toga – mantelartige Überbekleidung aus einem großen runden Stück, meist weißen Tuches

Vale – »lebe wohl«

Via – Straße

Wasserorgel – die Wasserorgel begleitete die Kämpfe im Amphitheater und muss ein sehr laut tönendes Instrument gewesen sein

Den Werken zweier antiker Schriftsteller hat die Autorin manche Anregung zu verdanken. Es sind dies »Der goldene Esel« von Lucius Apuleius und »Die Abenteuer der schönen Chariklea oder Aithiopika« von Heliodoros aus Emesa.

Lukios
und die Pferde der Freiheit

Inhalt

Vorwort

Im September des Jahres 176 n. Chr. schrieb Lukios seine Geschichte in Pergamon auf, die Bände »Lukios, Neffe des Kaisers« und »Lukios und hundert Löwen«.

Im Frühsommer des Jahres 177 setzen die Ereignisse dieses Bandes ein. Der elfjährige Lukios befindet sich mit seinen Freunden Geli, Vartan und Massis sowie seinem alten Lehrer Hyazinthus in Pergamon, wo er angefangen hat, die berühmte Ärzteschule zu besuchen.

Personenverzeichnis

LUCIUS CEIONIUS COMMODUS, genannt LUKIOS, 11 Jahre

LUCIUS AURELIUS COMMODUS, meistens nur COMMODUS genannt, 15 Jahre, Onkel des Lukios und Sohn des Kaisers Marcus Aurelius; im Jahr 177 n. Chr. wird er Mitkaiser seines Vaters

VARTAN und MASSIS – Zwillingsbrüder, armenische Sklaven und gute Freunde des Lukios

GELI – Armenierin, ältere Schwester von Vartan und Massis

APION – Mühlenbesitzer in Ägypten; Geli war ursprünglich seine Sklavin

HYAZINTHUS – Griechischlehrer und Erzieher des Lukios

MARCIA – Enkelin des Hyazinthus

LUCIUS VERUS – verstorbener Vater des Lukios, war Mitkaiser des Marcus Aurelius von 161–169 n. Chr.

LUCILLA – Mutter des Lukios, älteste Schwester des Commodus, war Ehefrau des Lucius Verus

ANNIA – ältere Schwester des Lukios, Tochter von Lucilla und Lucius Verus

TIGRANES – armenischer General, der unter König Pacorus gegen die Römer kämpfte

PACORUS – armenischer König

SOHAEMUS – armenischer König, von den Römern nach der Vertreibung des Pacorus eingesetzt

POMPOS – Isispriester in Artaxata

KLEMENS, eigentlich TITUS FLAVIUS KLEMENS, wohl in Athen um 150 n. Chr. geboren, christlicher Philosoph

SIMON – Presbyter der Christen in Kyzikos

ONKEL UMMIDIUS – Onkel des Lukios, lebt in Rom

ARISTE – Hebamme in Artaxata

ARSCHAN UND ARESCHA – parthische Kaufleute

ORESTES – Pferdezüchter, lebt in Eleutheropolis

Philistis – seine Frau
Kleopatra – Tochter des Orestes und der Philistis
Marcus Lollius – Militärtribun
Jason und Korinna – Sohn und Schwiegertochter des Hyazinthus
Faustina – Kaiserin, Ehefrau des Marcus Aurelius
Galenus – Hofarzt in Rom

Brief an Commodus

Ich habe beschlossen, dir dieses Buch zu schicken, Domine.

Sei nicht erstaunt über die formelle Anrede. Ich bin es, Lukios, der dir schreibt. Aber ich kann dich seit einiger Zeit nicht mehr »Commodus« nennen wie früher.

Wenn du diesen Brief, der beinahe ein Buch geworden ist, fertig angehört hast – ich weiß, einer deiner Sklaven wird ihn dir nach dem Abendessen vorlesen –, dann wirst du alles wissen und vieles verstehen.

Mein Kaiser, mein Herr – vieles möchte ich dir berichten. Und du sollst wissen, dass ich dich nie vergessen werde, dass ich manchmal in Gedanken bei dir sein werde in Rom, unserer glanzvollen Hauptstadt, in die ich nie mehr zurückkehren will.

Denn es geht mir sehr gut hier weit draußen im Land jenseits der Grenzen bei den Barbaren. Ich bin jeden Tag unterwegs in der frischen Luft auf Salamis, meinem braunweißen Pferd.

Massis und Vartan begleiten mich. Sie sind keine Sklaven mehr. Sie sind frei. Domine, wenn du wüsstest, wie glücklich es macht, frei zu sein! Ich habe noch nie so viele freie Menschen gesehen wie hier bei den Barbaren.

Alles, was ich weiß und erfahren habe über das ganz andere Leben in meiner neuen Heimat, sollst du von mir mitgeteilt bekommen. Und die wichtigen Dinge über dich und über mich, die keiner deiner Sklaven und Freigelassenen wagen würde dir zu sagen …

Es ist ein langer Abschiedsbrief, Domine. Hyazinthus sagte mir, dass Menschen dann einen Abschiedsbrief schreiben, wenn sie noch nicht so weit sind wegzugehen. Ich weiß nicht, ob er damit Recht hat.

Jedenfalls bin ich der Meinung: Du sollst alles wissen, was es über uns beide zu wissen gibt. Ich muss die Geschichte von Anfang an erzählen, hab etwas Geduld.

Du weißt, damals vor über einem Jahr lebte ich in Pergamon und es stand fest, dass ich dort Medizin studieren würde, um ein Arzt zu werden. Mit Geli und ihren Brüdern Vartan und Massis lebte ich zusammen in einem Haus am Stadtrand von Pergamon, ganz in der Nähe der »heiligen Straße«. Außer dem Affen Bobo hatten wir drei Kanarienvögel, ein britannisches Pony und den zugelaufenen Hund Rufus …

Jenes Buch

Ich war im Heiligtum des Asklepios gewesen. Dort hatte ich einem Arzt geholfen seinen Kranken Verbände anzulegen.

Zweimal die Woche war ich dafür eingeteilt. Vergnügt pfiff ich vor mich hin, während ich den schattigen Säulengang an der heiligen Straße entlanglief, barfuß wie immer; seit meinen Zeiten als Apions Sklave in Ägypten hatte ich mir angewöhnt, ohne Sandalen zu gehen. Ohne Schuhe an den Füßen fühlte ich mich freier. Und es war ein unvergleichlicher warmer Frühsommertag.

Als ich unser Haus betrat, sprang mir der Hund Rufus entgegen. Geli und Hyazinthus saßen in der Eingangshalle auf der korbgeflochteten Bank am Wasserbecken. Hyazinthus hatte die Beine auf einen Schemel hoch gelegt wegen seiner Krampfadern.

»*Chaire*«, sagte ich. Sie waren so in ihr Gespräch vertieft, dass sie mich nicht sofort bemerkten.

»*Chaire*, mein Lehrer«, wiederholte ich.

»*Chaire*, Lukios«, erwiderte er. »Setz dich zu uns.«

Vartan kam mit einem Handtuch und einer Schüssel Wasser und begann unaufgefordert meine Füße zu waschen. Das tat gut.

»Was macht die Arbeit?«

»Ich durfte zwei Armverbände anlegen, ganz allein. Mein Lehrer war sehr zufrieden mit mir ...«

»Und die Blutegel?«

»Das werde ich demnächst lernen. Jakchos will mit mir in den Sumpf gehen, damit ich sehe, wie man sie fängt.«

Hyazinthus nickte zufrieden. Er erkundigte sich immer nach meinen Fortschritten.

Es schien ihm Freude zu machen, wenn ich mich bei der Arbeit wohl fühlte.

»Wie geht es bei dir voran?« Ich wusste, dass er dabei war, ein Buch über die Geschichte der frühesten Christen bis in unsere Zeit hinein zu verfassen. Deshalb hatten wir uns auch schon seit Wochen nicht mehr gesehen.

»Ich war ein paar Tage in Ephesus, wie du weißt. In der dortigen Bibliothek gibt es fast noch mehr Bücher als hier für mein Thema. Ich habe mir Abschriften von den Stellen, die ich brauche, angefertigt. Leider werden meine Augen immer schlechter.«

»Es gibt Sklaven, die dir vorlesen können.«

»Schon. Aber sie wissen nicht, wonach man suchen muss, was für mich nötig ist ... Immerhin aber ... diesmal habe ich einen wertvollen Fund gemacht.«

Ich unterdrückte mühsam ein Gähnen. Hyazinthus übertrieb es manchmal mit seinen Erzählungen von Büchern und Bibliotheken.

»Der größte Fund seit Jahrzehnten. Wichtig für mich, aber mehr noch für dich, Lukios.«

»Bring bitte etwas zu essen«, flüsterte ich Vartan zu. Mein Magen knurrte.

»Ein neuer Abschnitt deines Lebens ist angebrochen«, fuhr Hyazinthus unbeirrt fort. Mir dämmerte, was er meinte … Du, Commodus, warst Augustus, Mitkaiser deines Vaters Marcus Aurelius, geworden, ein sehr bedeutsamer Tag für uns alle. Wir waren stolz auf dich und glücklich darüber, noch einen Kaiser mit allen Rechten und Pflichten zu besitzen. Im gesamten Imperium Romanum, in allen Provinzen, von Spanien bis Kleinasien, hatte man schon in aller Frühe Opfer für deine kaiserliche Gesundheit und ein langes Leben vollzogen. Das Bild von dir und deinem Vater in unserem Haus war durch einen geschickten Maler mit einem zusätzlichen Lorbeerkranz auf deinem Kopf versehen worden.

Vartan brachte einen kleinen Tisch zu uns herein mit einer Schale Schafskäse und Oliven und einem frischen duftenden Fladenbrot. Hungrig biss ich in eine dicke violette Olive und spuckte den Kern auf den Boden.

»Der Lehrer greift zuerst zu«, sagte Hyazinthus streng.

»Verzeih«, murmelte ich.

»Wer soll dir Manieren beibringen, wenn nicht ich …«

»Meine Manieren sind in Ordnung. Ich bin Neffe von Commodus Augustus und Enkel von Marcus Aurelius.«

»Es tut mir weh, dich so sprechen zu hören. Auch einer wie du sollte seinen alten Lehrer mit Ehrfurcht behandeln.«

Ich griff nach seinem Arm und streichelte ihn wortlos, er verstand, wie ich es meinte.

»Was ist mit deinem wunderbaren Fund?«

Aus den Tiefen eines leinenen Sackes kramte Hyazinthus umständlich eine schon ältere Papyrusrolle hervor. Er legte sie auf den Schoß und rollte sie auf. Die Schrift war griechisch.

»Ich habe sie in Ephesus ausgeliehen, damit du sie mit eigenen Augen siehst. Schau dir dieses Buch gut an. Es ist die

Urschrift der Kriegstagebücher deines Vaters, von der man bisher glaubte, sie sei für immer verloren.«

Gut, es war sie also. Nach dem Tod meines Vaters waren diese geheimnisvollen Tagebücher irgendwie verschwunden, kein Mensch hatte gewusst, wohin sie gekommen waren. Na und?

»Jenes Buch verändert vielleicht dein Leben«, sagte Hyazinthus.

Aber Tigranes entkam

Ich fing an zu lachen. Hyazinthus' feierliches Gesicht sah so komisch aus. Er schien sich darüber zu ärgern, dass ich den Ernst der Lage nicht begriff. »Ich habe alle deine Sklaven für heute fortgeschickt«, sagte er.

»Du hast ihnen frei gegeben?«

»Ja, ich wollte sicher sein, dass wir allein sind ... bis auf Geli, Vartan und Massis. Nur wir fünf sollten über das Geheimnis sprechen. Es betrifft euch alle: dich, Lukios, und Geli mit ihren Brüdern.«

»Du machst es ziemlich spannend ...«

»Lukios! Dein Vater starb, als du nicht einmal vier Jahre alt warst. Er hatte dich sehr lieb. Vor deinen Augen liegt das ganze, das vollständige Buch über die Kriege in Parthien und Armenien, von dem wir bisher nur Auszüge in schlechten Abschriften besaßen. In diesem Buch stehen Dinge über die Kriege, die kaum ein Mensch wissen konnte. Hier beschreibt dein Vater sie aus seiner Sicht. Er war der Oberfeldherr ... Er hatte einen gewissen Überblick über die Ereignisse. Es war ihm sehr wichtig, all dies für die Nachwelt festzuhalten. Er hat viel Sorgfalt auf diese Aufzeichnungen verwandt.«

»Soweit ich weiß, hatte er mehrere Schriftsteller eingestellt, die das alles für ihn geschrieben haben. Er selbst hatte gar keine Zeit, eine meterlange Papyrusrolle voll zu schreiben.«

»Nun, er hat immerhin alles überprüft und gelesen und für die Richtigkeit mit seinem Namen gebürgt«, sagte Hyazinthus leicht verärgert.

»Kriege interessieren mich nicht. Was wird schon drinstehn? Es sind immer die gleichen Geschichten ... von verbrannten Städten, geköpften Generälen, von Frauen und Kindern, die in die Sklaverei verkauft wurden ...«

»Genau das. Aber jedes Mal sind es neue Geschichten, völlig neue, sehr traurige. Und in diesem Fall betreffen sie dich. Sie gehen Geli an und Vartan und Massis. Alle diese Greuel sind geschehen, als ihr schon auf der Welt wart. Es war das Leben deines Vaters und noch einiges andere, was auch dir viel näher ist, als du glaubst ...«

»Also ... ich werde dieses Riesenbuch nicht lesen. Ich habe jetzt keine Zeit dazu. Und außerdem ... es läuft ja nicht weg ... Wenn ich erwachsen bin, werde ich es lesen.«

»So lange solltest du nicht warten. Ich werde dir eine Stelle daraus vorlesen, nur eine. Keine Angst, es dauert nicht lange. Du wirst hier neben mir sitzen bleiben und zuhören, bis ich fertig bin.«

»Ja, Lukios, das wirst du tun«, sagte Geli.

Hyazinthus wickelte die Rolle weiter auf und fuhr mit dem Finger über die Schriftzeichen, bis er seine wichtige Stelle gefunden hatte. Er las langsam, mit stockender Stimme, mit dem Zeigefinger unterstrich er das, was er las, um seinen Augen einen Halt zu geben. Vartan und Massis kauerten vor uns auf dem Boden. Bobo saß stillvergnügt auf dem Rand des Wasserbeckens und knackte fast lautlos eine Nuss nach der anderen ...

»Es war Spätherbst. Die Feinde hatten sich in die Berge zurückgezogen, wo sie schwer aufzuspüren waren, besonders jetzt, wo man mit Schneefällen rechnen musste. Wir hatten selbst schwere Verluste gehabt. Durch die vergifteten Pfeile der Feinde, durch Hunger und durch die Pest, die tagtäglich neue Todesopfer forderte.
In den Tälern und in den Städten hatten wir Armenien befriedet, dort trafen wir keinerlei Widerstand mehr an. Doch es half nichts. Der größte Teil der aufständischen armenischen Armee war in den unwegsamen Bergen verschanzt. Der Anführer dieses Heers war der General Tigranes, dem man den Mut eines Löwen und die Klugheit einer Schlange nachsagte. Der Aufstand dieses Mannes war längst sinnlos geworden, da wir den König Pacorus gefangen genommen hatten und unmittelbar davor standen, Sohaemus, den Freund des römischen Volkes, zum König Armeniens zu ernennen.
Tigranes war es auch gewesen, der zu Beginn des Krieges eine ganze römische Legion mitsamt ihrem Feldherrn niedergemetzelt hatte. In Wirklichkeit war zu diesem Zeitpunkt das armenische Heer fast verhungert, da die Lebensmittelvorräte dieser Leute erschöpft waren. Auch die barbarischen Soldaten litten unter der Pest. Doch unsere Leute fürchteten sich vor Tigranes und den vergifteten Pfeilen. Ich ließ im ganzen Land Plakate anschlagen mit der Aufschrift, ich, Lucius Verus, Kaiser der Römer, würde dem 5000 goldene Münzen auszahlen, der mir Tigranes tot oder lebendig ins Lager brächte.
Ich musste nicht lange warten: An einem bitterkalten Abend, als ich mir die Hände über dem Kohlebecken im Zelt wärmte, meldete man mir einen armenischen Überläufer, der mich sprechen wollte. Er wurde nach Waffen abgesucht und schließlich zu mir gelassen. Nach barbari-

scher Art warf er sich mir vor die Füße, ich setzte meinen Fuß auf seinen Nacken. Nach dieser Begrüßung sprach er mich an: ›König der Könige, mein Herr und mein Gott! Gib mir zweitausend Goldstücke, dann verrate ich dir den Aufenthalt der Söhne des Tigranes.‹

Ich hatte nichts über die Familie des Tigranes gewusst, doch meine Berater bestätigten mir, dass er drei Kinder hatte und dass die Mutter dieser drei schon gestorben sei. Der Verräter nannte den Namen des kleinen Ortes, in dem sie sich verborgen hielten und versprach, mich zu ihnen zu führen. Ich war anfänglich voller Misstrauen, ließ jedoch in der darauf folgenden Woche das genannte Dorf erobern ... es war ein kümmerliches Nest am Rande des Gebirges. Die Bewohner leisteten kaum Widerstand. Schafe, ein paar Ziegen und Hühner wurden von unseren Soldaten sofort geschlachtet und verzehrt, die Männer, Frauen und Kinder wurden verkauft. Die Zwillingssöhne des Tigranes hatten wir mit Hilfe des Überläufers bald gefunden. Sie waren etwas älter als mein eigener lieber Sohn Lucius. Jeder der beiden trug um den Hals einen ledernen Beutel an einer Schnur. Als wir die Beutel öffneten, fanden sich darin zwei Teile eines silbernen Armreifs mit Querstreifen aus dem blauen Stein, der in Armenien für Schmuck benutzt wird. Beim Zusammenfügen der beiden Teile zeigte sich, dass es einen dritten Teil dazu geben musste, der jedoch fehlte. Der vorliegende Teil des Armrings trug innen eine nicht ganz vollständige Inschrift: DES TIGRANES, DES FREUNDES DES KÖ... Ich gab den Jungen die Namen Euphrat und Tigris zur Erinnerung an die römischen Siege im Land ihrer Herkunft. Ich sorgte dafür, dass sie nichts über ihre wahre Herkunft erfahren würden ... und ich schrieb einen Brief an Tigranes, in dem ich ihm ausrichtete, er solle sich mit seinem Heer ergeben, andernfalls würde ich seine Kinder töten. Ich musste nicht lange auf die Antwort warten: Er schrieb knapp und kurz:

An Lucius Verus, Kaiser der Römer, Eindringling im Land der Armenier.

Ich, Tigranes, General und Freund des rechtmäßigen Königs der Armenier, Pacorus, wünsche dir Wohlergehen, wünsche aber auch, dass du mein Land verlässt, dem du blutige Wunden geschlagen hast, dessen blühende Felder unter deiner Verantwortung verwüstet und dessen Frauen und Kinder versklavt und getötet wurden. Ich habe erzählen hören, dass du und dein kaiserlicher Bruder Marcus Philosophen seid, dass ihr euch mit den Gedanken berühmter Griechen beschäftigt habt. Es überrascht mich, dass du auch ein Kindermörder bist.
Ich bete zu meinen Göttern, dass sie dir Einsicht und Menschlichkeit verleihen mögen.

Dies habe ich geschrieben, Tigranes, General und Freund des Königs Pacorus, der sich nie ergeben wird.

Als ich den Brief gelesen hatte, schämte ich mich. Ich ließ Euphrat und Tigris nach Rom bringen, wo sie zusammen mit meinem Lucius aufwachsen sollten. Und dann nahm ich wieder den Kampf gegen Tigranes auf, trotz der Kälte des herannahenden Winters. Ich trieb ihn mit seinem immer kleiner gewordenen Heer bis an die äußersten Grenzen des Landes. Im Frühjahr des nächsten Jahres kam es zu einer Schlacht am Ufer des Tigris, in der wir siegten. Eine kleine Gruppe armenischer Soldaten blieb am Ufer zurück, sie waren umzingelt, der Fluss in ihrem Rücken führte Hochwasser, es gab kein Entkommen. Und dennoch

gelang es Tigranes, dessen Pferd tot unter ihm zusammengebrochen war, uns zu entkommen. Er schwamm über den reißenden Fluss. Unsere Pfeile erreichten ihn nicht. Seine Götter waren stärker als unsere. Ich ließ drei Flöße mit römischen Soldaten hinter ihm hersetzen. Tigranes entkam ans andere Ufer, lebend, während vor meinen Augen die Römer in den Wirbeln des Flusses ertranken und die Flöße abgetrieben wurden.
Ja, er entwischte mir auch diesmal. Seine Spur verlor sich. Er blieb unauffindbar. Ich habe nie herausfinden können, wo er sich verborgen hat, wohin er damals geflüchtet ist ... «

Wir werden ihn suchen!

Rufus hob den Kopf, als ich ihn ansah. Weiße Haarzotteln hingen ihm direkt über die Augen, sodass er sich schütteln musste, um besser zu sehen. Einer seiner Flöhe hatte sich auf meinem Bein niedergelassen. Ich spürte die Bisse in schneller Folge an verschiedenen Stellen und begann mich zu kratzen.

»Hat man von Tigranes später noch einmal etwas gehört?«, fragte Vartan leise.

»Darauf ist schwer zu antworten. Als ich auf diese Stelle im Kriegsbericht des Lucius Verus gestoßen war, schrieb ich noch in Ephesus einen Brief an das Büro des Frumentarii in Antiochia und bat um eine Kopie der Akte des Tigranes für meine historischen Forschungen. In Antiochia lagen die Unterlagen über den Partherkrieg und die Unruhen in Armenien, weil dein Vater, Lukios, damals dort sein Hauptquartier aufgeschlagen hatte. Gestern kam die Antwort ...

Ich habe euch die Akte über Tigranes mitgebracht.« Hyazinthus bückte sich und wühlte aus dem alten Leinensack eine längliche Metalldose hervor. Sie enthielt einen zusammengerollten Papyrus, auf dem in säuberlichster Schönschrift sämtliche bekannten Daten über das Leben des Tigranes zusammengestellt waren. Wir umringten Hyazinthus und lasen murmelnd:

TIGRANES, Nachkomme des armenischen Königs Tigranes. Während der Regierungszeit des göttlichen Trajan geboren. Von kleiner hagerer Gestalt, Warze im rechten Stirnbereich, hinkt infolge von Kriegsverletzung (zieht das linke Bein nach). Guter Sportler, spricht mehrere Sprachen fließend, nicht jedoch die lateinische. Studierte Rhetorik und Philosophie in Athen.
War verheiratet mit einer Griechin namens MELISSA, die zur Sekte der Christen gehört haben soll.
Kehrte nach Armenien zurück, als Pacorus König geworden war und diente fortan im armenischen Heer. Hielt stets Verbindung mit christlichen Kreisen und griechischen Bekannten aus seiner Studienzeit. Erbitterter Feind der Römer. Während der Kämpfe in Parthien und Armenien General. Selbst nach der Gefangennahme des Pacorus leistete er hartnäckigen Widerstand. Mehrere Briefe aus seiner Hand an den göttlichen Augustus Lucius Verus im Archiv auf dem Palatin in Rom. Tigranes entkam schließlich durch ein Wunder seiner Götter, als er über den Tigris schwamm, dem Zugriff der siegreichen römischen Truppen.

König Sohaemus ließ weiterhin nach ihm suchen, leider ohne jeden Erfolg.

Die drei Kinder des Tigranes wurden in die Sklaverei verkauft. Ihr jetziger Aufenthalt ist unbekannt.

Nachtrag I:	*Es liegt der Bericht eines Teppichhändlers aus Artaxata vor, der angeblich weiß, dass Tigranes noch lebt. Unter falschem Namen soll Tigranes wiederholt aufgetaucht sein und sich mit einem seiner ehemaligen Freunde, einem gewissen Pompus aus Artaxata, getroffen haben.*
Nachtrag II:	*Obige Meldung an die kaiserliche Kanzlei weitergegeben. Keine weiteren Veranlassungen erforderlich. Tigranes nicht mehr von öffentlichem Interesse. Keine Gefahr mehr für die Sicherheit des Imperiums.*

Es mussten mindestens drei Flöhe sein …

Geli bemerkte meine Versuche, einen davon, den ich endlich gefangen hatte, mit den Fingernägeln zu zerknacken. »Rufus kann nichts dafür«, sagte sie. »Wir werden ihn auf alle Fälle mitnehmen. Ich habe das Gefühl, dass wir ihn sehr nötig brauchen werden.«

»Ja, Geli«, sagte ich. »Wir werden ihn mitnehmen. Er wird uns helfen …« Wir sahen uns an und verstanden uns. Jeder hatte das Gleiche gedacht.

Sie schüttelte den Kopf. »Lukios, du musst hier bleiben. Es ist unsere Sache.«

Geli war damals fünfzehn. Als wir in Pergamon angekommen waren, hatte sie begonnen Lesen und Schreiben zu lernen. Inzwischen hatte sie erstaunliche Fortschritte gemacht. Sie war es, die sich um unsere Tiere kümmerte. Manchmal, wenn sie in der Stadt unterwegs war, sah sie kranke Hunde oder halb verhungerte Katzen, die sie regelmäßig in unser Haus brachte und gesund pflegte. Vartan und Massis kümmerten sich um unseren Haushalt. Da ich morgens meistens in der Ärzteschule war, kauften sie auch auf dem Markt ein. An den Festtagen gingen wir zusammen zum Götteropfer und verzehrten nach den Feierlichkeiten an langen Tischen mit den anderen Pergamenern knuspriges Opferfleisch vom Grillspieß. Weil er Christ war, hielt sich Hyazinthus von diesen Veranstaltungen fern. Die Christen trafen sich heimlich an bestimmten Tagen im Keller eines ihrer Freunde und hielten dort geheimnisvolle Opfer ab, über die viel gemutmaßt wurde. Es hieß, dass sie Blut dabei tränken und auch sonst allerlei Unappetitliches täten. Auch von Menschenfleisch war die Rede. Mir fiel auf, dass in Pergamon die Stimmung den Christen gegenüber auch nicht besser war, als ich es in Rom erlebt hatte. Man erzählte sich Christenwitze. Es hieß, sie beteten einen Verbrecher an, außerdem seien sie schmutzig und badeten nicht gern.

»Wohin willst du?«, fragte Hyazinthus unwillig. »Wollt ihr schon wieder fortreisen?« Er schien anzunehmen, dass wir einen Ausflug ans Meer machen wollten, wie immer, wenn es uns zu heiß in der Stadt wurde. »Es geht um sehr wichtige Dinge – aber ihr hört nicht richtig zu und seid mit euren Gedanken ganz woanders.« In letzter Zeit war Hyazinthus oft schlecht gelaunt. Er vermisste seine alten Freunde aus Rom, denen er lange Briefe schrieb. Seine Arbeit über die Geschichte der Christen lenkte ihn wohl etwas ab, aber es war nicht zu übersehen, dass er oft traurigen Gedanken nachhing. Er hatte ein hartes Schicksal hinter sich. Vor Jahren waren sein einziger Sohn und seine Schwiegertochter bei einem Spaziergang vom Blitz erschlagen worden. Sein Enkelkind war früh verstorben. Diese schweren Erlebnisse hatten ihn wohl zum Christentum hingeführt. Soviel ich wusste, hatte Hyazinthus kaum je einmal für das Wohl des Kaiserhauses geopfert, wie es sich gehört hätte. Aber meine Mutter und Tante Fabia hatten stets die Hand über ihn gehalten und ihn vor anderen verteidigt. In ihren Augen war er, was die religiösen Dinge anging, ein harmloser Spinner, der niemandem etwas zu Leide tun konnte. Übrigens waren die meisten Christen, die mir bekannt waren, ähnlich eingestellt wie er. Alle sprachen sie davon, dass ihr Gott, ein gewisser Christos, demnächst auf Erden auftauchen und alles ändern würde. Einige von ihnen hatten ihren Besitz verkauft und das Geld an die Armen verschenkt. Kaum vorzustellen, dass sie andererseits so blutrünstig waren. Ich wollte mit allen diesen Dingen nichts zu tun haben. Hyazinthus versuchte manchmal mit mir Gespräche über die christliche Lehre zu beginnen, aber ich hatte immer abgewinkt. Mein Interesse galt den Patienten und dem medizinischen Wissen, das mir mein neuer Lehrer Jakchos Tag für Tag vermittelte. In meinem Zimmer stand ein kleiner Altar mit den Statuetten von Asklepios und der Gesundheitsgöttin Hygieia.

Meine Gedanken flogen wie im Fieber. Tigranes … Der Vater von Geli und ihren Brüdern … Endlich gab es eine Spur, einen Hinweis darauf, dass er noch lebte. Wir mussten etwas unternehmen, wie weit der Weg auch sein mochte! Um ihn zu finden, wäre ich bereit gewesen, Mühen und lange Wege in Kauf zu nehmen: Tigranes, den armenischen General, der meinem Vater entkommen war – sein Schicksal war nun auch mit dem meinen verknüpft. Es war unsere gemeinsame Sache. Geli und die Zwillinge gehörten zu mir wie Geschwister. Sie waren die besten Freunde, die ich je gehabt hatte.

»Wir werden nach Artaxata reisen«, sagte Geli. »Vartan, Massis und ich. Rufus nehmen wir mit. Wo auch immer unser Vater Tigranes ist und wie auch immer seine Situation sein mag – wir werden ihn suchen!«

»Sei so gut, hol uns bitte die Weltkarte«, bat Hyazinthus Massis. Wenig später hatte Massis zu unseren Füßen die große Rolle aus feinstem Ziegenleder ausgebreitet, auf der der Ozean und das römische Weltreich in bunten Farben eingezeichnet waren.

»Mit dem Schiff müsst ihr zuerst nach Norden segeln, durch die Engen des Hellespont, an Lampsacus vorbei bis nach Kyzikos … Dort werdet ihr eine Weile bleiben …«

»Ist das die ganze Welt?«, fragte ich.

»Ja«, sagte Hyazinthus.

»Dann gehört uns Römern fast die ganze Welt, außer ein paar kleineren barbarischen Ländern«, sagte ich.

»Du irrst dich. Es liegt an der Art, wie diese Karte gezeichnet ist, dass du nicht erkennen kannst, wie groß die nicht eroberten Länder sind. Ich habe mit Seeleuten gesprochen und mit Kaufmännern, die mit Karawanen bis in das Land gezogen sind, wo es Seide und Gewürze gibt. Der Weg dorthin ist unvorstellbar weit. Und es gibt dort Städte mit Steinhäusern, einen mächtigen Kaiser und eine Schrift, die keiner von uns genau kennt, fremde Tiere und merkwürdige Sitten. Das Land soll sehr groß sein, behaupten die Bewohner, und an fremde Meere angrenzen, die die Römer niemals befahren haben. Auch Afrika ist größer, als ihr es hier seht. Aber darüber weiß ich nicht viel –«

»Ich werde euch begleiten«, sagte ich.

»Du musst bei deinen Lehrern bleiben«, widersprach Geli.

»Denk mal darüber nach, wie lange wir unterwegs sein werden.«

»Monate«, sagte ich.

»Ich stelle mir vor, dass wir bei unserem Vater bleiben werden, nachdem wir ihn gefunden haben«, meinte Vartan.

»Das denke ich mir auch. Und es könnte gefährlich werden. Nein, Lukios. Du nicht.«

»Keiner weiß, was die Zukunft bringt. Vielleicht lebt Tigranes nicht mehr. Ich glaube nicht, dass Lukios euch im Weg sein wird. Nehmt ihn mit. Auf einer langen Reise kann man viel erfahren und Nützliches lernen. Je mehr ihr seid, desto sicherer seid ihr auch ... Lukios ist mindestens so hilfreich wie Rufus!«

Hyazinthus' Worte schienen Geli überzeugt zu haben. »Jedenfalls ist es sehr weit bis nach Artaxata«, murmelte sie. »Es wird viele Wochen dauern, bis wir ankommen. Wir müssen die gesamte kleinasiatische Küste des Pontus Euxinus durchreisen, mit dem Schiff wird es am schnellsten möglich sein. Bis nach Trapezunt –«

Große Pläne

»Nein – nicht gleich nach Trapezunt. Ihr müsst zuerst nach Kyzikos gehen, dort werdet ihr meinen Freund Klemens finden und seine Gäste sein ...«

»Klemens aus Alexandria etwa?«, fragte ich, denn ich hatte von diesem Mann schon viel gehört. Er hatte eine Zeitlang in Ägypten gelebt, er war, soviel ich wusste, ein christlicher Philosoph, der sich jahrelang mit griechischer Wissenschaft beschäftigt hatte, während die meisten Christen ja von griechischer Kultur nicht viel wissen wollten. Sie verabscheuten Wettkämpfe im Sport und Theateraufführungen und bezeichneten die Erkenntnisse der Philosophen als Teufelszeug. Über diese Einstellung der Christen hatte ich meine Mutter Lucilla oft genug schimpfen hören.

»Ja, dieser Klemens. Er musste aus Alexandria fliehen, weil er Christ ist, und lebt seit einigen Monaten versteckt in Kyzikos. Ich werde euch einen Brief für ihn mitgeben und die Adresse eines Vertrauensmannes, der euch zu ihm führt.«

Diesmal glaubte ich Hyazinthus zu durchschauen. Er wollte uns alle zu Christen machen, das war seine Absicht.

»Wir haben keine Zeit zu verlieren«, sagte ich. Geli nickte zustimmend. »Wir müssen unseren Vater Tigranes finden, so bald wie möglich.«

»Genau aus diesem Grund solltet ihr mit Klemens sprechen. Er kennt sich in Armenien gut aus, weil es dort viele christliche Gemeinden gibt. Er war mehrmals da und er kennt eine Menge Geschichten, die ihm die dort lebenden Menschen über ihr Land und ihre Vergangenheit erzählt haben. Er wird euch weiterhelfen. Seine Ratschläge werden euch nützlich sein.«

»Ich bin dagegen«, wendete Geli ein.

»Seht euch noch einmal den Papyrus mit der Akte über Tigranes an. Seine Frau Melissa soll Christin gewesen sein. Das spricht dafür, dass auch Tigranes Kontakte zu armenischen Christen hatte«, erklärte Hyazinthus.

Ich las noch einmal vor: »Hielt stets Verbindung mit christlichen Kreisen und griechischen Bekannten aus seiner Studienzeit.«

»Und dann der Teppichhändler aus Artaxata ... Hyazinthus, wäre es nicht möglich, seinen Namen herauszubekommen und eine Kopie seines Berichts zu erhalten?«, schlug Vartan vor.

»Noch einmal einen Brief nach Antiochia schicken und dann die Antwort abwarten ... Selbst mit der kaiserlichen Post würde es Wochen dauern.«

»Wir müssen versuchen, Pompos in Artaxata zu treffen, wenn er noch lebt«, sagte Geli. »Er ist ein Freund unseres Vaters. Er wird uns den Weg zu ihm zeigen.«

»Es wird viele Menschen in Artaxata geben, die Tigranes noch kennen und Näheres über ihn wissen, Christen und römerfeindliche Kreise, Klemens in Kyzikos kann euch zunächst am besten weiterhelfen. Ich werde ihm schreiben, dass er euch jede Hilfe geben und keine Mühen für euch scheuen soll.«

»Dann setz dich bitte gleich hin, um den Brief zu schreiben. Wir werden morgen in aller Frühe das erste Schiff nehmen – gesetzt den Fall, dass eins im Hafen liegt.«

Ein Lächeln überflog Hyazinthus' faltiges Gesicht; ich verstand nicht, worüber er sich freute. Dann fiel mir noch etwas ein.

»Es gibt ein Problem. Was wirst du an meine Mutter schreiben, wo wir uns aufhalten? Denn wir werden viele Wochen, vielleicht Monate unterwegs sein.«

Hyazinthus überlegte. »Nun – am besten die Wahrheit, jedenfalls so ungefähr. Dass ihr eine Reise zu verschiedenen Städten unternehmt, dass du, Lukios, dich vom Lernen etwas erholen möchtest. Und dass ihr die Küste kennen lernen wollt. Ohne große Begleitung so wie normale Reisende. Kein Auftrieb wegen kaiserlicher Familie. Nur zu Bildungszwecken. Ihr werdet die Tempel anschauen und den Göttern opfern und ab und an einen Brief an mich schreiben.«

Ich war beruhigt. »Wir werden gleich nachher den Göttern ein Opfer bringen für eine glückliche Reise und unsere gute Rückkehr«, sagte ich.

Hyazinthus senkte den Blick und schwieg erst, dann sagte er leise: »Göttern aus Stein und Bronze.«

»Ja«, sagte ich. »Meinen Göttern.«

»*Mein* Gott ist lebendig«, sagte Hyazinthus. »Man braucht keine Marmorbilder von ihm aufzustellen. Er hört unsere Gebete auch ohne blutige Tieropfer, er hört sie, gleich, wo sie gesprochen werden, weil er lebt und überall ist.«

Ich zuckte die Achseln. »Mag sein. Wir werden deinem

Gott jedenfalls nicht opfern. Er hilft seinen Anhängern nämlich nicht. Du siehst ja selbst jeden Tag, wie die Christen angeklagt, verfolgt und getötet werden. Wäre euer Gott mächtig, würde er euch besser schützen.«

»Streitet euch nicht«, sagte Geli. »Ich laufe los und besorge ein paar Tauben und frische Kuchen für die Fortuna Redux und die göttlichen Brüder.«

»Und frische Kränze, vier Stück. Wir sollten dann alle ein Bad nehmen und hinterher zum Tempel gehen.«

In diesem Moment brachte Vartan ein silbernes Tablett, auf dem einige Stücke Papyrus bereitlagen, ein Schreibstäbchen sowie ein kleiner Glasnapf mit dunklem Saft vom Tintenfisch. Hyazinthus nickte zufrieden. Vartan setzte mit einer Verbeugung das Tablett auf Hyazinthus' Knie. Mein alter Lehrer leckte sich die Lippen, wie immer, wenn er arbeitete, und begann Briefe zu schreiben.

Nach Kyzikos!

Auch die Nacht war mit allerlei Vorbereitungen wie im Fluge vergangen. Unsere Sklaven waren inzwischen alle wieder eingetroffen und halfen eifrig mit. Für die Fahrt zum Hafen wurde das britannische Pony gesattelt. Rufus zog einen kleinen Karren, der ein zusammenlegbares Zelt für Übernachtungen enthielt und den nötigsten Reiseproviant; eine mittelgroße Amphore mit eingelegtem Pökelfisch, einen Sack Linsen und Fladenbrot, außerdem unsere Matratzen und warme milesische Wolldecken. Die Papyri mit dem Bericht über Tigranes und die verschiedenen Briefe an christliche Presbyter in verschiedenen Städten lagen wohl verschlossen in einer metallenen Röhre, die Geli wie einen

Köcher über die Schulter gehängt hatte. Wir nahmen außerdem eine Reibschüssel mit zugehörigem Mörser mit und einen Sack Korn, damit wir uns morgens unseren Getreidebrei richten konnten.

»Gebt nur unterwegs Acht auf euer Brot, die Sandalen und die Wanderstäbe«, sagte Hyazinthus beim Abschied. »Haltet euer Geld zusammen und fragt bei den christlichen Gemeindevorstehern, ob Briefe für euch eingetroffen sind.«

Wir hatten Glück. Im Hafen lag ein riesiger ägyptischer Kornfrachter, groß genug, um 500 Menschen Platz zu bieten, ein Schiff wie eine kleine Stadt mit Schwindel erregend hohen Masten und einem weithin leuchtenden orangefarbenen Hauptsegel. Dunkelhäutige Matrosen kletterten hoch oben in der Takelage. Es war die »Isis«, sie hatte Weizen geladen. Eine Menge Leute aus Pergamon und der näheren Umgebung standen am Kai, weil sie das Schiff bestaunen wollten. Der Bug war verziert mit zwei vergoldeten Holzstatuen der Göttin Isis.

Beim Schiffsmeister zahlten wir unsere Drachmen für die Passage nach Kyzikos. Er saß in einer kleinen Kabine hinter einem roten Samtvorhang. Der Kapitän, ein gewisser Ramses, begrüßte uns kurz. Er war von der Sonne tiefbraun gebrannt und trug ein weißes Leinengewand. Es gab im Zwischendeck einen Stall für Pferde, Esel und Maultiere, die zwischen hölzernen Trennwänden vor einer langen Krippe standen. Hierhin brachten wir unser Pony. Dann suchten wir uns einen schattigen Platz in der Mitte des Oberdecks, wo wir unser Zelt aufbauten. Ich besorgte in der Schiffsküche einen Eimer Wasser für Rufus, den er gierig leer trank. Dann legte er den Kopf zwischen die Vorderläufe und döste vor sich hin. Um uns saßen dicht gedrängt Menschen aus allen Provinzen, Nordafrikaner, Griechen, Juden, Syrer, Ägypter, germanische und sarmatische Sklaven ... Auch ein Trupp Soldaten war da, der für die Sicherheit zu sorgen hatte, wie es schien. Fast unmerklich schwankte das Schiff unter uns. Gegen Mittag erscholl ein Trompetensignal, die Seeleute rannten hin und her, das Segel wurde ausgerichtet und schließlich legte die »Isis« sanft und langsam vom Ufer ab. Kleiner und kleiner wurden Bäume und Hafengebäude. Unser Schiff verließ die letzte Hafenmauer und legte sich in volle Fahrt.

Wir hatten gutes Wetter und günstigen Wind. Am dritten Tag unserer Reise durchquerten wir die Meerengen des Hellespont und zwei Tage später erreichten wir den äußeren Hafen der Stadt Kyzikos.

Die ausgedehnte Stadt war mit ihren marmornen Tempeln und großen Gebäuden in die Hänge eines Gebirges um die beiden Häfen herum gebaut. Auf den Bergvorsprüngen standen kleinere und größere Heiligtümer. Die Mole des Hafens war mit prächtigen Statuen von Meeres- und Windgöttern geschmückt. Schon seit Jahrhunderten war diese Stadt berühmt für ihren Reichtum, den sie durch die vorbeiziehenden Tunfischschwärme und die günstig gelegenen Häfen erworben hatte.

Wir packten unsere Ausrüstung wieder in den Karren und holten das Pony aus dem Schiffsstall. Viele Reisende stiegen ebenfalls aus. Als wir im Hafen standen, freuten wir uns, wieder festen Boden unter den Füßen zu haben. Alle Schiffsreisenden gingen gemeinsam zum Tempel der Isis, wo ein Dankgottesdienst für unsere erfolgreiche Reise stattfand. Massis und Vartan blieben außerhalb des heiligen Bezirks mit Rufus, dem Pony und unseren Habseligkeiten, während Geli und ich das offene Tor durchschritten und aus einem der Körbe jeder ein Sistrum nahmen, mit dem wir den Dankgesang begleiteten.

Die Priester beteten mit ausgebreiteten Händen auf dem Treppenaufgang des Tempels. Zwischen ihnen stand der Bronzeeimer mit dem Nilwasser. Die Priester hatten kahl geschorene Köpfe und trugen weiße Leinengewänder, dazu Schuhe aus Palmstroh. Um den Hals hatten sie Rosenkränze gehängt.

Der heilige Bittgesang wurde angestimmt. Die Priester sangen vor. Die Menschen im Vorhof schwangen die Sistra und antworteten den Refrain: »Dich rufen wir an, große Herrin, zu dir erheben wir unsere Stimme.«

»Große Mutter, einzige
mit den tausend Namen,
Allwisserin,
Heilerin der Schmerzen!
Die Getrennten führst
du zusammen!
Licht in der Dunkelheit!
Öffne uns die Augen,
gib uns Kraft
und Erkenntnis!«

Danach wurden die Gläubigen von Isisdienern mit dem Nilwasser besprengt.

Die Tempeltür war weit geöffnet und alle konnten die Göttin auf ihrem Thron sitzen sehen. Sie war von riesiger Gestalt und glänzte golden. Auf dem Kopf trug sie einen Schmuck aus Kuhhörnern, auf ihrem Schoß saß das nackte Horoskind, um ihren einen Arm wand sich eine Kobra, ihr Fuß stand auf einem Krokodil.

Es folgten weitere Lieder und Gebete, die teils mit rhythmischem Händeklatschen, teils mit dem Klappern der Sistra begleitet wurden. Die heiligen Geräte wurden gezeigt und das ägyptisch geschriebene Buch. Ich sah, dass unter den Betenden auch viele Eingeweihte waren, die man am kurz geschorenen Haar erkennen konnte, Mysten, die die Göttin auserwählt hatte und die unter der Leitung eines Oberpriesters durch Feuer, Wasser, Sturm und Unterwelt gegangen waren und dort das größte Geheimnis erfahren hatten, über das man nicht sprechen konnte und von dem nur Eingeweihte wussten. Die Priester verkündeten am Ende des Dankgebets, dass gegen Abend eine weitere Messe stattfinden würde. Dann entließen sie uns mit einem feierlichen ägyptischen Segen.

Im Hinausgehen kamen wir auch an einer Statue des Gottes Serapis vorbei, sie war ganz glatt und aus schwarzem Granit. Serapis war bärtig und trug auf dem Kopf einen Getreidescheffel, den wir in Rom *modius* nennen. In einen Opferstock am Eingang warfen wir unsere Denare, die wir der Göttin spenden wollten, die uns so glücklich bis hierher geführt hatte.

»Wir werden noch lange unterwegs sein, bis wir Artaxata erreicht haben«, sagte Geli, als wir wieder draußen standen. »Wir sollten uns einen Altar für Isis kaufen, damit wir jeden Tag zu ihr beten können, auch auf See.«

Mir war der gleiche Gedanke gekommen, denn es standen etliche Buden an der Straße, wo man kleine bemalte Holz- und Bronzestatuen von Isis, Serapis, dem Horoskind und dem Apisstier erwerben konnte.

Geli wiegte eine versilberte Sitzfigur der Isis mit dem Horosknäblein in den Händen. Mir gefiel eine andere aus schwarzem ägyptischem Stein auch sehr gut.

»Kauf noch den Hundegott dazu«, empfahl Massis. »Er hat uns damals in Ägypten sehr gut geholfen.«

»Wir werden jede Menge Hilfe brauchen«, sagte Vartan. »Wir sollten auch einen Serapis nehmen, dann haben wir sie alle beisammen.«

Wir suchten lange aus und hatten schließich eine Isis mit dem Horosbaby, Serapis, Anubis, den hundeköpfigen Totengott, und den schwarzen Apisstier eingekauft. Der Verkäufer steckte sie alle behutsam in einen großen Sack. Einen hölzernen Untersatz schenkte er uns noch dazu. Glückstrahlend machten wir uns daraufhin auf den Weg zu dem christlichen Presbyter, dessen Namen Hyazinthus uns mitsamt einer Adresse in der Bärenstraße aufgeschrieben hatte.

Ich hatte ein etwas schlechtes Gefühl, weil ich in der Aufregung des Aufbruchs meinen Heilgott und die Göttin der Gesundheit vergessen hatte. Hyazinthus hatte mich natürlich nicht an sie erinnert ...

»Ein Buch mit ägyptischen Gebeten hätten wir noch nehmen sollen«, meinte Geli.

»Das holen wir morgen nach. Jetzt müssen wir erst einmal den Presbyter finden und ihn so weit bringen, dass er uns mit Klemens bekannt macht ...«, sagte ich. Ich war doch etwas unruhig, ob alles gut klappen würde. Unser Pony schnaubte, Rufus hechelte, während er den Wagen zog.

»Glaubst du, der Christengott wird uns helfen?«, fragte Geli.

Wir gingen gerade über den Fischmarkt. Riesige Tunfische lagen auf rohen Holztischen, mit frischen Blättern verziert. Auf anderen Ständen lagen kleinere Fische, deren Namen ich nicht kannte. Es gab außerdem Tintenfische, Taschenkrebse und Muscheln. Wir blieben stehen. Massis besorgte für jeden eine Portion gebratenen Tintenfisch; wir aßen mit den Händen aus einem Holzteller und kauten Brot dazu.

»Ich weiß es nicht«, murmelte ich. »Ich kann mir auch nicht vorstellen, wie er es tun sollte. Soviel ich verstanden habe, konnte dieser Gott nicht einmal verhindern, dass sein Sohn als Verbrecher gekreuzigt wurde.«

»Der Gott wird uns vielleicht nicht helfen«, meinte Vartan. »Aber die Christen selbst. Sie sind sehr hilfsbereit, kümmern sich um Arme und Kranke und verschenken Kleidung und Geld an jeden, der sich bei ihnen meldet …«

»Wir werden ja erleben, wie sie sich uns gegenüber verhalten.« Geli wischte sich die Hände an einem Stück Brot ab, das sie Rufus zuwarf. »Und jetzt los! Die Bärenstraße liegt ganz auf der anderen Seite der Stadt. Da haben wir noch einige Meilen zu laufen!«

Klemens, der Philosoph

Die Bärenstraße lag im Armenviertel von Kyzikos. Zwischen den eng stehenden Häusern waren Wäscheleinen gespannt, von denen nasse Wäsche hing und tropfte. Aus den Häusern drang Essensgeruch, am Straßenrand lag Unrat zwischen abgeknabberten Melonenstücken. Schließlich hatten wir unser Ziel erreicht.

Schmutzige Kinder mit verstrubbeltem Haar drückten sich verschämt an die Wand des mehrstöckigen Mietshauses, als wir nach Simon, dem Presbyter, fragten. Wir wurden in einen dumpfig riechenden Kellerraum geführt, in dem sich eine Art Büro und Schreibstube befand. Simon war nicht da, seine Frau tauchte statt seiner auf, eine rundliche, freundliche Person. Wir gaben ihr unseren Brief zu lesen und ihre Züge hellten sich auf, als sie feststellte, dass wir mit Hyazinthus befreundet waren.

»Die Kleine wird euch zu Klemens führen …«

Sie rief eines von den Straßenkindern herein, es sei Sklavin in ihrem Haus und für Besorgungen zuständig, erklärte sie uns.

»In dem Haus wohnt Klemens«, sagte das Sklavenmädchen. Mit der einen Hand zeigte es auf einen Eingang, der mit gelblichem Marmor verkleidet war. Die andere steckte es sofort wieder in den Mund, um zu nuckeln. In einem Mauervorsprung lehnte die verwitterte Statue des Gottes Herakles, der sich auf seine Keule stützte und das Fell des erlegten Löwen über die Schulter gehängt hatte. »Ihr könnt euer Pony hinten in den Stall neben die Eselin von Klemens stellen«, sagte das Mädchen, ohne die Hand aus dem Mund zu nehmen.

Das Haus war ein zweigeschossiges Mietshaus mit einem Innenhof, in dem es ein Wasserbecken gab, davor stand eine Ruhebank, außerdem ein Feigenbaum, dessen große Blätter angenehmen Schatten spendeten.

»Im zweiten Stock unter dem Dach«, sagte das Mädchen noch, ehe es davonhuschte. Vartan band Rufus von seinem Karren los und kümmerte sich um das Pony. Die Zwillinge trugen heute übrigens Anaxyrides mit schrägen Karos, darüber ein gegürtetes Wams und auf dem Kopf eine rote Filzkappe, jeder sah sofort, dass sie Armenier waren. Wir stapften eine kaum beleuchtete Treppe aus Backsteinen hoch und klopften aufs Geratewohl an die Tür, als wir oben angekommen waren. Ein Türschild mit einem Namen fehlte.

»Wer ist da?«, fragte eine Männerstimme.

»Freunde aus Pergamon«, sagte Geli.

Langsam öffnete sich die Tür einen Spaltweit. Ängstlich schaute ein junger Mann mit dunklem lockigen Haar und einem kurz geschorenen Bart hinaus.

»Kommt herein«, sagte er, als er uns eine Weile gemustert hatte. »Der Hund bleibt vor der Tür.«

Knurrend nahm Rufus auf dem Treppenabsatz Platz.

Wir traten in einen verräucherten kleinen Raum, der Küche, Speise- und Wohnzimmer in einem war. In der Ecke befand sich ein Herd aus Tonplatten mit einem Rauchfang. In der Asche standen eiserne Dreifüße, auf denen Töpfe und eine Pfanne abgesetzt waren. An der Wand stand eine Liege mit einem geschnitzten runden Tisch, auf dem mit Wachs beschichtete Lindenholztäfelchen herumlagen und mehrere Schreibstifte. Den Boden bedeckte ein bunt gewebter ägyptischer Teppich. Auf dem Fensterbord sah ich zwei Öllämpchen aus gebranntem Ton.

»Setzt euch, Kinder.« Er lächelte uns an, er schien uns zu mögen. Während Geli die Dose mit Hyazinthus' Brief aufnestelte, verschwand Klemens hinter einem Vorhang aus Sackleinen, der die »Küche« von einem anderen Raum abtrennte. Wenig später kam er mit einem Handtuch und einer Schale voll Wasser zurück.

»Also, das ist der Brief«, sagte Geli.

»Später«, gab Klemens zurück. Er war vor uns niedergekniet und wusch uns die Füße sauber.

»Seid ihr Perser?«, fragte er die Zwillinge.

»Wir sind Armenier, wir beide und unsere Schwester«, erklärte Massis. »Wir sind auf dem Weg nach Artaxata.«

»Hm«, machte Klemens. Er hockte sich auf den Boden und begann Hyazinthus' Papyrusschreiben zu lesen. Nicht laut, wie es üblich war, sondern ganz leise und nur für sich. Es war ein ausführlicher, langer Brief.

»Ihr werdet bei mir wohnen, meine Kinder«, hatte Klemens mit fester Stimme verkündet und Hyazinthus' Brief sorgsam zusammengefaltet.

»Das hatten wir eigentlich nicht vor«, sagte ich behutsam, denn ich wollte ihn nicht verletzen.

»Hyazinthus wünscht es so. Ich werde euch in zwei Wochen mit nach Armenien nehmen auf meine Rundreise zu den christlichen Gemeinden. Bis es so weit ist, seid ihr meine

Gäste. Ihr könnt auch an meinem Unterricht teilnehmen. Jeden Morgen kommen einige Kinder und junge Leute zu mir. Sie lernen die Odyssee auswendig, üben Schreiben. Und die Älteren lehre ich griechische Philosophie –«

Die Zwillinge warfen mir einen gequälten Blick zu.

»Wir danken dir«, sagte Geli. »Und es ist sehr schön, dass wir so viel von dir lernen dürfen. Ich freue mich darauf.«

Ja, so hatte es angefangen ... Und jetzt wohnten wir schon fast eine Woche bei Klemens.

Klemens bewohnte drei karge weiß getünchte Räume unter dem Hausdach, in denen es tagsüber fast nicht auszuhalten war vor Hitze. Der hinterste war mit einigen Stühlen und gestreiften Sitzkissen für den Privatunterricht spärlich ausgestattet. An der Wand hing ein buntes Bild mit dem Porträt des Philosophen Platon in einem vergoldeten Holzrahmen. Der Steinboden war tintenbekleckst. Davor war das Zimmer mit Klemens' Schlafstätte und einem abschließbaren Holzschrank, worin er eine Unmenge griechisch beschriebener Papyrusrollen und kleiner Gebetbücher auf Ziegenhaut aufbewahrte. Den Schlüssel zu diesem seinem kostbarsten Besitztum trug er stets bei sich in einer herzförmigen, bronzenen Bulla, die an einer Schnur an seinem Gürtel hing. Es war der behaglichste Raum mit Teppichen aus Ziegenhaar. Die Liege war mit einem roten Teppich bedeckt, in den weiße Kraniche eingewebt waren.

Jeden Morgen mussten wir schon bald nach dem Hahnenschrei aufstehen. Während wir ein kleines Frühstück einnahmen aus Getreidebrei oder einem Stück Brot und einem Trunk Wasser, bereitete Klemens, geschäftig hin und her eilend, alles für die Unterrichtsstunden vor. Drei Schüler, etwa in meinem Alter, zwei Jungen und ein Mädchen, kamen zum Schreibunterricht. Da wir verschieden weit waren, gab Klemens uns unterschiedliche Aufgaben. Geli steckte noch ganz in den Anfängen, brannte aber darauf, auch die lateinische Schrift zu lernen.

»Du bist die lerneifrigste Schülerin, die ich je hatte«, sagte Klemens zu ihr.

Gleich am zweiten Tag hatte sie im Küchenraum, in dem wir nachts auch schliefen, unseren Isisaltar aufgestellt. Dazu hatte sie den runden Tisch in die Ecke gerückt, den Holzaufsatz darauf gestellt und darüber eine frisch gewaschene, weiße Spitzendecke ausgebreitet. Die Isisfigur mitsamt dem Horoskind hatte sie auf einem umgestülpten Topf aufgebaut, damit sie über die anderen Statuetten erhöht war. Um sie herum standen der Apisstier, Serapis und der schakalköpfige Anubis. Geli hatte auf dem Markt frische Blumen besorgt und eine versilberte Isislampe in Schiffsform gekauft, die sie am Herdfeuer entflammt hatte. Das alles sah sehr feierlich und ergreifend aus. Unser Gottesdienst konnte stattfinden.

»Es ist Götzendienst«, schrie Klemens auf, als er zurückkam und erfasst hatte, was vor sich ging. »Isis, Anubis und Serapis in meiner Wohnung! Das ist zu viel!«

»Bitte beleidige diese Götter nicht«, bat ich. »Du wirst ihren Zorn auf dich ziehen und uns alle ins Verderben stürzen.«

»Es gibt nur einen wahren, lebendigen Gott«, sagte Klemens.

»Wir werden von hier weggehen, wenn wir unsere Götter nicht bei dir verehren dürfen, wie es ihnen gebührt«, sagte Geli.

»Das könnt ihr nicht. Hyazinthus hat mich beauftragt, bei euch zu bleiben, bis ihr wohlbehalten in Artaxata angekommen seid.«

»Wir brauchen dich nicht. Auch ohne dich werden wir nach Armenien finden. Es wird Menschen geben, die uns bei der Suche nach unserem Vater helfen werden. Isis und Serapis werden uns sicher über das Meer geleiten.« Geli sagte das ganz ruhig und selbstbewusst.

»Kinder, ihr könnt eure Götter im Hof draußen verehren und ihnen dort opfern«, schlug Klemens vor.

»Sie sollen hier sein, wo wir auch sind!«, sagte Geli.

»Ich bin ein christlicher Lehrer! Ich diene meinem Gott allein. Ich kann diese fremden, toten Götter nicht unter meinem Dach dulden.«

»Gut, Lukios, du bist sicher einverstanden damit, dass wir Klemens verlassen?«

»Ich würde jeden Ort der Welt sofort verlassen, an dem man mir verbietet, den Göttern zu opfern und zu ihnen zu beten. Klemens, wir danken dir für deine Gastfreundschaft. Wir werden unsere Sachen packen und nach einer Herberge suchen ...«

Klemens schaute uns verwirrt und fassungslos an. Mit so viel Entschlossenheit schien er nicht gerechnet zu haben. »Geli, du bist erst ein Mädchen. Aber ich muss dir sagen, ich bin kaum je einer Frau begegnet, die so genau wusste, was sie wollte, wie du. Dein Vater Tigranes wird sehr stolz auf dich sein, wenn er dich kennen lernt –«

Geli zuckte die Achseln und begann die Götterfiguren in unseren Sack zu packen. Sie hatte Tränen vor Wut in den Augen.

»Lass sie stehen«, murmelte Klemens. »Lass sie alle stehen – und dann, meinetwegen, verehrt sie, auch wenn es Götzendienst ist. Ihr seid jung, vielleicht ändert ihr eure Meinung irgendwann später. Auch ich habe diesen Göttern als Junge geopfert –«

Ich fiel ihm um den Hals und umarmte ihn.

»O Klemens, wir sind dir dankbar«, sagten Massis und Vartan wie aus einem Mund.

Nach diesem unserem ersten Streit bereitete Klemens eine

Schüssel mit kaltem Linsengemüse, klein gehackten Kürbisstücken, Zwiebeln und Olivenöl sowie etwas Salz und einem Schuss Essig. Dazu gab es Fladenbrot vom Markt. Das Öllämpchen flackerte und rußte vor dem Isisaltar, das Horoskind lächelte in sich hinein, während wir still vor uns hin kauten. Geli zwinkerte mir zu. Ja, auch für Klemens war es wahrscheinlich gut, dass Isis in seiner Wohnung Einzug gehalten hatte. Auch er stand nun unter ihrem Schutz!

Das Rennpferd Salamis

Um die Mittagszeit, wenn der Unterricht beendet war, verzehrten wir Pökelfleisch und Brot mit Zwiebeln, während Klemens ein Stück altbackenes Weizenbrot aß mit ein paar Oliven. Danach verschwand er mitsamt seinen Schreibtäfelchen und dem Metallstylos, um zur großen Bibliothek gegenüber vom Bouleuterion zu gehen. Er arbeitete nämlich an einem umfangreichen Buch mit dem Titel »Stromateis« (Teppiche). Wir gingen dann meistens in den Hof, wo wir Ball spielten oder auf dem Boden das Schafsknöchelchenspiel. Dabei blieben wir nicht allein; meistens gesellten sich noch andere Kinder zu uns. Ab und zu spielten wir auch Wagenrennen mit unserem Karren, dem Pony und der weißen Eselin, die Klemens gehörte. Sie war so alt, dass sie nicht mehr alle Zähne hatte, aber sehr geduldig. Diese Spiele waren naturgemäß laut und endeten immer damit, dass Fenster und Türen aufgingen und irgendwelche Hausbewohner uns schrecklich ausschimpften. Später lagen sie dann noch Klemens damit in den Ohren. »Wie lange bleiben diese schlecht erzogenen Kinder bei dir, Klemens? Sind sie mit dir verwandt?«

Eines Nachmittags war die Straße wie ausgestorben, als wir herunterkamen. Nirgendwo ein Kind. Nur Rufus lag lang ausgestreckt im Straßenstaub und hob den Kopf, als er uns hörte.

»Was ist heute los? Warum sind die Kinder alle fort?«, fragte ich eine Nachbarin, die im geöffneten Fenster lehnte und auf die Straße hinaussah.

»Sie sind alle mitgegangen zum Stall der Grünen«, war die Antwort.

»Was machen sie da?«, erkundigte sich Vartan.

»Es ist wegen Salamis«, sagte die Frau.

»Wegen was?«

»Fragt doch Klemens, wenn ihr es so genau wissen wollt. Der weiß doch alles und noch mehr dazu!« Sie schlug die Fensterflügel zu.

»Die interessanten Dinge weiß Klemens gerade nicht«, sagte Vartan. »Was in der Stadt geschieht, Boxkämpfe, Wagenrennen, Hahnenkämpfe und solche Sachen – von nichts hat dieser Mann eine Ahnung.«

»Wir sind nicht hierher gekommen, um Wagenrennen zu besuchen«, sagte ich. »Überhaupt, mit Kyzikos haben wir nichts im Sinn. Wir wollen so bald wie möglich nach Armenien ...«

»Jetzt hängen wir schon drei Wochen hier herum«, seufzte Geli.

»In einer Woche fahren wir mit der »Pontos«, wenn alles gut geht und die Götter es wollen«, sagte ich.

Es wurde Zeit, dass wir von hier fortkamen. Wir hatten die Sehenswürdigkeiten der Stadt so gut wie alle angeschaut: den Anker des Argonautenschiffes, der im Bouleuterion ausgestellt war – einer alten Sage nach waren in urdenklicher Zeit die Argonauten in Kyzikos gelandet und vom sagenhaften König Kyzikos bewirtet worden. Und eine uralte altersgeschwärzte Figur der Göttin Athene im Athenentempel. Sie war angeblich aus dem Holz eines Olivenbaums geschnitzt zu Ehren der Göttin, die den Kyzikenern besonders große Kunstfertigkeit verliehen hatte. Ebenfalls im Bouleuterion hing ein riesiger ausgestopfter und präparierter Tunfisch, der größte, der je gefangen worden war und allerlei Gerät, das die Tunfischjäger für die Jagd im Frühjahr benutzten. Wir hatten alle Arten von Fischgerichten und Fischsoßen, Muscheln und Krebse unten am Meer in der Nähe des Fischmarkts gekostet. Wir hatten im Tempel des göttlichen Hadrian ein Opfer gebracht und waren zum Heiligtum der Kybele durch den Wald hinter der Stadt auf den Berg hochgestiegen. Dort gab es auch Bären in Käfigen anzustaunen, die allerlei Kunststücke beherrschten – aber jetzt war es einfach genug!

Lautes Schreien und Jubeln war zu vernehmen. Halbnackte braun gebrannte Kinder kamen kreischend herangerannt.

»Sie kommt! Sie kommt! Platz gemacht!«

Der Lärm wuchs an. Menschen hielten Palmzweige in den Händen und winkten. Wenig später wurde eine braun-weiß gescheckte Stute herbeigeführt. Ein Mann ging neben ihr. Die Stute war ein edles Tier mit einem feinen, fast unbehaarten Kopf. Ihre Ohren spielten aufmerksam hin und her. Im Vorwärtsgehen schnaubte sie leise.

»Platz gemacht für Salamis!«, schrien die Kinder, die hinterherliefen.

Aus sanften, dunklen Augen sah das Pferd uns an.

»Ein Rennpferd«, sagte Vartan. »Und ein ziemlich gutes. Kannst du sie dir vor einem Wagen vorstellen?«

Und ob ich das konnte! Wir sahen ihr nach und schlossen uns dem Umzug an. Zwei Straßen weiter führte der Weg in den Hinterhof des Metzgers, bei dem wir uns ab und an ein Stück Hammelfleisch gekauft hatten. Zwei kräftige muskulöse Sklaven zerrten Salamis in einen Stall und warfen die Tür hinter ihr zu. Im Stall quiekten Schweine und Schafe.

Die Kinder um uns winkten und schrien und trollten sich wieder davon. Ganz allmählich kehrte Ruhe ein. Still und starr standen nur noch wir im Hof, während die beiden Sklaven, in einer Ecke sitzend, damit beschäftigt waren, lange Messer zu wetzen.

Aus einem geöffneten Fenster drang der Dampf von Wurstsuppe. Jeder Appetit war mir jedenfalls vergangen.

Der Metzger selbst trat jetzt aus dem Kellergeschoss heraus. Über dem blau-weiß gestreiften Chiton trug er eine blutbefleckte Lederschürze.

»Na, Kinder, habt ihr euch das Rennpferd angesehen? Lasst euch in der Schenke an der Straße ein Stück Braten geben.«

»Aber – warum –«, stieß ich hilflos hervor.

»Salamis war ein berühmtes Pferd, damals in ihren großen Zeiten. Jetzt ist sie alt und lahmt am rechten Vorderfuß.«

»Und deswegen wird sie geschlachtet?«

Der Metzger zuckte die Achseln.

»Wie viel hast du für sie bezahlt?«, fragte Geli.

»Hundert Drachmen, 'ne Menge Geld für ein Schlachtpferd in dem Alter.«

»Würdest du sie uns verkaufen?«

»Hahaha! Schon, aber nur für hundert Drachmen! Hahaha!«

»Ist das dein letztes Wort?«

Erstaunt sah er mich an. »Wenn dein Vater dir wirklich hundert Drachmen gibt, dann solltest du dir einen jungen Esel dafür kaufen oder ein gesundes Pferd, etwas Vernünftiges, womit du etwas anfangen kannst.«

Geli stieß mich in die Seite. Wir gingen. Niemand sagte ein Wort.

»Wir sollten nicht unser ganzes Geld schon in Kyzikos ausgeben«, gab Geli zu bedenken. »So viel haben wir auch wieder nicht dabei. Überleg dir's noch einmal.

»Ein Pferd könnten wir schon gebrauchen. Wir bringen Salamis zu einem Pferdearzt und lassen ihren lahmen Fuß behandeln. Onkel Ummidius hatte auf seinem Landgut, wo er die Pferde hielt, einen eigenen Arzt für sie. Er hat sie sogar operieren lassen ...«

»Aber wir werden eine Menge Geld in Artaxata brauchen. Wahrscheinlich müssen wir Leute bestechen, um Näheres über unseren Vater zu erfahren.«

»Das schaffen wir, das ist ja alles eingeplant.«

»Es ist auch nicht günstig, uns jetzt schon ein Pferd zu kaufen. Wir sollten warten, bis wir in Trapezunt angekommen sind. Dort brauchen wir es wirklich für die Reise nach Armenien. Ein Maultier oder ein Esel wäre wahrscheinlich auch besser geeignet.«

Eigentlich hatte sie Recht, jetzt ein Pferd, das waren erst einmal Umstände bei der Seereise ... Aber dennoch: Salamis war nicht irgendein Pferd.

»Schlaf noch einmal drüber«, rief Vartan. »Morgen sieht die Sache wieder anders aus.«

»Morgen lebt Salamis vielleicht nicht mehr.«

»Heute Abend schlachten sie nicht mehr. Sie stechen die Schweine immer morgens in der Frühe ab.«

Wieder hatte Vartan Recht. Das Aufbrüllen der Kühe und Kälber und das Quieken der Schweine waren zweimal die Woche ganz frühmorgens zu hören, wenn wir beim Unterricht saßen.

Und so ging es aus: Am anderen Morgen hängte Klemens ein großes Stück Papyrus vor seine Tür.

Dem Metzger fielen fast die Augen aus dem Kopf, als er unser angesichtig wurde.

»Dein Vater hat es wirklich erlaubt?«

»Er ist nicht mein Vater, sondern mein Lehrer, aber er findet auch, wir sollten Salamis kaufen.«

Salamis wurde von einem der Messermänner auf den Hof geführt. Sie tänzelte hin und her und schnupperte an unseren Gewändern. Klemens mochte sie besonders. Mit dem Pferdemaul betastete sie behutsam die Bulla an seinem Gürtel.

Der Metzger schrieb in ungelenken Buchstaben einen kurzen Kaufvertrag, dass er hiermit das Pferd Salamis gegen hundert Drachmen an Lukios verkaufe. Klemens unterschrieb als erster, Geli als zweiter Zeuge. Dann gingen wir alle zusammen in die Stadt hinunter zum Hafen in das Geschäft eines der größeren Trapeziten, bei dem man Geld wechseln konnte und Münzen auf die Echtheit prüfen ließ. In den Holzregalen standen Tontöpfe mit abgezählten Münzen, an sie waren Bleisiegel geheftet mit dem Namen des Zählers und dem des Trapeziten.

Ich reichte dem Geschäftsmann, der auf einem kunstvoll geschnitzten Stuhl in einer kleinen Kabine saß, mein Diastolikon mit der Unterschrift von Hyazinthus und dem Siegel der Trapeza von Pergamon über den Tisch. Es war auf hundert Drachmen ausgefüllt. Der Mann beroch den kleinen Papyrus und hielt ihn gegen das Licht. »Das Siegel ist in Ordnung. Du bekommst dein Geld. Schreib deinen Namen in diese Ecke.«

Ich kritzelte meinen Namen unter den von Hyazinthus. Der Trapezit wendete sich nach rückwärts und rief nach einem Gehilfen. Wenig später hatte ich die hundert Dachmen entgegengenommen, der Metzger nahm sie und zahlte sie seinerseits gleich an einer anderen Kabine ein. Ja, es ging hier sehr städtisch zu, fast wie in Rom ... Und wir besaßen nun ein edles Rennpferd! Am liebsten hätte ich es gleich Onkel Ummidius geschrieben! Und natürlich Hyazinthus. Er sollte es auch erfahren.

Im Griff der Soldaten

Noch zwei Tage! Dann war es so weit – wir würden mit Salamis, Rufus und dem Pony auf der »Pontos« nach Trapezunt segeln, begleitet von Klemens. Schon jetzt war ich fiebrig vor Aufregung und Vorfreude. Der Hundewagen war bereits hoch beladen.

Ich wälzte mich unruhig hin und her und konnte nicht schlafen. Plötzlich polterten schwere Schritte von benagelten Stiefeln die Treppe hoch. Dumpfe Schläge dröhnten gegen die Tür. Erschrocken sprang ich auf. Es war angenehm warm, im Herd glomm noch die Asche vom Abend. Vartan, Massis und Geli schliefen tief und fest. Geli hatte sich die Decke über den Kopf gezogen; sie lag auf dem Sofa, während ihre Brüder vor dem Herd auf dem Boden ihre Matratzen aufgeschlagen hatten wie ich auch. Rufus hatte sich halb aufgerichtet, er fletschte die Zähne und stieß ein drohendes Knurren aus.

Im nächsten Augenblick sprang die Tür aus den Angeln. Mit gezogener Lanze stapften drei römische Soldaten in voller Rüstung in den Raum.

»Was wollt ihr?«, fragte ich verstört.

»Wir tun euch nichts«, sagte der Centurio in barschem Ton. »Wir sollen einen gewissen Klemens abholen. Wir wissen, dass er hier wohnt.«

»Es gibt keinen Klemens«, sagte ich laut, in der Hoffnung, dass eben dieser mich hörte und so gescheit war, durch das Fenster hinauf aufs Dach zu klettern.

»Er lebt hier. Lass mich durch, Kleiner!« Ich bekam mit dem Schwertknauf einen brutalen Schlag in die Magengrube.

»Verdammte Bestie«, schrie einer der beiden einfachen Soldaten. Rufus hatte zugebissen.

»Wem gehört der Köter?«, herrschte mich der Centurio an.

»Es ist mein Hund.«

»Gut. Du bist verhaftet. Gehst du freiwillig mit?«

Tränen stiegen mir in die Augen. Das konnte jetzt nur zu gut das Ende unserer gesamten Unternehmung sein. Geli und die Zwillinge waren mittlerweile wach geworden. Sie rieben sich die Augen und sahen fassungslos zu, wie die Soldaten nun den Vorhang zu Klemens' Schlaf- und Lesezimmer herunterrissen und Klemens aus dem Bett zerrten. »Selbstverständlich gehe ich mit euch! Nur lasst diese Kinder in Frieden! Sie sind meine Gäste. Darf ich fragen, warum ich festgenommen werde?«

»Ich habe einen Haftbefehl gegen dich, Titus Flavius Klemens! Du warst schon in Alexandria angeklagt, wegen Gottlosigkeit und gefährlichem Aberglauben! Du hast Leute aufgehetzt und aufgewiegelt! Du hast die Sühneopfer nicht mitgefeiert!«

»Ich bin kein Verbrecher!«

»Man wird ja sehen«, sagte der Centurio hämisch. »Bindet ihm Hände und Füße zusammen, aber nicht zu fest, damit er noch laufen kann! Und jetzt untersucht den Schrank, Männer! Alles, was ihr findet, wird auf die Wache mitgenommen, vor allem die Waffen!«

»Es ist abgeschlossen«, stellten die beiden pockennarbigen Soldaten fest.

»Also – Waffen und Gift! Hab ich sofort gewusst!«

»Nehmt den Schlüssel!« Klemens hatte die Bulla geöffnet und hielt dem Centurio den Schlüssel entgegen. Ein brutaler Schlag ins Gesicht war die Antwort.

»Gib zu, dass du Waffen und Gift gehortet hast! Gib es zu!«

»Seht nach«, sagte Klemens.

»Wir tun unsere Pflicht für die Sicherheit des Imperiums. Und um diese Sicherheit ist es schlecht bestellt, seit ihr Christen wie die Wühlmäuse unseren Staat untergrabt.«

»Es ist nur Geschriebenes, Bücher und Papierkram«, stellte der eine der beiden Soldaten fest.

»In den Herd damit! Steckt es an, blast das Feuer an!«, befahl der Centurio. »Alles! Die Wachstafeln auch! Es sind Zauberbücher in ägyptischer Schrift! Alle diese Christen zaubern! Ich werde zu Protokoll nehmen lassen, dass du hexen kannst.«

»Ihr seid Barbaren, arme blöde Barbaren! Schlimmer als die einfältigsten Germanen, die nicht lesen und schreiben können!«, schrie Klemens auf, als Rolle um Rolle im Herd landete.

»Das kommt auch in die Anklageschrift. Beleidigung der Staatsgewalt. Aber ihr Christen habt ja vor nichts Respekt«, sagte der Centurio. »Führt ihn ab und den Jungen ebenfalls! Wird's bald?« Er sah sich um, sein Blick fiel auf den Boden. »Diese weibischen Teppiche, steckt die auch ins Feuer. Er braucht sie nicht mehr. Macht schon!«

Und schon hatte er mit einem seiner Stiefel den einen von Klemens' Teppichen ins Feuer geschoben. Eine Stichflamme loderte hoch. Ein unangenehmer Geruch nach verbrannter Wolle durchzog den Raum.

»Der lebendige Gott möge euch eure Dummheit vergeben. Ihr könnt nichts dafür. Arme, unwissende Menschenkinder seid ihr ...«, murmelte Klemens, als sie ihn davonführten. Mit eisenhartem Griff hatte der eine der beiden Pockennarbigen mich am Nacken gepackt und zerrte mich wie einen Hund die Treppe herunter auf die Straße. Der Centurio schritt voran. Hinter ihm ging Klemens, am Seil geführt von dem anderen Soldaten. Frauen standen am Straßenrand. Sie lachten schrill auf und riefen uns zu.

Als wir schon ein paar Ecken weitergekommen waren, blieb mein Soldat vor einer Taverne stehen, um einen Becher Wein zu trinken. Leider ließ er mich auch dabei keinen Augenblick aus dem Griff oder aus den Augen.

»Feuer! Feuer!«, gellte eine Frauenstimme über die Straße.

»Die ganze Stadt steht in Flammen! Rettet euch!«

Mein Soldat zuckte. Die Menschen, die unterwegs waren, sahen in die Richtung, aus der die Schreie kamen. Fenster und Türen öffneten sich. Immer lauter und verzweifelter wurde die Stimme. Ich griff nach dem Becher und schüttete seinen Inhalt meinem Bewacher ins Gesicht. Verdutzt ließ er mich los. Ich sprang davon wie ein Windhund.

Hier im Gewühl am Hafen würde er mich so bald nicht wieder finden, das stand fest. Ich rannte so schnell mich meine Füße trugen, vorbei am Tempel der Aphrodite Ekbasia bis hin zum Isistempel, hetzte die Stufen hoch und warf mich dem alten kahlköpfigen Priester vor die Füße, der gerade mit einem Eimer hinter dem Vorhang vor den Eingangssäulen des Tempels hervorkam. Ich umklammerte seine Füße.

»Erhabener Priester, gebt mir bitte Schutz im Heiligtum. Mein Hund hat einen Legionär angefallen, die Soldaten nahmen mich gefangen.«

»Komm mit, Junge, du stehst unter dem Schutz der Göttin. Nimm erst ein Bad und komm dann mit zur Nachtmesse. Dort kannst du der Tausendnamigen, der Allerbarmerin deinen Dank abstatten. Hab keine Angst mehr!«

Hoffnungen

»Ruhe und Frieden gewähre,
genug sei's der Mühen,
genug sei's der Gefahren!«

So sangen die Isis-Verehrer, Opferdiener bliesen dazu auf Flöten; wie die anderen alle schwang auch ich die Holzklapper. Wieder besprengten uns die Priester mit Nilwasser, das uns reinigen sollte.

Ich trug Schuhe aus Palmstroh, einen schneeweißen, ärmellosen Chiton und einen Kranz aus Lotosblüten, denn ich war ja jetzt der besondere Schützling der Göttin. Nach dem Ende der Nachtmesse, als die Gläubigen sich verlaufen hatten, ging ich mit den Priestern und den Eingeweihten in ein von Fackeln beleuchtetes niedriges Gebäude neben dem eigentlichen Tempel. Vor dem Eingang stand ein Obelisk.

Wir setzten uns alle nieder an einem festlich gedeckten langen Tisch. Jeder trank einen Becher ägyptischen Met, dazu gab es Brot. Der Oberpriester goss meinen Becher nochmals ganz voll.

»Trink, das tut dir gut«, ermunterte er mich. Meine Zunge war schon schwer. Ein paar Mal hatte ich versucht zu erklären, wer ich sei: Lukios aus Pergamon, der dort im Heiligtum des Asklepios Medizin studierte.

»Keine Erklärungen«, wehrte der Oberinspektor ab. »Dein Name und wer du bist, das interessiert hier nicht. Du stehst unter dem Schutz der einen großen Göttin und Retterin. Sie weiß, wer du bist, und bürgt für dich. Das genügt auch uns.«

»Ja«, sagte ich. »Ich verehre Isis schon länger und vertraue auf sie. Sie wird mich und meine Freunde nach Artaxata bringen.«

»Nach Artaxata in Armenien? So weit? Da wirst du wohl erst mit dem Schiff nach Trapezunt segeln?«

»So hatten wir es vor. Wir wollten die »Pontos« nehmen. Aber ich habe Angst vor den Kontrollen am Hafen. Vielleicht suchen die Soldaten noch nach mir.«

»Das ist unwahrscheinlich, so wichtig warst du ihnen wohl kaum. Aber ich werde dich selbst auf das Schiff bringen, keiner wird dann wagen, eine Frage nach dir zu stellen. Aber versprich, dass du auch in Artaxata im Isistempel opfern und beten wirst.«

Ich lallte etwas. Dann fiel mir noch ein, dass jemand Vartan, Massis und Geli Nachricht geben sollte. Meine Arme und Beine waren schwer geworden, ich versuchte etwas zu sagen.

Der Priester verstand mich wohl nur mit Mühe. Er beugte sich zu mir.

»Ein guter Freund von mir ist Priester in Artaxata, ein Weiser. Ich werde dir einen Brief an ihn mitgeben.«

»Ich danke, ich danke dir … und der Göttin …«

»Sie wird noch mehr für dich bewirken, jeden Tag, den du lebst. Wenn du in ihren Dienst trittst, wird sie dir Erkenntnis und Wissen vermitteln. Wenn du Glück hast, wird sie dich eines fernen Tages auserwählen …«

»Wie, woran würde ich das merken?«

»Ein Priester wird auf dich zukommen. Einer, den du vorher nie gesehen hast, und wird dir einen Traum verkünden. Und auch du wirst einen Traum haben, in dem du alles Nähere erfährst. Aber bis dahin vergehen vielleicht Jahrzehnte. Möglicherweise wirst du auch nie eingeweiht. Denn es gibt keinen Anspruch darauf, erwählt zu werden ...«

Ich hörte seine letzten Worte im Halbschlaf, sein runzliges Gesicht verschwamm mir vor den Augen. Ich hörte die Männer lachen und sprechen, einer sang ein ägyptisches Lied – und dann fiel ich in einen tiefen, traumlosen Schlaf.

Jemand kitzelte mich mit einer Feder unter der Nase und kicherte ganz albern dazu. Ich lag wohlig warm unter meinem Mantel, unter mir schwankte der Boden sanft. Irgendwie war ich immer noch müde. Der Met war mir nicht gut bekommen.

»Jetzt ist er wach«, sagte Geli. »Du hast fast zwei Tage nur geschlafen. Wir sind schon lange unterwegs.« Ich richtete mich mühsam auf und sah um mich. Unter meinem Kopf befand sich ein Kissen, Rufus und die Zwillinge saßen vor mir und schauten mich aufmerksam und besorgt an, während ich ganz langsam wieder zu mir kam.

»Du warst betrunken«, stellte Geli fest. Sie erzählte dann, dass sie, nachdem die Soldaten mich abgeführt hatten, auf die Idee gekommen sei, »Feuer! Feuer!« zu schreien. Leider hätte nur ich mich retten können, während Klemens in den Kerker gebracht worden war. Später sei ein Bote vom Isis-Tempel zu ihnen gekommen und hätte ihnen gesagt, dass der Priester gerade dabei sei, mich zum Hafen und auf die »Pontos« zu bringen, woraufhin sie sofort mit dem Pony und Salamis ebenfalls aufgebrochen seien. Richtige, wirkliche Freude wollte nicht in mir aufkommen.

»Aber Klemens – was wird jetzt aus ihm werden?«

»Wir können nichts für ihn tun. Wenn er sich weigert, für das Wohl des Kaisers zu opfern, und auch nicht die Opfer am Altar der Staatsgötter Roms bringt, dann müssen sie ihn verurteilen, weil er ein Feind der Römer ist und dem Kaiser Böses will …«

»Ach Geli …«, sagte ich traurig. »Diese Halsstarrigkeit der Christen ist ihr Verderben. Was ist denn so Schlimmes daran, die Götter anderer Menschen und Völker zu ehren, selbst wenn man ihnen nicht ganz traut? Es kann niemals schädlich sein, fremde Götter zu ehren. Dieser Christengott muss sehr streng und furchtbar sein, wenn seine Anhänger überhaupt nichts mehr glauben dürfen als seine Lehren … Sieh einmal unsere Göttin Isis! Ihre Priester kämen nie auf den Gedanken, anderen Göttern den Gehorsam zu verweigern. Sie sagen, dass Demeter, Kybele und Athene und viele andere Göttinnen auch bei fremden Völkern in Wirklichkeit ihre Isis sind, die nur nicht richtig erkannt wird und einen anderen Namen hat – und deshalb finden sie überhaupt nichts dabei, auch andere Götter und Göttinnen zu verehren und ihnen zu opfern …«

»Die Christen sind nicht nur Feinde der Götter, sondern auch Feinde der Menschen, denn sie nehmen ja an, der Rest der Menschheit hätte sich geirrt und glaube das Falsche«, sagte Geli.

»Es ist schwer, solche Menschen zu verstehen«, sagte ich und dachte an Hyazinthus und Marcia. Ja, auch Klemens hatte ich in mein Herz geschlossen. Er hatte uns so viel beigebracht in der kurzen Zeit, er wusste so vieles. Viele seiner Ansichten konnten weder ich noch Geli noch die Zwillinge teilen, trotzdem hatten wir ihn sehr gern. Er hatte für uns gekocht, uns Kyzikos gezeigt, sich mit uns über Salamis gefreut, hatte uns vor den Nachbarn verteidigt, die ihn dazu bringen wollten uns fortzuschicken …«

»Und jetzt haben wir ihn im Stich gelassen. Hyazinthus wird traurig sein, wenn wir ihm schreiben, was geschehen ist.« Es war Vartan, der die nackten Tatsachen aussprach.

»Sie töten ihn vielleicht«, sagte Geli.

»Er hat römisches Bürgerrecht und die drei Namen. Das bedeutet, dass sie ihm einen richtigen Prozess machen müssen.«

»Dann wird er im Anschluss an seinen Prozess hingerichtet werden«, sagte Massis.

Wir sahen aufs Meer hinaus. In der Ferne waren bewaldete Inseln zu sehen. Delfine sprangen und spielten an der Wasseroberfläche.

Über dem Schiff schwebte der Duft nach Garum und Pökelfisch.

Es war diesmal ein mittelgroßer Handelssegler, bei weitem nicht so riesig wie die »Isis«. Langsamer war die »Pontos« selbstverständlich und nicht so komfortabel ausgestattet.

»Eines Tages werden wir alle wieder in Italien sein«, sagte ich.

»Immer wenn Lukios traurig ist, erzählt er die Geschichte, wie gut wir es in Italien haben werden«, sagte Massis.

»Also«, sagte ich. »Das ist klar, einmal die Woche werden wir auf die Hasenjagd ausreiten, von unserer Villa aus, in der wir wohnen. Jeder von uns hat ein Pferd. Ich reite Salamis und ihr habt zwei Schimmel aus Onkel Ummidius' Gestüt, die ihr euch selbst aussuchen durftet ...«

»Und ich?«, fragte Geli.

»Na ja, du bist im Frauengemach in der Villa und spinnst Wolle.«

»Ich möchte aber auch ein Pferd und bei euch sein, wenn ihr jagt ...«

»Das schickt sich nicht.«

»Ich könnte unser Pony nehmen.«

»Gut, meinetwegen das Pony. Im Damensitz.«

»Nein, ich würde armenische Anaxrides anhaben, ein kurzes Wams und ein Krummschwert und ich wäre auch ganz schnell …«

»Und abends wären wir erschöpft und verschwitzt. Wir hätten hinter dem Hauptgebäude ein langes Schwimmbecken, so wie Onkel Ummidius. Vom Speisezimmer aus würde man auf dieses Wasserbecken hinausschauen. Am Beckenrand wären Marmorstatuen aufgestellt …«

»Von berühmten Wagenlenkern«, schlug Vartan vor.

»Ja, auf der einen Seite. Auf der anderen müsste Asklepios mit seinem Schlangenstock stehen und die Göttin der Gesundheit … Und einige Philosophen …«

»Hyazinthus könnte man aufstellen, was meinst du?«

»Die Idee ist sehr gut, Geli. Hyazinthus würde gut dazu passen. Seine Statue müsste man erst anfertigen lassen, mit einer Inschrift, auf der geschrieben steht, wer er ist und was er tut. Ich war schon einmal bei einem Steinmetz; sie haben Musterbücher und man kann sich aussuchen, wie man die Statue haben will …«

»Rufus wäre bei uns …«, ergänzte Geli.

»Annia, deine Schwester, käme manchmal zu Besuch«, sagte Massis.

»Und jeden Morgen müsste ich zu Commodus und Marcus Aurelius gehen und ihnen meine Aufwartung machen … Ja, also: Wir wären im Geschäft des Steinmetzen und würden die Rolle mit den Vorlagen und Mustern aufwickeln. Und da könnten wir noch eine Statue bestellen. Ich habe es mir so gedacht: Eine Bank zum Lesen und Ausruhen müsste ja auch sein. Neben diese Bank könnte man eine Gruppe von Klemens und seiner weißen Eselin aufstellen, das würde sich gut machen … Und so etwas wäre auch eine schöne Erinnerung an ihn.«

Gegen Abend gab es einen kurzen Aufenthalt im Hafen von Kios. Die Matrosen schafften frisches Wasser an Bord, die Ruderer ruhten sich aus. Wir gingen an Land und kauften ein paar Ballen Heu und einen Sack Hafer für Salamis und das Pony, die mit noch einigen Maultieren zusammen in einem Verschlag im Zwischendeck angebunden waren. Einige Kaufleute und Wanderredner stiegen zu und suchten sich einen angenehmen Platz auf dem Deck, wo sie die Matrosen nicht bei der Arbeit störten.

Außer der »Pontos« lagen mehrere Fischerboote in der lang gezogenen Hafenbucht. Am Kai waren Sklaven damit beschäftigt, die Netze auszubessern.

Später machte ich es mir auf meinem Sitzkissen bequem, hüllte mich in den Kapuzenmantel, weil es doch kühl und windig war, wenn man hier draußen saß, und beobachtete, wie die Matrosen rufend und schreiend das Schiff zur Abfahrt bereitmachten. In wildem Galopp kam ein Reiter auf einem weißen Esel den Kai entlanggesprengt und winkte den Schiffsleuten.

Ich traute meinen Augen nicht: Man half ihm, den ängstlichen Esel die Planke hoch ins Schiff hineinzuziehen. Der Kapitän begrüßte ihn und kassierte die Summe für die Überfahrt – der junge Mann mit den gelblichen Augen, dem kurz geschorenen Bart und dem Lockenkopf war kein anderer als Klemens!

Wir stürzten auf ihn zu, umarmten ihn und die weiße Eselin, halfen abladen und schleppten die Satteltaschen und das Gepäckbündel in unser Zelt. Ob er wollte oder nicht – er musste Honigkuchen essen und frische Feigen probieren.

»Du darfst dir auch ein Pferd bei Onkel Ummidius aussuchen«, sagte Vartan. »Zwei«, sagte Geli. »Die Eselin lebt bestimmt nicht mehr, wenn wir in Italien sind.«

»Aber wie bist du hierher gekommen?«, fragte ich.

»Das ist beinahe eine lustige Geschichte«, erzählte Klemens. »Der Centurio hatte große Angst vor mir, denn er hielt mich in seiner Dummheit für einen Zauberer. Der Gefängniswärter war sehr freundlich zu mir, weil seine Frau Christin ist. Zufällig kam ein schweres Gewitter auf. Es blitzte und donnerte und regnete kübelweise. Mein Wärter ließ mich zu einem Hinterausgang heraus und machte dem Centurio weis, ich hätte mich mit Hilfe eines Regenzaubers fortgehext. Ich hoffe, dass er meinetwegen keine Schwierigkeiten bekommen hat. Aber der Centurio war so einfältig, dass er darauf hereingefallen sein dürfte ...«

»Man sagt, dass die Christen bei den Kämpfen an der Donau schon einmal Regen herbeigezaubert hätten, als eine Legion fast verdurstet war ...«

»Die Christen sagen das. Ich habe von meinem Stiefvater gehört, dass wirklich damals ein Regenwunder geschehen ist; aber es wurde durch einen ägyptischen Magier herbeigehext, der den Hermes der Lüfte angerufen hat«, stellte ich richtig. Und das war die Wahrheit. Marcus Aurelius hatte sogar Münzen auf dieses Ereignis prägen lassen. Denn nach dem Wunder hatten die römischen Truppen einen Sieg errungen.

»Nachdem ich aus dem Gefängnis entkommen war, lief ich zu meiner Wohnung, fand dort Gelis Zettel mit der Nachricht, dass es euch allen gut geht, habe meine Sachen gepackt und bin gleich losgeritten. Ein Wunder, dass die Eselin durchgehalten hat. Jetzt soll sie sich erst einmal ausruhen.«

»Vielleicht hat dir Isis geholfen«, sagte Geli.

Klemens war zu müde und zu glücklich, um ihr zu widersprechen.

»Wer weiß?«, murmelte er, während er sich im Zelt zusammenrollte und die rote Decke mit den weißen Kranichen über sich zog. »Wir Menschen wissen nur wenig und das Leben ist kompliziert … Auch die Welt ist ein Text auf einer Papyrusrolle, ein schwer zu lesender Text, von verschiedenen Händen geschrieben. Man muss versuchen ihn zu entziffern …«

Nach Trapezunt

Kurz vor der Einfahrt in den Pontos Euxinus gingen wir alle an Land; unser Kapitän kaufte am Hafen einen fetten dunkelbraunen Schafbock, den die Priester im Heiligtum des Zeus Uranios, dem Herrn der Winde, für uns opferten. Dieser Zeus, dem die Seefahrer hier schon seit Jahrhunderten opferten, würde auch uns Schutz vor gefährlichen Stürmen gewähren. Der Tempel stand auf einer Anhöhe direkt am Meer. Im Säulenumgang um das Tempelinnere hingen ausgestopfte Tiere, Geweihe von riesigen Hirschen und allerlei Merkwürdigkeiten, die Kaufleute und Matrosen von ihren Reisen ins Land der Skythen mitgebracht hatten. Als Einziger hatte sich Klemens vom Opfer ausgeschlossen. In den nächsten Tagen sprach keiner der anderen Reisenden ein Wort mit ihm. Wir hatten, während wir an der Nordküste der Provinz Bithynien-Pontus entlangsegelten, günstigen Wind, aber es war kühler geworden und ständig kamen Regenschauer auf, vor denen wir uns entweder in unser Zelt oder unter Deck flüchteten.

Alle zwei bis drei Tage liefen wir einen Hafen an, wo jeder sich mit frischen Vorräten versorgen konnte. Wir führten dann meist auch unsere Tiere etwas herum; besonders Salamis litt unter dem Bewegungsmangel, Klemens unternahm mit der weißen Eselin bei jedem Halt längere Ausritte, von denen er lange nicht zurückkam; das Schiff musste oft auf ihn warten und unser Kapitän seufzte jedes Mal auf, wenn Klemens davonritt.

»Wetten, dass er Christenfreunde besucht?«, fragte Vartan.

»Ja, das tut er bestimmt«, meinte Geli.

Wenn er wieder zurückkam, hüllte Klemens sich in seine Decke, betete leise und sprach lange überhaupt nichts mehr. Wir hatten den Eindruck, dass seine Ausflüge ihn traurig machten.

Die erste größere Stadt, die wir erreichten, war Herakleia. Im Schutz eines waldigen Vorgebirges lag ein ausgedehntes Hafenbecken, um das herum die Stadt gebaut war. Hinter dieser Stadt gab es Höhlen, von denen aus Herakles in uralter Zeit in die Unterwelt herabgestiegen war, um den Höllenhund Kerberos lebendig einzufangen. Wir hielten hier ganze zwei Tage, weil einige unserer Mitreisenden das Heraklesorakel befragen wollten. Wieder blieb Klemens aus bis kurz vor der Abfahrt der »Pontos«. Seine christlichen Freunde hatten ihm mehrere Töpfe mit in Essig eingelegten Äpfeln und Birnen mitgegeben. »Für euch«, sagte Klemens.

»Hast du eine Nachricht von Hyazinthus erhalten?«, wollte ich wissen.

»Nein. Diesmal nicht. Vielleicht, wenn wir in Sinope sind … Aber es gibt andere traurige Nachrichten. In Gallien verfolgt man die Christen wieder. Sie werden gefangen genommen und viele sind in der Arena von den wilden Tieren getötet worden. In Lugdunum gab es große Spiele zu Ehren des Kaisers und des göttlichen Augustus. Unmittelbar vorher begann man die Christen zu suchen und die Gefängnisse mit ihnen zu füllen. ›Feinde der Menschheit‹ nennt man sie, man wirft ihnen erlogene Verbrechen vor und foltert sie.

Manch einer ist von seinem Glauben abgefallen, viele sind in andere Provinzen geflüchtet; aber auch anderswo geht die Jagd auf die Christen los. Wie es in Pergamon ist, weiß ich nicht. Aber es wird kaum anders sein als anderswo auch. Ich sorge mich um Hyazinthus.«

»Er steht unter dem Schutz meiner Mutter und des Provinzstatthalters. Niemand wird es wagen, ihm ein Haar zu krümmen«, sagte ich.

»Aber du weißt selbst, dass er damals aus Rom flüchten musste, weil deine Mutter ihn nicht mehr schützen konnte. Trotz aller Sühneopfer in allen Teilen des Imperiums ist die Pest noch nicht besiegt und auch die Kriege gegen die Barbaren im Norden sind nicht beendet. In einigen Provinzen ist das Getreide knapp geworden. Kaiser Marcus Aurelius ist krank – man weiß nicht genau, wie es werden wird …«

»Ich weiß, Klemens, überall ist man zornig auf die Christen, weil sie sich über unsere Opfer und unsere Sorgen lustig machen. Sie glauben, dass das Ende der Welt bald kommen wird und man sich deshalb nicht mehr um die irdischen Dinge bekümmern soll.«

»So ist es auch. Jesus wird bald wiederkommen und sein Reich errichten. Es wird eine Zeit des Friedens und des guten Zusammenlebens werden …«

»Aber wahrscheinlich wird er so schnell nicht kommen«, sagte Geli. »Vorerst jedenfalls stehen wir alle da mit der Pest und Barbaren, die die Grenze unsicher machen.«

»So schlimm war es lange nicht mehr, soviel ich weiß, überhaupt noch nie«, sagte ich und erinnerte mich an das, was Onkel Ummidius alles erzählt hatte. »Unter dem göttlichen Hadrian und zur Regierungszeit meines Urgroßvaters, des Divus Antoninus Pius, gab es solche Kriege nicht. Wenn überhaupt, dann kleinere Aufstände und einzelne Kämpfe an den Grenzen, die ein paar Wochen gedauert haben … Onkel Ummidius hat gesagt, das Imperium Romanum könnte ganz untergehen, wenn Marcus Aurelius und seine Generäle die Grenze im Norden nicht sichern. Tausende von Soldaten sind bei den Kämpfen ums Leben gekommen …«

»Ja, hoffen wir auf bessere Zeiten, mit oder ohne Jesus«, sagte Klemens. »Die Christen beten ebenfalls für das Wohl des Kaisers und seiner Familie und für das Imperium Romanum, aber sie tun es auf ihre Weise.«

Kurz vor der Halbinsel, auf der die Hafenstadt Sinope lag, steckten Seehunde ihre dicken runden Köpfe aus dem Wasser und schauten zur »Pontos« herüber.

Klemens geriet in Aufregung, während wir an der steilen Küste auf die Halbinsel zuhielten. »Jetzt ist fast die Hälfte der Strecke nach Trapezunt geschafft, Kinder. Wir werden uns zusammen in Sinope umsehen. Der Philosoph Diogenes ist hier geboren worden …«

»Der Mann, der in einem Fass lebte und jeden Tag nur drei Oliven aß«, erklärte ich.

»Er versuchte zu beweisen, dass er ganz aus sich heraus leben könnte und fast keine äußeren Güter zum Leben brauchte: Er lief barfuß, hatte nur einen Mantel, bewohnte die alte Tonne und war nicht verheiratet …«

Auf dem Markt in Sinope kauften wir getrocknete Feigen für uns und Heu und Hafer für die Tiere. Es gab Stände mit Seide aus fernen Ländern; auch Gewürzhändler hatten ihre Waren ausgelegt. Perser, Armenier, Parther, Syrer und Ägypter waren überall neben den Einheimischen und römischem Militär anzutreffen.

Am Rande des Marktes waren neben den Eseln und Maultieren auch viele Kamele angebunden. Geldwechsler hatten ihre Tische aufgebaut und warfen silberne Münzen aus fernen Ländern auf, um ihre Echtheit zu prüfen. Ein indischer Zauberer ließ Schlangen zu den Klängen seiner Flöte tanzen und Wasserverkäufer boten mit gellenden Rufen ihre Erfrischungen an.

Die Fischhändler behaupteten, in Sinope gebe es den leckersten Tunfisch des Imperiums, aber das hatten wir in Kyzikos auch schon gehört.

Als wir abends wieder an Bord des Schiffes gingen, war Klemens schon da. Er las in seiner Papyrusrolle, einer Neuerwerbung, und winkte, als er uns sah.

Aus der Satteltasche, die er immer in seiner Nähe hatte, zog er einen Papyrusbrief. »Diesmal hat es geklappt«, sagte er. Ich las allen vor:

»Hyazinthus grüßt Lukios und seine Freunde in der Hoffnung, dass sich unter ihnen auch sein Freund Klemens befinden möge. Euch allen wünsche ich Gesundheit und Wohlergehen. Ihr sollt wissen, dass auch ich nicht mehr in Pergamon bin, weil es dort für mich keine Sicherheit gibt. Habt keine Angst und haltet euch nicht länger als nötig irgendwo auf. Versucht römischen Soldaten aus dem Weg zu gehen und beeilt euch nach Artaxata zu kommen. Pompos ist der Mann, mit dem ihr sprechen solltet, wenn ihr ihn findet. Es gibt noch eine Frau namens Ariste. Auch von ihr könnt ihr Nützliches erfahren. Ich habe inzwischen mit Sicherheit herausbekommen, dass Tigranes lebt. Allerdings wohnt er nicht in Artaxata, weil auch dort der Boden zu heiß für ihn ist. Macht euch klar, Armenien wird von König Sohaemus regiert, einem Freund und Anhänger der Römer. In seiner Hauptstadt Kainopolis liegen römische Truppen, ›zum Schutz‹ des Landes und des Königs. Artaxata ist ein Trümmerhaufen seit der Eroberung durch die Römer, dort werdet ihr auf viele Bewohner treffen, die einen Rat für euch wissen. Lasst euch nicht entmutigen. Klemens wird euch hel-

fen. Bleibt unbedingt zusammen und sucht nach Tigranes. Ich bete für euch und bin euch in Gedanken nahe. Hyazinthus.«

»Es ist ein vorsichtiger Brief«, sagte ich.

»Das ist auch mein Eindruck. Er hat wohl befürchtet, der Brief könnte abgefangen werden.«

»Aber Geli – was wir wollen, ist eigentlich ziemlich harmlos und schadet niemandem. Wir sind auf der Suche nach eurem Vater. Seinen Kampf gegen die Römer hat er wohl längst aufgegeben.«

»Er schreibt nicht, wohin er gehen wird«, stellte Klemens fest. »Hoffen wir, dass er weitere Briefe abschicken kann – und dass sie uns erreichen …«

Klemens hatte in Sinope einige Papyrusrollen besorgt und nahm seinen Unterricht wieder auf, als die Fahrt weiterging. Auch eine Landkarte hatte er bei einem Buchhändler aufgetrieben.

Er ließ uns die Namen der Städte und der Provinzen von Asia Minor auswendig lernen und erzählte uns, wie alt und ehrwürdig viele davon waren, und dass sie schon hunderte von Jahren vor unserer Zeit reich und mächtig gewesen seien. Dass die Perser lange Zeit ganz Kleinasien in ihrer Macht hatten, bis auf einige wenige griechische Küstenstädte.

»Es gab viel Gold in den griechischen Städten Kleinasiens, Philosophenschulen, luxuriöse Waren, die feinsten Wollstoffe und bedeutende Künstler. Ihr müsst euch vorstellen, dass die griechischen Städte wie Athen fast ihr gesamtes Getreide aus den Gebieten jenseits des Pontos Euxinus bezogen haben. Fast jeden Tag kamen Getreidefrachter durch die Meerengen vorbei. Sie machten Halt in den Häfen von Byzantium, Kyzikos und Lampsakos und fuhren dann ins Mittelmeer. Die mächtigen griechischen Städte wie Sparta und Athen haben immer wieder versucht, diesen Seeweg für ihre eigenen Zwecke zu sichern, den Weg, den auch wir gefahren sind ...«

Die Skythen, in deren Land auf einer besonders fruchtbaren schwarzen Erde der Weizen gewachsen sei, hätten außerdem riesige Rinder- und Pferdeherden besessen. »Die griechischen Kaufleute bezahlten sie mit goldenen Münzen. Die skythischen Häuptlinge aber kannten kein Geld. Sie legten die Münzen auf die Waage und schmolzen sie ein. Aus dem Gold ließen sie sich Schmuck und Gefäße anfertigen ...«

Fast drei Wochen waren wir nun schon auf der »Pontos« unterwegs. Die Küste neben uns war schroff und steil. Die Wälder wirkten abweisend. Die hohen Bergzüge stiegen dicht am Wasser auf; selten tauchten Hafenbuchten mit Städten auf. Kühle Regenschauer gingen immer wieder auf uns nieder. Manchmal zog eine Schar Störche über unseren Köpfen dahin.

Salamis wurde mit jedem Tag unruhiger, während das Pony und die Eselin geduldig Spreu und Häcksel kauten. »Ich kann es kaum noch abwarten«, sagte Geli eines Tages zu mir.

Nachrichten

»Ich finde, wir sind eine sehr komische Karawane«, kicherte Geli. Wir hatten die »Pontos« in Trapezunt endgültig verlassen. Zuerst waren wir in ein Badehaus gegangen, wo wir unsere Haare wuschen, unsere Kleidung reinigten und uns badeten und salbten. In der Nähe der Akropolis hatten wir uns ein Quartier für die Nacht besorgt, dann war Klemens verschwunden, vermutlich wieder zu seinen Christen. Als er am anderen Morgen zurückkam, mieteten wir ein Kamel auf dem Markt. Lange wählten wir aus, bis wir uns auf ein gutmütiges, kräftiges dunkelbraunes Tier geeinigt hatten. Wir bezahlten den Preis für zwei Monate im Voraus und verstauten einen Teil unserer Habe – inzwischen war es viel, viel mehr geworden, als wir in Pergamon gehabt hatten – in den Gepäcktaschen, die ebenso wie der Sattel zum Kamel gehörten. Schließlich bestiegen Vartan und Massis seinen Rücken. Es war auf ein Klatschen des Händlers niedergekniet; er erklärte uns, mit welchen Worten wir es dirigieren sollten. Klemens schrieb sie auf einem Wachstäfelchen nieder, weil er meinte, wir könnten sie uns unmöglich alle merken.

Hechelnd vor Eifer stand Rufus vor den bepackten Hundewagen gespannt. Geli ritt das Pony, ich hatte auf Salamis Platz genommen. Klemens saß auf der weißen Eselin.

Geli und ich nahmen an der Spitze unseres Zuges Aufstellung. Wenig später ging es durch die Straßen von Trapezunt und hinaus auf die Gebirgsstraße in Richtung Grenze. Es dauerte einige Meilen, bis wir ein Tempo gefunden hatten, das für uns alle gerade richtig war. Auch Geli trug heute blau-grün karierte Anaxyrides wie ihre Brüder und eine rote spitze Filzmütze. Im Strom der vielen Menschen, die ebenfalls unterwegs zur Grenzstation waren, fielen wir kaum auf. Hinter der Stadtmauer stieg nach einer Weile die Straße steil ins Gebirge hoch. Am späten Nachmittag erreichten wir die Grenzstation. Römische Soldaten saßen und standen um einen Wachturm neben der Straße und stellten sich uns in den Weg.

»Seid ihr Händler?«

»Reisende. Wir werden Verwandte in Armenien besuchen«, erklärte Klemens. »Diese Kinder wollen zu ihren Eltern zurück.«

Hinter uns kam ein Maultiergespann, das Hühner in Käfigen geladen hatte. In diesem Fall waren Zollfragen zu klären.

»Geht in Frieden«, rief uns der Soldat nach, der uns kontrolliert hatte. Wir hatten das Imperium Romanum verlassen.

Gewiss, die gepflasterte Straße unter den Hufen unserer Reittiere war unter römischer Herrschaft gebaut worden, doch inzwischen war Armenien ein unabhängiges Land, das von einem eigenen König, Sohaemus, regiert wurde, wenn es auch unter römischer Kontrolle stand und sich römische Truppen an einigen Orten des Landes aufhielten, angeblich um es vor einer drohenden Eroberung durch die Parther zu schützen.

»Im nächsten Gasthof werden wir einkehren«, schlug Klemens vor. »Aber jetzt sollten wir erst noch eine kleine Rast machen und etwas Brot essen und Wasser trinken.«

Wir führten die Reittiere an den Straßenrand ins Gras. Salamis war nass geschwitzt. Ich wischte sie mit Blättern trocken und band sie an. Sie lahmte inzwischen nicht mehr. Durch die langen Ruhepausen während der Schiffsfahrt war ihr Bein offenbar von selbst ausgeheilt.

»Hyazinthus hat dir geschrieben«, sagte Klemens, als wir uns im Schatten eines Baumes alle niedergesetzt hatten. »Ich glaube, es ist der richtige Zeitpunkt, seinen Brief zu lesen.«

Bebend vor Aufregung, nahm ich das zusammengefaltete Stück Papyrus, das Hyazinthus' Siegel trug, einen Reiher. Ich brach das Siegel auf und las:

Hyazinthus an Lukios, Klemens, Geli und ihre Brüder. Hyazinthus wünscht euch eine gute Reise und ist glücklich, dass die christlichen Brüder in Trapezunt euch seinen Brief aushändigen konnten. Auch ich bin unterwegs, allerdings komme ich nur langsam voran, da ich mich immer wieder verstecken muss. Es ist unbedingt notwendig, dass ihr euch beeilt. Die Zeit schreitet voran und es ist viel geschehen. Nehmt die kürzesten Wege, geht römischen Soldaten aus dem Weg und vergesst niemals, weshalb ihr hierher gekommen seid. Grüßt Ariste von mir. Sie wohnt in der Straße an den Schwarzen Bäumen. Es umarmt euch Hyazinthus.

»Ich verstehe nicht, warum er so ängstlich ist«, sagte Geli.

Ich verstand es auch nicht. Aber – Hyazinthus wurde alt, das war es wohl.

»Ihr müsst euch klarmachen, dass wir von jetzt an keine Briefe mehr von Hyazinthus erhalten werden. Die Briefe in Sinope und Trapezunt hat er den Reisenden mitgegeben, die auf schnelleren Schiffen fuhren. Jetzt gibt es keine Möglichkeiten mehr. Außerdem ist unser Weg ungewiss. Die nächsten Nachrichten könnten uns nach einiger Zeit in Artaxata erreichen«, erklärte Klemens.

»Wenn wir in Artaxata sind, haben wir es sozusagen geschafft«, sagte Geli. »Für unsere Suche dort könnte Hyazinthus uns keine Ratschläge mehr geben.«

Die Zwillinge waren eingeschlafen.

»Ich finde, es ist ein guter Platz, um zu übernachten«, schlug ich vor. »Komm, Klemens, lass uns das Zelt aufbauen. Wer weiß, wie weit es bis zur nächsten Herberge ist.«

Wehe den Siegern!

Immer wieder kamen wir auf unserem Weg an niedergebrannten Dörfern und Häusern vorbei und an rauchgeschwärzten Heiligtümern in der Nähe der Straße, wo niemand wohnte. Ab und zu waren Hütten aus Lehmziegeln zu sehen, um die herum Ziegen und Schafe weideten oder auch ein paar Rinder. Wir holten uns dort Wasser und Brot. Wenn die Menschen mich sahen, wendeten sie sich ab und spuckten aus.

»Sie haben die Greueltaten der Römer im letzten Krieg noch nicht verwunden« flüsterte Klemens mir dann zu. »Sie spucken aus, weil wir auch Römer sind.«

»Lukios, du solltest Anaxyrides anziehen wie wir und eine Filzmütze, dann hätten wir es alle leichter. Gegen Klemens hat niemand etwas; er sieht aus wie ein griechischer Philosoph. Aber du ...«

»Vergesst nicht, dass ich Lucius Ceionius Commodus bin«, sagte ich. »Darauf bin ich stolz und ich werde es nicht verleugnen. Mein Vater hat dieses Land erobert und ihm einen Rom-freundlichen König gegeben. Gut, es ist wahr, wir reisen nicht offziell, weil meine Mutter das niemals erlaubt hätte. Aber es gibt keinen Grund, weshalb ich mich verstecken sollte.«

Ein kleiner Trupp schwer bewaffneter römischer Soldaten sprengte dicht neben uns über die Straße.

»Jeden Tag begegnen wir römischen Soldaten, die die Straße kontrollieren«, bemerkte Geli. »Viel mehr als man in einer römischen Provinz normalerweise sieht.«

»Ja, weil es ein sehr unruhiges Grenzgebiet ist. Man muss mit Aufständen rechnen«, sagte ich. »Was geschieht, wenn die Grenzen nicht gesichert und überwacht werden, hat man an der Donaugrenze gesehen, im Norden. Wenn die Germanen und Sarmaten besser kontrolliert worden wären, wenn man ihre Anführer rechtzeitig eingesperrt hätte, dann wäre es nicht so weit gekommen, dass sie unsere Grenzposten überfallen hätten und tief in römische Provinzen eingedrungen wären.«

Tagelang waren wir nun schon unterwegs. Gasthäuser gab es gar nicht so häufig, wie wir gehofft hatten. Und keineswegs alle waren mit einem römischen Bad ausgestattet, wie wir es gewöhnt waren.

Oft nahmen wir unser Bad in einem der Gebirgsbäche, an denen sich die Straße ins Landesinnere entlangzog. Klemens erzählte uns, dass die Bewohner Armeniens sich selbst als die »Haikh« bezeichneten und ihr Land »Haiastan« genannt hatten.

Gelis Erinnerungen an ihre frühe Kindheit waren nicht mehr sehr deutlich, aber sie konnte noch ein paar armenische Redewendungen. Klemens meinte, dass man mit Griechisch im ganzen Land gut durchkommen könnte, da seit alten Zeiten immer auch Griechen hier gelebt hätten und durchgezogen seien.

Eines Tages hörten wir Hufgetrappel hinter uns. Wir ritten neben einem reißenden kleinen Bach, in dem es Forellen gab, durch ein tiefes Tal. Zwei Männer auf dunklen Pferden kamen von hinten eilig auf uns zu. Mit sich führten sie fünf schwer beladene Kamele. Sie hielten vor uns an und wendeten sich an Klemens.

»Sei gegrüßt, Fremder«, sagte der ältere der beiden Männer auf Griechisch. »Ich bin Arschan aus Babylon und das ist mein Sohn Arescha. Wir möchten zum Feueraltar des Zoroaster. Kannst du uns sagen, wie wir ihn finden? Er muss ganz in der Nähe sein, etwas abseits der Straße.«

»Ich will auf meiner Landkarte nachsehen. Wenn ihr Glück habt, ist er eingezeichnet.«

»Dank dir. Wir könnten eine Rast machen und zusammen essen!«

Die beiden sahen merkwürdig aus. Sie trugen Hosen und darüber ein pelzbesetztes gegürtetes Wams. Beide waren mit einem Schwert und einer kurzen Lanze bewaffnet. Ihr glattes langes dunkles Haar trugen sie zu einem länglichen Knoten zusammengebunden. Jeder der beiden hatte ein Stirnband aus hellblauem festem Tuch. Der ältere Mann hatte einen kurz geschorenen Backenbart und einen spitzen Schnurrbart.

Bald hatten wir unsere Sachen abgeladen. Arescha und Arschan entfachten ein Feuer, über das sie einen Kupferkessel stellten.

Nachdem die Tiere versorgt waren, breiteten wir unsere Decken aus und ließen uns neben ihnen nieder. Wir erfuhren, dass sie parthische Kaufleute waren. Sie hatten medische Seide und Kupfergeräte in der römischen Provinz Kappadokien verkauft und kehrten jetzt mit römischen Erzeugnissen in ihre Heimat zurück, mit Waffen, Schmuck und bestickten Gewändern.

»Habt ihr keine Angst vor Räubern?«, fragte Geli.

»Wir sind gute Kämpfer«, sagte Arescha. »Weißt du, was mein Name bedeutet?«

»Er bedeutet ›Bär‹. Und ›Arschan‹ heißt ›Held‹«, sagte Klemens.

Sie erzählten uns, dass sie Waren an den Hof des Partherkönigs Vologaeses lieferten, Waffen hauptsächlich.

»Und welche Götter verehrt ihr?«, fragte Arescha.

»Die römischen, die griechischen und vor allem die erhabene Isis«, sagte ich. »Aber wir werden auch dem Feuergott opfern und Mithra, damit wir sie nicht verärgern. Es gehört sich so, dass man in fremden Ländern die ansässigen Götter ehrt. Die Römer haben es immer so gehalten. Selbst wenn sie nichts Genaueres über die Gottheiten in einem fremden Land wussten, haben sie dem Genius des Ortes manchmal eine Ehreninschrift gesetzt und ihm geopfert.«

Klemens schwieg.

»Ja, das ist gut so«, sagte Arschan. »Auch ich war schon

im Tempel der Isis und habe Hilfe von ihr erfahren. Und immer wenn ich nach Eleutheropolis komme, bete ich mit Arescha zu ihr. Sie hat dort einen großen Tempel, in dem man auch eingeweiht werden kann.«

»Und wo ist Eleutheropolis?«

»Nicht weit von Artaxata. Es ist eine befestigte Stadt auf halber Höhe des Großen Berges. Die Festung ist autonom, sie gehört nicht zum Reich des Sohaemus. Dorthin haben sich viele der ehemals Aufständigen geflüchtet. Es gehören ihnen auch Weiden im Tal des Araxes. Dort haben sie ihre Viehherden und ihre Pferde. Sie sind bekannte Pferdezüchter. Es gibt keinen König und keinen Fürsten in Eleutheropolis, nur einen Ältestenrat und eine Volksversammlung. So wie die Griechen es früher in ihren Städten gehalten haben, als es die Demokratie bei ihnen gab.«

»Und Sohaemus hat nicht versucht diese Stadt zu erobern?«

»Du denkst ganz wie ein Römer, Junge«, sagte Arschan. »Es gibt keinen Grund, Eleutheropolis zu erobern. Die Leute dort sind sehr friedlich. Sie haben merkwürdige Sitten. Die Frauen und Mädchen haben bei ihnen viel zu sagen; sogar das Stimmrecht in der Volksversammlung hat man ihnen gegeben. Und sie treiben Sport in der Palästra und reiten, wie die Frauen in Sparta ... Ja, es geht seltsam zu. Am besten, ihr besucht die Stadt auch einmal. Allerdings werden sie dich nicht hineinlassen, weil du ein Römer bist. Und auf die sind sie in Eleutheropolis nicht gut zu sprechen.«

»Nicht nur in Eleutheropolis sind die Römer verhasst«, sagte ich.

Arescha schenkte jetzt Suppe aus, die im Kupferkessel aufgekocht war.

»Die Römer haben Armenien besiegt«, sagte Arschan und lehnte sich zurück, während er aus einem silbernen Teller die

Suppe löffelte. »Sie haben Dörfer niedergebrannt, die Anhänger des Königs Pacorus verfolgt, gefoltert und in die Sklaverei verkauft. Mein Freund, der Pferdezüchter Orestes, hat seine Frau und mehrere Kinder in den Kämpfen damals verloren. Ich kenne viele solcher Geschichten. Mütter wurden wahnsinnig, weil ihre Kinder vor ihren Augen lebendig begraben wurden. Es gibt Männer ohne Zunge, weil sie sich weigerten, die Namen ihrer Mitkämpfer zu verraten ... Auch Orestes war oft nahe am Tod; aber er ist nicht verzweifelt trotz der Dinge, die ihm geschehen sind. Wenn wir über die vergangenen Zeiten sprechen, sagt er immer, dass es auch schlimm ist, Sieger zu sein und seine Seele zu verlieren. Die Römer haben Armenien in Schutt und Asche gelegt. Sie haben in Parthien weitergemordet, wo sie ebenfalls nichts zu suchen hatten. Sie haben unsere Tempel zerstört und ausgeraubt. Vor nichts sind sie zurückgeschreckt. Doch als sie den Tempel in Seleukeia ausraubten, brachen sie eine goldene Dose auf, in der der Pestgeist gefangen gehalten war. Der Soldat, der den Frevel begangen hatte, fiel auf der Stelle tot um. Der Priester des Tempels wurde fortgeführt und aufgehängt. Doch ehe die Römer ihn töten konnten, verfluchte er sie im Namen der Götter. Er schrie: ›Wehe den Siegern! Sie haben verloren!‹ Von diesem Tag an ist die Pest nicht mehr von den römischen Heeren gewichen. Mit den Legionen ging sie über Asien hinüber nach Griechenland und Italien. Wir alle wissen: Unsere Götter haben Rom bestraft für seine Greueltaten.«

Arschan und Arescha boten an, uns bis in die Araxes-Ebene zu begleiten, was uns nur recht sein konnte. In ihrem Schutz waren wir sicherer. Sie kannten sich gut aus und verstanden die Sprache der Einheimischen. Sie selbst wollten in die neue Hauptstadt Armeniens, Kainopolis. Von da war es angeblich nur noch eine knappe Tagesreise nach Artaxata. Wir erfuhren, dass Arschan in Babylon ein großes Kaufhaus besaß, zu dem über hundert Kamele gehörten, die auf den Karawanenstraßen unterwegs waren, um Waren aus fernen Ländern herbeizuholen. Er besaß auch Schiffe, die über die verschiedenen Meere fuhren, bis nach Indien und sogar noch weiter. Arescha hatte eine Karawane begleitet bis hin in das Land, von dem Hyazinthus erzählt hatte, wo die Menschen Schlitzaugen hatten und seidene Gewänder trugen.

»Sie haben einen Kaiser, der viel mächtiger ist als der Kaiser der Römer.«

»Das kann nicht sein.«

»Doch, Lukios. Das Imperium des ›Himmelssohnes‹ ist größer und mächtiger als das römische. Wir haben den Abgeordneten des dortigen Kaisers Elfenbein, Rhinozeroshorn und Schildpatt zum Geschenk überreicht und eine Erlaubnis bekommen, auch künftig mit den Kaufleuten des Landes Handel zu treiben. Ich bin in den Häusern meiner Geschäftspartner gewesen und habe gesehen, wie sie leben. Sie haben auch Tempel und Gärten. Ich habe in meinem Leben noch nichts Prächtigeres gesehen.«

Darauf konnte ich nichts antworten.

»Ihr Römer denkt, es gäbe nur Rom und die Provinzen. Der Rest der Welt sei langweilig und barbarisch ...«

»Haben sie Bäder? Salben sie sich auch?«

»Ja, so ähnlich wie die Römer. Sie haben eine eigene

Schrift und ganz andere Bräuche als wir und ihr. Ich mache dir einen Vorschlag: Wenn du mit deinen Freunden in Armenien alles angesehen hast, komm nach Babylon zu uns. Ich zeige dir dann, was wir aus dem Land des ›Himmelssohnes‹ mitgebracht haben.«

»Am liebsten möchte ich selbst einmal dorthin reisen, vielleicht mit einer Karawane, so wie du …«

»Gibt es dort Christen?«, fragte Klemens.

»Soviel ich weiß nicht«, antwortete Arescha.

»Auch die Menschen am Ende der Welt haben ein Recht darauf, die frohe Botschaft von Jesus zu hören. Ich werde mit Hyazinthus darüber sprechen.« Klemens seufzte auf. »Aber es ist so viel zu tun, allein in Armenien könnte ein Presbyter sein Leben verbringen … Es wird Jahrzehnte dauern, bis überall, auch hier bei den Barbaren, christliche Gemeinden entstanden sind.«

Wir erfuhren auch, dass Babylon fast so groß wie Rom ist. Das Haus, in dem Arschan und Arescha wohnten, befand sich bei einem Park in der Straße der Semiramis.

»Wir werden kommen und euch besuchen«, versicherte Geli beim Abschied. Wir hatten die fruchtbare Ebene des Araxes erreicht. Unsere Tiere freuten sich über das fette Gras neben der Straße. An den Ausläufern des Gebirges waren Weingärten angelegt. Zu beiden Seiten der Flussebene ragten schneebedeckte Berge auf.

»Kommt ihr noch mit zum Feueraltar?«, fragte Arescha.

Klemens murmelte etwas und trieb die weiße Eselin an den Straßenrand. Wir stiegen von unseren Reittieren ab und folgten Arschan und Arescha über einen Pfad zum Heiligtum des Ahuramazda. Auf einer mit Rasen bewachsenen Anhöhe stand ein steinerner Turm mit einer Öffnung vorne, in der ein Feuer brannte. Wir klopften an die Tür eines Gebäudes am Fuß des Hügels. Zwei Priester in langen Gewändern kamen heraus. Arescha sprach mit ihnen, worauf sie uns zum Altar führten. Wir blieben vor dem Altar schweigend stehen. Ich wusste inzwischen schon, dass die Anhänger der Lehre des Zoroaster keine Tieropfer kannten, und verneigte mich ebenso wie die beiden Parther vor dem Altar. Feierlich blickend, brachten die Priester auf einer Art Tragbahre das »heilige Feuer« zum Altar. Arschan sprach in parthischer Sprache ein Gebet, das Arescha mir schon vor Tagen in griechischer Übersetzung auf ein Wachstäfelchen geschrieben hatte:

Dies frage ich dich, o Herr, sag es mir
wahrhaftig:
Wer ist der Schöpfer, der erste Vater der
Gerechtigkeit?
Wer hat der Sonne und den Sternen
die Pfade gewiesen?
Wer ist es, der den Mond wachsen und
dahinschwinden lässt?
Dies alles und mehr wünsche ich
zu erfahren, du Weiser.
Dies frage ich dich, o Herr, sag es mir
wahrhaftig:
Wer hält die Erde hier unten und auch den
Himmel,
Dass er nicht falle? Wer schuf die Gewässer
und die Gewächse?
Wer schirrt die zwei Rosse vor den Wind
und die Wolken?
Wer, o du Weiser, ist der Schöpfer guten
Geistes?

Schweigend beteten wir noch eine Zeitlang vor dem Feuer. Dann luden die Priester es behutsam und liebevoll wieder auf die Tragbahre und trugen es in den Steinturm zurück.

Wir verneigten uns vor ihnen und dankten.

An der Straße umarmten wir uns alle und wünschten uns gute Reise. Arescha schenkte uns ein paar alte Münzen mit den Bildnissen parthischer Könige vergangener Zeit.

Wenig später bog die kleine Karawane mit den fünf Kamelen nach links ab in Richtung Kainopolis, während wir am Fluss entlang auf Artaxata zuritten.

Auf dem anderen Ufer des Flusses ging die Sonne hinter dem schneebedeckten Doppelgipfel des Berges Ararat langsam unter, als wir die ersten Häuser von Artaxata erreichten. Die Säulengänge der breiten Hauptstraße waren rauchgeschwärzt, zahlreiche Säulen lagen zusammengebrochen am Boden. Man musste sich vorsehen, dass man nicht über Schutt stolperte. Viele Häuser waren zerstört und nur notdürftig wieder hergerichtet. Die Straßen wirkten verlassen und leer. Nur wenige Lichter leuchteten hinter den Fenstern. Ab und zu bellte ein Hund auf oder war ein Kamel zu hören. Die wenigen Menschen, die wir sahen, blickten uns scheu nach. Nirgendwo konnten wir eine Taverne oder einen Gasthof entdecken.

»Wozu?« Der alte Mann, den wir gefragt hatten, stützte sich auf einen Stock. Er hatte nur noch ein Bein. »Es kommen keine Fremden nach Artaxata.«

»Dann sag uns bitte, wie wir zur Straße an den Schwarzen Bäumen kommen«, bat Klemens.

»In der Vorstadt, ganz nahe beim Fluss. Es ist leicht zu finden. Dort steht eine Reihe verbrannter Pappeln, nur noch die schwarzen Stümpfe ... Dahinter beginnt der Friedhof.«

»Dank dir.«

»Ich sage euch, niemand kommt mehr nach Artaxata! Nur die Verwandten der Toten. Und Verrückte ... Und die römischen Soldaten, jeden Tag kommen sie geritten von Kainopolis. Sie klopfen an die Türen und nehmen so genannte Aufrührer fest ...«

Wir schnalzten mit den Zungen, um die Tiere anzutreiben. Der Alte schrie hinter uns her: »Aber Tigranes wird kommen! Eines Tages wird er mit seinen Truppen kommen und Sohaemus und die Römer aus dem Land treiben.«

Ich zog die Zügel so fest an, dass Salamis sich aufbäumte.

»Er kennt Tigranes!«, rief Geli.

»Was weißt du von Tigranes? Wo ist er?«, fragte Klemens.

»Er ist hier und er ist nicht hier. Niemand weiß es genau. Auch die Römer nicht! Aber sie haben Angst vor ihm. Denn Tigranes ist klug wie eine Schlange und stark wie ein Löwe! Eines Tages wird er durch Artaxata reiten und die Römer in Fesseln mit sich führen!«

»Er ist betrunken«, sagte Vartan. »Wir sollten uns nicht mit ihm aufhalten.«

»Nehmt euch in Acht«, grölte der Einbeinige. »Es gibt hier Gespenster, hinter jeder Ecke versteckt sich eins!«

Es war schon spät in der Nacht, als wir die Hütte der Ariste endlich gefunden hatten. Auf unser Klopfen regte sich zunächst nichts. Schließlich hörten wir tappende Schritte, der Riegel wurde zurückgeschoben und die Holztür öffnete sich quietschend.

Ein Öllämpchen in der Hand, Pantoffeln an den Füßen, schaute uns eine groß gewachsene Frau in mittlerem Alter furchtlos an.

»Was soll das, eine Witwe mitten in der Nacht zu wecken? Ihr habt mir einen Schreck eingejagt. Konntet ihr nicht bis morgen warten!«

»Sei gegrüßt. Auch Hyazinthus aus Pergamon lässt dich grüßen.«

»Der Presbyter?«

»Ja. Und ich bin Klemens aus Alexandria ...«

»Ich habe von dir gehört. In unserer Gemeinde haben wir Schriften von dir gelesen, Bruder. Kommt herein ...«

Wir folgten ihr in einen niedrigen Raum, in dem ein Leuchter von der Decke herabhing.

Wir ließen uns auf dem Boden nieder. Rufus legte sich neben mich.

Ariste setzte sich zu uns.

»Dass du noch so jung bist ...«

»Ich war vor zwei Jahren schon einmal in Armenien, auch in Artaxata. Aber damals haben wir uns nicht gesehen«, erwiderte Klemens.

Ariste arbeitete als Hebamme und pflegte Kranke. »Eigentlich bin ich fast nie zu Hause«, sagte sie. »Ihr habt Glück gehabt, dass ihr mich hier getroffen habt. Ihr könnt draußen unter dem Feigenbaum im Hof schlafen. Aber seid leise, damit ihr die Hühner nicht weckt. Und fallt nicht über den Topf mit den Körnern ...«

Wir schafften unsere Matratzen in den Hühnerhof. Rufus und Geli durften drinnen bei Ariste schlafen. Salamis, das Pony, die Eselin und das Kamel banden wir draußen an der Straße am Haus fest.

Es war eine kühle Nacht. Mit klammen Fingern wachte ich auf vom Krähen der Hähne in der Nachbarschaft. Als wir alle aufgestanden waren, bestand Ariste darauf, dass jeder von uns ein rohes Ei leer trank.

»Das gibt Kraft für den ganzen Tag. Ich empfehle es meinen Kranken auch immer«, sagte sie.

Klemens stürzte einen Becher Wasserwein herunter und

erkundigte sich nach dem Weg zum Büro des christlichen Presbyters.

»Erzählt mir von Hyazinthus«, bat Ariste.

Wir waren nicht in der richtigen Stimmung, Geschichten zu erzählen. Geli berichtete schließlich, wie wir in Pergamon gelebt hatten und wie Hyazinthus in der Bibliothek von Ephesus auf den Kriegsbericht meines Vaters Lucius Verus gestoßen war, ließ dabei aber aus, wer ich war. Zweifellos hätte Ariste mich sofort vor die Tür gesetzt, wäre ihr klar gewesen, dass der Sohn des Eroberers von Armenien sich in ihr Haus geschlichen hatte! Allein die Tatsache, dass ich ein Römer war, beunruhigte sie bereits, umso mehr als ich kein Christ war …

»Sprecht leise, Kinder«, flüsterte sie. »Den Namen des Tigranes sollte man nicht laut aussprechen. Er war ein großer Mann, einer, der alles für Armenien geopfert hat …«

Fassungslos sah sie dann von Geli zu den Zwillingen und von ihnen zu Geli.

»Ja. Es ist die Wahrheit«, sagte sie schließlich. »Ihr seid die Kinder des Tigranes.«

Es entstand eine längere Pause. Geli hatte Tränen in den Augen. »Lebt Tigranes noch? Und weißt du, wo er ist oder wer uns etwas von ihm mitteilen kann?«

»Gut, dass ihr den Weg zu mir gefunden habt«, sagte Ariste. »Mir könnt ihr vertrauen. Sonst aber dürft ihr den Namen des Tigranes nicht laut aussprechen …«

»Wir wollen ihn finden. Also müssen wir nach ihm fragen.«

Ariste stützte das Gesicht in ihre Hände und schien nachzudenken. »Es gibt einen Weg«, murmelte sie schließlich. »Ja, es gibt einen … Aber dieser Römerjunge muss fort. Er soll nach Kainopolis gehen. Er gehört nicht zu uns. Er wird uns verraten …« Ihr Gesicht wurde hart und abweisend.

»Eure Truppen haben genug Unheil über dieses Land gebracht. Geh zurück nach Pergamon. Geli und ihre Brüder sind beinahe an ihrem Ziel angekommen. Du kannst ihnen nur schaden. Wenn du bei ihnen bist, werden diese Kinder ihren Vater niemals finden.«

Der Ring des Tigranes

»Ariste hat Recht«, sagte Klemens, während ich es immer noch nicht fassen konnte.

»Hm«, sagte ich. »Vartan und Massis sind immerhin meine Sklaven.«

Ariste sah mich groß an. »Vor Gott sind wir alle Sklaven, auch du, Römer.«

»Vor Gott sind wir alle frei«, sagte Klemens.

»Ihr könnt das Kamel behalten und das Pony. Und das Zelt und die Sachen. Rufus auch«, sagte ich. »Und – ich entlasse euch in Freiheit, aber das spielt ja jetzt wohl keine Rolle mehr. Ich werde euch die Freilassungsurkunden über Ariste zuschicken, mit der kaiserlichen Post.«

Sie waren weder besonders erstaunt noch besonders dankbar.

»Wo wirst du hingehen?«, fragte Geli überflüssigerweise.

Ein Kloß saß mir im Hals, es war mir kaum möglich zu antworten.

Geli umarmte mich und küsste mich auf jede Wange. »Du weißt doch, dass wir dich nie vergessen werden«, sagte sie.

»Er soll endlich gehen«, sagte Ariste. »Ich ertrage seinen Anblick nicht länger … Ich glaube, du bist gerne Römer.«

»Ja«, sagte ich.

»Warte!« Klemens stürzte hinter mir her. Ich packte noch ein paar Sachen auf Salamis' Rücken und band sie los.

»Ich bleibe bei dir! Wo willst du hin?«

»Da, wo ich hinwill, wirst du nicht mitgehen wollen. Ich muss zum Isistempel, um einen Brief abzugeben. Und dann werde ich zurückreisen, nach Pergamon.«

Ich bestieg Salamis und ritt davon. Klemens rief etwas. Als ich keine Antwort gab, kletterte er auf die weiße Eselin und folgte mir. Ich sah mich nicht nach ihm um. Ich ritt schnell und ich weinte. Denn *so* hatte ich es mir nicht vorgestellt …

Die Isisfigur mit dem Horoskind hatte ich mir eingesteckt. Ich brauchte ihren Schutz jetzt noch mehr als vorher …

Im Licht des klaren Morgens unter einem dunkelblauen Himmel wirkte die zerstörte einstige Hauptstadt noch gespenstischer als gestern Abend. Sie hatte ursprünglich viele Gebäude gehabt, die in griechischer Art gebaut waren. Es gab ein Gymnasium, Thermen und Säulengänge, auch einen großen Marktplatz mit öffentlichen Gebäuden und zerstörte Paläste. Die Tempel waren in einem etwas besseren Zustand. Auf dem mit Gras überwucherten Marktplatz weideten Ziegen. Kinder waren überall zu sehen. Die Jungen trugen Anaxyrides. Sie spielten Ball und das Schafsknöchelchenspiel. In einer Bäckerei, die einen Verkaufsstand zur Straße hin hatte, erkundigte ich mich nach dem Isistempel. Er lag etwas außerhalb der Stadt in der Nähe des Flusses. Es war ein einfacher Tempel ohne Spuren von Zerstörung. Ich führte Salamis in den heiligen Bezirk und band sie an der Mauer fest. Den Brief des Priesters von Kyzikos hatte ich in den Bausch meiner Tunika gesteckt. Ich verneigte mich vor den steinernen Figuren des Anubis und des Serapis, warf einen Kuchen in den Opfergraben und klopfte an die Tür des Nebenbaus.

»Tritt ein, mein Sohn!« Ein hochgewachsener Priester trat mir entgegen. »Ich wusste, dass du kommst. Ich habe heute Nacht von dir geträumt.« Er nahm mein Gesicht in die Hände und schaute mich lange an. Er sah gütig aus; ich empfand großes Vertrauen zu ihm. Plötzlich stieß ich einen kleinen Schrei aus. Er trug am rechten Arm einen silbernen Reif mit Querstreifen aus blauem Stein.

»Ich weiß, wer dir den Reif geschenkt hat«, sagte ich hastig. »Es war Tigranes, der Freund des Königs Pacorus.«

Er lächelte.

»Noch mehr Menschen haben diesen Reif geschenkt bekommen«, fuhr ich fort. »Tigranes hat sie an seine Freunde verschenkt.«

»Das ist ein Irrtum«, sagte der Priester. »Pacorus hat sie seinen Getreuen geschenkt. Leider musste ich die Inschrift tilgen mit Rücksicht auf die Römer, die in den Tempel kommen. Ursprünglich stand darauf: DES POMPOS, DES FREUNDES DES KÖNIGS PACORUS…«

»Ich soll dir einen Brief geben.«

»Und ich habe dir eine Botschaft zu überbringen.«

»Von wem?«

»Komm mit mir, stell dich draußen auf die Stufen des Tempels und warte, bis ich den Vorhang aufziehe und dir das Bild der Göttin zeige. Geh erst in das Bad und wasche dich rein, zieh dann dieses weiße Leinengewand an und die Papyrusschuhe… Und sprich kein lautes Wort…«

Lächelnd legte er den Finger auf den Mund und führte mich zum Wasserbecken.

Ich duftete nach dem ägyptischen Öl, das er mir zu Handtuch und Schaber auf den Rand des Badebeckens gestellt hatte. Ich war bereit für das, was ich nun hören würde – und aufgeregt.

Langsam schob Pompos die Vorhänge zur Seite. Die erhabene Göttin blickte gleichmütig auf mich herab. Ihr schmaler Körper war aus dunklem ägyptischem Granit gemeißelt. Sie trug eine Lotoskrone auf dem Kopf und hielt den Fuß auf ein Krokodil gestellt. Ich wagte kaum zu atmen, während ich, auf die Stufen gekauert, mit gekrümmtem Rücken wartete.

»Vernimm die Botschaft der Tausendnamigen, der großen Gebieterin, der Erbarmerin«, rief Pompos. »Diese Worte hat sie mir im Traum verkündet. Sie sind für dich bestimmt!

Du wirst die Mütze der Freiheit tragen!
Du wirst die Pferde der Freiheit sehen!
Was du warst, wirst du nicht mehr sein.
Du wirst arm sein und reich.
Anubis wird dich leiten
bis hin zur Erkenntnis.
In der Zisterne am Grund
des Großen Berges wird Gewaltiges geschehen.
Eingeweiht wirst du nicht mehr Lukios sein.

Danke der Göttin nun für ihre Worte! Sie spricht nicht zu jedem. Du aber hast das Glück, unter ihrem besonderen Schutz zu stehen.«

Ich war wie betäubt von dem, was ich gehört hatte. Still dankte ich Isis, meiner Retterin, wenn auch die Worte für mich keinen Sinn ergaben.

Frei – das war ich ja schon. Der Satz: »Du wirst die Mütze der Freiheit tragen!«, konnte nur einem Sklaven gelten. Ich spürte Hilflosigkeit. Es war großartig, dass die Göttin mich angesprochen hatte. Ich hatte es nicht verdient. Aber nun hätte ich gerne noch eine Erklärung zu ihren rätselhaften Worten gehabt.

»Geh in Frieden, mein Sohn«, sagte Pompos.

»Dank dir. Ich werde über die Worte der Göttin nachdenken.«

Ich stolperte davon, geradewegs in die Arme eines römischen Militärtribunen, der vor dem Eingangstor stand, als hätte er auf mich gewartet.

Über der Rüstung trug er einen weißen Mantel. Er war glatt rasiert, hatte eine kleine Glatze und setzte ein überaus freundliches Gesicht auf. Dann verbeugte er sich tief vor mir.

»Seid gegrüßt, Domine, Enkel des Imperators Marcus, Neffe des Imperators Commodus, Sohn des göttlichen Verus ...«

Jetzt war es wirklich passiert. Die Zehennägel krümmten sich mir zusammen vor Verlegenheit. Ich spürte, dass Pompos immer noch oben auf der Plattform des Tempels stand und uns beobachtete.

»Domine, ich soll Euch grüßen von der Augusta Lucilla, Eurer Mutter. Sie bittet darum, dass Ihr Euch von mir nach Rom zurückbringen lasst. Die Zeiten sind unsicher geworden, lässt sie Euch mitteilen, sie bedarf Eurer Hilfe und sie hat Sehnsucht nach Euch.« Er stellte sich mir vor. Er sei Marcus Lollius, dem Statthalter der Provinz Kappadokien direkt unterstellt.

Auf die Schnelle war das zu viel für mich.

Gerade noch hatte Isis, die erhabene große Göttin, mir in geheimnisvollen Worten einen Auftrag gegeben, den ich noch nicht ganz begriffen hatte. Jetzt, wenn ich mit Marcus Lollius ging, würde alles vorbei sein: Ritt zur Grenze unter Militärschutz, dann nach Trapezunt. Ein kaiserliches Schiff lag vermutlich schon im Hafen. In einigen Wochen wäre ich wieder in Rom. Tante Fabia, Onkel Ummidius, Commodus, meine Mutter, Annia, meine Schwester, Sextus …

Zitternd sagte ich, dass ich ihm sehr danken würde, aber sein Angebot jetzt nicht annehmen könnte. Er möge bitte gehen und mich in Frieden lassen. »Zu gegebener Zeit werde ich mich in Kainopolis bei dir melden. Du kannst dort auf mich warten. Aber zwei bis drei Wochen werde ich noch unterwegs sein.«

Er sah mich gequält an. »Es ist ein Auftrag, den ich erfüllen muss. Bitte, geht freiwillig mit mir.«

»Nein«, sagte ich.

»Dann muss ich Euch abführen lassen«, sagte Marcus Lollius und trat auf mich zu.

»Rühr mich nicht an!« Ich wich schnell zwei Schritte zurück und schlug die durchbrochene Tür zum Heiligen Bezirk zu. »Ich stehe unter dem Schutz der Göttin! Kein Soldat darf den Tempel betreten, um mich gefangen zu nehmen!«

Fast eine Woche hielt ich mich nun schon im Isistempel von Artaxata auf. Marcus Lollius hatte den Tempel mit Soldaten umstellt. Der Anblick der vielen blitzenden Helme und der feuerroten Helmbüsche schüchterte mich ein. Ich saß im Essraum zusammen mit Pompos und dem »Heiligen Schreiber«, der an seinem kahl geschorenen Kopf rot gefärbte Sperberfedern trug, die an einem Band festgeheftet waren: Dies zur Erinnerung daran, dass in uralter Zeit ein Sperber die Heilige Schrift mit den Anweisungen zum Gottesdienst der Göttin Isis vom Himmel herabgebracht hatte.

»Es ist Zeit, dass du nach Eleutheropolis gehst, wie es dir unsere erhabene Herrin aufgetragen hat. Die Zisterne hat einen Eingang am Fuß des Großen Berges. Du wirst ihn finden …«

»Aber wie soll ich …«

»Warte, bis es Nacht ist.«

Als es dunkel war, hörte ich ein sanftes Schnauben. Salamis betastete mit ihrem weichen Maul meine Kleidung. Pompos hatte ihre Hufe mit Tüchern umwickelt, sodass ihre Schritte fast lautlos waren. Die Satteltaschen waren gepackt.

»Komm jetzt«, befahl Pompos in einem Ton, der keinen Widerspruch zuließ. Er legte den Finger auf den Mund und öffnete eine schräge Tür, die in den Keller unter dem Tempel führte. Ich staunte nicht schlecht, als wir uns in einem unterirdischen Gang befanden, der kein Ende zu nehmen schien.

»Führe dein Pferd bis zum Ende des Ganges. Er endet unten am Fluss. Wenn du so weit bist, nimm die Straße und reite in die Hochebene. Und dann geradewegs auf den Großen Berg zu. Die Stadt wirst du schon von weitem sehen …«

»Aber der Eingang zur Zisterne …«

»Du wirst ihn finden. Die Göttin ist mit dir.« Er gab mir einen freundlichen Klaps auf die Schulter. Ich war entlassen.

Schnaubend ging Salamis durch den Gang. Zwei Meilen, drei Meilen. Das hätte ich hinterher nicht mehr sagen können. Ganz unvermutet stieg der Boden plötzlich an – frische kühle Luft umwehte uns. Der Araxes rauschte neben uns. Ich schwang mich auf den Rücken meiner Stute und preschte los. Manchmal verlangsamte Salamis das Tempo, wenn der Boden unsicherer wurde. Mit leisem Schnauben erkundete sie das Gelände vor sich. Ihre Ohren spielten hin und her. Der Mond leuchtete sanft …

Als wir die Straße ins Gebirge hochritten, raschelte es plötzlich neben uns im Gebüsch. Salamis stieg erschreckt hoch. Nur mit Mühe konnte ich mich im Sattel halten.

»Keine Angst, ich bin es, Klemens!« Klemens zog die weiße Eselin aus dem Gestrüpp und saß auf. »Ich habe auf dich gewartet, Lukios!«

»Und warum?«

»Ich habe mit Pompos gesprochen. Ich will zwar nicht nach Eleutheropolis, aber wir haben ungefähr den gleichen Weg – und ich kenne mich etwas besser aus als du.«

»Wie geht es Geli und ihren Brüdern?«

»Ich darf es dir nicht sagen. Sie sind auf der Suche nach ihrem Vater. Es sieht alles sehr gut aus für sie.«

Klemens berichtete mir, dass die Römer Posten aufgestellt hatten, die die Ausgänge der Stadt kontrollierten. »Aber sie vermuten, dass du noch im Tempel bist und nach einer Weile aufgeben wirst.«

»Hyazinthus hatte in seinem Brief etwas davon geschrieben, dass wir uns vor römischen Truppen in Acht nehmen sollten. Offensichtlich hatte er schon einen Hinweis darauf bekommen, dass meine Mutter mich zurückholen wollte.«

»Scheint so«, sagte Klemens.

Als es Morgen wurde, blickte er sich immer wieder ängstlich um. Wir fanden einen guten Rastplatz, wo wir aßen und tranken und unsere Tiere ausruhen ließen. Wir hielten ein Schläfchen, aber bald schon weckte Klemens mich unsanft und drängte darauf, weiterzureiten …

Wir kamen ab und zu an Feueraltären vorbei, aber Klemens verbot mir, mich dort mit einem Gebet aufzuhalten. Die Straße war schlecht. Hier in der Ebene wohnte keine Menschenseele. In weiter Ferne lag der Große Berg. Gnadenlos brannte die Sonne auf uns nieder. Die weiße Eselin wurde immer matter. Wieder hielten wir eine kurze Rast, ehe es weiterging.

»Leb wohl, Lukios«, sagte Klemens.

»Was soll das heißen – willst du mich etwa hier allein lassen?«

»Ja«, sagte Klemens. »Ich habe noch einen weiten Weg vor mir. Beeil dich, Lukios; du weißt, du musst die Ebene überqueren und dann – wie ich dir gesagt habe. Übrigens hast du ja Salamis.«

»Aber ich werde den Eingang nie finden!«, schrie ich.

»Du wirst ihn finden.«

»Du bist nur zu feige, mit mir zu reiten!«

»Denk, was du willst. Ich muss jedenfalls weiter. Gott wird dich schützen.«

Dämmerung senkte sich über die steinige Ebene. Weit vor mir lag der Große Berg. Klemens trieb die weiße Eselin an, indem er ihr mit den Fersen sanft gegen die Flanken stieß. Ich saß reglos auf Salamis. Ich wusste, dass ich ohne ihn verloren war, dass man mich fangen würde, dass diesmal nichts und niemand mir helfen konnte. Klemens, der einzige Mensch, zu dem ich Vertrauen haben konnte, ausgerechnet er hatte mich verlassen.

Salamis schnaubte leise, als ich losritt, geradewegs auf den Großen Berg zu, auf dessen Hang die Tempel von Eleutheropolis ganz undeutlich zu ahnen waren. »Dich hab ich noch, immerhin dich«, murmelte ich und tätschelte den Hals meiner tapferen Stute.

Erst als die Trompeten der Legionäre hinter mir zu hören waren, wusste ich, dass ich das Spiel verloren hatte. Es war inzwischen dunkel geworden, nur wenige Sterne waren am Himmel zu sehen.

Das Getrappel der Pferde meiner Verfolger schwoll hinter

meinem Rücken an. Salamis war schweißnass. »Weiter, weiter«, zischte ich und trommelte mit der rechten Hand gegen ihren Hals. Die römischen Legionäre hinter mir feuerten ihre Pferde mit lauten Rufen an.

Salamis rannte noch immer wie um ihr Leben, als ich längst schon abgesprungen war. Ich duckte mich und drückte mich in den Schutz der Böschung neben der Straße. Erdklumpen und kleine Steine flogen über mich hinweg, als die Soldaten vorbeisprengten ... Nein, so schnell würden sie meine arme liebe Stute nicht erreichen!

Ab und zu erschien der Mond kurz zwischen den Wolken und tauchte die Hochebene in kaltes hartes Licht. Dann sah man für Momente die trostlose steinige Ebene, aus der nur gelegentlich ein kahler Baum oder ein größerer Felsen aufragten, und den Großen Berg, von dem sich jetzt die Burg Eleutheropolis schwach gegen den Himmel abhob.

Ich lief nun weitab von der Straße über Geröll, Steine und Pflanzen, meine Füße waren wund und geschwollen. Ich ging, ich stolperte, raffte mich wieder auf und dachte nicht mehr darüber nach, warum ich ging und wohin ich wollte. Klemens – dieser weltfremde Spinner, der immer barfuß ging und über Dinge sprach, die ich nicht verstand. Ihm war es gleichgültig, was aus mir wurde, feige hatte er mich im Stich gelassen, nichts im Sinn als seine christlichen Dörfer. Die waren wohl wichtiger als ich – und immerhin, ich war ein lebendiger Mensch, für den er Hyazinthus gegenüber Verantwortung übernommen hatte. Ich wurde rot, als ich daran dachte, dass ich ihm ein Denkmal in meinem zukünftigen Garten hatte aufstellen wollen.

Schreib nur weiter an deinen »Teppichen«, dachte ich in Wut und Verzweiflung. Schreib nur weiter. Ich werde sie niemals lesen. Ich hasse dich! Ich verachte dich!

Vögel begannen sich zu regen und zu singen, von allen Seiten, noch war es dunkel, und ich fragte mich, wo eigentlich die Vögel seien, in dieser Ebene, in der es kaum Bäume oder Sträucher gab. Der Himmel färbte sich heller, wurde erst grau und schließlich rosig, ganz langsam stieg die Sonne hinter dem Großen Berg empor und färbte die Festung und die Tempel rötlich. Ich war meinem Ziel näher gekommen, deutlich näher, und doch war ich noch weit entfernt. Müde war ich wie in meinem ganzen Leben noch nicht und hungrig und völlig verzweifelt. Denn am Berg angekommen – o ihr Götter, wie sollte ich nur den geheimnisvollen Zugang zur Zisterne finden!

Immerhin hatten meine Verfolger es offenbar aufgegeben, länger nach mir zu suchen. Das Herz krampfte sich mir zusammen beim Gedanken an Salamis. Ob ich sie jemals wieder finden würde?

Aus Marmor und zusammen mit der Eselin … Neben dem Schwimmbecken und darunter eine kleine Bank zum Lesen. So hatte ich mir das Standbild ausgedacht. Damit du immer bei mir bist, Klemens! Ich schämte mich, ich schämte mich, ich schämte mich! Wie viel hatte er mir bedeutet! Mehr sogar als Hyazinthus …

Ich hatte mir ausgemalt, wie Vartan und Massis die »Teppiche« für Klemens abschreiben würden, wie wir sie im Theater von Pergamon vorlesen würden, damit alle Bürger von Pergamon Klemens' kluges Buch hören konnten.

Ja, Klemens hatte mich elend verraten. Und im Stich gelassen hatten mich auch Geli, Massis und Vartan. Sie hatten nichts mehr im Kopf als ihren Vater oder Nicht-Vater Tigranes …

Und Hyazinthus? Er war inzwischen alt. Was ihn aufwühlte, war seine Geschichte der frühen Christen, keinesfalls aber ich …

Ich setzte mich auf einen Stein und weinte. Ich konnte jetzt nicht weiter. Meine Füße bluteten. Es hatte auch keinen Sinn weiterzugehen. Ich würde nie in Eleutheropolis ankommen, ich nie ... Geli, Massis und Vartan – sie hatten erreicht, was sie wollten.

Letztlich war der Sinn unserer Reise damit ja auch erfüllt. Ihren verschollenen Vater hatten sie finden wollen – das wahr wohl inzwischen geschehen. Mich ging das nichts mehr an. Ariste hatte es mir deutlich zu verstehen gegeben. Ich war ein Römer – sie waren verschleppte armenische Kinder.

Und ich? Ich war im Begriff, den Auftrag der Göttin Isis zu erfüllen, einen Auftrag allerdings, den ich noch nicht einmal verstanden hatte!

»... ein Text auf einer Papyrusrolle, ein schwer zu lesender Text, von verschiedenen Händen geschrieben. Und doch muss man versuchen ihn zu entziffern ...« Auch das hatte Klemens gesagt.

Erst einmal muss ich den Eingang finden, dachte ich, und nicht einmal das wird mir gelingen ... Ich schneuzte mich in den Saum meines wollenen Mantels. Ich war voller Mitleid mit mir selbst. Und dann stolperte ich weiter, müde und ohne Hoffnung, dahin, wo der Große Berg aufragte.

Kleopatra und das Geheimnis des Großen Berges

Jemand kam auf mich zugelaufen. Das war beängstigend. Ich riss die Augen noch weiter auf, doch diesmal war ich zu erschöpft, um zu flüchten. Mit den Armen und einem Stock fuchtelnd, rannte ein Junge über die steinige Wiese. Er schrie dabei. Ich blieb stehen und wartete, bis er näher herangekommen war. Der »Junge« war ein etwa zehnjähriges Mädchen mit halblangem glänzendem schwarzem Haar, auf dem eine runde rote Filzkappe saß. Sie trug ein halblanges Gewand aus dünner naturfarbener Wolle mit einer bunt bestickten Borte am Hals.

Trotz der Wildnis, die uns umgab, sah sie aus, als hätte sie gerade gebadet. Über ihrer rechten Schulter hingen ein Köcher und ein großer Bogen. Um den Hals hatte sie eine helle Ledertasche gebunden, aus der ein Brot herausragte. »Römer! Was tust du hier?«, fragte sie in schlechtem Griechisch.

»Ich heiße Lukios. Ich bin auf dem Weg nach Eleutheropolis. Weißt du etwas von mir?«

»Nein. Ich habe dich nie zuvor gesehen. Du siehst krank und schmutzig aus.«

Es war ein frisch gebackenes, süß duftendes Weizenbrot ...

»Ich habe Hunger«, stammelte ich.

»Sag mir, wer du bist und wo du herkommst.«

»Das ist eine lange Geschichte. Ich habe mein Pferd verloren, die Legionäre waren hinter mir her. Fast hätten sie mich gefangen.«

»Ich werde dich nicht verraten. Du hast große Angst, ich sehe es dir an. Komm mit mir, Römerjunge. Drüben ist ein Bach. Dort kannst du trinken und etwas essen.«

Ich war zu müde, um mich groß zu wundern. Also taumelte ich hinter ihr her. Bald hatten wir ein kleines Tal erreicht, das die Ebene durchschnitt. Wir stiegen zwischen Gebüsch und Felsen zu einem klar über die Steine sprudelnden Bach. Dort unten weidete eine Herde von etwa zwanzig Pferden, alle braun und stämmig. Mit einem metallenen Becher schöpfte das Mädchen Wasser und reichte es mir. Ja, und dann setzten wir uns ins Gras und sie reichte mir endlich das Brot. Ich biss gierig hinein und schlang die Brocken herunter wie ein hungriger Löwe.

»Du isst wie ein Tier«, sagte sie.

»Wer bist du?«

»Ich bin Kleopatra. Ich hüte die Herde hier.«

»Hast du keine Angst?«

»Ich bin bewaffnet. Ich habe meinen Bogen und ein Schwert. Ich kann kämpfen wie ein Junge. Neulich musste ich zwei Wölfe vertreiben.«

»Wem gehören diese Tiere? Sie sehen gut aus.«

»Es ist eine von den Herden des Orestes.«

»Warum hast du einen griechischen Namen?«

»Weil mein Vater fast ein Grieche ist. Meine Großmutter stammt aus Delphi.«

»Und wo lebst du?«

»Bei meinen Eltern oben auf dem Berg, in der Stadt.«

»In Eleutheropolis?«

»Ja. Sag mal, wie sah das Pferd aus, das du verloren hast?«

»Es war eine braun-weiß gescheckte Stute, sehr hochbeinig und feingliedrig, mit einem kleinen feinen Kopf ...«

»Dann kannst du dich freuen. Sie ist vor ein paar Stunden hierher gekommen und hat sich zu den anderen Pferden gestellt. Ich habe sie weiter hinten angebunden, weil meine Pferde nach ihr gebissen haben ...«

Die Götter meinten es gut mit mir. Ich war satt und Salamis stand wohlbehalten und munter hier am Bach, als hätte sie auf mich gewartet! In diesem Moment wusste ich, dass ich auch den Eingang zur Zisterne finden würde.

Salamis begrüßte mich mit liebevollem Schnauben. Ich schmiegte mich an sie und spürte die Wärme ihres Körpers. »Kann ich sie für ein paar Tage bei dir lassen?«, fragte ich Kleopatra.

»Ja, tu das. Es wird ihr hier gut gehen. Sie ist ein schönes Pferd.«

»Ja, eines der schnellsten außerdem. Sie ist richtige Rennen im Zirkus gelaufen.«

Als ich mich von Kleopatra verabschiedete, riskierte ich es, ihr die Frage nach dem Eingang zur Zisterne zu stellen. Ihr Gesicht wurde hart und abweisend. »Ich weiß nichts davon. Es gibt keine Zisterne«, murmelte sie. Und dann: »Du bist auch nur gekommen, um zu spionieren. Du bist ein Römer, ich trau dir nicht. Geh nur nach Eleutheropolis, der Weg hinauf ist eng und steil. Am Tor musst du die Fragen der Wächter beantworten, und wenn du dich nicht ausweisen kannst, werden sie dich davonschicken. Es ist kein Platz für römische Spione in Eleutheropolis. Aber ich werde dir dein Pferd selbstverständlich zurückgeben. Wir Barbaren halten unser Wort.«

Es hörte sich böse an, aber als ich mich noch einmal nach ihr umdrehte, stand sie am Rand der Böschung und winkte mir mit ihrer roten Mütze …

Die Sonne hatte ihren Höchststand erreicht und verbrannte mir das Gesicht, als ich am Fuß des Großen Berges angekommen war. Auf der halben Höhe des Berges lag die Stadt, deren Wachtürme, Ummauerung und Häuser schon deutlich zu erkennen waren. Hier unten wuchsen Bäume und Büsche, es liefen zahlreiche dunkle Schafe herum, aber ich sah nirgendwo einen Menschen, den ich nach dem Weg hätte fragen können.

Meine Verfolger hatten in der Zwischenzeit offensichtlich ganz die Suche nach mir aufgegeben. Andernfalls hätten sie mich zweifellos längst gefangen. Aber dass sie Salamis nicht erwischt hatten, erfüllte mich mit ungestümer Freude. Jetzt erst war sie wirklich mein eigenes Pferd geworden!

Ich irrte unter den Bäumen umher, nirgendwo war ein Weg zu entdecken. Es musste eine offizielle gepflasterte Straße in Richtung auf Eleutheropolis geben, so vermutete ich jedenfalls. Und der Eingang zur Zisterne lag wohl auch in der Nähe dieser Zugangsstraße. Ich spürte schon wieder Hunger und Durst. Sicher waren auch Milchschafe unter der Herde … aber wie hätte ich sie melken können, ohne einen Helfer, der so ein Schaf für mich festhielt – außerdem hatte ich kein Gefäß, in das ich hätte hineinmelken können. Irgendwo musste es doch einen Hütejungen geben oder ein Mädchen wie Kleopatra. Ich setzte mich in den Schatten unter einen Baum, zog die Beine an und träumte vor mich hin: von warmer nach Kräutern duftender schneeweißer Schafsmilch und frischem Weizenbrot, wie Kleopatra es mir gegeben hatte, von einem Stück Käse und Oliven, einem am Spieß beim Feuer gerösteten Hühnchen und einem Teller voll mit warmem Linsengemüse!

Ich war eingeschlafen. Etwas Warmes, Feuchtes stupste gegen mein nacktes Knie. Sofort spürte ich wieder den stechenden Hunger. Fisch wär auch nicht schlecht, in der Pfanne mit etwas Wein und Zwiebeln, braun gebrutzelt, ging es mir durch den Kopf. Eine raue Hundezunge leckte mir quer übers Gesicht. Ich stieß einen kleinen Schrei aus. Schlagartig war ich wieder wach und hungrig. Ich sah in die von verfransten, schmutzigweißen Zotteln umrandeten Augen eines gewaltigen Hundes. Er winselte, setzte die Vorderpfoten auf meine Schultern, warf mich ganz ins Gras und leckte mir wieder das Gesicht. Es müsste Fisch sein, dachte ich hilflos und verzweifelt. Der komische fremde Hund schien eine riesige Zuneigung für mich zu empfinden. Ich sah ihn jetzt genauer an. Es dauerte eine Weile, bis ich es ganz begriff. Rufus hatte mich gefunden, unser Rufus. Und wo Rufus war, konnten Geli, Vartan und Massis auch nicht mehr weit sein!

Der Hund zerrte mit den Zähnen an meinem Gewand. »Ich komm ja schon«, murmelte ich. Vor Freude winselnd und fiepend, sprang Rufus vor mir her. Ich folgte ihm durch Gebüsch und Unterholz, ganz gewiss würde er mich zu Geli oder ihren Brüdern führen.

Plötzlich hielt er inne, schnupperte am Boden und begann mit seinen kräftigen Vorderläufen zu kratzen und zu scharren, dass die Erdbrocken nur so flogen. Ich wusste, dass ich jetzt eingreifen musste, denn es war gefährlich, wenn er versuchte in einen Fuchsbau einzudringen.

Also schrie ich und zog Rufus am Hinterteil, ohne jeden Erfolg, wie besessen scharrte und grub er weiter. Jaulend verschwand er plötzlich unter der Erde. Mit einem Schrei kroch ich hinterher. Ich wühlte mich durch trockenes Laub und ehe ich mich recht versehen hatte, stand ich in einem geräumigen gemauerten Gang, in dem es modrig roch. Ein Schwarm Fledermäuse raschelte über meinem Kopf, aufgeschreckt durch das Licht und den Hund, und flatterte ins Freie. Der Gang war aus riesigen Steinblöcken gemauert, die ohne Mörtel ineinander gefügt waren, wie es die Griechen in früherer Zeit bei ihren Bauwerken getan hatten. Im Eingangsbereich war er niedriger gewesen. Während ich weiterschritt, wurde er allmählich höher und weiter. Rufus lief eilig und schwanzwedelnd voran. Alle meine Ängste waren in diesen Augenblicken wie weggewischt, ich vertraute ganz auf das kluge Tier. In der höchsten Wölbung über uns waren ab und zu kleine Luftschächte angebracht, durch die auch etwas Licht einfiel.

Nachdem wir eine Zeitlang gegangen waren, verengte sich der Gang. Der Boden unter meinen Füßen war unregelmäßig und holperig. Die Dunkelheit nahm zu und auch die

Luft roch schimmelig und dumpf. Mit einem Mal hatten wir eine Wand vor uns erreicht. Es ging nicht mehr weiter. Ich beugte mich über Rufus und tastete die Mauer mit den Händen ab. Als ich feuchtes rissiges Holz fühlte, begriff ich nicht gleich. Es gab eine niedrige Tür, die geöffnet war, jedenfalls gab sie nach, als ich mich gegen sie stemmte. Sie öffnete sich nach innen.

Rufus und ich standen auf glitschigen bemoosten Steinstufen. Es war fast undurchdringlich dunkel vor uns und doch spürte ich die Kühle und Feuchtigkeit einer weiten Wasserfläche unmittelbar zu meinen Füßen. Ich hörte Wassertropfen plätschern. Es klang wie entfernter Regen. Rufus gab keinen Laut von sich, als seien wir beide auf der Jagd und belauerten ein Wild.

Das also war die Zisterne, von der mir Pompos erzählt hatte. Der unterirdische See, aus dem die Stadt Eleutheropolis sich mit Wasser versorgte. Ich streichelte Rufus, der sich an mich drückte. Es war gut, mit ihm zusammen zu sein. Meine Augen gewöhnten sich nach einer Weile auch an diese noch dichtere Dunkelheit. Es gab anscheinend Luftschächte hoch oben, denn im matten Licht konnte ich vor mir einige Säulenschäfte undeutlich erkennen, die aus der Wasserfläche emporragten. Wir fröstelten beide, die feuchte modrige Kälte durchdrang uns ganz. Rufus zitterte trotz seines dichten Fells. Lange standen wir so, ohne uns zu rühren. Etwas würde, musste, sollte jetzt geschehen, wenn nicht jetzt, dann doch bald, etwas Gewaltiges, etwas Ungeheuerliches – die Große Göttin hatte es mir verkündet. Ich war durchströmt von tiefem Vertrauen, so hatte sie prophezeit …

Aber lange durfte es nicht mehr dauern, ich fror so jämmerlich.

»Licht in der Dunkelheit«, murmelte ich vor mich hin. Rufus stieß ein leises warnendes Knurren aus. Jetzt sah ich, was er schon vorher gespürt hatte. Ein rötliches Licht kam aus der Ferne über das Wasser zu uns. Eine riesige Aufregung packte mich, ich kauerte mich neben Rufus, drückte den Kopf in sein dichtes warmes Fell, spürte seinen Herzschlag und zitterte fast so heftig wie er.

Näher und näher kam das Licht. Das Geräusch von ins Wasser getauchten Rudern drang zu uns herüber. Ein Boot kam immer näher, an dessen Heck zwei brennende und rußende Fackeln aufgestellt waren. Hinter ihnen saß ein Mann, der Ruderer. Leise glitt das Boot zwischen den Säulen hindurch auf uns zu. Es war vielleicht Pompos selbst, der mich zu Tigranes bringen wollte ... Vielleicht war es auch einer seiner Sklaven mit einem neuen Auftrag der Göttin Isis für mich ... Klemens möglicherweise ... Hatte bestimmt ein schlechtes Gewissen bekommen meinetwegen ...

Oder wahrscheinlicher noch Vartan oder Massis ... am Ende etwa Geli? Ihr hätte ich alles zugetraut ... Das menschliche Wesen im Kahn war in einen Kapuzenmantel warm eingepackt, nur so viel war zu erkennen. Ich musste husten, weil der Rauch der Pechfackeln mir in Nase und Mund drang, meine Augen tränten.

»*Chaire*, Lukios«, sagte der Mann.

»*Chaire*, mein Lehrer«, antwortete ich. Hyazinthus begann umständlich das kleine Schiff an einem Wandhaken festzubinden. Dann stützte er sich an mir ab und umarmte mich.

»Woher – woher kommst du nur?«, flüsterte ich, atemlos vor Aufregung.

»Ich werde dir alles erzählen. Aber jetzt steig erst zu mir ein.«

»Rufus ist bei mir.«

»Ich weiß, er hat dich hierher geführt; es war Gelis Idee.« Ich kletterte ins Boot und kauerte mich auf die Holzbank hinter Hyanzinthus, Rufus sprang ungestüm ebenfalls hinein. Hyazinthus band das Anlegeseil ab und ruderte sofort los.

»Dass du hier bist …«, fing ich an.

»Ich bin auf der Flucht«, sagte Hyazinthus.

»Ja, ich kann es mir denken, man ist wieder einmal hinter den Christen her.«

»Nein, das ist es nicht. Der Hauptgrund ist ein anderer.«

Danach hüllte er sich in Schweigen. Irgendwie spürte ich eine leise Enttäuschung. Etwas Ungeheures, Gewaltiges war mir prophezeit worden – und dann kam mein alter Lehrer Hyanzinthus auf mich zu, schlecht gelaunt, wie es schien, und vermutlich ärgerlich auf mich, weil ich mich nicht an seine Anweisungen gehalten hatte.

»Klemens hat mich im Stich gelassen«, sagte ich. Er gab keine Antwort darauf. »Die Legionäre waren hinter mir her. Und fast hätte ich Salamis dabei verloren. Außerdem waren sie dicht an mir dran. Um ein Haar hätten sie mich gefangen.«

»Sie haben Klemens gefangen«, sagte Hyanzinthus. »Er sitzt im Kerker …«

»Es gibt ja Christen, die sich danach sehnen, gequält zu werden.«

»Es ist ein Fehler, über Dinge zu urteilen, die man noch nicht versteht. Ich bin hierher gekommen, um dir zu sagen, wer du bist und wer du nicht bist«, begann Hyazinthus. Ich spürte, wie weh es ihm tat zu sprechen. »Lange habe ich geschwiegen. Doch in den Tagen, als Commodus zum Augustus ernannt wurde, hat mich die Angst gepackt. Es war höchste Zeit geworden, dich fortzuschicken, so weit wie möglich, an einen Ort, an dem die Frau, die du bisher für deine Mutter gehalten hast, dich nicht erreichen kann. Hier in Eleutheropolis bist du sicher«. Er schwieg, auch ich war unfähig, etwas zu sagen. Wasser tropfte neben uns nieder. »Ich hatte einen einzigen Sohn. Er hieß Jason und war Sklave wie ich, Schreiber in einem der Büros des Kaisers. Er heiratete eine Sklavin aus Milet namens Korinna. Ihr ältestes Kind war eine Tochter, Marcia, du kennst sie, meine Enkelin. Im selben Jahr und im selben Monat, in dem Lucilla ihren Sohn zur Welt brachte, wurdest auch du von deiner Mutter Korinna geboren. Du bekamst den Namen Jason. Wir waren stolz und glücklich über dich. Doch dann geschah das Unglück. Lucillas Sohn starb wenige Tage nach seiner Geburt. Ich hörte es von seiner Amme, die verängstigt bei uns auftauchte. Wir wohnten alle im gleichen Flügel des Palasts. Ehe Trauer aufkommen konnte, erschienen Ummidius Quadratus und Lucilla in deiner Kinderstube. Sie legten den toten Säugling in deine Wiege und trugen dich hinüber in die des Lucius Ceionius Commodus. Jason und Korinna mussten Klageweiber rufen, ›ihren‹ Sohn verbrennen und um ihn Trauer tragen. Wenige Tage später wurden sie beide tot aufgefunden. Ein bedauerlicher Unglücksfall, sagte man mir, sie seien beide vom Blitz erschlagen worden. Ich wusste, das es eine Lüge war und dass sie beide ermordet worden waren, weil sie zu viel wussten ... Mich hielt man für ungefährlich. Es war klar, dass ich niemals reden würde. Ich flehte Lucilla Augusta an, mich als deinen Erzieher in deiner Nähe zu lassen. Ich schwor, dass ich dich wie meinen Augapfel hüten würde ...«

»Aber warum – warum hat man das getan?«

»Deine Großmutter Faustina hatte viele Kinder geboren, dreizehn. Aber während die sechs Töcher fast alle am Leben blieben, starben die Söhne alle kurz nach der Geburt. Vor

Commodus waren drei Söhne von Marcus Aurelius und Faustina gestorben; die Trauer war unvorstellbar groß. Immer wieder hatte man gehofft, nun sei der Thronfolger geboren, Delegationen aus den Städten des Imperiums gratulierten, und wenig später war das Kind tot. Der Hofarzt Galenus vermutete eine Erbkrankheit, die nur die männlichen Kinder betraf. Als Lucillas Sohn zur Welt kam, war Commodus mit seinem Zwillingsbruder Antoninus noch am Leben – du kennst die Geschichten. Auch Antoninus starb und bald darauf wieder ein neugeborener Sohn. Galenus hatte wohl Recht mit seiner Theorie. Niemand rechnete damit, dass Commodus am Leben bleiben würde – du verstehst, weshalb Lucilla so entschlossen war, einen lebenden Sohn zu haben. Ihr Sohn – er wäre ihr eigener Herrschaftsanspruch gewesen ...«

»Ich kann es nicht ganz begreifen«, murmelte ich.

Die Wahrheit

»Der Sohn zweier Sklaven«, sagte ich und konnte es nicht fassen. Unwillkürlich schaute ich meine Hände an und meine Füße.

»*Nobilissimus puer*«, so redeten mich manche Menschen an – und eigentlich hatten mir meine Mutter und Tante Fabia immer wieder beteuert, ich sei ein ganz außergewöhnlicher Mensch. Ungewöhnlich klug, erstaunlich geschickt und sehr hübsch ... Und dabei war ich ein normaler Sterblicher, der nur durch einen schrecklichen Zufall dazu gekommen war, der Sohn von Lucilla und Lucius Verus zu sein.

»Dann gibt es keinen Unterschied«, sagte ich. »Es gibt

keinen Unterschied zwischen einem römischen Senator und einem griechischen Sklaven. Keinen jedenfalls, den man äußerlich sieht.«

Weinend lehnte ich mich an Hyazinthus' Schulter. »Ich werde nie wieder zurückgehen. Nicht nach Rom und nicht nach Kleinasien. Den Rest meines Lebens werde ich hier verbringen.«

»So weit ist es noch nicht«, sagte Hyazinthus. Er begann wieder zu rudern, bis wir eine steinerne Insel im Wasser erreicht hatten. »Siehst du den Korb?«

In der Tat sah ich einen gewaltigen geflochtenen Korb, der an zwei Seilen auf die Insel herabhing.

»Steig hinein«, befahl Hyazinthus.

Ich kletterte aus dem Boot auf die glitschigen Steine und bestieg den Korb. Ich war kaum in ihm, als er vom Boden abhob. Ich kniete nieder und schaute erschreckt zu Hyazinthus. Er winkte mir beruhigend zu.

Mit einem surrenden Geräusch stieg der Korb immer höher. Schließlich umgab mich völlige Dunkelheit. Durch einen Schacht wurde ich mit dem Korb hochgezogen. Ich kauerte auf dem Boden, aufgewühlt von dem, was Hyazinthus mir berichtet hatte, und dachte, dass es schlimmer nicht mehr kommen konnte.

Plötzlich war die Fahrt zu Ende. Der Korb wurde auf einen festen Untergrund geschoben. Jemand leuchtete mir mit einer rußenden Fackel ins Gesicht. Es war eine Frau in einem hellen Priestergewand. Wir standen uns in einer Felsenkammer gegenüber.

»Hör auf zu weinen. Du musst jetzt stark sein.« Sie hielt mir einen zusammengefalteten weißen Chiton entgegen und Strohschuhe.

»Zieh das an.« Sie wendete sich ab. Ich schlüpfte in die neuen Sachen und legte die alten auf den Boden.

»Bist du bereit?«, fragte die Priesterin.

Ich wusste nicht, was sie meinte. »Ja. Nein. Eigentlich ...«

»Es ist wichtig, dass du ohne Hass bist und ohne Zorn.«

Ich war voller Hass und voller Zorn – wie wäre es anders möglich gewesen. »Ich werde meine Eltern rächen, so wahr ich hier stehe! Ja, das werde ich!«, schrie ich. »Sie sind ermordet worden! Unschuldige Menschen, die nie etwas Böses getan haben!«

»Die erhabene Göttin verlangt von dir, dass du dich freimachst von deiner Wut.«

»Das kann ich nicht«, sagte ich weinend. »Es ist der falsche Moment.«

»Wenn du eingeweiht werden willst, musst du der Göttin schwören, dass du niemals menschliches Blut vergießen wirst. Es genügt nicht, den weißen Chiton zu tragen. Entscheidend ist, dass deine Seele rein ist.«

»Aber warum ausgerechnet jetzt?«, fragte ich.

»Es ist der Zeitpunkt«, sagte sie. »Es gibt keinen besseren für dich.« Sie öffnete eine schwere Tür, hinter der ein Raum voll mit glühender Asche lag. »Lass uns hinübergehen«, forderte sie mich auf.

»Das ist unmöglich. Ich bin schwach und hungrig – und ich habe Angst.«

Sie gab keine Antwort.

»Ich bin viel zu jung für eine Einweihung«, sagte ich trotzig.

Die Priesterin öffnete eine zweite Tür, hinter der es dunkel war.

»Was ist das?«

»Ein tiefer Abgrund. Wirf deine alten Kleider da hinein. Und stell dir vor, dass es dein Zorn und deine Ängste sind. Du musst frei von ihnen werden.«

Ich tat es. Dann legte sie den Finger auf den Mund, und

nun wusste ich, dass ich gleich Unfassbares sehen würde, die Dinge, über die kein Eingeweihter je wagen würde zu sprechen oder zu schreiben.

Lange Zeit waren wir in den unterirdischen Gängen unter dem Berg unterwegs. Ich sah, was zu sehen war. Ich hörte an, was anzuhören war.

Dann fiel ich in tiefen traumlosen Schlaf …

Eleutheropolis

Langsam erwachte ich. Um mich war es strahlend hell. In meiner neuen Kleidung lag ich auf der Plattform eines Tempels, von dem aus man eine herrliche Aussicht weit über die Ebene hatte bis hin zur silbrigen Wasserfläche eines Sees. Etwas unter mir auf den Stufen standen die Priesterin, die mich geführt hatte, und ein bekränzter Priester. Sie besprengten mich mit dem heiligen Wasser, während unten im Tempelhof die Isisgläubigen mit den Sistren klapperten. In der ersten Reihe erkannte ich Geli, Massis und Vartan. Kleopatra stand neben ihnen. Sie zwinkerte mir zu. Etwas weiter hinten erkannte ich Arschan und Arescha.

»Habe ich alles nur geträumt?«, fragte ich.

Die Priesterin lächelte und legte die Hand an den Mund.

Ja, Domine, auf diese Weise kam ich nach Eleutheropolis. Geli und ihre Brüder hatten ihren Vater Tigranes in Eleutheropolis gefunden. Auch er war Isis-Myste mit geschorenem Haar und einem neuen Namen, Orestes, der Pferdezüchter.

Nachdenklich betrachtete er mich, als ich ihn begrüßt hatte. »Ich bin ein Barbar mit griechischer Bildung und einer

Frau aus Athen, ein Römerfeind – und Armenier. Wir sind alle Mischungen aus den verschiedenen Völkern und Kulturen, stimmt's, Hyazinthus? Die Römer haben durch Eroberungen und Bürgerkriege der Welt den Frieden geraubt. Ihr Symbol ist mit Recht der Wolf, stammen sie doch alle von Frauenräubern, Mördern und Dieben ab ... Aber auch sie haben germanische Sklaven und essen armenische Spezialitäten. Sie würzen ihre Speise mit indischem Zimt und tragen chinesische Seide. Was wären sie ohne die Barbaren?«

»Wirst du – wirst du die Römer aus Armenien vertreiben, eines Tages, wenn du Truppen gesammelt hast?«, fragte ich ihn, als wir später alle zusammen bei einem Festmahl lagen.

»Das ist vorbei. Ich bin nun Orestes. Schon vor Jahren habe auch ich geschworen, nie wieder menschliches Blut zu vergießen«, sagte er. »Und was wirst du jetzt tun, Hyanzinthus? Hast du dich entschlossen, in Eleutheropolis zu bleiben?«

»Ja, Eleutheropolis ist ein guter Standort, um die christliche Botschaft in Armenien zu verbreiten«, sagte Hyazinthus. »Wirst du mit Sohaemus sprechen, damit Klemens freikommt?«

»Auf alle Fälle werde ich es versuchen«, versprach Orestes.

»Dank dir«, sagte Hyazinthus. »Auch in Eleutheropolis, hoffe ich, wird es bald schon eine richtige christliche Gemeinde geben ...«

»Ihr bekommt einen Raum für euren Gottesdienst«, bot Orestes an. »Ich werde es beim Ältestenrat vortragen ...« Neben Orestes lag seine Frau Philistis, die Mutter von Kleopatra.

»Unsere Götter lassen den Christengott neben sich gelten«, sagte sie. »Und nicht nur ihn. Auch Mithras, den Soldatengott, und germanische und gallische Flussgötter. Ich fürchte mich vor einem Gott, der alle anderen ausschließen will ...«

Orestes' Arme und sein Gesicht waren narbenbedeckt. Er sah aus, als sei er müde von den vielen Kämpfen, die er in seinem Leben bestanden hatte – und zugleich sehr glücklich darüber, dass er seine Kinder wieder gefunden hatte. Er winkte mich zu sich.

»Ich bin ein Armenier und auch Grieche, der die Demokratie liebt, seit er als Kind zuerst von ihr gehört hat. Auf dieser Welt gibt es hunderte von Göttern und viele Wege zur Erkenntnis.« Er sah mich ernst an und flüsterte. »Nimm dich in Acht. Es ist leichter, zu glauben, als zu lernen. Es ist schwerer, genau hinzusehen, als blind zu vertrauen ... Ich persönlich glaube nicht an den Christengott, aber ich achte die Christen.«

»Bist du der König von Eleutheropolis?«, fragte ich und griff staunend nach dem silbernen Trinkhorn, das er in der Hand hielt. Es hatte feine Querriffelungen und lief an seinem Ende in den Vorderleib eines Widders mit vergoldeten Hörnern aus. »Trink«, sagte Orestes.

Ich nahm einen Schluck. Es war eine säuerliche kühle Milch, deren Geschmack mir fremd war.

»Es ist vergorene Stutenmilch«, erklärte Geli.

»Wir haben keinen König«, sagte Orestes. »Ich bin Mitglied im Rat der Ältesten, einer von zwanzig. Meine Meinung gilt dort so viel wie die der anderen.«

Alle Männer, die in der Runde lagen, trugen eine bunte helmartige Filzkappe.

»Das ist die Mütze der Freiheit«, sagte Geli. »Kannst du dir das vorstellen: Auch meine Stimme gilt hier, wenn ich 20 Jahre alt bin. Und noch später kann ich in den Ältestenrat gewählt werden. Ich darf wie ein Junge zum Sport ins Gymnasium gehen und von einem Trainer trainiert werden ...«

»O ihr Götter«, seufzte ich. »Kein König, keine Sklaven – wie soll das gut gehen? Wer erledigt die Arbeit? Und wer regiert? Und wenn Krieg ist, wer soll dann bestimmen, was geschieht?«

»Mach dir keine Gedanken, Lukios – auch in Eleutheropolis wird gearbeitet und regiert. Allerdings hoffen wir, dass wir nie gezwungen sein werden einen Krieg zu führen.«

Es ist Winter geworden. Mit Hyazinthus bewohne ich ein kleines Haus neben dem, in dem Orestes und Philistis mit ihren Kindern wohnen. Hyazinthus hatte mir erzählt, dass er, nachdem er mich damals nach Armenien geschickt hatte, Lucilla einen Brief gesendet hatte, in dem er ihr mitteilte, dass er nicht bereit sei, länger zu schweigen. Sein Enkel solle fern vom Hof und von Rom leben und er werde alles tun, dieses Ziel zu verwirklichen. Aber von dem Moment an, als er den Brief zur kaiserlichen Post gegeben hatte, habe er keine Ruhe mehr gehabt. Er habe sich brieflich an die Isispriester in Artaxata gewendet und sie gebeten, ihm und mir zu helfen. »Ich wusste, dass du, Lukios, zu ihnen Vertrauen hattest. Sie antworteten mir, dass sie dir nur dann helfen würden, sofern die Göttin ihnen die entsprechenden Träume senden würde – und wenn du würdig wärest: Die Göttin lässt sich nicht vorschreiben, wem sie Hilfe gewährt. Beruhigt war ich erst, als ich hörte, dass du in Artaxata angekommen warst. Ich dankte Gott am Abend des Tages, an dem ich den Brief erhielt. Er hat meine Gebete erhört«, sagte Hyazinthus.

»Commodus mag mich. Er hätte niemals zugelassen, dass ich getötet werde.«

»Commodus wäre nicht gefragt worden. Andere hätten die Entscheidung gefällt. Irgendeiner hätte dich in einen Abgrund gestoßen – oder dir einen vergifteten Apfel gereicht … Ich bin ein alter Mann, der nichts mehr zu verlieren hat. Korinna und Jason mussten für ein schmutziges politisches Geschäft ihr Leben lassen. Damals habe ich Gott verflucht, dass er meinen Sohn und meine Schwiegertochter so grausam umkommen ließ …«

Hyazinthus brütete vor sich hin. Nichts mehr von seiner gewohnten Heiterkeit. Seine ältesten Wunden waren wieder aufgerissen.

»Verflucht sei der Tag, an dem dieser Säugling starb, Lucius Ceionius Commodus. Wäre er am Leben geblieben, wie anders wäre das Leben unserer Familie verlaufen …«

»Aber es ist mir immer gut gegangen. Man hat alles für mich getan. Und du konntest in meiner Nähe sein.«

»Wirklich, es ging dir gut. Alle, die dich kannten, sahen, wie klug und geschickt du warst. Und alle verglichen sie dich mit deinem Onkel Lucius Aurelius Commodus. Lucilla und Ummidius Quadratus zählten die Tage bis zu dem, an dem du die *toga virilis* tragen würdest. Auch ich zählte sie – aber mit Zittern. Ich wusste genau, das tödliche Spiel um die Macht würde einsetzen mit dem Tag deiner Mannbarkeitserklärung. Ich hatte dich zu lieb, um dir zu wünschen, dass du Kaiser werden solltest, nicht einmal als Konsul wollte ich dich sehen …

Bald wirst du ein Mann sein, Lukios. Ein Mann mit dem Namen seines Vaters: Lucius Aurelius Jason, einem römischen und einem griechischen. Es waren die Griechen, die die Demokratie erprobt haben – und sie waren es, die philosophische und mathematische Systeme ausgedacht haben. Dein Vater war stolz darauf, Grieche zu sein, deine Mutter stammte aus dem berühmten Milet in Kleinasien …

Jason und Korinna wären zufrieden, wenn sie wüssten, dass ihr Sohn es abgelehnt hat, Neffe des Kaisers zu sein, weil es ihm mehr bedeutet, ein griechischer Arzt an der Grenze zu den Barbaren zu sein, der in völliger Freiheit lebt und abends mit Freunden am Feuer sitzt und philosophiert ...«

»So weit ist es noch nicht«, sagte ich verlegen. »Ich weiß viel zu wenig von der Medizin und fast nichts von Philosophie.«

»Du bist jetzt zwölf«, sagte Hyazinthus. »Wenn Gott will, hast du ein langes Leben vor dir. Nimm dir Zeit. Um dich selbst zu erkennen, wirst du Jahrzehnte benötigen. Auch ich bin noch nicht fertig. Kaum einer wird je damit fertig.«

»Bist du traurig, Philosoph?«, fragte er mich dann.

Ich streichelte seinen faltigen Arm, streichelte die Hand mit der durchsichtigen dünnen Haut, die von braunen Flecken bedeckt war. Ja, er war alt. Wie ein Großvater.

»Du hättest es mir früher sagen sollen.«

»Es ist immer noch zu früh. Ich hätte lieber noch ein paar Jahre gewartet. Aber – es war nicht mehr möglich ...«

Wir saßen still beieinander. Er drückte sein Gesicht an meins. Seine Wange war nass.

»Weinst du?«

»Ich habe Rom verloren und Pergamon auch. Ich bin alt und werde hier im Land mit den Zelten und den halbwilden Pferden sterben, fernab von Säulengängen und Bibliotheken. Ich habe meine Kinder sterben sehen und lange Zeit schien es, dass auch mein Enkel verloren wäre.

Ich weine vor Freude darüber, dass wir zusammen sein können, du, mein Philosoph, und ich.«

»Merkwürdig«, sagte ich zu ihm. »Früher wollte ich so vieles – Löwen jagen, fremde Provinzen sehen ... Aber jetzt kommt es mir vor, als sei ich satt. Ich habe keine Wünsche mehr, jedenfalls im Moment nicht.«

Mehr ist nicht zu berichten.

Mein Kaiser, mein Herr – ich grüße dich und wünsche das Beste für dich, die deinen und das Imperium Romanum, dessen einfacher Bürger ich bin. Leb wohl und sei gegrüßt von Lukios, der dich nie vergessen wird.

Nachschrift

Am Tage meiner Mannbarkeitserklärung traf dieser Brief von Commodus Augustus ein, den ich hier anfügen möchte.

L. Aurelius Caes. Commodus Augustus Sarmaticus Germanicus an L. Aurelius Jason, genannt Lukios, wünscht seinem lieben Freund und ehemaligen Neffen Wohlergehen und ein langes Leben.

Wir haben deine Geschichte ganz angehört. Einige Stellen haben wir uns mehrfach vorlesen lassen. Einige Male mussten wir weinen, besonders gegen Ende.

Ja, wir sind traurig über das, was du geschrieben hast, und froh darüber, dass es dir gut geht.

Wir möchten dich hiermit zum Neffen ehrenhalber ernennen, unserem Verwandten für immer, und bitten dich darum, deinem Namen das »Commodus« weiterhin beizufügen.

Wir hoffen auf ein Wiedersehen mit dir irgendwann in Rom, dann, wenn die schrecklichen Kriege dereinst beendet sein werden.

Wir erhoffen uns lange Gespräche mit dir. Das, was du über die Verfassung von Eleutheropolis geschrieben hast, fanden wir sehr interessant, es wäre aber im Imperium Romanum nicht durchzuführen. Unsere Berater, mit denen wir darüber gesprochen haben, meinten: Zu viel Freiheit für zu viele Menschen ist auch gefährlich. Man muss vorsichtig umgehen mit der Freiheit. Lieber Neffe, Neffe für immer, lebe wohl und sei gegrüßt.

Wir bitten darum, Stillschweigen in der genannten Angelegenheit zu bewahren, damit das Ansehen des Kaiserlichen Hauses nicht in der Öffentlichkeit geschädigt wird. Der beiliegende Goldring mit Bildnis gewährt dir, lieber Freund, jederzeit Zugang zu uns.

ENDE DER DRITTEN
PAPYRUSROLLE

Nachwort der Autorin

Die Geschichte, die Lukios erlebt, erscheint uns ungewöhnlich grausam: Dass ein Säugling bewusst vertauscht wird, dass seine Eltern getötet werden, dass schließlich Christen in vielen Städten des römischen Reiches den wilden Tieren vorgeworfen werden, weil sie sich geweigert hatten, für das Wohl des Kaisers zu opfern, dann die Christen selbst, die in dieser schwierigen Zeit, in der sie hätten zusammenhalten müssen, heillos untereinander zerstritten waren und sich innerhalb der einzelnen Gruppierungen mit den übelsten gegenseitigen Vorwürfen überhäuften – all dies war die andere Seite der römischen Zivilisation.

Nicht Fernsehen und Video, sondern der blutige Kitzel öffentlicher Hinrichtungen, brutale Gladiatorenspiele waren die Unterhaltung ganz normaler römischer Bürger und anderer Bewohner des Imperiums Romanum von Spanien bis hinüber zum heutigen Griechenland und der Türkei. Es gab in dieser Welt Herren und nahezu rechtlose Sklaven. Menschen erster, zweiter und dritter Klasse, verschieden abgestufte Formen der Todesstrafe und die Folter als legales Mittel, Aussagen zu erhalten bei Strafprozessen. Sogar Frauen mit kleinen Kindern, die sich zum Christentum bekannten und gegen die römische Staatsreligion stellten, wurden bestialisch hingerichtet – unter den Augen einer amüsierten Öffentlichkeit.

Wir bewundern die Tempel, Paläste und technischen Bauten aus römischer Zeit, die Hinterlassenschaft der Macht – einer Macht, die damals die Mittelmeerländer zu einigen verstand und einen erstaunlich hohen Grad an Gerechtigkeit, Zivilisation und Hygiene garantierte. Doch daneben existierte immer auch die andere Seite der Münze: brutale Unterdrückung von Randvölkern und »Barbaren« sowie von Andersdenkenden, nicht nur den Christen, sondern auch zeitweise Gruppen von Philosophen, die unter einigen Kaisern verfolgt wurden. Im 2. Jh. n. Chr. war das Imperium Romanum ein straff und zentral regierter Militärstaat, in dem demokratische Prinzipien, wie sie für lange Zeit in griechischen Stadtstaaten Geltung hatten, keine Chance hatten. Gegen die Sklaverei, diese vielleicht schlimmste Erniedrigung des Menschen, wendeten sich nicht einmal die Christen, so selbstverständlich war sie geworden.

Dennoch: Auch unter den Römern gab es durch die Jahrhunderte immer wieder scharfsinnige Kritiker und geistvolle Köpfe, die über die bestehenden Zustände nachdachten und sie mit früheren verglichen. Die rechtliche Situation der Sklaven wurde im Laufe der Zeit zunehmend verbessert; das Christentum mit seinen Kerngedanken von standesüberschreitender brüderlicher Liebe und der Gleichheit aller Menschen vor Gott zog immer weitere Kreise, Einflüsse auch aus den entfernten Provinzen des Reiches wie Ägypten und Syrien und Kenntnisse über barbarische Völker jenseits der Grenzen verstärkten sich gerade auch durch die armenischen und parthischen Kriege unter den Kaisern Marc Aurel und Lucius Verus. Die Pest wurde durch die Soldaten aus dem Osten eingeschleppt, aber eben auch manch anderer kultureller Einfluss – und daneben, wie immer in Kriegszeiten, kriegsgefangene »Barbaren« selbst, die ihren Glauben und ihre Gewohnheiten mitbrachten.

Mit der Figur des Tigranes-Orestes wollte ich einen der so genannten Barbaren ins Blicklicht rücken. Mit seiner Hilfe erkennt Lukios, dass auch hinter den ihm bekannten Grenzen liebenswerte Menschen leben, die ein ganz anderes Leben führen, das aber gerade für ihn interessant wird, als eigene Lebensmöglichkeit. Die Demokratie im kleinen Eleutheropolis, geprägt von Männern und Frauen, die in

Athen ausgebildet wurden und sowohl mit den philosophischen Strömungen wie dem Christentum ihrer Zeit in engste Berührung gekommen waren, wäre gut möglich gewesen. Wir wissen von zahlreichen Stadtstaaten im griechischen Osten des Imperiums, die ein recht demokratisch geprägtes Eigenleben zu führen versuchten.

Eleutheropolis lag nicht im direkten Einzugsbereich irgendeiner antiken Großmacht und insofern hatte dieses winzige staatliche Gebilde seine Chance, jedenfalls in dieser Geschichte ...

Akropolis – Burgberg

Anaxyrides – Hosen, von den Römern nicht getragen, jedoch bei orientalischen Völkern wie den Parthern, Persern und Armeniern, auch bei Germanen und Dakern verbreitet

Anubis – ägyptischer Totengott, der meist in Menschengestalt mit einem Schakalkopf dargestellt wird

Apisstier – heiliger Stier in Ägypten, Götterherold

Aphrodite Ekbasia – Liebesgöttin, deren Heiligtum sich am Hafen der Stadt Kyzikos befand

Asklepios – Heilgott

Bouleuterion – Rathaus (griech. Bezeichnung)

Bulla – Metallkapsel, die man um den Hals trug

Centurio – Hauptmann

Chaire – »sei gegrüßt« (griech.)

Chiton – langes, ärmelloses Gewand (griech. Bezeichnung)

Diastolikon – griech. Bezeichnung für Scheck und Giroanweisungen, die auf ägyptischen Papyrusurkunden überliefert sind

Denar – römische Silbermünze

Domine – »Herr« (Anredeform)

Drachme – Silbermünze (griech. Bezeichnung)

Fortuna Redux – Glücksgöttin, zuständig für eine glückliche Heimkehr

Frumentarii – Geheimpolizei

Garum – Fischsoße

Gymnasium – Übungs- und Ausbildungsstätte der griechischen Jugend, die aus Sportanlagen und zuweilen auch einer Bibliothek bestand

Hermes der Lüfte – ägyptische Gottheit, deren Beistand von Marcus Aurelius während der Kriege an der Donaufront angefleht wurde

Horoskind – ägyptischer Gott, das Kind von Isis und Osiris

Hygieia – Göttin der Gesundheit

Imperium Romanum – das Römische Weltreich

Isis – ägyptische Göttin, ihr Kult war im 2. Jahrhundert n. Chr. in allen römischen Provinzen verbreitet. Sie galt als Schützerin der Seeleute und aller Seefahrenden, zugleich als schützende Muttergöttin und große Zauberin, deren Sprüche gegen Krankheiten, gegen Schlangen- und Skorpionbisse schützen sollten. Die Isis-Anhänger mussten an sich arbeiten, um »erlöst« zu werden. Es gab öffentliche Gottesdienste, Feste und Prozessionen

Kybele – Muttergöttin, die besonders in Kleinasien verehrt wurde

Myste – Bezeichnung für die »Eingeweihten« in verschiedenen Kulturen, die besondere Prüfungen ihrer Gottheit überstanden hatten

Obelisk – spitz zulaufender Pfeiler, der in Ägypten oft vor Heiligtümern stand

Osiris – Bruder und Gemahl der Isis, Totengott

Palästra – Sportanlage

Pontus Euxinus – Schwarzes Meer

Serapis – ägyptischer Schutzgott der Seefahrt

Sistrum – Klapper, die als eine Art Begleitinstrument im Gottesdienst der Isis eingesetzt wurde

Stylos – aus Metall, Holz oder Elfenbein, Schreibgriffel

Toga Virilis – Männertoga; wurde nach Erreichen der Pubertät angelegt. Gleichzeitig erhielt der junge Mann die römischen Bürgerrechte

Trapeza – Geldwechselgeschäft, »Bank«

Trapezit – Geldwechsler, Bankier

Das Gebet auf S. 338 habe ich R. Frye, Persien, Zürich 1963, S. 70 entnommen.

»Ein Buch, das jeden eingeschworenen Joan-Aiken-Fan begeistern wird!« *Eselsohr*

London, Ende des 19. Jahrhunderts. Immer mehr Kinder verschwinden auf geheimnisvolle Weise aus der Stadt. Niemand weiß warum, und niemand weiß wohin. Als schließlich auch der Cousin von Isa Twite vermisst wird, beschließt sie, der Sache auf den Grund zu gehen, und tritt eine abenteuerliche Reise ins Ungewisse an.

Joan Aiken

DIE KINDER VON HOLDERNESS

Für Leser ab 12

OMNIBUS Nr. 20605

OMNIBUS

Der Taschenbuchverlag für Kinder und Jugendliche von Bertelsmann